KB212891

한백림 新무협 판타지 소설

천잠비룡포
FANTASTIC ORIENTAL HEROES
天蠶飛龍袍

천잠비룡포 16

한백림 新무협 판타지 소설

초판 1쇄 찍은 날 § 2021년 8월 9일
초판 2쇄 펴낸 날 § 2024년 8월 29일

지은이 § 한백림
펴낸이 § 서경석

편집책임 § 황창선
편집 § 박현성

펴낸곳 § 도서출판 청어람
등록번호 § 제387-1999-000006호
등록일자 § 1999. 5. 31
어람번호 § 제2-2881호

주소 § 경기도 부천시 부일로 483번길 40 서경B/D 3F (우) 14640
전화 § 032-656-4452 팩스 § 032-656-4453
E-mail § chungeorambook@daum.net

ISBN 979-11-04-92519-1 04810
ISBN 978-89-251-0108-8 (세트)

한백림 新무협 판타지 소설

천잠비룡포
天蠶飛龍袍

Fantastic Oriental Heroes

16

보의(寶衣)

목차

제52장 비룡포(飛龍袍)

천잠비룡포(天蠶飛龍袍).

현존하는 최강의 무력, 술법 방어구.

천잠보의 중 비룡제(飛龍帝)의 종속 방어구다.

천잠보의는 수백 년 동안 강호에 나타난 적이 없었고, 교룡 승천 이후에도 수년 동안 존재가 확인되지 않았으나, 신마대전을 기점으로 무림에 출현했다.

특정 조건하에 천잠무신갑이라고도 불린다.

치유 능력, 손상 복원 능력 유(有).

제작자는 의협비룡회의 선성천녀 강설영과 고(故) 강씨 금상주 강건청. 천잠비룡포의 제작에는 특별히 천룡상회의 외도학자들이 참여했다고 하나 상세한 정보는 밝혀지지 않았다.

강호에 알려진 칠대 천잠보의 중 수좌로 여겨지고 있다.

한백무림서 병기편
제십일장 방어구 중에서

이전은 의협비룡회 문도이자, 의협비룡회 산하 여의각 첩
보대원이었다.

적벽에서 나고 자라 어린 시절부터 나루터 수적들과 어울
렸다. 뒷골목 밀수판과 도박판 틈바구니에서 산전수전을 다
겪으며 컸다.

그는 심부름꾼 꼬맹이 시절부터 쾌협도 막야흔과 비무상
왕 육홍을 알았다. 알 뿐만 아니라 직접 만나도 보았다.

열일곱에는 적벽 암무회전에 출현한 단운룡과 엽단평을 직
접 보기까지 했다.

아버지는 일찍 죽었다. 동생은 셋이 있었는데, 사고로 여동생을 먼저 잃었다. 어머니와 남동생 하나는 병으로 갔다.

남아인 막내 동생 하나만 남았다. 이전은 동생 이복을 건사하며 온갖 일을 했다. 그는 제법 실력이 좋은 해결사였다. 동생도 조금 머리가 굵어지자 형의 일을 돕기 시작했다. 형제는 정식으로 훈련받은 적은 없었지만, 생존을 위해 스스로 똑똑해졌다. 이전은 정보를 다루는 데 탁월한 감각이 있었고, 동생은 나이보다 훨씬 총명했다.

이전의 나이 약관에 이르렀던 해 겨울, 누구보다 먼저 의협문의 존재를 감지했다. 어두운 세계에서 평생을 살았던 그는 무료함과 방황 속에 새로운 삶을 갈망했다. 개파식도 하기 전에 촉성무후사로 찾아가 단운룡과 양무의를 만났다.

단운룡은 그를 재밌게 생각했고, 양무의는 그의 재능을 높이 샀다.

그것이 그의 삶을 바꾸었다.

이전은 양무의 밑으로 들어갔다. 그때부터 문도가 되었다. 동생도 개파식에서 의협문에 합류했다. 형제는 의협문의 훈련을 받았다. 이전은 빨리 배웠고, 유능한 정보 요원으로 거듭났다. 동생 이복도 끊임없이 성장했다.

정식 요원으로 활동을 시작한 지 얼마 되지 않아 적벽 의협문 본산이 신마맹주 염라마신에게 습격을 당했다.

이전은 그때 거기에 없었다. 이복은 의협문에 있었으나 운 좋게 화를 면했다.

의협문 혈사 때 문주 단운룡은 강씨 금상에서 신마맹의 강자 위타천과 싸우고 있었다. 단운룡이 적벽에 있었으면 어떻게 되었을지는 이전도 알 수 없었다. 많은 사람들이 목숨을 잃었다. 복수를 다짐하며 죽은 이들의 넋을 위로하고 운남으로 철수했다.

운남에서 이전은 단운룡이 거느린 세력의 실체를 실감했다. 그는 운남 남부의 왕과 같았다. 가히 국가 수준의 기반을 갖춘 의협문은, 문주 단운룡과 강씨 금상 강설영의 혼인식을 기점으로 의협비룡회라는 이름을 새롭게 공표했다. 새 출발이었다.

이전도 다시 중원으로 향했다. 중원 무림에서 본격적으로 활동을 재개했다. 사일적천궁을 찾는 데 힘을 보태라는 명령을 하달받고, 신기(神器)와 술법(術法)의 세계를 접했다. 전혀 다뤄본 적 없던 정보들을 다루기 시작했다. 세상이 두 배로 넓어졌다. 갑작스레 확장된 세계에 적응하기 위하여 무던히 노력하던 중, 그는 또 다른 임무를 맡게 되었다.

내용은 간단했다. 농경왕 고토를 찾아 문주의 서신을 전달하는 것이 전부였다.

고토의 거처에서 요원 이전은 강우란 젊은이를 만났다. 농경왕 고토의 제자라 했다.

문주의 서신에는 천잠보의란 술법무구의 제작을 위해 농경왕의 도움을 청한다는 내용이 그간의 사정과 함께 소상히 적혀 있었다. 강설영이 곤륜성모와 만난 환상적 모험담까지 아우르는 서신이었다.

　고토는 흥미를 보였지만 동행을 거절했다. 대신 제자 강우를 데려가라 했다.

　이전은 그렇게 운남까지 강우와 동행하게 되었다.

　농경왕의 제자 강우는 고작 열여덟 살에 불과했다. 하지만, 그는 평범한 십팔 세 소년이 아니었다. 장정보다 더 큰 덩치를 지녔고, 무공을 익히지 않았음에도 힘이 셌다. 무엇보다 특이한 것은 머리에 두 개의 뿔이 나 있다는 사실이었다.

　여정도 순탄치 않았다.

　정체불명의 추격자가 따라붙었고, 갖은 고초를 겪었다. 이전은 호남 장사의 여의각 분타에서 바로 지원 요청 전서구를 날렸다. 운남까지 보내려면 분타에서 분타까지 여러 마리 전서구를 거쳐야 했다. 무인들과 금방 합류할 생각은 버려야 했다.

　단둘이서 목숨을 건 추격전을 벌였다. 그 와중에 이전은 강우에게서 뿔이 나고 힘이 센 것 이상의 경이를 보게 되었다. 그는 놀라운 이능력을 지니고 있었다. 초목과 대화하고, 그들을 빨리 자라나게 만드는 능력이었다.

　추격전에서 개화한 능력은 성장을 거듭한 결과, 멀리서 초목을 움직이고 거대한 뿌리를 솟구치게 만들 정도까지 강대해졌다. 적들은 끊임없이 따라붙었다. 두 사람은 이전의 기지와 강우의 이능으로, 불가능을 가능케 만들면서 남하를 거듭했다.

귀주까지 도망쳤다. 운남이 멀지 않은 귀주 마령하 협곡에서, 그들은 또 예상치 못한 적들을 만났다. 처음 나타났던 추격자들은 정체를 알 수가 없었으나, 이번에 나타난 자들은 출신이 확실했다.

성혈교였다. 여태 쫓아온 정체불명의 추격자들이 본래부터 성혈교 하부 집단이었는지는 알 길이 없었다. 이들은 달랐다. 훨씬 강했다. 성혈교 묵신단 호교무인들은 실전 전투 요원으로, 정보 취합 집단 여의대 첩보요원이 감당할 수 있는 상대가 아니었다.

이전은 귀주 만봉림에서 성혈교 무인의 협봉검에 큰 부상을 입고 의식을 잃었다. 강우가 나무를 자라게 하는 이능력으로 요새에 가까운 방벽을 쌓아 적들의 공격을 막았지만, 성혈교 강시 병기인 신장귀들이 나타나면서부터는 더 버티는 게 불가능해졌다.

결국 강우는 의식 없는 이전을 나무뿌리로 숨긴 다음, 스스로 투항하여 적들에게 붙잡히게 되었다. 붙잡혀 끌려가던 중, 마침내 의협비룡회 여의각 첩보요원과 발도각 아창족 무인들을 만났다. 추격전 초반 일찍이 날린 전서구에 대한 화답을 귀주까지 와서야 받은 것이다. 의협비룡회 무인들은 적들을 물리쳤고, 이전까지 구해냈다.

강우는 적들에게 붙잡혔을 때 흑림이라는 이름을 들었다. 애초에 강우를 노린 것은 흑림이란 곳이었다. 성혈교는 귀주 일대를 세력하에 두고 있었다. 강우와 이전이 귀주에 이르자, 흑림이 협력을 요청한 것으로 보였다. 강우의 말을 듣고 여의각에서도 지원을 요청하며 대비를 했지만, 추가적인 추격은 없었다.

다음부터는 무탈한 여정이었다. 이전은 여의각 지원요원들과 합류한 뒤 제대로 된 치료를 받았다. 의식도 되찾았다.

이전은 목숨을 내놓고, 죽을 고비를 넘겼다.

그렇게 그가 강우를 오원으로 데려왔다.

*　　　　　*　　　　　*

농경왕 고토의 제자이자, 이능력자 강우는 강설영을 만났다.

"먼 길 고생하셨어요."

강우는 몸 둘 바를 몰라 했다.

농사만 짓던 강우는 강설영 같은 미녀를 처음 보았다. 그녀는 그 미모처럼, 이 땅에서 가장 존귀한 여인이라 들었다.

그런 여인이 밭을 일구고 있었다. 그것도 누에를 치는 상전(桑田)을 일군다 했다.

따뜻한 볕을 보며 상전 밭이랑에 서 있는 강설영은, 얼굴이 백옥처럼 하얗지도, 옷차림이 귀족 부인처럼 화려하지도 않았다.

그런데도 여왕 같은 기품이 있었다.

그녀는 죽립을 벗은 강우를 보고도 놀라지 않았다. 두 눈만 순간 반짝였을 뿐이었다.

강우가 고개를 숙이며 이름을 밝혔다.

"강우라고 합니다."

"저도 강씨예요. 설영이라 하죠. 어쩌면 먼 친척일 수도 있겠네요."

강설영은 담백한 말투로 반가움을 표했다.

강우는 머리를 조아렸다.

하늘에서 내려 온 선녀(仙女)가 따로 없었다.

선녀가 말했다.

"천잠사(天蠶絲)를 뽑을 수 있는 천잠(天蠶)을 키우려고 해요. 문제는 상목(桑木)이에요. 토질(土質)부터 달라져야 할 것 같은데 답을 몰라 답답해하던 참이었어요. 경농(耕農)에 통달하신 분의 도움을 청하려 했죠."

"통달은 못 했습니다만……."

강우가 강설영의 눈을 바라보았다. 내려다보는데도 올려다보는 것 같은 기분이 들었다. 강우가 침을 꿀꺽 삼켰다. 말을 이었다.

"그래도 그거라면 도와드릴 수 있을 것 같습니다."

강설영이 활짝 웃었다.

"그 말이 얼마나 힘이 되는지 모를 거여요. 부디 부탁드려요."

강우는 정신이 혼미해질 지경이었다.

저렇게 웃는 여인이 세상에 있었구나.

저런 선녀가 부탁을 했다. 하면 정말 무엇이든지 할 수 있을 것 같았다. 아니, 할 수 있어야 했다.

이전은 은인이었다. 그리고 강설영은 이전이 모시는 문주의 아내였다.

이전이 아니었다면 강우는 흑림(黑林)이라는 무리들에게 잡혀갔을 것이다. 그렇게 되었다면 지금쯤 무슨 일을 당하고 있을지 알 수가 없었다.

처음엔 의문이 들었다.

이전이 찾아왔기 때문에 그 고초가 시작된 것이 아닐까.

물론, 충분히 가질 법한 의문이었다.

이전이 나타나기 전까지 강우는 평범한, 또는 비범한 농꾼으로 살았다. 비범하다 한들, 도검을 휘두르는 강호인과 얽히는 삶을 살진 않았었다.

이전이 그의 삶을 바꿨다.

이전이, 의협비룡회가 그를 찾지 않았다 해도, 흑림은 강우를 찾아왔었을 것이다. 다만 공교롭게도, 운 좋게도, 이전이 먼저 그를 찾았을 뿐이었다.

그런 걸 강호에서는 인연이라 했고, 더 특별한 경우는 기연(奇緣)이라 부른다고 들었다.

강우는 생각했다.

기연이 맞다고.

강설영은 상목(桑木)을 키우고 싶다며 강우의 도움을 청했다.

그녀는 상전(桑田) 한가운데서 흙밭로 직접 누에를 치고 있었다. 그러나 그녀는 밭에서 누잠을 하는 보통 아낙이 아니었다. 보통의 농촌 아낙이라면 천잠사(天蠶絲)라는 걸 입에 올릴 리가 없었다. 토질에 뭔가가 빠졌다는 것까지 알고 있었다. 그것은 어떤 경농의 달인 못지않게 연구를 깊이 했음을 뜻하기도 했다.

실제로 천잠을 키우기 위해서는 특별한 상목이 필요했다. 정확히는 천잠이 진정한 천잠사(天蠶絲)를 토해내기 위한 상목을 이야기함이다. 먹고 자라는 상엽(桑葉)이 보통 상엽일 경우, 천잠은 천잠사를 만들 수 없었다. 누에는 일생을 상엽만을 먹고 자란다. 누에가 토하는 잠사도 결국은 상엽에서 비롯된다는 말이다. 사부는 천잠을 진정 천잠으로, 잠사를 천잠사로 만드는 상목을 일컬어 금석상목(金石桑木)이라 불렀다.

금석상목의 작농비결(作農秘決)은 사부가 쓴 후직신서 중에서도 가장 마지막 장(章)인, 영물생농(靈物生農)에 실려 있었다.

그마저 중요한 부분은 책에도 없었다. 사부의 진전을 제대로 이은 몇몇 선배 경농재사(耕農才士)들에게만 구전(口傳)으로 전수된, 비전(祕傳) 중에 비전이었다.

강우의 가치는 그러했다.

그는 할 수 있는 일이 많았다. 흑림이든 성혈교든, 그의 효용가치는 그 자신이 생각하는 것보다 더 높을 것이 분명했다.

강설영이라고 흑림이나 성혈교와 다를까?

강우는 바보가 아니었다. 필요에 의해 이곳에 불려왔음을 알았다.

그래도 괜찮았다.

여정 내내, 이전은 목숨 걸고 강우를 보호했다. 그저 임무였기 때문일 수도 있었다. 강우가 아는 천잠사란 물건에는 그럴 만한 가치가 충분했다. 그래도, 이전은 여전히 은인이었다. 그는 진심으로 강우를 걱정했고, 죽을 위기에서도 오로지 강우가 살아남기만을 바랐다. 뭐라고 불러야 할지 몰라서 일단 대협으로 부르기 시작했지만, 지금은 진정 대협 말고는 다른 호칭을 붙일 수가 없었다. 그만큼 도움받았다. 존경했다.

흑림이란 집단은 만봉림에서 맞닥뜨린 성혈교란 사교와 밀접한 연관이 있어 보였다.

그들은 이전을 향해 주저 없이 검을 휘둘렀다.

성혈교에서는 심지어 죽은 시체에 강철 족쇄를 채운 뒤, 살아 있는 사람처럼 되살려 부렸다. 흑림에는 더한 것이 있을지도 모른다. 그런 곳에 끌려갔으면, 대우가 이곳과는 많이 달랐을 것이다. 강설영 같은 미녀가 웃으며 반겨줄 리 만무했다.

상목들도 말했다. 이 땅의 모든 상목들이 그녀를 좋아했다. 그녀는 이 상전을 아주 정성들여 가꿨다. 하늘과 땅을 헤아리는 자만이 산천초목의 어여쁨을 받을 수 있다. 그녀는 얼굴만큼이나 마음씨도 아름다운 사람이었다.

강우는 귀한 손님이었다. 상목들의 속삭임을 들으니 마음이 더 편해졌다. 그가 할 줄 아는 것만 하면 된다. 그렇게 생각하기로 했다.

*   *   *

"우앗!! 야야, 우리가 보고 있는 게 뭔지 알지?"

"어어어? 설마! 정말! 진짜 있었구나!!"

강우는 혼란에 빠졌다.

강우의 거처는 상전(桑田) 바로 근처로 정해졌다. 강우는 이곳이 마음 편히 지낼 수 있는 곳이라고만 생각했고, 잠시 동안 실제로도 그랬다.

하루도 채 가지 않았다.

만달과 홍박의 출현이 강우의 생각을 송두리째 바꿔 놓았다.

"살아생전에 진짜 보게 될 줄이야!!"

"우와! 우와! 진짜야, 진짜! 우와! 진짜라고!"

"노사(老師)가 그랬지! 전설이란?"

"모든 전설은 실제 사실에서 비롯된다!"

"모든 전설은 실제 사실에서 비롯되지!!"

남녀의 목소리가 똑같이 겹쳤다.

이들은 강우의 거처를 제집처럼 들어왔다. 실례란 단어를 모르는 사람들 같았다. 강우는 통성명을 하기 전부터 피곤함을 느꼈다.

"처음 뵙겠습니다! 신농씨의 후손님! 영광입니다! 만달이라 합니다!"

"신(神)의 후손을 이렇게 만나다니! 홍박이라 해요!"

두 사람은 초롱초롱한 눈빛으로 강우를 바라보았다. 강우는 그 두 사람의 빛나는 두 눈이 조금 무서웠다.

"강우라 합니다."

"우어어…… 그거, 우어…… 이름부터가!!"

"버릇없게 자꾸 쳐다보지 마! 강씨야, 강씨! 맞네, 맞어. 게다가 이름이!"

"원래 이름자엔 언령(言靈)이 담겨 있다고 하지! 아마도 몇 세대를 건너 처음 발현된 특성이었을 거야! 그 발현엔 이름도 한몫했을 거구!"

"그런데, 소처럼 안 생겼는데?"

"아니, 아무리 고대 신농씨가 소의 형상을 지녔다고 해도 진짜 음메 하는 소 얼굴이었을라구? 우각(牛角)이 있으니, 그리

이야기가 전해졌겠지!"

"니가 그걸 그때 살아보지도 않고 어떻게 아냐?

두 사람은 또 티격태격 싸웠다.

당사자를 앞에 두고서 자기들끼리 싸우는 건 버릇을 넘어 특기라 해도 과언이 아닐 것 같았다. 그것도 아주 나쁜 특기다. 게다가 그 주제는 강우의 선조에 대한 아주 민감한 사안을 담고 있었다.

강우에겐 출생의 근원이자 평생의 질문과 맞닿아 있는 이야기이기도 했다. 적어도 이렇게 경망되게 다툴 만한 이야기는 분명 아니었다.

강우가 참지 못하고 물었다.

"제가 신(神)의 후손이라니 그게 무슨 말입니까?"

만달과 홍박은 말다툼을 하다가 강우의 질문을 듣고 동시에 말을 멈췄다.

"몰랐습니까?"

"몰랐어요?"

도리어 그들이 놀란 기색이었다.

"아니, 어떻게? 어째서?"

"왜죠? 왜 모를 수가 있죠?"

"처음 들어보는 이야기입니다. 아니, 두 번째군요. 성혈교라는 사교(邪敎)에 잡혔을 때도 비슷한 말을 들어보긴 했습니다만."

"그 뿔이 있잖습니까! 그런 명백한! 엄청난 게 있는데!"

"설마 자기 이마에 뿔이 난 것도 모르고 산 건 아니죠?"

홍박은 정말 진지하게 물었다.

강우는 웃어야 할지 화를 내야 할지 헷갈릴 지경이었다.

꾹 참고 다시 물었다.

"그래서, 제가 신농씨의 후손이라는 겁니까? 그 신농씨요?"

만달과 홍박이 동시에 고개를 끄덕였다.

너무 극적으로 고개를 끄덕여서, 장난치는 것처럼 보일 정도였다.

강우는 이걸 어떻게 받아들여야 할지 알 수가 없었다.

염제신농, 신농씨.

강우는 농사꾼이다. 신농씨에 대해 모를 수가 없다.

신농은 농사의 신이다.

풍년제마다 제사를 올리는 신이 바로 그 신농이다.

신농씨는 많은 그림에서 우두인체(牛頭人體)의 반인반수로 묘사되지만, 대체로는 나뭇잎 옷을 입은 선풍도골의 노인으로 그려진다.

아무리 신농씨가 두 개의 뿔을 지녔다 해도, 강우는 신농씨와 자신을 동일시해 본 적이 없었다. 비슷하게조차 생각해 보지 않았다.

그래서 강우는 혼란스러웠다.

너무나 쉽게 확신하는 이들의 태도가 그 혼란을 가중시켰다.

그러니, 강우는 할 수 있는 것이 질문밖에 없었다.

"제가 신농씨의 후손이란 걸 어떻게 압니까?"

만달이 당연하다는 듯 답했다.

"인간이 지닌 수각(獸角)에는 여러 종류가 있어요. 대부분은 그냥 기형(奇形)이에요. 어쩌다 뿔이 자라난 거죠."

강우는 잠자코 들었다. 누구도 강우의 뿔에 대해 이토록 직접적으로 이야기한 적이 없다. 그의 뿔은 오래 간직한 수치이자 비밀이었다. 슬픔이자 분노였기도 했다.

"아주, 지극히 드물게 제대로 된 형태를 갖는 수각인(獸角人)들이 발견되죠. 보통은 요괴거나 요괴 혼종(混種)이에요, 그거."

"요, 요괴요? 이야기 속에 나오는 요물들을 말하는 겁니까?"

강우가 당황한 어조로 되물었다.

이번 대답은 홍박이 했다.

"요괴, 요물, 귀물, 뭐라 부르든지 간에요. 그들은 우리 주변에 의외로 많이 있죠. 괜찮아요. 강우 동생은 요괴 아니에요. 혼혈도 아니고요. 그랬으면 수요령(搜妖鈴)이 요란하게 울었을 거거든요."

"그거 수요령 좀 별로던데. 요기(妖氣)만 있으면 아무 때나 울어대고."

"야! 별로긴 뭐가 별로야! 니가 애지중지하던 신안구(神眼狗)도 별거 없었어! 쬐끄만한 걸 통제도 못 했으면서!"

"아니, 거기서 우리 적구 이야기가 왜 나와!"

"넌 주워 온 거지만 수요령은 내가 직접 만든 거거든?"

"그래 봐야 순양궁 거 베낀 거잖아!"

"무슨 소리! 순양궁 거보다 내 거가 더 성능이 좋아!"

둘이 또 시작이다.

강우가 급히 끼어들었다.

"그래서, 제가 뭐란 말입니까?"

불쑥 나온 것은 몹시 근본적인 질문이었다.

만달과 홍박이 순간 굳어졌다.

만달이 먼저 말했다.

"사람이지 뭐겠습니까."

"그럼, 그럼요. 평범한, 아니, 비범한, 아니, 보통 사람이죠."

홍박이 거들었다.

강우가 다시 물었다.

"사람 맞습니까?"

"사람 맞습니다. 사람 맞지, 아마?"

"아, 그럼 맞지! 이 바보야!"

이들은 가만 놔두면 통제가 되지 않는다는 것을 강우는, 금세 알아챘다. 그래서 재빨리 다음 질문을 했다.

"그럼 저에겐 왜 다른 사람에게 없는 이런 것이 있는 건가요?"

"그, 그게 말입니다. 원래 태고의 신(神)들은 인간과 금수가 혼합된 혼돈(混沌)의 존재였다고들 말하죠. 그들은 신체의 일부가 범상치 않은 이형(異形)인 경우가 많았다고 묘사되고 있어요. 신농(神農)의 상징은 우두(牛頭)입니다. 그 뿔의 형태는 아주 독특해요. 대대로 신농의 일족이 지녔다고 알려진 뿔이 바로 그 모양입니다."

"일족이라면, 저와 같은 사람이 또 있다는 겁니까?"

"음…… 아니요. 아닐 겁니다. 현세에는 없을 거예요."

"일족이라면서요."

"일족이긴 한데……."

만달이 말문이 막힌 듯, 입을 앙다물었다. 뭐라고 설명해야 할지 머릿속을 뒤지고 있는 것이다. 보다 못한 홍박이 거들었다.

"사실, 한족(漢族)이라면 모두가 염제신농의 자손이라고 해요. 우리에게도 신농씨의 피가 흐르고 있다는 거죠. 하지만 그 피가 어떤 조건으로 진해져서 발현이 되는지, 또는 직계에만 전해 내려오는 특별한 무언가가 있는지는 알려진 바가 없어요. 신(神)의 일족이 나고 자라는 이치에 대해서는 우리도 잘 모른다는 거예요. 아무도 잘 모르죠."

"아무도 모른다고요……."

강우가 미간을 좁혔다.

오랜 의문에 비해서는 참으로 허무한 답이었다. 뭐라도 더 물어보려는데 만달이 고개를 퍼뜩 들며 입을 열었다.

"기억났습니다! 어떻게 태어나는지는 몰라도, 태어났다는 기록은 확실히 있어요. 물론 마지막 문헌 기록은 백 년도 넘긴 했지만요. 우각(牛角)이 쌍으로 있었고, 이능(異能)도 확인되었고요."

뿔과 이능이란 말엔 강우도 귀를 기울일 수밖에 없었다.

강우 하나가 아니다.

누군가가 있었다.

과거의 어느 때라도 그와 같은 사람이 있었다는 이야기를 들으니, 묘한 안도감이 들었다.

하지만 그의 상념은 오래가지 못했다.

홍박이 밝은 목소리를 칼처럼 휘둘러 그의 마음을 푹 찌른 까닭이었다.

"아! 그러고 보니 강우 동생의 능력은 뭐예요? 뭘 할 줄 알죠?"

강우는 선뜻 답하지 못했다.

만달이 대뜸 끼어들어 강우 대신 대답했다.

"신농 일족이라면 만독불침이지!"

"야! 내가 너한테 물어봤니?"

홍박이 만달에게 핀잔을 줬다.

강우는 얕게 한숨을 내쉬었다. 이 사람들은 이게 재미있나 보다.

그에겐 평생의 고민이었건만.

화를 내서 뭐 하랴. 당장 궁금한 것부터 묻기로 했다.

"만독불침이 뭐죠?"

홍박과 만달 입장에선 의외의 질문이었다.

그들이 서로를 한번 바라보았다.

홍박이 먼저 되물었다.

"몰라서 묻는 건가요?"

"네. 그렇습니다."

"만독불침이란 말을 들어본 적이 없어요? 그게 말이 돼? 신농 일족이면서 얼마나 평화롭게 산 거예요? 댁 사는 데에선 중독으로 죽는 사람이 없어요?"

"왜 없겠습니까. 독은 어디에나 있죠."

농경은 먹기 위함이다. 초목을 키워서 식량으로 삼는다는 것은 곧, 독초(毒草)를 분간하고 배제하며 해독하는 것과도 맞닿아 있었다. 그렇기에 강우는 당연히 독초학을 익혔고, 해독술(解毒術)도 배웠다. 하지만 그건 어디까지나 농지 산간의 자연독(自然毒)에 국한된 지식이었다.

만독불침은 강호의 용어였다.

일반적으로는 사람을 제압, 살상하기 위한 목적으로 만들어진 독술(毒術)에 대응하는 말이다. 농경에서의 중독이란 무지나 부주의에서 비롯된 불행한 사고에 해당하지만, 강호에서의 중독은 결이 다르다. 물론 무지나 부주의는 강호인에게도 똑같이 해당하는 말이겠으나, 대체로 만독불침이란 인간에게 해를 입히기 위하여 정제된 독에 대한 저항력을 인위적으로 높인 궁극적 경지에 해당한다고 봤다.

"만독불침이란 말 그대로 모든 독에 면역이란 뜻이에요."

"모든 독에요? 그게 가능합니까?"

"아뇨, 대체로 불가능하죠. 타고난 것만으로는요."

홍박이 단호하게 말했다.

"그러니까. 신농씨가 어떻게 죽었는지 알지?"

"알지. 알고 말구, 이 바보야."

만달이 신이 난 듯 묻고, 홍박이 곧바로 맞장구를 치며 핀
잔을 줬다.

가만 보니 이들은 누가 듣든 말든, 그저 말하는 것 자체를
좋아하는 것 같기도 했다.

"어떻게 죽었냐면요. 바로 중독입니다, 중독! 고대에 신농
씨는 사람들이 먹어도 되는 풀을 가리기 위하여 직접 독초들
을 씹으며 독성을 파악했다고 전해지죠. 많게는 하루에 칠십
여 종의 독초를 먹었다고도 해요. 다시 말해, 엔간한 독은 통
하지 않았다는 이야깁니다. 그런 양반이 중독으로 죽었어요.
단장초(斷腸草)라는 풀을 먹고 죽었다는 겁니다."

"백각충(百脚蟲) 때문이라는 설도 있고요."

"그렇죠. 여하튼, 만독불침까진 아니었단 말입니다. 그래
도, 신농의 일족은 대대로 의술에 능했고, 독을 두려워하지
않았다고 했습니다. 어떻습니까. 비슷합니까?"

"아니요, 저는 의술에 능하지도, 독과 친하지도 않습니다."

"에? 아니라고요?"

"네. 아닙니다."

"그럼 뭘 할 줄 알죠?"

"힘이 좀 셉니다."

"아! 천생신력!"

만달이 새삼스레 강우의 몸을 훑어보았다. 전설에 따르면 신농씨는 만독불침 외에도 천생신력을 타고났다 하였다. 홍박은 아예 한 발 물러나 강우의 체격을 가늠했다. 분명히 보통 사람보다 크고 단단해 보였다. 팔도 굵고 몸통도 컸다. 무공을 익힌 사람처럼 훌륭한 체구였다. 하지만, 신력을 타고난 장사라는 것은 굳이 신의 피를 잇지 않아도 충분히 나타날 수 있는 특성이었다. 날 때부터 힘 좀 썼다 하는 자들은 발에 치이도록 많은 것이 강호라는 세계였다.

"달리 할 줄 아는 거는요?"

홍박이 물었다.

그녀는 뭔가 대단한 걸 기대하는 눈치였다.

강우는 피곤함을 느꼈다.

그래서 그는 편히 대답하려고 했다. 거짓말은 하나도 보태지 않았다.

"제 사부는 세간에서 농경왕이라 불리십니다. 저는 작물을 잘 자라게 할 수 있습니다. 그게 제 특기입니다."

"아……! 농사……!"

"무, 물론 그렇겠네요. 그것도 있군요. 농사의 신이라서 신
농(神農)이니깐!"

두 사람이 과하게 고개를 끄덕였다.

감탄한 척하지만 어딘지 실망한 것 같았다.

농사보다는 더 특별한 신통력이 있을 줄 알았던 모양이었다.

강우는 굳이 그들의 실망감을 덜어줄 생각이 없었다. 능력
을 제대로 보여줬다가는 한참 시달릴 게 뻔했기 때문이었다.

강설영을 도와주기로 한 이상, 빠르든 늦든 들통이 나기는
할 것이다. 그래도 오늘만큼은 사양이었다. 신농씨와 뿔 이야
기는 그에게 결코 가벼운 일이 아니었다.

신(神)의 일족, 신(神)의 외형, 신(神)의 힘이다.

받아들이기가 쉽지 않았다. 결코 쉽지 않은 일이었다.

＊　　　　＊　　　　＊

강우는 먼저 상전(桑田) 농지(農地)를 봤다.

상엽을 만져도 보고 맨발로 땅을 밟아도 보았다. 손으로 흙
을 골라 흙냄새를 맡고 혓바닥으로 맛도 보았다. 가만히 서서
바람도 맞아보았다.

비는 얼마나 오냐, 구름이 얼마나 끼냐를 물었다. 물길도
살폈다.

"대단하군요. 일반적인 상전(桑田)으로 최상지는 아니나, 물

과 땅을 잘 보살피셨네요. 보통 정성이 아니에요. 굉장히 잘하셨습니다. 게다가 금석상목을 키우기엔 괜찮습니다. 아주 좋습니다."

상전을 일굴 때 강우의 능력을 쓴다고 가정하면, 토지의 조건 자체는 사실 큰 문제가 아니다. 무엇을 기르든 메마른 땅에서도 억지로 꽃을 피울 수 있다.

하지만 그것은 결코 좋은 게 아니다.

자연의 이치가 그렇지 않다. 특히나 영물농생은 더 그렇다.

영물은 본디 식생이 까다롭다. 동물이든 식물이든 마찬가지다. 특히나 금석상목은 아예 다른 조건이 충족되어야 한다. 강우의 능력으로도 해결이 안 되는 조건이었다. 강우는 그것부터 이야기했다.

"휘수연석(輝水鉛石), 니석(鈮石), 홍아연석(紅亞鉛石)이 필요합니다."

강설영으로서는 셋 다 처음 들어보는 이름이었다.

"석(石)이라면, 광물인가요?"

"그렇습니다."

"저는 잘 모르는 분야예요. 다행히도 알 만한 사람이 있죠. 아, 이미 만나 보았죠? 인사했다고 들었어요."

강설영의 입에서 나온 이름은 홍박이었다.

*   *   *

강우는 어쩔 수 없이 그녀를 만나야 했다.

"내가 사실 몰래 알아봤는데요, 이 사람들 문파가 진짜 무시무시한 문파예요. 동광(銅鑛)을 채굴하고 있거든요. 관의 허가도 없이."

홍박은 순식간에 수많은 단어를 쏟아냈다.

그나마 만달이 없어서 다행이었다.

하나와 하나가 만나면 둘이 되는 게 아니라, 넷 또는 여덟이 되는 만달과 홍박이었다.

두 사람의 수다는 그야말로 정신이 없었다. 앗 하는 사이에 산으로 치닫곤 했다. 강우로서는 또 겪고 싶지 않은 곤욕이었다.

"동광이 있으니, 휘수연석이랑 홍아연석은 거기서 캐낼 수 있어요. 니석이 문제네요. 이건 희산금속(稀酸金屬)인데? 당최 농사짓는 사람이 이런 걸 어떻게 안대요? 니석 산지(産地)는 가장 가까운 데가 광서(廣西)예요. 비싸긴 하지만 뭐, 봤잖아요. 이들에게 그 정도 돈은 문제가 안 될 거여요."

강우가 고개를 갸웃거렸다.

이 홍박이란 여자는 의협비룡회가 본인의 소속이 아닌 것처럼 말하고 있었다. 운신이 자연스럽고, 따로 거처도 있어 당연히 이곳 사람인 줄 알았다. 궁금했지만 강우는 묻지 않았다. 자칫 다른 이야기를 꺼냈다가는 한도 끝도 없이 말이 길어질 터였다.

"그런데 내가 물었잖아요. 농사짓는 사람이 이런 걸 어떻게 아냐구요. 왜 대답을 안 해요?"

그녀가 강우를 물끄러미 바라보았다.

'말할 틈을 안 줬잖습니까.'

마음과 달리 답은 고분고분했다.

"사부에게 배워서 압니다."

"휘수연석 같은 걸 어디다 쓸 건데요?"

"갈아서 땅에 뿌릴 겁니다."

"에? 땅에요?"

"토질은 작물에 지대한 영향을 끼칩니다. 같은 과실(果實)이라도 어떤 땅에서 컸느냐에 따라 맛이 달라지죠."

"아하! 그게 그 잎사귀를 먹는 누에에게도 영향을 미칠 것이다 이거군요!"

"정확합니다."

"헌데, 니석은요? 니석은 밭에 뿌릴 만큼의 양이 안 될 텐데요?"

"니석은 그 용도로 쓰지 않습니다."

"그러면 어디에 쓰죠?"

"잠사(蠶絲)의 후처리에 사용합니다."

"어? 흑철사(黑鐵砂)가 아니구요?"

"니석이 더 좋은 것으로 되어 있습니다. 흑철사를 아시는군요. 그건 니석을 구하기가 힘들어서 흑철사로 대체한 겁니다."

"그런 건 또 어떻게 알아요? 천잠보의제작비결에 있는 제작비결대로 진행하고 있는 건데요. 제가 그 제작비결의 비결에 맞춰서 보의선륜차도 제작했고, 그 제작비결의 후처리 비결이 흑철사라고 되어 있었는데요."

"저도 봤습니다. 그거."

"보의선륜차요? 그걸 어떻게 봐요?"

"천잠보의제작비결이요."

"봤다고요? 어떻게요? 그거 구하기가 얼마나 어려웠는데!"

"그 비결엔 빠진 게 좀 있어요."

"빠진 게 있다고요?"

"이를테면, 휘수연석, 홍아연석이요."

"아……! 그런데, 그러니까, 강우 동생은 어떻게 그걸? 아! 혹시 그게 강우 동생이 타고 난 신통력인가요?"

"신통력 아닙니다. 저는 그냥 농사꾼입니다."

"계속 묻잖아요. 농사꾼이 그걸 어떻게 다 아냐구요."

"잠업도 농사입니다."

강우가 아무렇지 않게 답했다. 홍박은 혼란스러워했다.

"아? 그래도? 농사? 천잠보의가?"

"많은 농가(農家)에서 풍년의 신으로 신농씨와 함께 누조(嫘祖)를 모십니다. 양잠은 우리에게 아주 중요해요."

"누조라면…… 잠화낭자(蠶花娘子)라는 여신(女神)을 말하는 거죠?"

"예."

"아니, 그건 알겠는데, 연석이나 니석은 금속학의 영역이란 말예요. 누조 신앙이랑은 다른 이야기잖아요."

홍박의 호기심은 끝이 없었다. 강우가 기어코 작은 한숨을 내쉬며 대답했다.

"누조께서는 하늘에서 내려오셨습니다. 머나 먼 하늘로부터 날개도 없이 내려와 저희에게 양잠을 가르쳐 주셨지요."

"천인강림 설화! 하늘에서 내려온 신(神)이 사람에게 그전까지 없던 것들을 가르치다. 온 세상에 비슷한 이야기는 수도 없이 많죠!"

홍박은 또 자기 이야기를 끝없이 할 기세였다. 그래서 강우는 먼저 말했다.

"방문이라고 하죠. 좌도라고도 하고요."

"……!"

"아직 사람들이 눈뜨지 못한 기(技)와 술(術), 지금은 널리 알려지지 않았지만 언젠가 좌도로 천대받지 않고 올바른 길이 될 법도라 했죠. 사부께서는 학자(學者)라 자칭하는 어른들과 교류가 많았습니다. 그리고 그들과 별개로 우리 쪽에도 그와 같은 지식이 있습니다. 비결이라 해도 좋고요."

홍박은 많이 놀랐다. 자기 말을 장황하게 이어가지 못할 만큼 강우의 말은 예상 외였다.

그의 입에서 학자란 두 글자가 나올 줄 몰랐다.

그녀가 본 강우는 머리 위 두 뿔을 제외하고는, 과묵하고 순박해만 보였다.

그래서 사람은 이럴 것이다 쉽게 판단해선 안 된다. 강우는 강호 초출이라 경험이 일천할 뿐이지, 자기 영역에 있어서는 확실한 지식을 갖고 있었다. 추구하는 바도 학자회(學者會)와 똑같았다.

"좋아요! 납득했어요! 더 캐묻지 않을게요. 안 그래도 막혀서 답답해하던 차였는데, 강우 동생이 와서 다행이네요. 우리 잘 만들어 봐요!"

홍박이 손뼉을 짝 치며 대화를 마무리했다.

그녀가 웃었다.

강우는 어색하게 인사하고, 도망치듯 거처로 돌아왔다.

확실하게 알았다.

홍박도 학자다. 만달도 그러하다.

그들은 고대로부터 내려온 놀라운 지식을 탐구하고 그 안에 숨겨진 원리를 통달하려는 자들이다.

한 가지를 더 깨달았다.

사부는 학자 어른들을 만날 때마다 강우의 뿔이 드러나지 않게 하는 데 더 신경을 썼었다.

사부에 대한 야속함은 없다. 오히려 감사했다. 그들은 홍박과 만달처럼 지대한 호기심을 보였을 것이고, 강우의 마음을 뒤흔들어 놓았을 것이며, 동시에 어떤 해답조차 내놓지 못했을 것이다. 학자들은 많이 알지만 아는 것보다 더 많이 몰랐다.

강우는 많이 배웠다.

사부가 마지막으로 했던 말도 잘 배우고 오라는 거였다.

홍박과의 대화도 걱정했던 것만큼 싫지만은 않았다.

더 많이 배우기로 했다. 여기 있으면 그럴 수 있을 것 같다.

사부 말처럼, 땅은 어디에나 있었다.

*   *   *

여의각 첩보대원 이전은 한 달 만에 자리를 털고 일어났다.

운이 좋았다. 협봉검을 맞을 땐 깊이 들어오는 걸 느끼고 죽었다 싶었는데, 치명상은 아니었던 모양이었다. 특히나 응급 처치가 좋았다고 했다. 실력 좋은 의원이 영약이라도 쏟아부은 것 같았다는 말도 들었다. 강우가 또 뭔가를 했구나 싶었다. 고마웠다. 따로 찾아가 묻진 않았다.

건강을 되찾은 이전은 바로 일선에 복귀하고 싶어 했다.

한참을 누워 있었더니 지루해 죽을 지경이었다.

용 대인에게 내보내 달라 몇 번을 이야기했지만, 대인은 요지부동이었다. 더 요양이 필요하다 했다.

본인 몸은 본인이 가장 잘 아는 법인데. 불만이 쌓였다.

강우를 보러 강설영이 있는 천잠상전에 나가보았다. 강우는 땀을 뻘뻘 흘리며 상목을 살피고 땅을 고르면서 한참 분주하게 일하고 있었다. 손도 안 대고 다 자라게 할 수 있는 녀석이 능력을 쓰지 않은 채 직접 손에 흙을 묻혔다. 방해하지 않고 돌아왔다. 그걸 보니 더 자극이 되었다. 이전은 용 대인에게 한 번 더 찾아갔다.

한참을 설득했다. 결국 용 대인이 얼굴을 찌푸리며 알겠다고 말했다. 하루를 더 기다렸다. 기다린 그를 부른 것은 뜻밖에도 용 대인이 아니었다.

양무의가 그를 직접 불렀던 것이다.

"고생 많았네. 저번에도 말했지만, 정말 잘했어. 흑림 산하 조직들을 더 조사하고 있는데, 위험한 집단들이 많아. 묵신단은 더하지. 그들은 성혈교 주력 무인 집단이야. 자넨 사지로 들어갔다 온 셈이지. 일이 갑작스레 꼬였는데도 완벽하게 대응했고, 이렇게 살아서 돌아오기까지 했어. 그게 제일 잘한 거야. 살아온 거."

양무의는 병상에까지 찾아와서 했던 칭찬을 또 했다.

노고를 다시 인정해 주니 몸 둘 바를 모를 만큼 기꺼웠다. 하지만, 그가 용 대인이나 양무의에게 청하고 싶은 것은 황송한 칭찬이 아니었다.

"그럼 잘했다는 의미로 중원에 다시 내보내 주십시오."

이전의 의지는 확고했다.

양무의가 엷은 미소를 지으며 대답했다.

"안 돼."

부드러운 어조라 더 단호하게 들렸다.

"이렇게 쉬면 감이 떨어집니다. 지금쯤은 다시 시작해야 감을 잃지 않습니다."

"틀렸어."

양무의는 다시 한번 부드럽게 답했다.

"네? 틀렸다니요?"

"내가 언제 자네의 가능성을 가장 높게 봤는지 아나? 적벽에서 퇴각할 때, 중현에서야. 자네는 밤을 새면서 열심히 길을 만들었지. 내 자네에게 무엇이든 들어주겠다 했더니 쉬게 해달라고 말했어. 그게 가장 중요해. 정신과 육체를 만전의 상태로 유지하는 것. 오래 쉬어도 감이 떨어지지만, 조급해도 떨어져. 자넨 지금까지 잘했어. 더 쉬어도 돼."

"싫습니다. 못 쉽니다."

이전은 뱉어놓고 흠칫했다.

대군사 양무의, 여의각주 앞에서 할 말이 아니었다. 적어도 평소의 그였다면 절대 그런 식으로 이야기하지 못했을 것이다.

그때서야 이전은 뭔가 잘못되었음을 알았다.

그는 멀쩡하지 않았다.

다 회복되었다 생각했는데 아니었다. 말실수를 이렇게 할만큼, 그는 아직 성치 않았다.

"동생은 만나봤나?"

양무의는 여전히 미소를 짓고 있었다. 그는 그의 실수를 질책하지 않았다. 그저 부드럽게 말을 돌릴 뿐이었다.

"만나보았습니다."

이전은 고개를 떨구고 싶은 마음을 참으며 어렵사리 대답했다.

"이야기는 좀 나눠봤고?"

"인사만 했습니다."

"대화를 더 나눠봐."

"저희는 괜찮습니다. 동생도 한참 열심이라 방해하기도 그렇구요."

"내가 말하잖아. 대화를 나눠보라고."

양무의의 목소리엔 이제 단단한 힘이 실려 있었다.

이전의 눈동자가 작게 흔들렸다.

양무의가 어떤 사람이던가. 이전은 고집 부릴 만큼 바보가 아니었다. 그가 고개를 숙이며 말했다.

"죄송합니다. 이유를 알고 싶습니다."

"자넨 죽을 뻔했어. 생사를 오가면 사람이 변하지. 변화는 좋을 수도, 나쁠 수도 있어. 나쁘게 변하지 않으려면 무엇보다 가까운 사람이 중요해. 가서 참으로 무서웠다고 말하든, 아니면 하나도 두렵지 않았노라 말하든. 있는 그대로 이야기를 해봐. 여의각에서 칭찬을 하더라. 받아서 좋았다. 뿌듯하더라. 아니면 칭찬받을 만큼 잘한 게 없는 것 같다라든지. 뭐든 좋

아. 느낀 바를 털어놓아 보란 말이야. 그게 진정한 휴식이지. 누군가에게 말을 하면, 그것이 눈으로 보이지 않는 자네 상처를 치유해 줄 거야. 게다가 자넨 여의각 대원으로서 아주 귀한 경험을 했어. 동생도 여의각 대원이니, 많이 들려줘. 들려주면서 나눠주라고."

"……."

이전은 잠시 말을 잊었다. 양무의는 철운거에 탄 채 별빛 같은 눈동자로 그를 응시하고 있었다.

양무의는 다 알고 있었다.

양무의도 용 대인도 그를 칭찬했지만, 그는 스스로 그렇게 생각하지 않았다.

강우의 이능(異能)이 없었다면, 이전은 이미 산 목숨이 아니었다.

운이 좋아서 살아난 것이다. 그렇게 생각했다.

"천운이라 들었겠지."

양무의가 그의 마음을 읽듯, 다시 말을 이었다. 이전이 퍼뜩 고개를 들었다.

"성혈교의 협봉검은 얇지만 혈조(血漕)가 잘 깎였고 관통력이 좋아서 살상력이 뛰어난 물건이야. 그 정도면 천운이 맞지. 하지만 그건 그저 검상에 관한 것일 뿐이야. 그 상황에서 살아온 건 온전히 자네 실력이지. 천운이 아니었어. 동반자의 능력을 빨리 파악하고 활용한 것도, 지체 없이 대응하여 지원을 요청한 것도, 그 먼 거리를 움직이면서도 우리가 예상할 수 있는 범위 내에서 이동한 것도, 다 자네니까 가능했던 거지. 지금 더 경험이 많은 대원들조차도 자네만큼 할 수 있을 사람은 드물 거야."

이전은 뭐라도 대답하려고 입을 열었지만, 할 말을 찾지 못했다.

양무의가 목소리가 미소를 담고 이어졌다.

"자네가 해낸 일이 실제로 무슨 의미가 있는지 몰라서 그래. 자네가 데려온 친구는 할 줄 아는 게 많아. 자네가 본 것보다 더. 그게 무슨 뜻인지 아나? 똑똑한 자네라면 알 수도 있을 텐데."

"저는 잘 모르겠습니다."

"거봐. 조급해서 그래. 조금만 차분히 생각해 보면 어려운 일이 아닌데."

양무의의 눈을 다시 한번 보았다.

여의주와 같은 눈이다.

맑고, 투명하다. 잔잔하고, 깊고, 단단하다.

여의각 각주의 눈이다. 대원의 눈도 그와 같아야 한다.

이전은 그렇지 못했다. 그는 분명 평정심을 잃고 있었다.

"제가 부족합니다. 가르침을 주십시오."

"자넨 똑똑해. 내가 이야기하면 알아듣잖아. 지금처럼. 조금도 부족한 사람이 아니야."

지금까지는 칭찬만 했다.

양무의가 천천히, 한 손가락을 들어 본인의 눈을 가리켰다.

그가 말했다.

"자네 눈엔 미혹이 있어. 자넨 그 친구의 신적인 이능(異能)을 두 눈으로 보았으면서도, 아직 온전히 믿지를 못해. 자네 탓이 아냐. 그건 누구나 그럴 수 있어. 지금껏 겪었던 것과 전혀 다른 세상을 목도했고, 아직 그 세상에 대해 아는 게 없지. 우리 같은 사람들은 아는 게 없으면 불안해. 그래서 더 조급한 거야."

이전이 고개를 끄덕였다.

양무의가 옳다. 정말 그러했다.

"모르면 뭘 해야 하지? 급하게 부딪치면 더 헷갈려. 그건 자네나 나 같은 사람이 할 일이 아니야. 알지도 못하면서 무작정 덤비는 건 다른 사람에게 맡기란 말이야. 물론, 그런 사람도 대단히 중요해. 어쩔 땐 그런 사람들이 훨씬 더 큰 성과를 내니까. 누구 이야긴지는 알겠지? 하지만 우리는 그렇지 않아. 일단 알아야 해. 뭔지 알고, 그 다음에 행동하는 거지. 그래서 묻는 거야. 자넨 천잠보의에 대해 얼마나 알고 있나? 그게 어떤 물건인지는 정확하게 인지하고 있는가? 그게 전설이 아니라 실제라면? 그게 정말 우리 손에 있다면 어떨지 진지하게 생각해 본 적이 있나?"

양무의는 오늘 유난히 말이 많았다.

질책이고, 가르침이었다.

"깊이 생각해 보지 못했습니다."

솔직하게 꾸미지 않고 답했다. 여전한 미소를 띤 채, 양무의
가 말을 이었다.

"자넨 보고도 보지 않으려 한 거야. 우리 보고서에 이미
다 있는데도. 염라마신은 사망안(死亡眼)이라는 원리 불명의
비술로 눈이 마주치는 사람을 단숨에 죽일 수 있어. 옥황상제
는 말 한 마디 언령(言靈)이자 언령(言令)으로 죽음을 명할 수
있지. 위타천은 사람의 몸으로 불과 번개를 뿜고 하늘을 날기
까지 해. 그런 자들이 중원에 대란(大亂)을 일으킬 거야. 아니,
이미 시작되었지. 성혈교 광신도들은 죽은 자가 되어 백주를
활보하고, 비검맹 검존은 대장강의 물 위를 걸어. 우리는 그런
자들과 싸워야 해."

이전은 아무 말도 하지 못했다.

양무의의 말마따나, 이미 문서로 다 있는 내용이었다. 그런
데도 양무의의 목소리로 들으니 새삼 압도되는 기분이었다.

"그래서 다시 묻지. 이 대원, 자네가 무엇을 해냈는지 이젠
좀 알겠어?"

"아직도 저는 모르겠습니다."

"자네가 데려온 그 친구 덕분에 많은 것이 빨라졌지."

양무의가 잠시 말을 쉬었다.

다음 말을 꺼내는 것은 양무의 본인에게도 큰 의미가 있었

기 때문이다.

"우리 문파는 괴력난신이 난무하는 이 난세에서, 전무후무한 술법 방어구를 보유하게 될 거야. 천잠보의의 완성이 가까워졌어. 그게 자네가 한 일의 의미야."

이전의 눈이 커졌다.

난세가 도래했다. 그건 이전도 안다.

그럼에도 이전은 무의식적으로, 그건 그의 싸움이 아니라고 생각했었던 모양이다. 그건 사람을 벗어난 자들이 벌이는 다른 세상의 다툼이었다.

이제야 알았다. 이전은 강우의 능력을 두 눈으로 보았다. 그리고 그 한가운데에서 피를 흘리고, 임무를 완수했다.

자랑스러워해도 된다. 그는 거대한 세계의 일부로 한몫을 하고 있다. 그가 한 작은 일이 무림의 판도를 바꿀 수도 있었다.

"이제야 알겠습니다."

눈앞이 밝아지고 마음은 차분하게 가라앉았다.

"그럼, 다음 임무를 주십시오."

이전이 덧붙었다.

이쯤 되면 양무의도 아니 웃을 수 없었다.

말이 통하는 놈인데 또 고집은 고집대로 있다.

우둔한 고집이 아니라 영민한 고집이다. 그래서 밉지 않았다.

밉지 않은 정도가 아니다. 양무의는 이전이 마음에 들었다. 몹시.

*　　　　　*　　　　　*

　양무의가 임무를 주었다.

　다음 임무에는 싸움이 필요치 않을 것이라 하였다.

　이전은 그래도 비구와 비도를 챙겼다. 모든 일에 대비해야
했다. 경험에서 우러나온 지식이었다. 그게 예전에도 그의 목
숨을 살렸다. 맨손으로 가는 것은 있을 수 없는 일이라 생각
했다.

　"장비 다 반납해."

　용 대인이 거처까지 찾아왔다. 막 떠나려는 사람에게 하는
이야기가 장비 반납이다. 이전이 이유를 물었다.

　"어째서입니까."

　"각주님의 명이야. 쇠붙이는 가져가지 마. 특히 무기는 안
돼. 그거 비구도 벗고."

　"규산이란 곳에 적대 세력이라도 있습니까?"

　"그런 거 아니야. 은자도 가능하면 가져가지 말고, 필요한
건 전표(錢票)로 처리해."

　"그건 또 무슨 이유입니까."

　"낙뢰가 잦아."

　"네? 낙뢰요?"

　웬 뜬금없는 소리인가 했다. 용 대인은 더할 나위 없이 진

지했다.

"문주의 귀환이 너무 늦어져서 대원 하나를 보냈었지. 죽다 살아났어."

"뭐 때문에요? 낙뢰 때문에요?"

"그래, 낙뢰 때문에."

양무의가 중요한 임무를 준다면서 문주를 모셔오라 했을 땐, 가르침이나 깨달음과 별개로 참 너무한다 싶었다. 헌데, 듣자 하니 그렇게 간단한 임무만은 아닌 것 같았다.

비구를 내려놓고 비도 요대도 풀었다. 은자도 용 대인 말처럼 전표로 교환했다. 쇠로 된 물건은 전부 내려놓았다.

"헌데, 대인. 그런 보고서는 못 봤는데요."

"올리지 않았으니까."

"왜죠?"

"문주 명으로."

"네?"

"부인(婦人)께서 걱정하는 게 싫었던 모양이다. 뭔가 위험한 걸 하고 계신다 하더라고."

이전의 미간이 좁혀졌다.

"문주 같은 분한테 위험한 거면, 정말 위험한 거 아닙니까?"

문주의 신변이 잘못되면 안 된다. 특하나 이런 시기엔 더 그랬다.

"모르지. 범인이 보기엔 위험해도 문주한텐 위험하지 않은 건지도."

"보냈던 대원이 누군데요."

"정이."

"걔도 범상한 애 아니잖아요."

"물론 그렇긴 하지만."

"얼른 가야겠군요. 뭔가 잘못되기 전에."

"잘못될 사람인가, 문주가. 그보다 강 대인 상태가 너무 안
좋다. 얼른 모셔 와. 자칫 늦을 수도 있어."

"그러니까요. 더 붙잡지 마십시오. 설마 저 걱정되어서 예
까지 오신 건 아닐 테고요. 전 얼른 가겠습니다."

그는 제법 당돌해졌다.

홀쩍 문밖으로 나왔다. 뒤도 돌아보지 않고 걸음을 빨리했
다. 포랑족 기마관에서 타가식 준마를 받아 안장에 올랐다.
규산까지는 꽤 멀었다. 서둘러야 했다. 힘차게 말을 달려 오원
을 빠져나갔다.

*　　　*　　　*

규산에 이르기도 한참 전부터, 이전은 하늘 가득 껴 있는
시꺼먼 구름을 봤다.

아닌 게 아니라 당장에라도 벼락이 내리칠 것 같은 하늘이
었다.

좀 더 가자, 기마가 달리길 꺼려 했다. 전마(戰馬)로 키워진 훌륭한 혈통의 말이 겁을 먹고 투레질을 했다.

다행히도 가까운 곳에 마을이 있었다. 기상이 험하고 척박했지만 주민들의 얼굴은 평온해 보였다. 기마를 맡겨두려 했더니 은자가 없어 곤욕을 치렀다. 전표가 통용되기엔 너무 외지고 작은 마을이었다. 그럴 땐 현물로 지급할 수밖에 없다. 마을 뒤편의 험산을 타고 올라가 한 시진 만에 산양(山羊) 한 마리를 짊어지고 내려왔다. 마을 사람들이 반색을 했다. 동시에 보통 사람이 아님을 알고 더 친절해졌다.

기마를 맡기고 이동을 서둘렀다. 마음이 급했다. 기마 보관에 거의 반나절을 허비한 까닭이었다.

규산에 이를 때쯤엔 하늘이 우르릉거리며 요동을 쳤다. 사람 그림자는 눈을 씻고 봐도 없었다. 산에는 초목도 잘 보이지 않았다.

단운룡이 타고 올랐던 산길을 타고 산정 고지를 밟았다.

괴이하게 생긴 뇌공탑을 발견했다.

뇌공탑 규모는 상당했다. 창도 없는 건물에 일 층 너비가 웬만한 장원보다 더 커 보였다.

네모반듯한 바닥에 위로 갈수록 좁아지는 세모꼴로 차곡차곡 돌을 올렸다.

높이 올린 첨탑은 뾰족했고, 그 끝엔 까마득한 높이로 철심을 세웠다.

건물 주변도 괴이하긴 마찬가지였다. 사람 키의 몇 배나 되는 철심들이 수십 개나 세워져 있는데 몇 개는 부러져 있었고, 몇 개는 불에 탄 듯한 흔적이 있었다. 사람 사는 거처 주변에서 볼 수 있는 풍경이 결단코 아니었다.

탑의 중앙에 있는 나무문으로 걸어갔다. 나무문에는 기이하게도 검게 그을린 자욱들이 여러 개 겹쳐져 있었다. 다 손 모양 자국이었다. 문을 밀기 위해 손을 뻗으면 닿는 바로 그 위치였다.

탕! 탕! 탕! 문을 두드렸다.

짧지 않은 정적이 흘렀다. 이내, 문 저편으로부터 철컥 철컥 하는 금속성이 들리기 시작했다. 차르르륵 하고 톱니바퀴 돌아가는 소리가 들리다가, 다시 철컥거리면서 뭔가에 걸린 소리가 났다.

"고장 났어! 기다려!"

문 안쪽에서 난데없는 아이 목소리가 들렸다.

키리릭! 철컥! 하고 쇠붙이 두 개가 맞춰지는 소리를 들었다.

"됐어! 이제 그쪽에서 밀어봐!!"

이전이 아이 목소리를 따라 나무문을 밀었다. 한쪽만 밀었을 뿐인데도 양쪽 문이 동시에 움직였다. 문 두 개가 얼음 위를 미끄러지듯 부드럽게 안쪽으로 접혀 들었다.

문의 안쪽은 밝았다.

등불과는 불빛의 느낌이 좀 달랐다.

이전은 불빛 아래 서 있는 한 명의 소동(小童)을 보았다.

칠팔 세가량의 동자는 얼굴이 해사하고 쭉 찢어진 두 눈에 눈동자가 새까맸다. 머리 양쪽에 동그랗게 쌍상투를 틀었다. 빼쩍 마른 몸에 피부색이 묘하게 푸르스름했다. 은사(銀絲)로 장식한 검은색 비단옷을 입고 있었다.

"또 왔구나?"

아이가 대뜸 말했다.

"또?"

"데리러 왔지?"

"……?"

"단운룡이 말이야."

"아……!"

"걔는 지금 바빠. 안 돌아갈 거야."

이전은 할 말을 잘 찾지 못했다. 문주를 두고 이렇게 말하는 아이를 보니, 하대를 해야 할지 공대를 해야 할지 갈피를 잡을 수가 없었다.

반로환동(反老還童)이라는 말을 믿지 않았었다. 이젠 달랐다. 강우의 이능을 목도했던 이전은, 강호에 있는 모든 종류의 말 안 되는 말들이 말이 될 수 있음을 알았다.

그래서 이전은 아이를 보이는 대로 대할 수가 없었다. 아이가 아닐 수도 있기 때문이었다.

"할배! 할배! 얘는 그냥 안 갈 건가 봐! 할배!"

아이가 안으로 들어가며 목소리를 높였다.

이전은 따라가지도, 나가지도 못한 채 그대로 문간에 서 있었다. 함부로 발을 들여놓을 곳이 아니라는 생각이 들었다.

얼마 지나지 않아 백발이 단정한 노인 하나가 검은색 비단 학의를 휘적이며 이전 쪽으로 걸어 나왔다. 백발의 머리카락을 단정하게 쓸어 넘겨 보석 장식 박혀 있는 가죽 끈으로 정돈했고, 높게 솟은 매부리코 위에는 애체가 올려져 있다.

애체 너머로 보이는 두 눈동자엔 깊고도 심유한 지력(智力)이 흘러나오고 있었다. 이전이 고개를 깊이 숙이고 포권을 했다.

"의협비룡회 문도 이전이라 합니다. 문주를 모시러 왔습니다."

"자네들 문주는 왜?"

"가족의 병환이 갑자기 깊어지셔서, 조속한 귀환이 필요하십니다."

"많이 깊으신가?"

"네, 위독하십니다."

이전은 말을 돌려 숨기지 않았다.

"흠… 그거 참 전하기 싫은 비보일세."

노인의 얼굴이 굳어졌다. 눈빛이 순간 바뀌었다가 다시 원래대로 돌아왔다.

이전은 등골이 오싹했다.

노인의 눈은 무서웠다. 지금은 아니었지만, 아주 잠깐, 선풍

도골의 외견과 판이하게 다른 빛을 품었다.

오래전 도박판에서 자주 보았던 눈빛이었다. 광기(狂氣)였다.

노인이 이전을 바라보았다. 물끄러미 바라보는 눈빛엔 아무 감정도 담겨 있지 않았다. 그런데도 이전은 죽을 수도 있겠다는 생각을 했다. 노인과 눈을 마주친 동안, 이전은 백 년 같은 찰나를 겪었다. 결국 노인이 혀를 차며 말을 이었다.

"이제 거의 다 됐는데 말이야. 자넨 참으로 불청객이로고."

노인이 몸을 돌렸다.

노인은 몹시 불쾌해 보였다. 이전에게 이름조차 밝히지 않았다.

그가 따라오라는 말도 없이 안쪽으로 들어갔다.

통로 저편에서 아이의 목소리가 울려왔다.

"그냥 보내줄라고?"

"할 수 없지."

"붙잡아 줘?"

"아니야. 다시 올 거다. 그럴 수밖에 없거든."

두 사람의 기척이 사라졌다.

이전은 기다렸다.

오래지 않아, 번쩍 하고 이전의 앞에 사람 그림자가 나타났다.

온몸의 털이 쭈뼛 섰다. 찌릿찌릿한 느낌이 전신을 타고 흘렀다.

"장인 어르신?"

"네, 그렇습니다."

단운룡이 눈을 한 번 감았다 떴다.

이전은 자신도 모르게 한 발 물러섰다.

단운룡의 가까이에 있자니, 눈썹이 파르르 떨리고 안면 근육이 자꾸만 움찔거려 통제할 수가 없었다. 뭔가가 몸속을 훑고 가는 느낌까지 들었다. 좀처럼 견디기가 힘들었다.

고수의 기파라고 하기엔 너무나 직접적이었다. 인간이 맞나 하는 생각까지 들었다.

"여기까지 오느라 고생했군."

목소리는 사람의 그것이 맞았다.

황송한 말이지만 그는 단운룡에게 대답조차 하지 못했다. 고개를 숙이며 한 발 물러섰다. 한 발 물러서고도 소용이 없어서 한 발 더 물러섰다. 물러서고 보니, 단운룡의 몰골은 말이 아니었다. 머리카락도 산발이고, 옷도 여기저기 구멍이 뚫려 있었다. 불구덩이에 들어갔다 나온 사람처럼 보였다.

"먼저 갈 테니 천천히 와."

단운룡은 그 말만 남기고 나타날 때처럼 번쩍 문밖으로 나가 버렸다.

이전은 또 한 번 덩그러니 남겨졌다.

곤란한 순간이었다.

일단 문 안으로 발을 들였으니, 나간다는 인사는 해야 했다. 그게 예의였다. 헌데 주인 얼굴을 볼 수가 없었다. 배웅할 생각이 전혀 없는 것 같았다. 직접 뵙겠다 안쪽으로 들어가려니 영 발이 떨어지질 않았다. 고민하던 이전이 마음을 굳히고 안쪽을 향해 소리쳤다.

"이만 저도 물러가 보겠습니다!"

안에서는 아무 대답이 없었다.

이전이 문 쪽으로 조심스레 물러났다.

회랑 저편에서 전혀 조짐도 없이 아이 그림자가 언뜻 비쳤다. 멀리 보이는 그림자의 움직임은 어딘지 모르게 부드럽지가 않아서 사람 같지가 않았다. 단운룡에게 느낀 것과는 또 다른 위화감이었다. 단운룡이 인간을 초월한 존재가 되었다면, 저 그림자는 애초에 인간과 다른 존재 같았다. 생전 처음 느껴보는 공포심이 등줄기를 타고 올랐다.

철컹! 끼리릭!

기계음과 함께 문이 닫히기 시작했다. 문은 열릴 때와 달리 한 번에 문제없이 쭉 닫혔다. 꿍! 하는 소리와 함께 양 문이 완전하게 닫히자, 묘한 안도감이 솟아났다. 왜 아이가 두렵게 느껴졌는지는 이유를 알 수가 없었다. 애초부터 뇌공탑이라는 공간 자체가 불가해(不可解)였다. 이전은 그 불가해도 무서웠다.

몸을 돌려 도망치듯 고원을 빠져나왔다. 멀어지면 멀어질수록 마음이 진정되었다.

번쩍! 하고 먼 하늘에서 번개가 쳤다. 우르르르릉! 하는 천둥소리가 따라왔다.

투둑투둑 하고 빗줄기가 몸을 적셨다.

이전은 서둘러 하산했다. 단운룡은 이미 내려가는 산길 어디에도 보이질 않았다. 이미 산 밑에 이르렀는지도 몰랐다. 문주는 더 강해지고 더 빨라졌다. 감히 가늠할 수조차 없는 경지에 올라 있음을 알 수 있었다.

마음을 단단히 먹기로 했다.

인간의 영역이 아닌 세계에 발을 들이는 것은, 역시나 쉬운 일이 아니었다. 엿보는 것만으로도 굳센 정신이 필요했다.

더 많이 봐야 했다. 더 많이 알아야 했다. 더 많이 겪어야 했다.

일단 걷기 시작한 것, 따라가 볼 생각이었다. 어디까지가 끝인지 모르지만, 언젠가 그 길 끝에 함께 앉아 적벽 무후사 어느 날 밤처럼 다 같이 술 한잔 하고 싶었다.

무후사의 그날 밤을 생각하자. 곤두섰던 마음도 가라앉았다. 빗물도 더 이상 차갑지 않았다. 시원했다.

*　　　　　*　　　　　*

"내, 자네, 쿨럭! 자네가……! 쿨럭, 쿨럭! 내 자네에게……."

강건청은 위독한 정도가 아니었다.

그야말로 죽음이 임박한 상태였다.

단운룡은 다행히도 늦지 않았다. 적어도 임종의 순간만큼은 함께 지킬 수 있었다.

"자네… 이리 와 보게, 쿨럭, 쿨럭."

강건청이 숨을 몰아쉬었다.

"손을……."

강건청이 손을 뻗었다. 손을 드는 것만으로도 힘겨워 보였다.

강건청의 곁으로 가는 발걸음이 천근처럼 무거웠다. 단운룡이 잠시 동안 강건청의 손을 바라보았다. 단운룡은 그 손을 어떻게 해야 할지 몰랐다. 잡아달라는 것 같았지만, 단운룡은 그런 걸 해본 적이 한 번도 없었다. 한 번도 없었다고 생각했다.

순간 돌이켜 생각해 보니, 까마득하게 어릴 때, 죽어가는 아버지의 손을 잡아본 적이 있는 것 같기는 했다. 그때 이후로 처음이었다. 이내, 단운룡이 손을 뻗어 강건청의 손을 잡았다. 어색했고, 차가웠다. 차가운데, 따뜻했다.

"명색이 강씨 금상 사원데, 쿨럭, 옷차림이 그게 뭔가."

단운룡은 미처 의관도 갖추지 못한 채, 규산에서의 차림 그대로 이 자리에 섰다.

강건청의 두 눈은 흐릿했다. 생기가 얼마 남지 않았다.

그만큼 가까워서야 단운룡의 의복이 엉망임을 알았다. 강건청이 희미하게 웃으며 다시 한번 질책했다.

"내가, 내가 대 강씨 금상의 상주인데, 천하제일 침선장인 내가 자네 이러고 다니는 꼴은 못 봐. 쿨럭, 내 하늘에서도 그 모습은 보고 싶지 않네. 항상 잘 차려입고 다니게. 그럴 자신 없으면 내 딸이랑 살지 마. 쿨럭."

"명심하겠습니다. 잘 차려 입고 다니겠습니다."

뒤에 선 강설영의 눈에선 눈물이 하염없이 쏟아지고 있었다. 단운룡이 고개를 돌려 그녀를 보고 손을 뻗었다. 그녀가 자연스럽게 그의 손을 잡고 한 발 다가와 나란히, 가까이 강건청 앞에 섰다.

"내, 자네, 자네에게 꼭, 꼭 보의를 입혀주고 싶었는데……."

"아빠. 아빠……."

"이 침선장인 내가 직접 자네 치수를 재고, 어깨 품이 얼마나 되나, 허리둘레가 어떻게 되나, 이 내가, 가장 완벽하게 지어서, 자네 몸에 걸쳐 주고 싶었는데……."

강건청의 목소리가 점점 가늘어졌다.

"하지만 괜찮아. 꼭 재지 않아도 보기만 하면 완전하게 맞출 수 있지. 그렇지, 설영아?"

"그럼요, 아빠. 아빠가 천하제일이에요. 그럼요, 보기만 해도 다 알죠."

"내가 우리 설영이 남편, 보의에 쓸 침화도 다 떠놨단다. 알고 있지? 쿨럭, 쿨럭!"

"네, 네, 알고 있어요. 알구말구요. 바로 여기 있잖아요."

강설영은 하염없이 고개를 끄덕였다.

강건청이 숨을 몰아쉬는 머리맡엔 키가 큰 목각 인형이 서 있었고 그 목각 인형에 걸쳐진 장천에는 하늘을 나는 비룡의 용포 자락이 숨이 막히도록 아름답게 수놓아져 있었다.

"우리 사위, 우리 딸… 보의가 완성되면 그 위에 겉감으로 덧대 줘. 사위, 사위 이리 오게. 쿨럭. 그 험악한 옷 좀 벗고, 저것을 좀 걸쳐주지 않으련?"

단운룡은 맞잡은 강건청의 손아귀에서 힘이 점점 더 빠져나가는 것을 느낄 수 있었다.

단운룡이 그의 손을 놓고, 다급히 겉옷을 벗었다.

그 위에 강건청이 수를 놓은 용포를 걸쳤다.

단운룡이 강건청에게로 돌아섰다.

흐릿한 눈으로 단운룡을 본 강건청이, 강설영을 불렀다.

"설영아, 설영아… 우리 딸 설영아……."

"네, 아빠. 아빠, 저 여기 있어요."

"저것 보거라. 용포보의에 비룡이 노니니, 그 기상이 참으로 웅혼하다. 이름은 천잠비룡포라 하자꾸나."

"네, 네, 그래요, 아빠. 그렇게 해요."

"아이고, 우리 사위 헌앙하다. 새로 얻은 내 아들. 이제야 보기 좋다. 내가 참으로, 참으로 안심이 된다."

아마 강건청의 눈은 이미 잘 보이지도 않는 상태였을 것이다.

그래도 강건청은 웃었다.

"둘이 나란히 서 보거라."

이미 둘은 나란히 서 있었다.

강건청의 시야는 이미 이 세상에 있지 않았다.

그의 기침이 멎었다. 그의 온몸에서 생기가 급격하게 빠져나가고 있었다.

"몹시 잘 어울리는 한 쌍이다. 설영아, 항상 웃어라. 하고 싶은 거 다 하고 살아야 한다. 설영아, 설영아. 아프지 말아라. 아빠처럼 두 사람 행복하게…… 서로 바라만 봐도 항상 행복하게……."

강건청은 젊은 부부를 보며, 자신의 과거를 보았다.

이내, 그의 눈에 비친 딸과 새로이 얻은 아들이 사라졌다.

대신 그의 눈에 누구보다 예쁘고, 아름다운 사람이 비쳐들었다.

"부인, 거기서 날 마중 나왔구료. 나 지금 가오."

속삭이듯, 입술을 달싹였다.

그의 숨이 멎었다.

행복하고, 평화로운 얼굴이었다.

*　　　　*　　　　*

"그쪽을 잡으시고요."

"잡았다."

단운룡이 답했다.

"이쪽에 힘을 가하세요."

강설영이 다른 편 강철 손잡이를 잡았다.

보의선륜차는 강우가 합류한 후 몇 번의 개조를 거쳐, 방하나 크기로 위용 만개한 대기계가 되어 있었다.

"자, 시작합니다."

마침내, 천잠사 첫 번째 낱실이 선륜차에 얹혀졌다.

백마잠신(白馬蠶神)의 알에서 자란 천잠은 금석상목의 이파리를 먹으며 컸다. 천잠은 백용(白踊)을 거쳐 백천아(白天蛾)가 되었다. 그 백천아가 또 알을 낳아 이 세대의 천잠으로 부화했다. 천잠은 또다시 금석상목 상엽을 갉으며 성장했다. 이 세대 백용에 황금색 줄무늬가 생겼다. 백용을 가르고 날개를 얻은 백천아는 하얀 날개에 황금색 띠를 갖고 있었다.

금선백천아가 다시 알을 낳았다. 알 끝에도 노란 점이 찍혔다.

삼 세대 천잠이 금석상목에서 자라났다. 삼 세대의 성장은 빨랐다. 삼 세대 천잠은 자라면서 은은한 황금색을 띠어갔다. 마침내 고치에서 첫 천잠사가 뽑혔다. 천잠사는 희지 않고, 투명하면서 그 속에 아주 엷은 금색을 품고 있었다.

투명 금색 천잠사가 선륜차 수레를 타고 힘차게 뻗어나갔다.

강우가 그 작업의 중심에 있었다.

"지금입니다. 중심 광석에 열을 가해 주세요."

파지지직!

단운룡의 몸에서 육안으로 확인할 만큼의 전격(電擊)이 솟구쳤다.

뇌신 발동이다.

마신까지 개방했던 단운룡의 뇌신의 기운은 유형화의 수준이 마치 노란 붓으로 그린 그림 같았다. 게다가 불규칙적으로 명멸하는 뇌기(雷氣)를 자유자재로 조절하는 것까지 가능해져 있었다.

단운룡이 뇌기를 뽑아 선륜차의 중심에 놓여진 회산광석, 니석에 집중했다.

파직거리는 소리가 기계를 타고 흘렀다. 은백색 단단해 보이는 니석에서 불꽃이 튀었다.

키리리릭! 촤라라라라락!

천잠사 투명 금색의 실이 선륜차를 타고 뇌신 니석의 불꽃 한가운데를 통과했다. 투명 금색의 실에 은백색 입자가 입혀졌다. 투명 금색 실에 은백색이 섞여 들었다. 고열 전격과 희귀 금속으로 후처리된 천잠사가 선륜차 하부로 나왔다. 천잠사가 쫙 펼쳐지며 비단천으로 짜여지는 강철 테에 내려앉았다. 그렇게 완성된 천잠사는 금색과 은색이 어우러진 오묘한 빛깔을 띠고 있었다.

찰칵, 찰칵, 차라랑!

경쾌한 소리와 함께, 낱실 천잠사가 올올히 이어졌다. 선륜차를 다루는 것은 강설영이었다. 그것은 강씨 금상 그녀의 가업이었다. 강설영은 달인처럼 능숙했다.

작업은 고되었고, 오래 걸렸다.

하룻밤을 꼬박 새고서야 비단 천 한 바닥이 만들어졌다. 긴 팔 소매 하나 겨우 만들 수 있는 크기였다.

천잠사를 짜서 조각 비단을 만들고 그것들이 옷의 형태를 갖추기까지는, 한 달도 넘는 시간이 소요되었다. 강건청의 장례가 끝나고 사십구 일째가 되었을 때, 마침내 강설영은 비룡포 한 벌의 형태를 맞출 수가 있었다.

"이제 흡정잠요 이식만 남았습니다. 가장 많이 성장한 놈부터 시도해 보는 게 어떨까 싶습니다만."

"야! 야!"

"이놈이거든요. 이게 가장 크고 가장 강성해서, 이걸로 하는 게……."

"야!"

"악!! 아니, 이 여자가!"

홍박이 만달의 팔을 확 꼬집었다.

"야! 너 제정신이야? 왜 그거부터 해?"

"왜냐니! 얘가 가장 먼저 깨어났고, 가장 강력하잖아."

"아니! 작고 통제 가능한 것부터 해야지! 우리 거 아니라고 그렇게 막 불안정한 개체를 들이대면 어떻게 해!"

"얘가 왜 불안정해? 젤 크니까 젤 안정되어 있지."

"야! 너 이럴 거야?"

"아니, 생각해 봐. 처음에 활성화되었고, 천지간의 기운도

그만큼 많이 흡수했어. 탐(貪)도 가장 적을 거고. 천잠사 금은
색 농도도 갈수록 옅어진담서."

"진심으로 하는 소리야?"

"이게 최선이야. 최고가 될 거고."

"진심으로 하는 소리냐고!"

"진심이지, 그럼."

"아니야, 아니야. 동생! 설영 동생!"

"야, 무슨 말을 하려 그래!"

"여기 좀 봐요! 우리 소상주 설영 동생! 지금 이 멍충이가
하려는 게 뭐냐면, 여기 이놈, 이거 보이지, 이놈을 여기에, 보
의에 이식하겠다는 거야! 이게 그러니까 이게 말이야, 우리 갖
고 있는 열두 개 개체 중에 가장 빨리, 크게 성장한 거거든!
그런데 이런 놈은 어떻게 변할지 아무도 몰라. 이 정도까지 컸
으면 그만큼 흡정력도 강력할 거라서 제어도 힘들 거고, 이
성장 속도라면 일반적인 자연 상태에서 애초에 유지가 안 돼.
화산이나 얼음심해 같은 절지에 심어야 겨우 살까 말까야. 한
마디로 엄청무시하게 위험하다는 거지!"

"아니야, 아니야, 아니야, 아니야. 소상주 괜찮아. 이게 가장
강해. 이왕 만드는 거 제대로 만들어야지, 안 그래?"

강설영은 잠자코 들었다.

그리고 고개를 옆으로 돌려 물었다.

"당신은 어떻게 할래요?"

"하잔 대로 하자."

"누가 하잔 대로요?"

"위험한 쪽."

"그럴 줄 알았어요."

홍박의 얼굴이 울상이 되었다.

만달은 헤벌쭉 웃는 것이 환호성이라도 지를 기세였다.

"지체할 거 있나요? 바로 합시다."

만달이 성큼성큼 걸음을 옮겼다.

손에는 광구로 성장한 흡정잠요 화수옥함(火水玉函)이 들려 있었다.

만달이 조심스레 옥함의 뚜껑을 열었다.

요와 괴를 합쳐 요괴라 한다.

잠요는 괴(怪)의 범주다. 이치에서 벗어난 생물이나, 사람을 홀리는 요물과는 다른 행태를 보인다. 괴의 목적은 오로지 생존이다. 생명을 유지하는 것만이 중요하다. 그것만 달성되면 사람을 해치지 않는다. 백 년이고 천 년이고 그 자리에 그대로 있을 수 있다.

흡정잠요는 납작한 반구형(半球形)으로 옥함 바닥에 눌어붙어 있었다. 그것은 액체 같기도, 고체 같기도 한 괴이한 재질을 갖고 있었다. 반투명한 덩어리 밑으로 붉고 푸른 옥함의 빛이 번지면서 투과되고 있었다.

흡정잠요 덩어리를 담은 화수옥함은 사실 천금으로도 구하기 힘든 기보(奇寶)였다.

이름 그대로 화수옥을 깎아 만든 옥함이었다.

화수옥이란, 존재함으로서 천지간에 존재하는 불의 기운과 물의 기운이 끊임없이 흘러들어오는, 전설의 축기광물(畜氣鑛物)이라 했다.

"화수옥이 천고의 보물이긴 해도, 이 정도 크기가 담을 수 있는 수화기(水火氣)는 미량이에요. 그 얼마 안 되는 자연기를 먹고 이만큼이나 커졌어요. 이 개체는 흡정잠요들 중에서도 괴물이에요. 저는 안 하는 게 좋다고 봐요."

홍박이 단운룡을 직접 보고 끝까지 만류했다.

단운룡은 홍박의 경고를 가감 없이 들었다. 전과 같았으면 가볍게 무시했겠지만, 지금의 단운룡은 아니었다. 그가 대답했다.

"염라마신은 십전지옥의 힘을 쓰고, 옥황은 상제의 힘을 빌리지. 기물 하나 통제하지 못하는 능력으로는 못 이겨. 포기하고 그만두는 게 좋아."

홍박은 단운룡의 말에 반박할 수 없었다.

팔황에 즐비한 절세고수들은 차치하고, 신마맹이 지닌 역량만 생각하더라도, 단운룡의 말이 백번 옳았다. 지금은 가능한 한 가장 강한 수를 준비할 때다. 급할수록 돌아가라는 말이, 항상 진리란 법은 어디에도 없었다.

"그럼, 꺼내겠습니다."

정작 만달의 머릿속엔 그런 전략적인 발상 자체가 조금도 없어 보였다.

그의 표정이 그랬다.

그냥 해보고 싶었던 거다.

만달이 은백색 밀교식 금강저(金剛杵)를 꺼내 화수옥함 안으로 쑥 집어넣었다. 흡정잠요라 하는 반투명한 물체가 출렁이며 꿈틀거리기 시작했다.

"자, 옳지. 그래, 싫을 거야. 싫지, 그럼."

흡정잠요가 옥함내벽을 기어올랐다. 다리가 돋아난 것도 아닌데도, 미끄러지듯 위로 올라왔다. 금강저에서 멀어지려는 움직임이었다.

"그 안이 아주 따뜻하고, 아주 차갑고, 그저 좋았겠지만 이제 나와라. 여기 밑에 네가 훨씬 더 좋아하는 게 있단다."

만달이 물을 붓듯 천잠사 보의 위로 화수옥함을 기울였다. 흡정잠요가 흘러내리듯 내려오다가 빠져나오기 싫다는 듯, 옥함 끝에 뭉클거리며 머물렀다.

"괜찮아. 괜찮다니까? 내려와 봐. 옳지."

만달은 아예 화수옥함 모서리를 보의 위에 내렸다.

화수옥함 속에 머무르려던 흡정잠요의 표면 일부가 아주 조금 땅에 깔린 보의에 닿았다.

흡정잠요가 부르르! 하고 떨었다. 분명 그렇게 보였다.

흡정잠요가 물처럼 흐물흐물해졌다. 그러더니 정말 물이 쏟아지듯 보의 표면으로 빠르게 흘러 내렸다.

촤아아악!

흡정잠요가 보의에 스며들었다. 하얀 도화지 위에 먹물 한 방울이 뚝 떨어진 것처럼 금은색 보의 위에 반투명한 물체가 넓적한 원형으로 크게 번져나갔다.

천잠사 보의 표면이 흡정잠요의 움직임을 따라 얇게 출렁거렸다. 빛이 산란되면서 무지갯빛 광채가 잠요의 움직임을 따라서 영롱하게 파도를 쳤다.

흡정잠요의 원형 확산은 보의 장포의 사분지 일 크기까지 커졌다. 그 다음에는 확산 경계면에서 혈관처럼, 또는 나무뿌리처럼, 가느다란 선이 수십 수백 가닥 퍼져 나와 장포 앞자락과 목의 옷깃, 긴팔 소매까지 쭉쭉 뻗어나갔다.

잠요에서 나온 선은 더 얇아지고 촘촘해지더니, 그물처럼 장포 전체를 덮어나갔다. 앞면에서 뒷면까지 퍼져나가는 듯, 보의가 살아 있는 것처럼 바닥에서 위아래로 꿈틀거렸다.

보의는 한참을 그렇게 움직였다.

거의 반시진에 가깝도록 그렇게 퍼져나가더니, 다시 처음 쏟아졌던 부위에서 어린아이 주먹만 한 반구가 반치도 안 되는 높이로 낮게 솟아올랐다.

단운룡과 강설영, 홍박과 만달, 그리고 강우가 숨을 죽이고 그 광경을 지켜보았다. 만달이 마침내 함박웃음을 지으며 손을 번쩍 들고 밝은 목소리로 말했다.

"성공적으로 완료된 것 같습니다. 이제 착의(着衣)만 남았군요!"

그때였다.

땅바닥에 깔려서 누워 있던 보의가 살아 있는 것처럼 번쩍 일어났다. 독사가 땅에서 솟구치듯 일어난 잠요보의(蠶妖寶衣)가 큰 목소리를 낸 만달에게로 훅! 날아들었다.

찰나의 순간에 보의를 낚아챈 사람은 다름 아닌 단운룡이었다. 단운룡이 목덜미 옷깃을 있는 힘껏 잡아당겼다. 보의의 힘은 예상외로 강했다. 단운룡의 몸이 일순간 덜컥 흔들릴 정도였다. 움직임을 제약당한 보의가 양팔을 사람처럼 휘둘렀다. 마치 만달을 잡으려는 몸짓 같았다.

"모두 나가!"

단운룡이 소리쳤다.

＊　　　　＊　　　　＊

잠요보의가 부르르 떨더니 몸을 돌리듯 단운룡에게로 비틀렸다. 목소리에 민감하게 반응하는 것 같았다. 홍박과 만달이 먼저 뒤로 튀어 나갔다. 강설영은 뒷걸음질 쳤으나, 문 밖으로 나가진 못했다. 먼저 제대로 된 행동을 취한 것은 의외로 강우였다.

우지직! 뿌드드드득!

땅바닥에 깔린 백석 벽돌 사이로 손가락 굵기의 나무뿌리들이 수십 가닥이나 솟아올랐다. 뿌리들이 올라와 잠요보의의 아래쪽 장포 자락에 얽혀들었다.

"어엇!"

강우가 크게 놀라 경호성을 냈다.

밑에서 잡아당기듯 타고 오른 나무뿌리들이 순식간에 말라 비틀어지고 있었다. 생기(生氣)가 그대로 빨려 들어가는 느낌이었다. 강우의 목소리를 들은 잠요보의가 이번에는 강우 쪽으로 비틀렸다. 단운룡이 큰 소리로 말했다.

"네 주인은 나다! 다른 사람은 놔 둬!"

목소리에 벼락 같은 내공을 실었다.

강설영이 말없이 강우를 잡아끌었다. 그녀가 강우와 함께 문 밖으로 나섰다. 마지막으로 단운룡과 눈이 마주쳤다. 단운룡은 눈빛으로 믿으라 했고, 강설영은 눈빛으로 알았다 대답했다. 천잠사보다 더 질긴 부부간의 신뢰가 그 안에 있었다.

실내에 단운룡과 잠요보의만 남았다.

금은색 보의는 잠요가 스며든 이후, 마치 색이 바랜 것처럼 광채가 혼탁해져 있었다. 집 바깥에서도 강설영과 사람들이 멀어진 것을 기척으로 확인하고는, 단운룡은 뇌정광구의 진기를 있는 대로 끌어올렸다.

파지지지직! 하고 솟아난 진기가 음속 발동으로 가라앉았다.

잠요보의가 얼음처럼 굳어졌다. 마치 사람이 깜짝 놀란 것 같은 모양새였다.

투명한 사람이 입고 있는 옷처럼 잠요보의는 굳어진 채, 단운룡과 대치하듯 잠시 동안 마주 서 있었다.

이내, 잠요보의가 서서히 움직이기 시작했다.

고양이과 동물이 먹이에게 가까이 가듯, 천천히 단운룡에게 다가왔다. 단운룡은 피하지 않았다. 잠요보의가 단운룡의 얼굴 앞까지 왔다. 그러더니 맹수가 사람을 덮치듯, 일순간에 단운룡을 위에서부터 확 덮어버렸다.

보의가 얼굴을 덮어 눌렀다. 감촉은 아주 단단하면서도 동시에 아주 부드러웠다.

단운룡이 손을 들어 얼굴을 덮은 보의 자락을 밑으로 잡아내렸다.

'이것 봐라?'

저항이 상당했다. 음속의 힘을 실은 내공력으로도 쉽사리 잡아당겨지지 않을 정도였다. 얼굴 앞에는 공간이 생겼지만, 그래도 시야가 가려졌다. 잠요보의는 옷자락으로 단운룡의 목덜미와 몸통을 이리저리 휘감으면서 단운룡의 손아귀 힘을 버텼다. 게다가 휘감아진 옷자락에 닿은 살갗을 통해 진기가 빨려나가는 것이 느껴졌다. 잠요보의는 그렇게 빨아들인 단운룡의 진기로 단운룡의 힘을 당적해 내고 있었다. 어지간한 내공고수가 아니라면, 단숨에 목숨을 잃었겠다는 생각이 절로 들었다.

'음속도 버텨낸다라······.'

단운룡은 이 미물과의 힘 싸움을 오래도록 끌 생각이 전혀 없었다.

음속이 안 되면 마신(魔神)이다.

지체 없이 광신마체 마신구결대로 진기를 도인했다. 뇌정광구의 광핵을 자극하여 잠재된 힘을 있는 대로 공명시켰다.

잠요보의가 부르르 떨렸다.

단운룡의 발밑에서 백석 바닥이 퍼서석 깨져나갔다. 돌조각과 흙먼지, 부스러진 나무뿌리들이 바닥에 동심원을 만들었다.

기가 일으키는 파동이 잠요보의를 강타했다.

파동이 한 번 휩쓸 때마다 잠요보의의 힘이 뭉텅뭉텅 깎여나갔다.

마신을 발동한 단운룡의 피부에서 붉고 푸른 기운이 이리저리 일렁거렸다. 땅과 공명하는 뇌기가 잠요보의에 닿을 때마다 잠요보의는 비명을 지르는 것처럼 움찔거렸다.

단운룡의 몸을 휘감았던 잠요보의가 흐물거리며 흘러내렸다.

주인에게 겁을 잔뜩 집어먹은 잠요보의는 보통 장포 자락과 다를 바가 없어 보였다.

단운룡이 잠요보의의 양쪽 어깨를 잡고 얼굴 높이로 들어 올렸다.

잠요보의가 마지막으로 저항을 하려는 듯 꿈틀거렸다. 단운룡이 손을 통해 있는 대로 진기를 주입했다. 잠요보의가 파르르 떨면서 움직임을 멈췄다.

"그만해라. 내가 널 살려줄 테니."

단운룡이 말했다.

마치 잠요보의는 단운룡의 말을 알아듣는 것 같았다. 잠요보의가 보통 옷처럼 변했다. 단운룡이 마신을 풀고 진기를 흩었다.

규산에서 상상 초월의 수련을 해왔던 단운룡은 마신을 발동한 다음에도 전처럼 큰 타격을 받지 않았다. 적어도 이 정도 시간은 괜찮았다.

"이제부터 말 잘 들어라. 그러면 굶어 죽을 일은 없을 것이다."

단운룡은 태연히 말하며 보통의 장포를 입듯, 잠요보의를 뒤집어썼다. 그리고 팔과 머리를 소매로 집어넣은 다음, 옷매무새를 가다듬었다.

탁해졌던 보의의 금은색 광채가 투명하게 돌아와 있었다. 음속과 마신 진기 일부가 잠요보의에 깃들면서 흡정잠요의 기갈(氣渴)을 해결해 줬기 때문인 것으로 보였다.

단운룡은 시험 삼아 가볍게 광극진기를 휘돌려 보았다.

몸을 감싼 보의가 미세한 흔들림을 보였다.

왜 그 순간 생각이 났는지는 모르겠다.

단운룡은 적벽 의협문 개문식에 찾아왔던 진표와 그가 부리던 장대한 기마를 떠올렸다. 그때 얻었던 만수내력진결도해의 구결이 광극진기를 통해 재현되었다.

전신 세혈을 통해 진기를 내뿜어 흡정잠요의 반응을 보았다. 보의를 따라 움직이는 진기에는 일정한 법칙이 있었다. 단운룡의 뇌정광구처럼 잠요의 기운엔 구슬과 같은 기핵(氣核)이 존재했다. 허나 그 기핵은 뇌정광구 같은 구형이 아니라, 짓눌린 타원형 구체였다.

단운룡이 진결도해의 구결을 따라 흡정잠요의 진기도인을 이끌었다. 제자에게 내공을 가르치듯, 자생할 수 있는 진기의 움직임을 각인시켰다.

하루아침에 될 일이 아님을 깨닫는 데는 두세 번의 도인만으로도 충분했다. 하지만 그것만으로도 흡정잠요는 기갈을 보이지 않고 잠잠해졌다. 이지가 없는 생물도 본능이란 게 있다. 주인을 잘 만난 것을 아는 것이다.

한 번 더 진기를 도인했다. 그러자 잠요의 기핵이 꿈틀거리며 움직이더니, 이내 단운룡의 중단전 어림에 자리 잡았다. 뇌정광구가 있는 곳이었다. 그곳이 가장 강력한 힘의 원천이며, 자신을 살릴 생명의 공급원임을 감지한 것이다.

"미물인 줄 알았더니, 영물이었군."

중단전 어림에 솟아오른 잠요는 어린아이 주먹만 한 광구(光球)가 되었다. 금은색 비단 장포에 중단전의 빛만 영롱했다. 그것으로 괴(怪)였던 미물 잠요는 흡정광구를 갖춘 영물보의가 되었다.

오랜 시간을 뛰어 넘어, 새로운 천잠보의가 탄생한 것이다.

*   *   *

"왜 그렇게 부주의했어?"

"뭐가?"

"흡정잠요가 보의 같은 매개체를 찾았으면 당연히 공격성을 보이지. 결계도 안 치고 억제술도 안 펼쳤어. 제정신으로 그런 거니?"

"그럼 너는?"

"내가 뭐?"

"제정신으로 그랬냐며, 그걸 알면서 결계 이야기는 입도 뻥긋 안 했잖아."

"뭐 그야, 그거는 그러니까!"

"잔소리가 하고 싶은 거야?"

"잠요가 젤 먼저 공격한 건 너였어! 죽을 수도 있었다구!"

"단 문주가 있었잖어."

"그렇다 해도 그렇지!"

"너도 보고 싶었던 거 아냐? 단 문주가 진짜인지. 그가 보의의 힘을 통제하지 못해서 말라 죽으면 그거대로 보의의 위력이 확인된 거니까 나쁘지 않고. 제압해서 부릴 수 있으면 위타천전에 써먹을 수 있으니 그거대로 좋은 거고."

"그렇다고 목숨을 걸어?"

"아니, 너도 아무 말 안 했잖아. 내 목숨 내놓는 건데."

"됐다. 말을 말자."

"보아하니, 날 좀 걱정했구나?"

"아니거든! 콱 죽어버려라 생각했다!"

"아님 나한테 뭔가 비장의 술수가 있을 거라 믿은 건가?"

"믿어? 널?"

"그랬구나? 다 생각이 있어서 그럴 거다 믿은 거지?"

"왜 안 죽었냐. 아까 그냥 죽지."

"다 생각이 있어서 그런 거 맞어. 천잠보의가 인간의 생기를 빨아먹는 건 비밀도 아니잖아. 하지만 그게 어느 정도까지 위험한가는 정확하게 아는 이가 없었지. 옛 문건에는 천잠보의가 처음 깨어날 때 안정화까지 일곱 명의 내가고수를 잡아먹었다는 기록도 있어. 그런 걸 우리 상회에서 시도할 순 없는 거잖아. 그럴 리야 없겠지만 만에 하나 흑백 두 분의 내공으로도 감당이 안 된다면? 단 문주에게 맡긴 건, 아주 중요한 실험이었다구."

"그럼 결계를 쳤어야지! 억제진법도 가동하고!"

"이야기가 빙빙 돌잖아! 그럼 위험도 평가가 안 되지!"

"그래서 단 문주가 못 제압했으면!? 너만 죽냐? 나도 죽는

데? 그냥 다 죽는 거야!"

"그만 좀 뭐라 해라. 성공했으면 된 거지."

"아니, 그것도 그래! 그걸 성공이라 봐야 해? 보아하니 각인까지 된 거 같은데. 우리가 가져가긴 글렀다구."

"어차피 한 벌은 줘야 했어. 제작 방법을 알았으니 괜찮잖아? 그 정도면 상회에서도 재현할 수 있을 거야!"

"난 잘 모르겠다. 그게 될지."

"왜 그래? 뭐가 그렇게 불만이야."

"난 자신 없어. 방법을 안다 해도 저 정도까진 못해. 잠술(蠶術)로 실을 잣는 게 간단해 보였어도 소상주가 어디 소상주야? '그' 강씨 금상 소상주라구! 그것도 다 기술이 있는 거야. 게다가 뇌전술(雷電術)은? 단 문주처럼 섬세하게 조절할 수 있는 사람이 있긴 해? 우리가 무슨 수로 완벽하게 재현해?"

"왜 못 해. 우리가 언제 그런 거로 쫄았어?"

"됐어. 몰라, 다 싫어."

만달은 홍박을 한참 동안 물끄러미 쳐다보았다. 만달이 재차 물었다.

"설마 정이라도 든 거야?"

홍박의 고운 미간이 확 일그러졌다.

"그렇다면 어쩔래?"

"정신 차려, 홍박아. 우리 여기 놀러온 거 아니다."

"너야말로 정신 차려! 돌아가신 금상주 어르신이 짠 비룡포

침화(針畵)를 봤잖아! 기억 안 나? 그거엔 인혼력(人魂力)까지 깃들어 있다구!"

"그래서 어쩌게? 불이라도 지를까? 고인(故人)의 역작에다가?"

"네가 무슨 짓을 한 건지 가늠이 안 돼? 가장 강력한 흡정 잠요를 내줬어. 인혼력 침선화까지 더해지면 어떤 물건이 될지 아무도 몰라! 누가 뭐래도 단 문주는 협제의 제자야. 나중에 적으로 돌리면 감당이 되겠어?"

"그걸 지금 우리가 왜 걱정해. 우리 상주가 알아서 하겠지."

"너 진짜……!"

"우린 학자라고. 딱 그만큼 하면 돼. 기술은 어떻게든 될 거야. 침선장도, 술사도 찾아보면 대체할 수 있어. 문제는 재료 야. 니석이랑 휘수연석이 바닥났어. 다시 수급해 오려면 시간 이 한참 걸리겠지. 여기서 보의를 더 만든다 해도 완성된 걸 순순히 내줄지도 의문이고. 신농씨의 후예인 그 녀석을 어떻 게 빼돌릴지도 고민이야."

"…그건 확실히 고민이네."

"상목이 너무 잘 자란다 했어. 초목양생(草木養生)의 능(能)을 지닌 술사들이야 제법 있지만 그 녀석의 능력은 규격 외야. 백 석 바닥을 뚫고 나무뿌리를 올렸어. 신농 직계라 해도 그건 지 나치다구."

"맞아. 상목이 잘 크긴 했어도 그 속도는 아니었잖아. 능력 을 일부러 숨긴 걸까?"

"글쎄……. 그건 아닐 거야. 뿌리 움직이는 거 봤지? 식물은 그런 운동성을 가질 수 없어. 구조적으로 안 된단 말이야. 말 그대로 섭리를 무시하는 능력이지. 모르긴 몰라도, 그런 식으로 키웠으면 상목에 문제가 생겼을 거야. 숨겼다기보다는 조절했다고 보는 게 옳겠지."

"그건 그거대로 대단하네. 보통 이능자(異能者)들은 그 나이에 그렇게까지 못 하잖아."

"대체로는 능력에 휘둘리게 마련이니까. 혼자는 어려워. 아마 잘 이끌어준 사람이 있었을 거야."

"그럼, 걔를 어떻게 데려간다?"

"그건 이제부터 생각해 보자구."

홍박과 만달의 대화는 언제나처럼 끝없이 이어졌다.

천잠보의가 탄생한 날.

같은 곳에 있지만 모두가 다른 꿈을 꾼다.

밤은 그렇게 깊어갔다.

* * *

"그거 그대로 입고 다니긴 힘들겠는데요."

강설영이 웃으며 말했다.

그녀의 말이 옳았다.

금은색 천잠보의는 그 영롱한 빛깔이 몹시도 신비로웠지만,

평상복으로 입고 다니기엔 지나치게 눈에 띄었다. 명백히도, 겉감을 댈 필요가 있었다.

강건청이 남긴 비룡포 겉감을 가져왔다.

비룡포 겉감을 쓰다듬는 강설영의 눈에 슬프면서도 따스한 빛이 스쳤다. 그런 그녀의 마음을 단운룡도 알았다. 두 사람의 눈이 마주쳤다. 단운룡이 엷은 미소를 지었다. 강설영이 마주 웃었다. 말하지 않아도 서로의 마음을 읽을 수 있었다.

그녀가 깊은 숨을 들이켜고는, 비룡포를 펼쳐들었다.

약동하는 비룡의 자태는 웅혼하고, 장대했다.

그녀가 비룡포를 들고 천잠보의를 입고 있는 단운룡의 몸에 가져다 대었다. 아니, 갖다 대려고 했다.

"어?"

단운룡의 얼굴이 굳어졌다.

천잠보의가 꿈틀 움직였기 때문이었다. 천잠보의 금은색 빛이 물결 같은 파장을 일으키고 있었다. 옷 전체가 파르르 떨고 있는 느낌이었다.

"무슨 일이죠?"

그녀가 펼쳐들었던 비룡포를 거두고, 단운룡의 몸을 감싼 보의를 살폈다. 빛의 파장이 서서히 가라앉았다.

"왜 이러는 건가요?"

"나도 모르지."

단운룡이 답했다.

그녀가 고개를 갸웃하고는 다시 비룡포를 펼쳤다. 보의에 겉감을 대려면 바느질할 위치부터 가늠해야 했다. 비룡포를 단운룡에게로 가까이 가져가자 다시 단운룡의 미간이 좁혀졌다. 천잠보의에서 다시 금은색 빛의 파랑이 일었다.

"보의에 힘이 들어간다. 아무래도 그것 때문인 거 같은데?"

단운룡의 말에 그녀가 비룡포를 내려들었다. 그러자 천잠보의가 잠잠해졌다.

강설영의 얼굴에 당혹감이 어렸다.

비룡포 겉감을 대는 것이 천잠보의를 완성하는 마지막 작업이라 생각했었다. 헌데 천잠보의가 전혀 예상치 못했던 기이한 반응을 보이고 있다. 강설영이 비룡포 겉감을 내려두고 보의에 덧대기 위한 백포 안감을 펼쳐들었다.

"이것 때문이 맞네요."

천잠보의는 백포 안감에 아무런 변화를 보이지 않았다.

다시 비룡포 자락을 펼쳐들자, 천잠보의에 금은색 빛 무리가 일었다.

"아무래도……."

"안 되겠죠?"

"먼저 우린 이놈에 대해 좀 더 알아야 할 것 같아."

"아빠의 역작인데……."

그녀가 말꼬리를 흐렸다.

단운룡은 할 말을 찾지 못했다.

그녀만큼, 그도 아쉬웠기 때문이었다.

그녀가 눈물이 쏟아질 것 같은 얼굴로 비룡포 자락을 내려 다보았다. 이내, 그녀가 큰 숨을 들이켜고는, 애써 밝은 목소 리로 말했다.

"내일 당장 안감부터 대 줄게요. 아무리 잘난 남편이라도 그렇게 번쩍이는 옷을 입고 다니는 건 못 보겠어."

그녀가 백포 안감을 펼쳐 들었다. 천잠보의는 미동도 하지 않았다. 단운룡의 말처럼.

아직 그들은 천잠보의에 대해 알아야 할 것이 많이 남아 있 었다.

                    *   *   *

안감을 대는 것도 대는 것이지만, 비룡포 사건이 계속 마음 에 걸렸다.

단운룡과 강설영은 바로 다음 날 만달과 홍박부터 찾았다.

"보의가 어쨌다구요?"

만달이 되물었다.

"그러니까, 천잠보의가 어르신의 비룡침선에 반응을 보였다 잖아."

"그래그래, 그래, 그러니까 반응이 어땠는데요? 좋아하던가 요? 싫어하던가요?"

만달의 질문은 어딘지 모르게 허를 찌르는 구석이 있었다.

좋아한다? 싫어한다?

단운룡이 고개를 저으며 답했다.

"잘 모르겠다. 그런 식으로는 생각해 보지 않았군."

그에게선 좀처럼 나오지 않을 대답이다.

단운룡이 다시 그 순간을 떠올렸다. 그가 말을 이었다.

"굳이 표현하자면 놀라움? 그런 것에 가까워 보였다."

만달과 홍박이 서로를 돌아보았다.

"거봐, 거봐, 거봐."

"그렇지? 아무래도 그런 거 같지?"

두 사람이 고개를 끄덕이며 자기들끼리만 알아들을 말을 했다. 즐거워 보였다.

"음, 그러니까요, 그 비룡침선은 저희도 봤는데요. 봤잖아, 그치?"

홍박이 묻고.

"봤지, 봤어."

만달이 받았다.

"묻겠습니다! 단 문주께선 그거 보고 어떠시던가요?"

홍박이 불쑥 물었다.

밑도 끝도 없는 질문이었지만, 단운룡은 그것을 가볍게 듣지 않았다.

장인어른의 유작이었다.

처음 본 순간을 기억한다.

그런 선물은 받아본 적이 없다. 평생 단 한 번도 없었다.

"감동적이었다. 놀라웠지."

단운룡의 목소리는 담담했으나, 그 안에 깃든 감정은 누구라도 느낄 수 있을 만큼 깊었다.

강설영이 옆에서 단운룡의 손을 잡았다. 단운룡이 그녀의 손을 맞잡았다. 손가락이 부드럽게 얽혔다.

"그, 그겁니다. 바, 바, 바로 그거예요."

홍박이 두 사람의 손을 보고 얼굴을 붉혔다. 말까지 더듬었다. 만달이 그런 그녈 보고 대뜸 핀잔을 줬다.

"뭐야? 부럽냐? 부부시잖아! 당연한 걸 가지고 얼굴이 왜 빨개져!"

"왜! 넌 안 부럽냐?"

홍박이 바로 주먹을 휘둘러 만달의 어깨를 때렸다. 퍽 하는 소리가 났다. 만달이 꽥 소리쳤다.

"아니, 이 여자가!"

"그러니까요, 죄송해요. 제가 어디까지 이야기했죠? 아, 그거라고 했죠. 그거."

홍박이 잠시 말을 끊었다.

그리고 다시 불쑥 한 마디 단어를 내놓았다.

"인혼력이요."

"인혼력?"

강설영이 그 단어를 되받았다.

단운룡은 놀라지 않았다. 이미 들어본 적이 있었기 때문이었다.

"천부의 재능을 지닌 사람이 천고의 역작을 만들면, 거기에는 신비로운 인간의 힘이 깃들어요. 그 힘을 일컬어 인혼력이라 하죠. 명화(名畫)를 감상하는 산짐승 이야기 들어본 적 있죠? 바로 그런 걸 뜻해요."

"하지만 천잠보의엔 눈이 없잖아요?"

강설영이 의아하다는 표정으로 물었다. 홍박이 뽐내듯 미소 지으며 답했다.

"눈은 없어도 돼요. 미물이 그림에 끌리는 건 그림을 '볼' 줄 알아서가 아니에요. 빼어난 솜씨가 아니라 거기 깃든 힘에 끌린 거니까요."

"그렇다면 천잠보의의 반응도……."

"단 문주께선 놀라움 같았다고 말씀하셨어요. 대체로 이런 경우엔 첫 느낌이 옳죠. 단 문주 같은 분이라면 더더욱 정확할 거구요."

끼어들 기회만 노리던 만달이 홍박의 말을 받아 재빨리 입을 열었다.

"잠요는 괴(怪)의 특성을 지닙니다. 특히 운동성이 적은 광물형이라 인혼력에는 노출된 적이 없었겠지요. 잠요는 천잠사와 만나 움직일 수 있는 요(妖)의 특질을 얻었습니다. 사람으로 치자면, 갓 태어난 아기와 같죠. 모든 것이 새로울 겁니다. 게다가 인혼력은 요와 괴 모두에게 아주 큰 영향을 미칩니다. 섣불리 접촉하게 두는 것은 위험할 수 있어요."

단운룡이 만달과 홍박을 찬찬히 돌아보았다.

두 사람을 만나며 들었던 의구심의 실체를 깨달았다.

두 사람은 산만해 보였지만 총명했고, 순진하면서 영악했다.

이들은 많은 것을 알고 있다.

그렇지만 모든 것을 알려주지 않는다.

보의는 깨어나자마자 사람을 공격했다.

이들은 그것도 미리 알고 있었다.

단운룡의 광극진기는 모든 찰나를 느낄 수 있는 경지에 이르러 있었다.

단운룡은 그 순간을 정확하게 기억한다.

잠요가 생착한 보의는 갑작스럽게 만달에게로 날아들었지만, 만달은 놀라면서도 놀라지 않았다. 경직된 신체 반응은 놀란 것이 분명했지만, 육체와 달리 눈빛에는 흔들림이 없었다.

예상하고 있었다는 이야기였다. 만달은 급하게 도망치면서도 단운룡의 대응과 보의의 움직임을 또렷하게 관찰하고 있었다.

이번에도 마찬가지다.

홍박은 망설임 없이 인혼력을 말했다.

강건청이 남긴 비룡침선에 인혼력이 깃들어 있음을, 이미 알고 있었다는 뜻이다. 그러면서 만달은 섣부른 접촉이 위험할 수 있다고 이제 와서 경고하고 있다.

위험 가능성을 알고도 미리 알려주지 않았다.

그 말인즉슨, 그렇게 되길 바란 것이다.

치밀하다. 허술하다.

아니다.

이들에겐 그런 게 중요하지 않다.

속이려고 속이는 게 아니다. 계산이 복잡한 것도 아니다.

이들은 그냥 알고 싶은 것이다. 무슨 일이 벌어질 것인지. 왜 그렇게 되는 건지.

궁금해서 참을 수가 없는 것이다. 언사에 허점이 많은 것도 그래서다. 그러니, 의도가 간파되어도 뻔뻔할 수 있을 터였다.

단운룡은 그 모든 것을 알고도 넘어가기로 했다.

이들은 여기에 단운룡과 강설영을, 의협비룡회를 단순하게 도와주기 위하여 온 것이 아니다. 이들은 어디까지나 천룡상회의 학자이다. 나름 얻어 가야 할 것들이 있을 게다.

캐묻지 않았다.

다른 식구다. 그들만의 사정이 있는 게 당연하다.

그 정도는 용인해 줘야 한다. 큰 싸움에서 이기려면 포용력도 갖출 줄 알아야 했다. 그 대신, 더 이상 이들의 지식에 전적으로 의존할 수 없음을 알았다.

"명심하지. 좋은 정보 고맙군."

그렇게 대화를 마무리했다.

천잠보의에 대해서는 스스로 알아가야 한다. 단운룡이 먼저 몸을 돌렸다. 강설영이 옆을 걸었다.

＊　　　＊　　　＊

천잠보의는 단순한 옷이 아니었다.

천잠보의를 다루는 것은 그 자체로 난감한 과제가 되었다.

백포로 감싸는 것부터 난제(難題)였다.

쉽지 않았다.

바느질부터 강설영이 애를 먹었다.

벗어둔 것을 집어 들려 하자, 꿈틀거리며 강설영의 손길을 피했다. 거우 옷자락을 펴 바늘을 갖다 대자 접고 비틀며 요동을 쳤다.

공력을 운용하여 바늘을 꽂으려 하자, 불쑥 솟구쳐 오르며 팔소매를 휘두르기까지 했다.

자신을 해친다고 여긴 모양이었다.

천잠보의의 공격에는 제법 강력한 경력이 담겨 있었다. 협제신기를 어느 정도 깨우친 강설영조차도 대경했을 만큼 거친 일격이었다.

결국 단운룡이 다시 천잠보의를 입어야 했다. 광극진기를 운용하여 공력을 흠뻑 적시다시피 주입한 후에야 얌전해졌다.

문제는 광극진기를 머금은 보의가 더 질기고 단단해졌다는

데 있었다.

바늘이 들어가질 않았다.

옷을 입은 상태에서 백포를 기워 감싸는 것도 쉬운 작업이 아닌데, 바늘까지 들어가지 않으니 참으로 답답할 지경이었다.

그래도 단운룡과 강설영은 포기하지 않았다.

단운룡은 내친김에 천잠보의에 흐르는 진기의 흐름을 낱낱이 파악하기로 했다.

광극진기를 일으켰다. 흡정광구는 진기의 흐름에 즉각적인 떨림을 보였지만 진기를 더 흡수해 가지는 않았다. 포화 상태까지 진기가 공급되어 있는 까닭이었다.

단운룡은 광극진기에 만수내력진결도해의 구결을 더하여 천잠보의를 가득 채운 진기를 관조했다. 단운룡의 머릿속에 천잠보의의 진기도해가 그려졌다.

천잠보의 안에 흐르는 진기에는 특정한 법도가 없었다. 흡정광구를 중심으로 거미줄처럼 촘촘하게 뻗어 있는 진기는 혼돈(混沌) 그 자체였다. 진기 한 올 한 올이 무작위하게 흩어져 소매 끝까지 이르렀다가, 다시 흡정광구로 모여드는 듯하더니, 일부는 다시 방향을 틀어 허리에서 어깨로, 어깨에서 소매로 흘러들었다. 그렇게 한참을 휘돌다가 갈 곳을 잃은 진기는 보의 외부로 방사되어 자연으로 돌아갔다. 그 과정에서 금은색 빛 무리가 일어나는 것을 알게 되었다.

언젠가 오래전 제천대성과 싸웠을 때, 단운룡의 뇌신을 두고 낭비라며 비웃음을 들었던 순간이 떠올랐다.

천잠보의는 뇌신 상태와 같았다. 혼돈의 뇌신진기가 끝없이 외부로 방출되는 상황과 비슷했다. 그래서 흡정광구에는 기갈(氣渴)이 생기는 것이다. 단운룡의 진기를 계속 공급받아야 하는 이유가 거기에 있었다.

단운룡은 한나절 넘게 천잠보의의 진기를 살폈다. 강설영은 자리를 비켜주는 대신, 단운룡의 앞에 마주 앉아 가부좌를 틀었다. 기감(氣感)을 열어 단운룡이 살피는 내공도해를 함께 읽어내기 위해서였다. 일신의 무공을 회복하려면 아직 멀었으나, 무공 감각만큼은 강설영도 어떤 천재에 뒤지지 않았다. 처음엔 따라잡기가 몹시 힘들었지만, 시간이 지날수록 단운룡이 보는 것을 강설영도 함께 볼 수 있게 되었다. 단운룡도 강설영이 곁에 있음을 알았다. 같은 것을 보고 있는 것도 의념으로 감지할 수 있었다.

날이 어둑해질 때쯤 도해를 멈췄다.

정신력 소모가 상당했다. 강설영도 지쳐 보였다.

"어땠어?"

"감당 못 할 공력을 지니게 된 아이 같아요. 무공을 전혀 익힌 적 없는."

단운룡이 눈을 빛내며 고개를 끄덕였다.

아주 적절한 표현이었다.

강설영은 감탄스러운 부인이다. 단운룡보고 말하라 해도

그보다 더 어울리는 묘사를 찾기 힘들 것 같았다.

"막바지에 좀 이상한 게 있었어. 계속 진기를 도인하고 있으려니까, 흐름이 좀 달라지던데."

"저도 느꼈어요. 진기가 팔소매를 따라서 십이경락 중 수태음폐경처럼 돌던데요."

"잘못 본 게 아니군. 나도 그렇게 봤어."

단운룡이 미간을 좁히고 두 팔을 감싼 천잠보의 옷소매를 내려다보았다.

"비슷하지만 달라. 다를 수밖에. 옷에는 뼈와 근육이 없으니까. 피부에 가깝지. 그렇게 보면 경맥이 아니라 낙맥(絡脈)의 형(形)을 가져야 하는데……."

"그렇죠. 헌데 경맥처럼 진기가 돌았어요."

"이유가 뭐지?"

단운룡이라도 모르는 건 모르는 거다. 아무리 그라도 처음 겪는 일에서 단숨에 답을 찾는 것은 쉬운 일이 아니었다.

"혹시……."

골똘히 생각하던 강설영이 조심스레 입을 열었다.

"흉내를 내는 건 아닐까요?"

"흉내?"

"홍박 언니에게 들었어요. 괴(怪)가 일으키는 모든 현상의 근본 목적은 생존(生存)이라더군요. 요든 괴든, 또는 사람이든, 진기를 계속 방출하다가는 결국 말라 죽게 되어 있어요. 천잠보의가 갖고 있는 혼돈형 진기 발산은 애초에 아주아주 비효율적이고 나쁜 형태예요. 헌데 진기를 발산하지 않고 순환할 수 있는 구조적인 본보기가 생긴 거죠. 인체의 경락 말이에요. 그것도 광극진기를 담고 있는."

말하는 강설영의 눈동자엔 생기가 가득했다. 마주 보는 단운룡의 두 눈이 즐거움으로 물들었다.

"내가 천재 부인을 얻었군."

"아무래도 그런 것 같죠?"

"그래, 분명히 그런 것 같아."

서로를 향한 웃음 속에 깊은 정이 담겼다.

단운룡은 그런 강설영의 모습을 기꺼워하면서, 또 다른 가능성에 대해 생각했다.

무릇 살아 있는 생물이 살아남기 위하여 다른 개체를 모방하는 것은, 결코 드문 일이 아니다. 그리고 그것은 지능의 높낮이에 관계없이 광범위하게 일어나는 현상이었다. 벌레와 같은 미물조차도 다른 생물을 흉내 낼 수 있다. 요괴(妖怪)처럼 상리(常理)에 벗어난 존재라면 그런 능력이 특출나다고 해도 그리 이상한 일은 아닐 터였다.

그래서, 단운룡은 한 걸음 더 나아기로 했다.

"흉내를 낼 줄 안다면 가르칠 수도 있겠지."

그게 그의 답이었다.

　　　　*　　　　　*　　　　　*

　단운룡은 만수내력진결도해를 통해 천잠보의에 광극진기의 구결을 새겨 넣었다.

　말처럼 간단한 일이 아니었다.

　옷의 구조는 인체와 다르다. 사람의 몸에 도인하는 것도 쉬운 일이 아닌데, 옷을 두고 진기 운행을 짜 넣어야 하니, 진기 주천로의 구조 자체를 뜯어고쳐야 했다.

　장포 형태라 다리가 없는 것도 문제였다.

　앞뒤 장포 자락으로 다리를 대신하려니 허리 쪽에서 진기 운행이 꼬였다. 몸통과 단전이 없는 상태에서 면을 따라서만 진기를 운행하는 것이니, 그야말로 새로운 내공구결을 창조해 내는 것과 다를 바가 없었다.

　단운룡은 그러면서 피부의 세맥을 이용하는 진기 운용에 대한 새로운 비결을 얻게 되었다. 피부는 내기와 외기의 경계였다. 피부를 통해 발산되는 기(氣)는 호와 흡으로 순환하는 기(氣) 못지않게 중요했다. 단운룡은 천잠보의를 다루기 위해 어쩔 수 없이 파고든 영역에서 광극진기의 안정화에 기여할 수 있는 여러 가지 비결을 깨달을 수 있었다. 본신의 무공정진에도 도움이 되는 작업이었다.

　홀로 깨닫는 구결에 더하여 양무의의 두뇌를 빌렸다. 물론 강설영도 큰 도움이 되었다.

진기 운행의 도면을 만드는 데에만 두 달이 걸렸다.

그 구결을 다시 천잠보의에 도인해 넣고, 다듬는 데에만 또 다시 한 달이 넘는 시간이 소요되었다.

춥지도 않은 겨울이 그렇게 갔다. 홍박과 만달은 겨우내 몸이 달아 어쩔 줄을 몰라 했다. 천잠보의의 활용에 관한 연구가 진행되고 있음은 비밀이라 할 것이 아니었다. 당연히 두 사람은 관여하고 싶어 했다. 아주 깊이, 노골적으로 염원했다. 하지만, 단운룡은 천잠보의를 순수한 무공으로만 통제하길 원했다. 두 사람이 배제된 이유가 그러했으니, 그들은 손님 된 입장으로 받아들일 수밖에 다른 도리가 없었다.

봄에 이르러 완성된 내공구결에는 천잠진결이라는 이름을 붙였다. 천잠진결에 따라 공력도인을 하니, 소매 끝 천잠사 한 올 한 올까지 융통무애하게 진기가 흘렀다. 일주천, 십주천, 백주천에 이르자, 억지로 도인하지 않고도 어느 정도 진기 순환이 이루어지기 시작했다. 보의에서 번쩍이던 금은색 빛 무리가 조금씩 줄어들었다. 그래도 빛깔은 여전히 아름다웠다. 더 은은해졌다.

천잠보의를 벗어서 탁자 위에 펼쳐놓았다. 진기의 흐름이 잠잠해졌다. 흡정광구에 손을 올려 진기를 도인해 보았다. 진결도해가 완성된 다음부터는 벗은 상태에서도 도인이 가능해졌다. 단운룡은 정신을 한껏 집중하여 천잠사 끝자락에 의념을 전달했다.

한 가닥 한 가닥 진기 사이로 틈을 만들었다.

준비하고 있던 강설영이 바늘을 꽂아 넣었다. 천잠보의는 꿈틀거리지도 피하지도 않았다. 그렇게 한 땀이다. 백포 안감 한 장을 덧대는데, 그토록 힘이 들었다. 처음 바느질을 시도한 지 백 일 만에 이룬 쾌거였다.

*　　　*　　　*

문제가 생겼다.

벗어놓은 천잠보의가 자유자재로 움직이기 시작한 것이다. 일전에도 의가(衣架:옷걸이)에 걸어두면 저 혼자 꿈틀거려 바닥에 떨어지거나 위치가 달라지는 경우가 있기는 했다.

공격성을 보인 일례도 있거니와 만에 하나 사람을 습격할 수도 있으므로, 밤사이 단운룡 부부 거처로의 출입을 엄금했지만, 굳이 출입을 금하지 않더라도 누구 하나 부부의 단잠을 방해하는 일은 없었고, 실제 사달이 날 일도 발생한 적 없었다.

천잠진결을 완성한 다음부터는 양상이 달라졌다.

소리도 없이 의가에서 내려와 탁자에 사람처럼 앉아 있는 기사(奇事)가 벌어진 것이다.

운우지락 중에 벌어진 일이라, 단운룡과 강설영 모두 어지간히 놀라고 말았다. 어떤 일에도 심동이 없을 만큼 단련이 된 그들이지만, 머리도 없는 사람 형체가 스르르 일어나 한참 절정에 오르고 있던 부부 쪽을 향해서 탁자에 걸터앉는 광경은, 세상 누구라도 편하게 받아들이기 힘든 순간일 터였다.

문제는 그뿐이 아니었다.

보행까지 가능해졌다.

첫 발걸음을 뗀 것은 두 사람이 여느 때처럼 서로를 안고 잠든 지 얼마 지나지 않았을 때였다. 천잠보의가 의가에서 미끄러지듯 내려오더니, 장포 자락을 다리 삼아 일 보 일 보 보행을 시작한 것이다. 놀라운 것은 장포 자락 앞쪽과 뒤쪽을 각각 다리로 쓰는 것이 아니라, 앞면과 뒷면이 다리를 감싼 형태로 휘말려 인체의 형상을 정확하게 본뜨고 있다는 점이었다.

처음엔 한 발 한 발 조심스럽게 내딛더니, 얼마 지나지 않아, 꽤나 능숙하게 인간 보행을 구현해 냈다.

단운룡과 강설영은 그 과정을 처음부터 끝까지 놓치지 않고 보았다.

단운룡은 아무리 깊은 잠을 잘 때라도, 천잠보의보다 더 미세한 움직임까지 감지할 수 있었다. 더군다나 천잠보의는 광극진기를 잔뜩 품고 있는 영물이었다. 그 정도 기운을 품은 물건이 움직이는데 눈치채지 못한다는 것은 어불성설이었다. 천잠보의가 의가에서 내려오는 순간부터 이미 두 눈은 뜬 상태였던 것이다. 일 보 일 보 움직이기 시작했을 때는, 일부러 깨우지 않은 강설영도 두 눈을 뜰 수밖에 없었다. 한참 동안 천잠보의를 지켜보던 강설영이 망연자실한 목소리로 말했다.

"우리가…… 뭘 만든 거죠?"

강설영의 목소리에, 걷는 연습을 하던 천잠보의의 움직임이 딱 멎었다.

그러더니 못된 장난을 치다가 들킨 아이마냥 의가로 돌아가 아무 일도 없었던 것처럼 축 늘어져 걸린 옷이 되었다.

"차차 알아봐야지."

단운룡이 대답했다.

천잠보의는 말이 없었다.

며칠이 더 지났다.

천잠보의는 밤마다 일어났다.

의가에서 내려와 움직이는 것이 점점 더 자연스러워졌다. 천잠보의는 일어나서 걷고, 의자에 앉았다가 서 있기를 반복했다. 팔을 굽혀 보는가 하면, 몸을 비틀기도 하고, 바닥에 눕기도 했다. 어떤 동작을 할 수 있는지 시험해 보는 것 같았다.

천잠보의는 자시(子時)쯤 움직이기 시작하여 축시(丑時)가 되기 전에 의가로 돌아갔다. 움직임은 은밀할 정도로 조용했다. 옷자락 스치는 소리조차 나지 않았다. 이동은 민첩하지 않았으나 부드러웠다.

두 사람은 매일 밤 기척을 내지 않고 천잠보의를 관찰했다. 청력(聽力)이 있는지는 정확하지 않으나, 갑작스러운 소리가 나면 놀라서 굳어지거나 의가로 돌아가곤 했다. 단운룡과 강설영은 부부지정을 나누던 날에도 천잠보의가 움직였던 것을 간과하지 않았다. 좀처럼 잊기 힘든 기억이기도 했다. 그래서 새벽까지 침소에 들지 않고 차를 내와서 오랫동안 일상적인 대화를 나눠 보았다.

자시가 되자 천잠보의가 일어났다. 천잠보의는 계속 대화하는 두 사람을 개의치 않고 방 안을 거닐었다. 일단 일상적인 소리 자체는 움직임에 큰 영향을 미치지 않음을 확인했다.

짝!

단운룡이 갑작스레 손뼉을 쳤다.

천잠보의가 덜컥 굳어졌다. 사태 파악을 하듯 한참 동안 그대로 제자리에 서 있었다. 석상처럼 서 있던 천잠보의는 단운룡과 강설영이 대화를 재개하자 이내, 다시 움직이기 시작했다.

"소리의 내용은 중요하지 않고, 변화에 영향을 받는 모양이야."

"귀가 있는 것도 아닐 텐데요. 그죠? 없는 거 맞죠?"

"일단 우리 같은 귀는 없겠지. 눈도 없고. 그럼에도 물건들을 잘 피해서 걸어 다녀. 의자에 앉기도 하고. 사물의 위치를 인식하고 있는 거야."

"귀가 없어도 듣고, 눈이 없어도 본다. 불가능한 일은 아니지만……!"

"기(氣)를 감지하는 건데…… 저 정도면 어지간한 내가고수 이상이라 봐야지."

천잠보의를 관찰하는 일은 자못 흥미로웠다. 동물을 키우는 느낌과 비슷할 것 같았다.

걱정도 있었다. 천잠보의는 단운룡처럼 걸었다. 단운룡처럼 앉고, 단운룡처럼 섰다. 지금이야 걷고 있지만, 이 상태라면 뛰는 것도 시간문제일 것 같았다.

어렴풋한 우려는 곧바로 현실이 되었다.

자시가 지난 밤.

천잠보의가 방문을 열고 문밖으로 나간 것이다.

*   *   *

단운룡은 천잠보의를 쫓아 지체 없이 방문을 나섰다. 따라오려는 강설영을 손짓으로 만류했다. 강설영의 협제신기는 아직 불안정했다. 기척 없이 걷는 것쯤이야 문제가 없었지만, 천잠보의 기생 영물의 기이 행동을 쫓는 거라면, 둘보다는 하나가 편했다.

천잠보의는 전각 복도를 소리 없이 걸었다.

천천히 부드럽게, 단운룡처럼 움직였다.

썩 보기 좋은 광경은 아니었다.

머리와 손이 없고, 장포 자락으로 만든 다리는 무릎까지 길이보다 조금 더 긴 정도에 불과했다. 백포를 둘러 희끄무레한 형체에, 천잠보의 금은빛이 백포면으로 은은하게 번져 나오니, 그야말로 저승에서 올라와 부유하는 유령(幽靈)의 형상과 다름없었다.

천잠보의는 이쪽저쪽 방향을 틀지 않고 똑바로 걸었다. 목적지가 있는 것처럼 보였다. 아나나 다를까, 천잠보의는 강설영이 침선을 작업하는 침화방(針畵房) 앞에서 멈춰 섰다.

양옆으로 여는 미닫이문을 두고, 천잠보의는 사람처럼 두 팔을 써 한 번에 문을 열었다. 흥미로운 광경이었다. 저런 문을 능숙하게 여는 것은, 인간을 제외한 어떤 동물에게도 쉬운 일이 아니었다. 학습(學習)이 가능하다는 증거이기도 했다.

천잠보의가 침화방으로 들어갔다.

단운룡은 그 시점에서 본능적으로 알 수 있었다. 천잠보의가 왜 여기로 들어갔는지.

그는 문간에서 천잠보의를 바라보았다.

침화방에 들어간 천잠보의는 정면의 의가(衣架)를 향해 서 있었다. 그 의가에는 단운룡이 이미 예상했듯 강건청이 남긴 비룡포가 걸려 있었다.

천잠보의는 그 비룡포를 감상하기라도 하듯, 하염없이 거기에 서 있었다. 한참을 그렇게 서 있던 천잠보의가 비룡포를 향해 한 발 더 다가갔다. 백포로 가려진 천잠보의 안쪽에서 금은빛 광채가 맥동하는 것을 볼 수 있었다. 그 맥동은 마치 심장이 두근거리는 것처럼 보였다.

천잠보의는 비룡포에 더 다가가지 않았다.

단운룡은 그 모습을 보며, 천리안이 말해 주었던 인혼력에 대한 이야기를 떠올렸다.

"인혼력에 대해서는 정확히 밝혀진 바가 별로 없습니다만, 요괴들이 인혼력을 노리는 것은 보통 그들이 타고난 본능적인 행태로 해석하고 있습니다. 단 문주도 들어 본 일이 있을 겁니다. 인간으로 둔갑하는 요괴들에 대한 전설을 말이지요. 요괴들도 사람처럼 각각의 개체 특성이 분명하지만, 많은 요괴들이 인간화(人間化)에 집착하는 모습을 보입니다. 땅을 기어 다니던 미물이 공력을 쌓아 영성을 얻고, 사람의 말을 하게 되었다. 그것도 결국은 인간에 가까워진다는 뜻이니 말입니다. 자각하지 못한 존재들이 하늘에 이르는 첫 단계가 바로 인간의 영성을 얻는 일이라고 알려져 있습니다."

천잠보의에 눈이 있다면, 홀린 눈빛이 되어 있을 거란 상상을 했다.

단운룡도 거기에 서서 새삼스러운 눈으로 비룡포를 바라보았다.

"보통 사람이라도 혼(魂)이 담긴 무언가를 만들거나 일생 역작이라는 작품을 완성했을 때, 거기에 막대한 양의 인혼력이 남는 경우가 있습니다. 작품에 담긴 인혼력은 비단 요괴들에게만 작용하는 것이 아니어서, 같은 사람이 보아도 저절로 탄성이 나고 마음이 끌리게 됩니다."

다시 봐도 가슴이 뭉클했다. 웅혼한 비룡의 힘으로 딸아이를 지켜달라는 강건청의 마음이 느껴졌다. 그 마음이 곧 사람의 힘이자, 인혼력일지도 모른다.

한참을 그렇게 서 있자니, 등 뒤로 다가오는 인기척이 느껴졌다. 단운룡에게도, 비룡을 새긴 강건청에게도 그렇게 소중했던 사람이었다. 오래도록 돌아오지 않자, 직접 따라나선 그녀다. 단운룡은 말없이 손을 내밀었고, 강설영은 소리 없이 그 손을 잡았다.

두 사람은 서로에게 기댄 채, 비룡포와 천잠보의를 바라보았다.

자시에서 축시까지.

천잠보의는 한 시진을 그렇게 서 있다가 돌아섰다. 두 사람과 옷 한 벌, 침소로는 셋이 함께 돌아왔다.

*　　　　*　　　　*

인혼력을 통해 영성을 얻는다고 하였다.

천잠보의가 밤 시간에 돌아다니는 것은 신기한 일이었지만,

자유의지를 지니는 것이 좋은 일인지는 알 수가 없었다. 섣불리 내릴 수 있는 판단이 아니었다.

천잠보의는 매일 자시에 일어나 침화방으로 갔다.

비룡포 앞에 서 있는 거리가 조금씩 가까워졌다. 그러면서 천잠보의의 움직임은 날이 갈수록 자연스러워졌다. 희끄무레한 형체로 깜깜한 복도를 걸을 때조차도, 유령보다 사람처럼 보일 지경이었다.

"이대로 둬도 되는지 잘 모르겠어."

"뭐가요?"

"흡정광구의 진기 용량이 더 커졌어. 아직은 괜찮지만 이대로 계속 성장하면 나조차도 부담이 될 거야."

단운룡은 낮 시간 내내 천잠보의를 입고 있었다. 흡정광구가 충만한 진기를 유지할 수 있도록 입고 있는 내내 끊임없이 공력 운용을 했다. 기갈(氣渴)이 생긴 천잠보의는 벗어 놓은 밤 시간에 사람을 공격할 가능성이 상존하는 까닭이었다.

문제는, 천잠보의가 점점 더 강해진다는 데 있었다.

인혼력을 통해 정말 사람의 인성이라도 깃들기 시작했는지, 광극진기 구결을 새겨 넣은 천잠진결의 기운이 날이 갈수록 강성해지며 성장을 거듭하는 중이었다.

그만큼 흡정광구를 포만 상태로 만들기 위해 채워 넣어야 하는 진기도 커져만 갔다. 이러다가 뇌정광구의 힘을 넘어설지 모른다는 불안감마저 생길 정도였다.

"천잠보의에 깃든 힘은 지금만으로도 강대해. 만에 하나, 만에 하나 말이야. 무공을 전개하는 와중에 천잠보의가 내 뜻을 거스른다면? 천잠보의는 이제 홀로 걷고 뛸 수가 있어. 위타천 같은 고수를 만날 경우, 투로가 찰나만큼만 끊겨도 목숨이 날아갈 거야. 지금의 천잠보의는 충분히 그런 상황을 만들 수 있지. 천잠진결을 만든 것은 큰 실수일지도 몰라."

"……"

강설영은, 차마 괜찮을 거란 말을 할 수가 없었다.

무책임한 거짓말이기 때문이다.

강설영 본인이 절정의 무공을 익혔기에 안다.

상승 경지의 무공이란 의념과 육체가 완벽하게 합치될 때 구현할 수 있는 법이다. 육체의 운용을 방해하는 요소가 있다면 제 기량을 발휘할 수가 없다. 강적을 만날 경우 그 작은 차이가 치명적인 결과를 초래할 수 있다. 단운룡의 우려가 기우가 아닌 이유였다.

"규산에 다시 가야겠어."

그래서 강설영은 단운룡의 결정을 만류할 수 없었다.

규산에 다시 간다는 것은, 힘을 더하기 위함이다.

위험 부담을 압도적인 힘으로 제압하겠다는 뜻이었다.

"그래요. 말리지 않을게요. 대신, 이번엔 꼭 완벽하게 연성해 와요."

강설영은 이제 말하지 않아도 안다.

걱정보다 응원이다.

단운룡이 고개를 끄덕였다. 그녀만큼, 그도 그녀의 마음을 충분히 알았다.

$$*\qquad\qquad*\qquad\qquad*$$

단운룡이 규산으로 떠난 지도 여섯 달이 지났다.

호 일족은 왕을 참칭한 후, 남방 민족들을 규합하여 남쪽에서 북쪽으로 서서히 세를 확장하는 중이었다. 그 기세가 심상치 않았다. 기어코 남왕궁 지역 남단의 경포족 마을을 습격했다. 전쟁 발발의 효시였다.

공교롭게도 의협비룡회가 중원 재진출을 감행하던 때였다. 적벽 무후사에 문파 건물들을 재건하고 의협비룡회 깃발을 내걸었다. 예상했던 삼 년보다는 다소 빠른 감이 있었지만, 준비는 충분했다.

의협비룡회는 꾸준히 성장했다. 발도각 무인들의 숫자가 이백을 넘겼다. 청천각 무인들도 백 명에 가까워졌다. 창술무인의 숫자는 그 둘을 합친 것보다 많았다. 사백 명을 훌쩍 넘어갔다.

이유는 간단했다. 창술이 익히기에 더 용이했기 때문이었다.

막야흔은 일정 부분에서 나쁘지 않은 스승이었지만, 전반적으로는 아주 좋은 스승은 아니었다.

발도각에는 맹획, 타가와의 싸움으로 전투 경험이 풍부한 자들이 많았다. 그렇게 칼을 잘 쓰는 전사들을 더 강하게 육성하는 것으로는 그렇게 적격일 수가 없었다. 그들은 이미 강했고 빠른 속도로 더 강해졌다. 반면, 처음으로 칼을 잡는 소년들을 가르치는 데는 영 소질이 없었다. 그래서 발도각에 들어오고 싶어 하는 소년들은 전사들이 먼저 칼 쓰는 법을 알려줘야 했다.

의외지만 그것은 엽단평도 비슷했다.

그는 모든 무인들에게 신망이 두터웠고 언행도 차분했지만, 무공을 가르치는 건 또 달랐다. 말은 차근차근 잘하면서도, 검로를 짚어 나가는 부분에서는 명백한 약점을 드러냈다. 엽단평은 이론보다 감각으로 검을 연마한 이였다. 시도 때도 없이 막야흔과 비무를 하면서 실전으로 검로를 열어 왔다. 이제 막 검자루를 쥔 무인들과는 공유하기 어려운 검이었다.

폐안 수련도 문제였다. 제대로 해내는 무인을 찾기가 힘들었다. 그래서 청천각은 발도각보다 더 소수정예화 되었다.

청천검법은 검로가 시원시원하고 멋있었다. 자연스레 선망의 대상이 되었지만 수련의 지난함으로 포기하는 자가 속출했다. 그런 이들은 대부분 검 대신 창을 잡았다. 그리고 그렇게 창을 잡은 이들 모두가 만족했다. 구주창왕의 비전은 어느 창법을 막론하고 위력이 대단했다. 무엇보다, 가르치는 스승들이 뛰어났다. 뛰어나졌다.

양무의는 창술무인들을 한데 묶어 비룡각을 개각토록 하였다.

발도각이 선봉이 되면, 비룡각이 주력으로 뒤를 받치는 포진을 상정했다. 태양풍에게 직접 사사한 칠대기수는 단운룡 직속이었지만 비룡각 소속을 겸했다.

새롭게 무인 집단을 꾸렸으니 각주를 선발해야 했다. 경험으로 볼 때는 오기룡이 최우선이었지만 본인이 고사했다. 창술에 대해 쥐뿔도 모른다는 게 이유였다.

다음 후보는 관승이었다. 헌데 관승마저 거절을 하여, 일대 각주는 왕호저가 맡았다. 그러다가 왕호저가 재미 삼아 한 제안으로, 비룡각 각주 위는 고정직이 아닌 순환직이 되어 버렸다. 세 달마다 비룡각 창술 무인 대표들이 구주창왕 창왕비전의 네 가지 절기를 겨루어, 가장 승수가 높은 절기의 최고수가 각주 자리를 맡기로 한 것이다. 무쌍금표창은 효마가 일인전승하여 제외되었고, 철심무혼창, 청룡굉화창, 통천벽력창, 포효호심창, 네 절기가 각축전을 벌였다. 대표는 관승, 장익, 백가화, 왕호저의 일대 전승자가 아니라, 창술을 전수받은 의협비룡회 무인들 중에서 뽑았다.

그래서 비무는 더 흥미로웠다. 일원요새에서 화려하게 열린 각주 선발 창술대회에는 비룡창왕전이라는 이름을 붙였고, 첫 창왕전 우승은 청룡굉화창을 잘 배운 아창족 전사가 차지

했다. 그리하여 이대 비룡각 각주는 처음 거절했던 관승이 맡게 되었다.

비룡창왕전은 창술 수련자들의 의욕을 크게 고취시켰다. 가르치는 네 명 고수들도 경쟁심에 불이 붙었다. 삼대 각주는 예상 못 한 백가화가 차지했다. 백가화는 스승으로서의 역량이 넷 중에 가장 뛰어났다. 그녀 본인도 알지 못했던 재능이었다.

삼대뿐 아니라 사대도 백가화가 차지했다. 오대는 다시 청룡굉화창이 우승했지만, 관승은 비룡각주직을 한 달 만에 내려놓아야 했다. 적벽으로 가야 했기 때문이었다.

✳   ✳   ✳

오기륭이 올라가 의협비룡회 적벽총단을 맡았다.

비룡각주직은 싫다 했지만, 의협비룡회 적벽총단주는 고사할 수 없었다.

그는 참룡방을 이끌며 정예 무인들을 규합했던 경험이 있었다. 그야말로 적격이었다. 참룡방에서도 함께였던 관승과 왕호저가, 적벽으로 함께 이동하여 오기륭을 보좌하기로 하였다. 비룡각에서도 청룡굉화 무인들과 포효호심 무인들이 먼저 중원으로 넘어왔다.

관승과 왕호저의 이동으로 오원 비룡각 각주 위가 일시적인 공석이 되었다.

비룡창왕전을 앞당겨 열었다. 철심과 통천 두 창술의 대결은 통천벽력창의 승리로 돌아갔다. 육대 비룡각주가 된 장익은 썩 기뻐하지 않았다. 청룡과 포효가 빠진 대회였던 까닭이었다.

오원 비룡각이 정돈되는 동안, 적벽도 빠르게 자리를 잡아갔다.

이전의 동생 이복도 적벽 여의각에 파견되었다.

이복의 입장에선 파견이 아니라 귀환이었다. 이복은 나고 자란 적벽을 너무도 잘 알았다. 황학상회 담화삼과의 연결고리가 다시 이어졌다. 무인들이 모였다. 오래전의 이전이나 이복 같은 소년들이 형제의 인맥을 타고 의협비룡회에 들어왔다.

그 모든 것을 진행함에 있어, 단운룡의 부재는 문제가 되지 않았다.

의협비룡회는 애초부터 문주가 없이도 모든 것이 완벽하게 기능하는 문파였다. 단운룡은 문파의 무인들과 모사들을 믿었다. 그 신뢰에는 문파 확장뿐 아니라, 전쟁 수행과 대응에 대한 결정권까지 포함되어 있었다.

호 일족 대응에 대해서는 우목이 일선에서 움직였다. 여의각 오원지부 대원들이 그를 지원했다.

여의각은 중원 무인들로만 이루어지지 않았다.

양무의는 여의각 정식 개각 이전부터 인재를 추려왔다. 그 인재들은 운남의 온 민족들을 모두 다 아우르고 있었다.

여의각과 가장 잘 어울리는 것은 납서족이었다. 그들은 글과 친했고, 분석에 능했다. 납서족 중에는 맹획, 타가와 싸울 때부터 정보 공작에 능했던 이들도 있었다. 이들은 긴 시간 훈련 없이도 잘 적응했다. 그들은 아주 유능했고 경험도 풍부했다. 이 지역에서만큼은 중원의 어지간한 고참 요원들 이상의 능력을 보여주었다.

경포족과 포랑족 중에도 좋은 인재가 많았다.

심지어 전투민족인 아창족 중에도 여의각에 어울리는 이들이 있었다. 물론 그들 대부분은 발도각을 선호했다. 그런 이들은 설득을 해서라도 여의각에 넣었다. 밀림과 늪지에서의 첩보잠행은 중원의 뒷골목보다 더 강인한 체력을 필요로 했다. 무공의 요구도도 높았다. 현지인이거나 적어도 현지인과 비슷한 외모를 지녀야 하는 것도 중요한 요소였다.

얼마 남지 않은 라고족 무인 몇 명도 여의각에 들어왔다. 라고족을 주축으로 몇몇 재능 있는 이들을 선발하여 독술을 기반으로 한 소규모 암살부대를 만들었다. 본격적으로 가동하면 상당한 전력이 될 것으로 예상되었지만, 인간을 대상으로 한 실전 투입은 아직이었다. 그들은 주로 독물의 제거와 맹수들의 사냥에 동원되었다. 오지의 자연에서 흉악한 맹수들을 잡는 것은 그것만으로도 훌륭한 수련이 되었다.

여의각 산하 오원지부는 그렇게 꾸려졌다. 중원 출신은 많지 않았다. 중원 정세에 밝은 이들이나 무공을 가르치는 이들이 주로 배정되었으나, 상주 기간은 유동적이었다. 그래도 한 식구라 소속감은 충분했다.

민족들 간의 융화는 허유와 마건위가 길고도 긴 세월 동안 고심해 왔던 숙제였다. 오래 해 온 만큼 잘하는 일이기도 했다.

오원이라는 이름부터가 이미, 다섯 민족의 터전이란 의미를 지니고 있었다.

타가맹획을 물리친 뒤부터 오원은 다섯 민족 외에도 운남에 산재해 있던 수많은 민족을 받아들였다. 한 곳에 살았지만, 하나 됨을 강요하지 않았다. 존중하며 공존했다.

거기에 중원인들이 더해진다 한들, 부족 하나 더해진 거라 생각하면 그만이었다. 그래도 각별히 신경을 썼다. 한족우월은 누천년의 세월에 뿌리를 둔 만큼, 가려 뽑은 인성으로도 하루아침에 없앨 수 있는 것이 아니었기 때문이었다.

삶과 땅의 차이를 정오(正誤)와 우열(優劣)로 재단할 수 없다.

인정하고 이해하라.

세뇌에 가까운 교육을 강행했다.

필요한 경우엔 청천각까지 나서서 뜯어고쳤다.

의협이란 정의로운 마음에서 비롯된다.

정의로운 마음은 진리에 맞는 올바른 도리를 지키는 것이다.

무인에게 있어 올바른 도리란 약자를 보호하고 악의를 제압하는 데 있다.

오원의 백성들은 오랫동안 약자였다.

그들은 타가와 맹획의 악의에 억눌리며 긴 세월을 버텨냈다. 의협비룡회는 그들을 지키는 울타리였다. 그들 몸을 지키는 갑옷이어야 했다.

재미있는 점은, 오원 전사들이 더 이상 약자가 아니라는 사실이었다.

중원 적벽에서 받아들인 신입 문도들은 무공이 일천하거나 없는 이들이 대부분이었다. 암무회전 출전자 출신은 그나마 나았지만, 그들조차도 사선을 넘나들면서 전쟁터를 전전했던 오원 전사들보다는 강할 수 없었다.

그래서 약자는 중원 출신 무인들이었다. 오원 전사들은 약자인 그들을 보호했다. 막, 엽, 관, 장, 왕, 백, 오, 중원 출신 고수들이 다시 오원 전사들을 지켰다.

오원 전사들은 그들 방식으로 의협을 배웠다. 그렇게 의협과 생존은 같은 말이 되어갔다.

남왕궁 남부 일대에서 피난민들이 올라오기 시작했다.

그들은 불행해 보였지만, 맹획 시절처럼 절망적이진 않았다. 보호해 줄 울타리가 있었기 때문이다.

우목은 직접 발품을 팔았다.

여의각의 지원을 받으며 호 일족의 동향을 파악하기 위하여 청화(淸化)까지 침투해 들어갔다. 거기서 우목은 몰랐던 많은 것들을 알게 되었다.

영락 오 년, 대월의 수도였던 청화를 함락시키고 황제를 칭했던 호한창과 호계리를 참수했다. 그리하여, 대월국이 위치했던 안남의 대지는 명나라의 지배하로 복속되었다.

영락제는 대월의 명칭 자체를 교지로 바꾸고 포정사사를 두어 대월을 통치코자 하였지만, 멀고도 먼 남쪽 세상 끝까지 아우르기에는 철혈황제의 지배력에도 한계가 있었다.

후(後) 진(陳)이 바로 일어났다. 진황 진외는 다시 스스로 황제 위에 올라 패망했던 대월을 다시 세우려고 하였다.

영락제는 당연히 이를 좌시하지 않았다.

영락 칠 년, 곧바로 응징이 있었다. 즉위한 지 불과 삼 년도 되지 않은 진외(陳頠)를 붙잡아 죽였다. 그 직후 즉위한 진계황(陣季擴)도 영락 십일 년에 사로잡아 연경으로 끌고 왔다. 진계황은 오래 버티지 못하고 연경에서 자결했다. 대월은 다시금 무너졌다.

이 모든 것은 우목이 오원에서 절망의 싸움을 지속하던 시절에 벌어진 일이었다. 그때는 당장 살아남는 것이 급해서, 오원을 되찾은 후에는 신경 쓸 필요가 없어서 알지 못했다. 이제 와 알게 된 대월 멸망의 기록은, 명 제국에 대한 오래된 실망감만 되살려 주었다.

우목은 영락제를 이해할 수 없었다.

엄연히 제국 땅이었던 운남이 맹획과 타가의 군벌들에 의해 피폐해지는 동안, 제국은 그것을 외면하고 방치해 두었다. 그러면서 이 먼 곳 안남 땅은 기어코 지배하에 두려 했다.

영락제는 진외와 진계황이란 일국의 황제들을 둘이나 잡아 죽이면서도, 대군을 파견하지 않았다. 그들을 어떻게 잡았고 어떻게 죽였는지 아는 자가 없었다. 실망스럽고 이해할 수 없었으며, 참으로 무섭기 짝이 없는 황제였다. 대월국 황제 살해의 진상은 금의위나 동창의 비밀문서에서나 알아볼 수 있을 터였다.

칠 년 사이에 안남의 두 황국을 멸망시켰다.

청화의 교지 포정사사는 대월 복속의 상징이었다. 상징이어야 했다.

허나 우목이 침투해 들어간 도시의 실상은 전혀 달랐다.

교지포정사사는 유명무실 그 자체였다. 관아는 부패의 온상이었고, 관군은 훈련 상태가 엉망진창이었다. 조세는 말이 안 될 정도로 과중하여 제대로 지켜지지 않았다. 부역도 마찬가지였다.

운남과 다를 바가 없었다. 아니, 운남보다 심했다.

반명(反明) 저항 세력이 생겨날 수밖에 없는 구조였다. 그러니, 칠 년 황국 호 황조의 후예라며 또다시 왕을 칭하는 자가 나타난 것이다.

실망스런 대명제국의 무리한 정복 정책이 빚어낸, 당연한 결과였다.

호 일족은 청화를 기반으로 움직이지 않았다.

그들은 도시가 아닌 숲에 있었다. 화려한 궁성 없이도 칭왕이 가능했다.

명 제국은 동화 정책을 위하여 대월 전역에 공자의 문묘(文廟)를 세우고자 했지만, 실제 완성된 지역은 많지 않았다. 도교, 불교의 전파를 위한 사원 건립도 지지부진했다. 중원에서 흘러든 자금 대부분이 지방 토호들의 뱃속으로 들어갔다. 대다수 토호들이 반명 복월을 꿈꾸며 그 돈을 저항 세력에 공급했다.

호 일족이 참칭할 만큼 성장한 배경이었다.

우목은 청화에서 거의 한 달에 가까운 시간을 보냈다.

대월의 중심지에서 그만큼의 시일을 투자했지만 호 일족의 주요 인물들은 그림자조차 보지 못했다. 호왕을 비롯한 대명 저항 군벌들은 대월인들로부터 비밀스런 지지를 받고 있었다.

정보 획득이 쉽지 않았다.

납서족 우목은 남방 민족이면서도 피부가 밝은 편에 속했다. 대월인이라고 얼굴이 다 까만 것은 아니었지만, 납서족은 생김새부터 이방인 티가 났다. 그래도 호왕의 이름 두 글자는 알아낼 수 있었다.

호치(湖鷹)라 했다.

그것마저도 본명이 아닐 수 있다는 말도 들었다. 려(黎)와 정(鄭)이라는 출중한 무인들이 협조하고 있다는 정보도 얻었다. 그나마 남서쪽이라서 그거라도 가능했던 것이다. 중원인이었으면 아무 소득도 없었을 터였다.

우목은 고심했다.

대명 관군을 이용하여 손해 없이 싸우고자 했지만, 그게 불가능하다는 사실을 깨닫기까지는 오랜 시간이 걸리지 않았다. 곤명의 운남 관군은 편제가 개편되었다고 하나, 예전과 크게 달라진 것이 없었다. 규모도, 의지도 부족해 보였다. 호왕의 거병을 제대로 감지하고 있는 것인지 하는 의문마저 들 정도였다.

그러나 항상 모든 것은 당장 눈앞에 보이는 것만으로 판단할 수 없는 법이었다. 여의각을 더 가동했다. 그러자 새로운 정황이 포착되었다.

운남의 관군 병력에는 변화가 없는 것이 맞았다. 그러나 사천 남부 네 군데에서 병력 이동과 증병을 확인했다. 집단전 군사 훈련도 전보다 빈번해졌음을 보고받았다.

대월국의 동향을 인지하고 있는 것이 확실해졌다. 일련의 군사 활동은 곧, 언제든 치고 내려올 준비가 되어 있음을 뜻했다.

"정말 기분이 나쁘군. 아무래도 간을 보는 거 같단 말이지."

늙은 뱀 마건위의 눈이 살기로 번들거렸다. 간만에 보이는 눈빛이었다.

"그래도 호 일족은 일단 막아야 하지 않겠습니까."

우목이 보고받은 서신들을 정리하며 대답했다.

"아니, 그놈 말이 맞았어. 그냥 싸우다간 관군에게 뒤통수를 맞을 거다. 느낌이 그래."

그놈이란 단운룡을 말함이다.

이 오원에서 단운룡을 아직도 그렇게 부르는 건 마건위가 유일했다.

호왕의 도발에 응하는 것도, 응하지 않는 것도 둘 다 부담이었다. 처음 허유와 마건위는 황군이라도 쳐들어오면 물어뜯어 버리겠다 호언장담을 했었다.

하지만 이젠 그도 단운룡에게 동의한다.

이쪽의 역량이 관군에게 알려지는 것은 좋은 일이 아니었다.

의협비룡회의 전력은 날이 갈수록 더 강해지고 있었다. 이 지역에 한정하자면 과장을 보태지 않고 국가급(國家級)에 달했다. 서둘러 일부 전력을 적벽으로 보낸 이유기도 하다. 전력 분산으로 이쪽 규모를 축소했다. 그래도 무시할 수 없는 힘이다. 의협비룡회를 일개 문파가 아니라 변방 토호의 사병 조직이라 간주한다면, 중앙 집권 대명 제국 입장에서 충분한 위협이 될 규모였다.

"이미 남왕궁 영역까지 치고 올라왔습니다. 싸우긴 해야 합니다."

대월 무인들은 꽤나 사나웠다.

남왕궁 최남단 마을 두 곳이 약탈당했고, 사람도 여럿 죽었다. 어제 올라온 소식이다.

눈에 핏발이 선 무인들에 대한 보고도 들어왔다. 기세가 몹시 흉포하다 하였다. 귀비신단을 자체적으로 제조하고 있다는 정보가 사실이었던 모양이었다. 더 이상 두고 볼 수 없었다.

"싸워야지. 물론."

"정보통제는 잘 해보겠습니다. 운남 관군의 눈 정도는 어느 정도 가릴 수 있습니다. 호왕의 세력 정보를 축소하는 것도 가능하고요."

"그런 걸로 될까?"

"되어야지요."

"늑대 놈하고도 종종 이야기를 하는데, 관군 놈들이 참 심상치가 않아. 알다시피 요 몇 달 동안 관아에도 요상한 놈들이 늘었어. 요지부동인 것도 마음에 걸리고. 정보 통제 정도로 안 될 거 같단 말이지."

우목은 마건위의 말이 옳다고 생각했다.

서로 차도살인을 생각하는 것이다.

이쪽은 전력 노출 없이 관군이 나서서 막아주면 좋겠고, 저쪽에서는 관군 동원 없이 이쪽에서 막아주면 좋겠는 거다.

그 와중에 이쪽 전력이 위험하다 판단되면 후속조치가 내려질 것이 분명했다.

사천 남부에 집결한 황실 병력은 호왕을 목표한 것일 수도,

의협비룡회를 목표로 한 것일 수도 있다. 그들이 밀고 내려오면 대처가 마땅치 않다. 맞서 싸우는 것도 어불성설이다. 참으로 쉽지 않은 문제였다.

"양 군사께서도 몇 가지 안을 생각하고 계시긴 하던데."

"지금은 생각만 할 때가 아니야. 당장 실행에 옮길 때지. 호왕 쪽은 사실 마음먹고 정리하면 한 달도 걸리지 않을 거야. 여기서 효마 놈이랑 막엽 정도만 침투시켜도 호왕 목 따는 건 어렵지 않을 테니까. 그런데 그렇게 수뇌부를 없애버리면 대월의 병력 통제가 어려워져. 국지적인 난전이 이어지겠지. 적지 않은 피해가 발생할 거다. 그걸 단숨에 제압하려면 우리도 전력을 드러내야 해. 별로 좋지 않아. 아주 좋지 않지."

"그래서 못 하고 있는 거구요. 달리 좋은 방법이라도 있으신 겁니까."

"일단 장기전."

"일부러 시간을 끌자는 겁니까."

"운룡이 그놈은 어릴 때부터 아주 당돌했지. 그놈 속내가 뻔해. 전쟁을 통해 무인들의 실전 능력을 올리겠다? 마음에는 안 들지만. 길게 봤을 때는 옳아."

"저도 그 부분은 마음에 안 듭니다."

"남쪽은 숲이 많고 길이 험한 데다가 독물도 많지. 여기서 지키는 건 쉽지만 그쪽으로 공격해 들어가는 건 어려워. 강해지긴 할 거야. 강해지지 않고는 못 배길 테니."

"그다음은요?"

"탈각. 뱀은 허물을 벗어."

"탈각이라……."

우목의 눈이 이채를 띠었다.

금선탈각의 계는 기실 뱀 이야기가 아니라 매미 이야기다. 뱀이나 매미나. 뜻은 같다.

"사라지자는 겁니까?"

"어차피 중원을 도모하고 있으니까. 이쪽에서 실전을 충분히 겪은 무인들은 서서히 중원으로 스며들게 하면서 오원에서는 흔적을 지우는 거지. 남부 전선이 형성되어 버리면 무인양성은 꼭 오원이 아니어도 돼. 호왕과의 실제 전쟁터가 있고, 무구고원도 있어. 관군도 거기까지 들어오긴 힘들지."

우목은 놀랐다.

마건위의 입에서 금선탈각, 오원 철수 이야기가 나올 줄은 몰랐다.

마건위는 허유와 함께 오원을 지키기 위하여 평생을 싸웠던 자다. 그와는 참 어울리지 않는 이야기였다.

"괜찮겠습니까?"

"괜찮지 않을 게 또 무언가? 자네가 뭘 좀 착각한 모양인데. 내가 항상 바란 것은 이 오원 사람들이 자력으로 외침에 굴함 없이 풍요롭게 잘 살아가는 거였어. 지금처럼. 여러 부족이 잘 어울리고. 사람이 없음을, 없어짐을 걱정하지 않고. 나는 사실 저 비룡 깃발도 썩 마음에 들지 않아. 지금의 오원은 문파 이름 없이도 충분히 평화로울 수 있으니까. 아니, 그게 없어져야 더 안전해지겠지. 단운룡 그놈은 예전이나 지금이나 이곳에는 똑같이 위험해. 나는 비룡회의 영광 이딴 거 관심 없어. 이 기회에 싹 치워버릴 수 있으면 그것으로도 좋은 거야."

우목은 새삼스럽게 마건위를 바라보았다.

참 사람은 변치 않는다.

그리고 이건 나쁘지 않다. 틀린 말도 아니다.

마건위는 말은 저렇게 해도, 한 식구였다. 단운룡에게도 좋은 책략이었다.

오원은 상징적인 곳이지만 반드시 이곳이 의협비룡회의 총단일 필요는 없었다. 중원을 도모하는 문파라면 위치적으로도 좋지 않았다.

더욱이 탈각의 계라 함은 양무의가 고려하고 있는 몇 가지 책략 중 하나이기도 했다.

우목은 마건위의 뜻에 힘을 더하기로 했다. 그가 찬성하고, 허유가 찬성하면 채택이 될 것이다. 양무의는 다른 사람의 이야기를 주의 깊게 들어주는 이였다.

오원에서 의협비룡회의 깃발이 사라지고, 무인을 키우던 연무장을 밀어버리면 병력의 구심점을 지목하기가 어려워질 것이다.

황실에서 어떻게 나오더라도 탈각 후 껍데기만 남은 셈이다. 그러면 일단 오원은 안전해진다. 게다가 문파의 영향력이 없어지는 것도 아니다. 양무의는 겉으로 드러나는 것도 잘하지만 암중 장악도 잘했다. 이 방법이 옳다. 아니, 거의 유일한 해결책이다. 우목은 머리카락을 쓸어 올리며 거듭 고개를 끄덕였다.

제53장 요괴(妖怪)

사람은 사람을 살리려 할 무엇이다.
신선은 사람이 깨달아 될 무엇이다.
선신은 사람을 이롭게 할 무엇이다.
요괴는 사람과 다르게 된 무엇이다.
혼종은 사람과 섞여서 된 무엇이다.
귀신은 사람이 죽어서 된 무엇이다.
귀물은 사람을 해롭게 할 무엇이다.
악신은 사람이 두려워 할 무엇이다.
난신은 사람을 혼란케 할 무엇이다.
사람은 사람을 죽이려 할 무엇이다.

한백무림서 인물편 이십삼장
술사(術士) 환신 월현편 서문 중에서

"주시자들의 전언입니다."

양무의는 용부저가 건넨 문건부터 받아들었다. 종이 세 장
에 불과했지만 글씨가 아주 작고 빽빽했다. 다 읽은 양무의의
얼굴이 침중해졌다.

"그리고 이것……."

용부저가 작은 상자를 내밀었다.

단단한 흑목(黑木) 상자 뚜껑에는 주사(朱砂)로 쓴 부적이 붙
어 있었다.

양무의가 품속에서 부적 한 장을 꺼내 상자 뚜껑을 덮었
다. 겹쳐진 부적 두 장에서 불꽃이 일었다. 푸른 불꽃은 그을

음도 재도 남기지 않았다. 뚜껑이 딸각 하고 열렸다.

뚜껑 안에는 흙으로 빚은 인면상(人面像)이 있었다.

양무의가 조용히 한숨을 내쉬었다.

주시자들이 말을 전하는 방식은 양무의조차도 적응이 쉽지 않았다. 더욱이 토신인면상(土神人面像)은 좋은 소식을 가져온 적이 없었다. 한숨을 삼켰다.

사각, 사각, 사라락.

모래가 움직이는 소리가 들렸다.

인면상이 눈을 떴다. 기울어져 양각된 인면상은 눈동자가 없는 눈으로 양무의를 직시하고 있었다.

인면상이 입을 열었다.

익숙했지만 익숙할 수 없는 목소리가 인면상에서 흘러나왔다.

"양 군사! 천리안입니다! 난신(亂神)들의 행보가 빨라지고 있기에 이런 방식으로밖에 연락드릴 수 없음을 이해해 주십시오. 문건에서도 짐작하셨겠지만, 중원 북부의 광역 결계가 깨지고 있습니다. 흑림이 귀물들을 마구잡이로 깨워서 세를 규합 중입니다. 본의는 아니었으나, 주시자들이 천잠사의 존재를 알아채고 말았습니다. 봉쇄진(封鎖陣)을 재구축하는 데 천잠사가 필요하다는 요구입니다. 길이는 낱실로 삼 장 육 척, 양산이 되고 있다면 그리 많은 양은 아닙니다. 짐작하시듯, 천잠사에 대한 것은 저를 통해 누출된 정보입니다. 이 부분에 대해서는 송구하다는 말씀부터 드리겠습니다."

인면상은 망설이기라도 하듯, 잠시 말을 멈추었다.

양무의는 기다렸다.

직접 실시간으로 대화를 나눌 수 있을 것처럼 보이지만, 그렇지 않았다.

저쪽의 말을 일방적으로 전달하는 용도일 뿐이다. 양방향도 아니거니와 시간차도 있다. 저쪽에서 술법을 펼치면서 말을 하면 이쪽의 토면인신상이 반응하여 목소리를 내기까지 하루 정도의 시간이 소요된다 들었다.

그래도 전서구보다는 훨씬 더 빠른 속도다. 보안에 있어서도 전서구와 비할 데 아니며, 전하는 바가 명확하기도 하다. 적지 않은 술법 재료와 공력이 소모된다 하였지만, 그런 만큼 심각한 사안에서나 쓰이는 방법이었다.

인면상이 다시 입을 열었다.

"천잠보의도 그렇지만, 천잠사는 그 자체로도 술가(術家)의 무가지보입니다. 보안과 보관에 각별한 주의가 필요할 겁니다. 산서 항산(恒山) 북악묘로 세 달 안에만 보내주시면 됩니다. 물론 빠르면 빠를수록 좋습니다. 요청을 거부할 경우, 환신 월현이 직접 찾아갈 수도 있습니다. 부디, 현명한 결단 내려주시길 바랍니다."

양무의는 퍼뜩 고개를 들고 주위를 둘러보았다.

함께 있던 용부저도 얼굴이 굳어졌다.

환신 월현이 직접 찾아간다는 이야기는 자못 위협적으로 들렸고, 실제로도 그러했다. 협박이나 진배없었다. 내주지 않으면 억지로라도 받아간다는 의미다.

단운룡이 들으면 절대로 안 되는 언사였다. 함께 있지 않아서 다행이었다. 주시자들과 분란이 일어나서는 곤란하다. 적어도 아직은 안 될 일이었다.

단운룡의 부재에 안도하며, 다시 인면상을 바라보았다.

인면상은 조금 더 길게 침묵했다.

이내, 인면상의 입술이 열렸다.

"사죄의 뜻에서 먼저 정보 하나를 드리겠습니다. 이는 주시자들의 뜻과 별개로, 제 독단에 의해 드리는 정보입니다. 북부 결계가 무너지는 인근에서 필멸자의 흔적이 발견되었습니다. 의협비룡회의 탐색 능력은 실로 대단하더군요. 의협비룡회에서 필멸자에 다가가고 있음을 주시자들 측에서도 감지하고 있는 상태입니다. 필멸자의 처분에 대해서는 주시자들 측에서도 의견이 분분한 것으로 압니다. 산서 태원부(太原府) 서남쪽 이백 리입니다. 제가 알려드릴 수 있는 것은 여기까지입니다. 무운(武運)이 함께하시길 빌겠습니다."

사각, 사라락.

인면상의 눈과 입이 닫혔다.

양무의가 철운거에 등을 기댔다. 용부저의 얼굴엔 착잡한 표정이 가득했다.

"해달라는 대로 해줘야 하는 겁니까."

용부저가 물었다.

"그래야지요."

용부저는 양무의보다 나이가 많았다. 문파의 일에 대해 말할 때만큼은 사석에서도 공대를 했다.

"거부하면요? 그 환신이란 자가 찾아오면 무슨 일이 벌어지는 겁니까?"

"환신 월현은 술가의 칠대 괴력이라 불릴 만큼 위험한 잡니다. 이쪽에도 천잠보의가 있으니 대적이야 되겠지만, 굳이 싸울 필요는 없어요. 내가 알기로는 문주와 안면도 있습니다. 무엇보다 큰 틀에 있어서 주시자들의 의지는 우리 문파와 추구하는 바가 같지요. 난세의 도래를 막는 것, 도래를 막지 못한다면 규모를 줄이는 것, 그조차 불가능하다면 한 사람이라도 덜 휘말리게 하는 것. 그게 그들이 하는 일이니까요."

"헌데, 우리는 싸움을 막는 것보다 벌이는 쪽 아니었습니까?"

"신마맹을 방치하면 더 큰 환란이 일겠지요. 작은 싸움으로 큰 전쟁을 방지하는 셈입니다. 그들 입장에서는 이이제이(以夷制夷)라 할 수도 있겠지요."

"이이(以夷)라니, 신마맹과 싸우려는 우리가 기껏 오랑캐밖에 안 되는 건가요?"

"우리는 신생 문파입니다. 냉정하게 봐야 해요. 문도들이 겨우 한 세대밖에 되지 않았습니다. 협의 기치를 내걸었지만, 우린 아직 그걸 강호에 입증조차 못 했습니다. 주시자들이 추구하는 건 세계의 질서입니다. 우리가 무림대의에 합당한 길을 걷지 않을 경우엔, 써먹을 수 있는 오랑캐로도 보지 않을 겁니다."

양무의는 현 상황을 날을 벼린 보도처럼 날카롭게 파악하고 있었다. 그럼에도 용부저는 표정이 편치 않았다. 의협비룡회에 대한 자부심이 있기 때문이었다.

"각주님 말씀은 잘 알겠습니다만, 맡겨놓은 물건마냥 달라고 하는 것이 아무래도 달갑지만은 않습니다."

"제 마음도 그렇습니다. 하지만 눈치 본다 생각하지 마십시오. 강요에 의한 협이라 해도 우리의 의지가 있으면 협인 겁니다. 광역결계를 되살리는 것은, 천하창생을 위해서도 중요한 사안입니다. 일조할 수 있다면 기꺼이 힘을 보태야지요."

양무의의 목소리는 진솔했다.

그의 말이 옳다.

용부저가 마침내 고개를 끄덕였다. 불편한 마음도 접어두기로 했다.

"그나저나 산서가 맞았군요. 추군마 어르신은 정말 대단합니다."

"없어서는 안 될 분이지요."

"누굴 보낼까요? 산서는 항산으로 가는 경로에 있습니다. 동선이 겹치지요. 산서에서 추군마 어르신을 지원하고, 항산(恒山)에 천잠사를 보내는 것까지 한 번에 해결할 수 있습니다. 문제는 천잠사가 만만찮은 기보라는 점입니다. 물건만 전달하는 것이라 해도, 대면해야 하는 상대가 대주술사들일 테니, 아무나 보낼 수는 없습니다. 술법과 관련된 돌발 상황에서도 대처가 가능하고, 추군마 어르신과도 합이 맞아야만 하니까요."

"그렇다면, 딱 떠오르는 사람이 있지 않습니까."

양무의가 엷은 미소를 지으며 대답했다.

용부저도 곧바로 고개를 끄덕였다.

"이전을 부르겠습니다."

옳은 선택이다. 이전은 유능한 요원이었다.

그래도 걱정이 앞선다.

"헌데, 혼자로는……."

말끝을 흐린 용부저는 자신이 이전을 아끼고 있음을 새삼 깨달을 수 있었다. 양무의가 당연하다는 듯 대답했다.

"불안하지요. 광역결계란 천지간의 균형을 논하는 사안이니까요. 당연히 더 보내야 합니다."

역시나 괜한 노파심이었다.

양무의가 어떤 사람이던가.

양무의의 안배는 천라지망처럼 촘촘하다.

용부저는 누굴 보낼 것인지 더 묻지 않았다.

물을 필요도 없다. 양무의는 모든 것을 올바르게 보는 대군사(大軍師)였다. 그가 결정했으면 믿으면 된다.

양무의를 향한 용부저의 신뢰는 언제나 금석처럼 단단했다.

＊　　　　＊　　　　＊

번쩍!

하늘에서 벼락이 쳤다.

암천을 가르며 내려온 빛줄기가 삐쭉삐쭉하게 솟은 철기둥을 강타했다.

뇌전이 철기둥을 타고 흘렀다. 뇌전은 찰나의 시간에 철기둥과 연결된 동철선(銅鐵線)으로 내려와 땅 밑을 가로질렀다. 땅 밑을 누빈 뇌전은 뇌공탑 중앙에 있는 뇌공방 실내로 이어졌다. 중앙엔 또 하나의 철기둥이 있었다.

단운룡은 그 앞에서, 하늘에서 쏟아진 벼락의 힘을 받아냈다.

꽈아아아아앙!

폭음이 진동했다.

천잠보의에서 빛의 파동이 일었다.

단운룡의 몸에서 강력한 기세가 솟구쳐 올랐다. 보이지 않는 뇌전기가 소용돌이치듯 단운룡의 전신을 휘돌았다. 마신(魔神)이었다.

단운룡은 이내, 마신을 풀고 몸을 점검했다.

그의 눈은 평온했다.

규산에 내리꽂히는 천둥 뇌기를 뇌공탑 강철 기관을 통하여 몸에 담는 수련을 했다. 참으로 말이 안 되는 수련이었다.

처음 수련은 뇌공탑 바깥에서 했다.

뇌공탑 뒤쪽 평지에는 높이 솟은 여덟 개의 철기둥이 원을 그리며 박혀 있었다. 그 한가운데는 몹시 위험하면서도 한편으로는 덜 위험했다. 하늘이 빛으로 물들면 팔대철주(八大鐵柱)가 내리치는 뇌전을 받아냈다. 하늘에 찬 빛을 한 줄기로 빨아들이는 것 같았다.

땅에 직접 내리꽂히는 일은 몹시 드물었다.

그래도 위험했다. 직격을 맞을 일이 거의 없다 하지만 하늘의 뇌격은 그 잔기(殘氣)만으로도 충분히 뜨겁고 강렬했다.

땅과 공기로 흩어지는 잔여 뇌격만으로도 충분한 수련이 되었다. 팔대철주는 만질 엄두를 못 냈다. 일 보 일 보 가까이 다가가는 것만으로도 힘에 부쳤다. 꽤 떨어졌다 싶었는데도 옷이 타거나 화상을 입을 때가 있었다. 아니, 많았다.

실내의 뇌공방은 그 수련의 마지막 단계였다.

뇌진자의 말에 따르자면, 바깥 땅에 박혀 있는 기둥과 철선들은 대부분 빈번한 뇌격의 힘을 흩어놓는 데 그 기능이 맞추어져 있다고 하였다.

뇌공방으로 이어지는 동철선은 조금 달랐다. 위력을 줄여서 일정 수준의 힘만을 뇌공방에 전달하는 것이 목적이라 했고, 최종적으로는 그 힘의 저장법을 알아내는 것이 목표라 했다. 뇌진자의 발상은 그처럼 허황되었지만, 단운룡의 뇌정광구가, 천잠보의의 흡정광구가 허황된 이론의 실재적 결과물이 되었다.

뇌진자는 기뻐했고, 단운룡은 고생했다.

뇌공방의 뇌격력은 바깥보다 훨씬 더 강했다.

온몸에 화상을 입는 것이 다반사였다. 강건청의 위독 소식을 듣기 전에는 뇌공방 입구에서도 전력을 다해야만 버틸 수 있었다.

천잠보의를 입고 온 뒤엔 달랐다.

열기에 의한 수상(受傷)은 더 이상 고려 대상이 아니었다. 수화불침이라, 뇌전잔력의 열기가 단운룡을 덮치면, 천잠보의가 백금빛 파동을 일으키며 화기(火氣)를 흡수했다.

하늘 벼락의 힘으로 인간 무공을 연마한다는 것은, 애초에 가능과 불가능을 따질 사안이 아니었다. 농담이라 해도 재미없을 농담이었다.

단운룡은 그걸 해냈다.

벼락의 힘은 강대했다. 위타천의 뇌전술과 비할 수조차 없었다. 수치화가 불가능하니 가늠이 되지 않았지만, 못해도 수십 배 이상이었다.

줄어든 위력이 그 정도였다.

밖에서 직격으로 맞으면 십중팔구 사망이다. 밖은커녕 처음엔 이 뇌공방 문간에도 제대로 서 있질 못했다. 이제는 뇌공방 중심철봉에서도 뇌격을 감당할 수 있다. 그만큼 깨달음이 있었다. 그래도 밖에 나가 천둥을 직접 맞아볼 생각은 없었다. 그건 천잠보의를 입은 단운룡에게도 만용이었다.

뇌정광구 광핵회전은 진즉에 연성했다.

회전이 면면이 이어졌다. 광극진기가 샘솟았다. 천잠보의의 영성과 진기 용량도 날이 갈수록 강해졌다.

감당 못 할 정도는 아니었다. 흡정광구는 진기 용량이 어느 정도에 이르자 성장을 멈추어 버렸다. 광구의 성장에는 한계가 있음을 알게 되었다.

뇌진자는 천잠보의에도 부담스러울 만큼의 관심을 보였다. 광구를 살피는 그의 눈엔 광기가 깃들어 있었다.

물론 덕분에 얻은 것도 많았다.

뇌진자는 보의가 축적할 수 있는 진기 총량을, 보의에 들어간 천잠사의 양과 흡정잠요 자체의 성장 한계가 결정하는 것으로 보았다.

보의의 성장은 끝났지만 단운룡의 성장은 끝나지 않았다. 그 간극이 커지는 만큼 통제력도 확실해졌다. 단운룡은 이제 어떤 상황에서도 보의가 그의 뜻을 거스르지 못할 것을 알았다.

광신마체의 경지도 깊어졌다.

마신을 자유자재로 발동할 수 있게 되었다.

유지 시간이 길어졌을 뿐 아니라, 발동 후유증도 크지 않았다. 그 외에도 천잠보의를 활용할 수 있는 몇 가지 비법들을 발견했다.

상상 초월의 수련을 했다.

성취도 그러했다.

단운룡은 이 여섯 달의 수련이 십 년 연공에 맞먹는다 생각했다. 애초에 이곳에 올 때 이루리라 다짐했던 것은 다 얻었다. 그럼에도, 단운룡은 수련을 멈추지 않았다.

그 이유는 하나였다.

마신을 넘어선 궁극의 경지.

광극이 눈앞에 보이고 있었기 때문이었다.

*　　　　*　　　　*

이전은 오원을 떠나 산서로 가는 장도에 올랐다.

행낭에는 비도다발 대신 천잠사 묶음이 담긴 옥함이 들어 있었다. 비도다발보다 훨씬 가벼운 옥함이었지만, 쇠로 된 무기보다 두 배는 무겁게 느껴졌다.

막중한 책임감에 비해 불안감은 크지 않았다.

동행 덕분이었다.

양무의는 놀랍게도, 청천각주 엽단평을 붙여 주었다. 아니, 정확히는 청천각주에게 보필할 여의각 대원을 붙여준 거라 해야 옳았다.

"이름이 어찌 되오?"

"이전이라 합니다."

"엽단평이오."

"당연히 알고 있습니다."

청천각은 문도의 상벌을 책임지는 집법원의 역할을 했다. 대체로 온화하고 공평하지만 중죄를 지은 문도에겐 생사판관처럼 엄하다고 들었다.

직접 여정을 함께하는 엽단평은 의외로 소탈했다. 한참 아래인 이전에게 공대까지 해주었다. 음식도, 잠자리도 전혀 가리는 것이 없었다.

이전의 입장에서는 그저 영광인 일이었다.

청천각주 엽단평은 의협비룡회 최고수 중 하나였다. 그가 펼치는 청천신검은 하늘마저 두 쪽을 낸다는 소문이 자자했다. 그런 엽단평을 단독으로 수행하는 임무였다. 적벽 나루터의 꼬마가 용케도 많이 올라왔다는 생각을 했다.

"저, 질문을 좀 드려도 되겠습니까?"

"얼마든지 해보시오."

엽단평은 흔쾌히 승낙했다.

먼저 말을 걸기조차 황송한 사람이었다.

"질문하기 전에, 공대가 부담스럽습니다. 부디 편히 말씀 주십시오."

"이게 나란 사람이오. 묻고 싶은 게 무엇이오?"

엽단평은 단호했다.

이전은 머쓱해진 표정으로 머뭇머뭇 말을 이어야 했다.

"저는… 사실, 적벽 출신입니다. 각주님을 처음 뵌 건 적벽 암무회전에서였지요. 천생 무인으로만 알고 있었습니다. 헌데, 용 대인께서 말씀하시길, 청천각주께서는 술사들을 대면한 경험이 많다 하였습니다. 그래서 궁금해졌습니다. 각주님은 눈을 가리고도 사물을 봅니다. 지금처럼요. 그렇다면 혹시 그것도 술법의 일종입니까? 포공사에서부터 술법에 대한 가르침을 받으신 건가요?"

엽단평은 죽립을 눌러쓴 채, 안대로 두 눈을 가리고 있었다.

볼 때마다 신기했다. 이전의 의문은 타당했다.

"전혀 아니오. 포공사에서 술법을 가르치지 않소. 폐안 수련은 무공 공부요."

"그럼, 술사들을 만난 것도 적벽 이후의 일이겠군요?"

"그렇소."

여기서부터가 진짜 질문이다. 이전의 표정이 진지해졌다.

"어떻게 받아들이셨습니까? 저는 새로이 많은 것을 보고 대단히 놀랐습니다. 사실 지금도 실감이 나지 않습니다. 천도를 지키는 비밀스런 술법 집단이 요괴귀물을 제어하는 결계들을 중원 전역에 펼쳐놨는데, 그중에서도 북부의 요지가 무너진 상태라 대결계수복을 위하여 천잠사가 필요하다 들었습니다. 이 상황이 저에겐 몹시 버겁습니다. 어쩔 때는 이 모든 게 꿈인가 싶기도 할 정도입니다."

"버거운 것치고는 정리가 잘되어 있소만. 사태를 정확하게 파악하고 있으면 그걸로 된 거요. 나는 어린 시절부터 포공사에서 전조검법을 익혔소. 포공사는 명포(名捕)와 장군들을 수 없이 배출한 정도명문이었소. 그랬던 내가 어느 순간엔 적벽 도박판에서 매검(賣劍) 비무를 하고 있더군. 그리고 다음 순간엔 중원 전역의 심산유곡을 누비며 술법도사들을 만나며 천잠보의라는 기보를 찾게 되었소. 제멋대로 검을 닦다 보니 꿈을 꾸듯 전설의 문파인 입정의협살문의 전대고수에게 무공을 배우고 있었고, 정신을 차리자 남국(南國)의 전쟁터였소. 그리고 지금 나는 북악 항산으로 요괴 재난을 대비하러 가고 있소. 어떻소? 이 대원과 내가 느끼는 것이 그리도 다르겠소? 누구도 인생을 미리 살지는 않소. 무엇이 닥쳐올지는 아무도 모르지. 어떤 것은 대비하지 않아도 자연스레 흘러가고, 어떤 것은 만반의 준비를 해도 감당이 안 될 수 있소. 겪은 것은 그대 인생이오. 돌이킬 수도 넘겨짚을 수도 없는 거요. 있는 그대로 보고 느끼시오. 어쩌면 나는 눈을 가리고 보지 않았기에 모든 것을 더 쉽게 받아들인 것일 수 있소. 눈으로 보지 않으면 오히려 사람과 사물의 본질을 더 가까이 느낄 수 있거든. 그래도 겪지 못한 것에 놀라며 닥쳐올 일을 두려워하는 것은 누구나 마찬가지일 게요. 두뇌가 하늘에 닿은 양 군사도, 나를 여기까지 끌고 온 문주도 그럴 것이오. 아니, 예외도 있을 수는 있겠소. 막야흔 같은 이는 바보라서 두려움이란 게 없으니까."

엽단평이 이렇게 말을 길게 할 수 있는 사람이라는 것을 이전은 오늘 처음 알았다.

그의 목소리는 잔잔하고 차분하여 듣기에 좋았다.

한 마디도 놓치지 않고 새겨들었다. 작은 질문으로 이렇게 큰 것을 배울 거라곤 생각하지 못했다. 무엇과도 바꿀 수 없는 소중한 가르침이었다.

"가슴을 꽉 막고 있던 뭔가가 없어진 기분입니다. 크게 배웠습니다."

"누구나 해줄 수 있는 말이오. 그보다 적벽 암무회전이라니, 내 미숙한 시절을 아는 이가 여기 또 있었군."

"미숙하다니요. 저는 그때 도박판에서 먹고 사는 심부름꾼에 불과했습니다."

"그랬소? 이 대원은 임무 수행 능력이 뛰어나다고 들었소. 적벽은 놀라운 곳이지. 내가 그러했듯, 그곳이 이 대원에게도 좋은 배움터였던 모양이오."

엽단평은 말로써 사람과 공감할 줄 알았다.

이전은 몸 둘 바를 몰라 했다.

"과분한 말씀이십니다. 저는 그때나 지금이나 범부에 불과합니다."

"양 군사는 훌륭한 모사라오. 그가 범부에게 이런 임무를 맡길 리 없소."

"그만큼 어깨가 무겁습니다."

"자신감을 가지시오. 그래도 되오."

여의각 양무의가 세상에서 가장 좋은 상관인 줄 알았다.

청천각주도 좋은 사람이었다.

이전은 "그러겠습니다." 기꺼이 고개를 끄덕였다.

엽단평과 이전은 북상을 계속했다.

운남에서 사천으로 접어들자 풍광이 바뀌었다. 들끓는 중원 무림의 공기를 피부로 느낄 수 있었다.

때는 바야흐로 전란의 시대였다.

계절은 완연한 봄이었으나 민심은 동토(凍土)처럼 얼어붙어 있었다. 전 무림에 걸쳐 싸움 소식이 전해지고 있었다. 무림인을 태운 기마들이 관도를 달렸고, 백주의 저잣거리에서 살인이 일어났다.

뱃길 또한 아수라장이었다. 장강 줄기는 강변과 수상을 가리지 않고 강호인들이 들끓었다.

이전은 수완이 좋았다. 두 사람은 싸움에 휘말리지 않았다. 묵묵히 제 갈 길만 갔다. 무림인들이 오가는 소문을 듣고, 관도를 조심스레 선택했다.

도강(渡江)도 신중하게 했다.

뱃길이 열려도 싸움 소식이 들리면 배에 오르지 않았다. 비검맹과 수로맹의 싸움은 격전을 거듭하고 있었다. 비검맹 검존들과 수로맹 백무한이라는 이름이 나루터마다 들렸다.

평소보다 긴 여정이었다.

좀처럼 속도를 내기 힘들었다.

역관의 기마가 동이 났다. 경공과 도보로 주파하는 구간이 많아졌다.

북풍단에 대한 소문을 들었다. 무지막지한 기마 무력 집단이라 했다. 북풍단의 단주는 무당파 출신이라면서 청안(靑眼)의 악마라는 괴악한 별명을 지니고 있었다.

그들은 강했다. 여의각 정식 보고를 읽지 않아도 알 수 있었다. 소문만으로도 그 막강함을 충분히 느낄 수 있었다. 천하를 어지럽혔던 철기맹이 북풍단의 말발굽 아래, 파죽지세로 무너졌다.

백미는 역시 그 수좌인 마검, 명경이었다. 그는 청운곡 전투에서 성혈교의 금마광륜을 물리치며 온 강호를 위진시킨 명성이 허명이 아니었음을 입증했다.

협봉검 호교무인 하나도 상대하기 벅찼던 이전에겐, 명경과 북풍단의 이야기가 누군가 지어낸 신화(神話)처럼 들렸다. 세상이 격변하고 있었다.

섬서로 넘어오기까지만 한 달 가까운 시간이 걸렸다.

섬서에서 유명한 것은 역시 서악 화산(華山)의 화산파였다.

이곳에서는 다른 이름이 유명했다.

청풍이란 신진고수는 절세신병 사방신검을 다룬다 하였다. 단시간에 이름을 날렸다. 영웅담이 화려했다.

소문들을 뛰어넘으며 섬서의 성도인 서안(西安)으로 향했다.

석 달 기한까지는 아직 여유가 있었다. 섬서는 위로 길쭉하여 횡단 거리가 길지 않았다. 산서까지는 보름이면 충분했다.

서안 용뇌각 장서고를 들렀다.

용뇌각에 상주하던 여의각 대원들은 청천각주 엽단평의 왕림에 흥분을 감추지 못했다. 그들은 술상까지 차려가며 엽단평을 환영했다.

서안에서는 모든 강호사가 화산파를 중심으로 돌아갔다. 화산 무인들은 위세가 대단했다. 서안 시내에 매화검수라도 나타나면 무슨 일이 생긴 걸까 온 촉각을 곤두세워야 했다. 눈치를 봤어야 했다는 이야기다.

그런 여의각 대원들에게 있어 청천각주 엽단평은 문파의 자부심 그 자체라 할 수 있었다. 엽단평은 무려 청성파 오선인 중 하나인 적하진인과 호각으로 맞섰던 이였다. 오선인의 이름값은 매화검수보다 훨씬 높았다. 엽단평의 무용담은 신생 문파인 의협비룡회 문도들에겐 전설이라 해도 과언이 아니었다.

술 한 방울 입에 안 댈 것 같았던 엽단평은 의외로 술자리에 잘 어울렸다. 엽단평은 인품이 선했다. 말도 잘했다. 두 사람은 운남에서 섬서까지의 긴 여정에서, 모처럼의 휴식을 흡족하게 만끽했다.

＊　　　　＊　　　　＊

"광역결계가 깨지고 있는 곳에서 특이한 보고가 올라왔습니다."

집무실로 들어오는 걸음이 다급했다.

양무의가 고개를 들고 용부저를 보았다.

"화염과 뇌전을 발출하는 막강한 고수가 출현했다 합니다."

용부저가 양무의에게 보고서를 건넸다.

항산에서부터 대지급 전서구로 보내 온 보고서였다.

양무의가 보고서를 훑었다. 보고서는 길지도 않았다. 그의 얼굴이 굳어졌다. 용부저의 표정과 똑같았다.

"누구도 상대할 수 없다 합니다."

"그렇게 쓰여 있군요. 상대할 수 없겠지요. 그라면요."

"다른 누가 있겠습니까."

"천리안에게서는 연락이 없습니까?"

"흑목 상자는 미동도 없습니다."

"우리 쪽 보고라면, 시간차가 있을 텐데."

산서 항산은 멀다.

천리안의 요청에 이전과 엽단평을 보낸 것이 한 달 전이다.

항산에서 띄운 전서구가 여기 운남까지 당도할 시간을 고려하면 천리안 쪽에서는 그보다 먼저 그 존재를 확인했을 것이다. 빠르면 토신인면상으로 대화한 시점까지도 거슬러 올라갈 수 있다. 전서구가 많이 늦게 도착했다고 가정하면, 그 이전도 불가능한 일은 아니었다.

"알고도 전달하지 않았을 가능성도 있습니다."

"그건 아닐 겁니다."

"주시자들은 원래부터 속내를 알 수 없지 않았습니까."

"천리안에게서 추가적인 소식이 없다는 것은 필경, 그쪽 상황이 급변하고 있다는 뜻일 겁니다. 인면상은 편리하지만, 그리 쉽게 쓸 수 있는 게 아니라 들었습니다. 무엇보다 우리는 너무 먼 곳에 있어요. 천잠사야 우리만 갖고 있다지만, 고수는 우리에게만 있는 것이 아닙니다. 싸울 사람이 필요하다면 여기보다 더 가까운 곳에서 동원하는 것이 전략적으로도 옳습니다."

"그래도…… 위타천입니다."

용부저가 이를 갈며 그 이름을 말했다. 양무의가 답했다.

"위타천과 악연이 있는 곳은 우리뿐이 아니겠지요. 굳이 속세 고수를 내세우지 않고 주시자들 스스로 해결하려 할 수도 있고요."

"그럼 개입하지 않고 놔 둘 겁니까?"

용부저는 더 이상 말을 돌리지 않았다.

양무의가 고개를 들었다. 그의 눈은 평소와 다른 빛을 띠고 있었다. 양무의를 무평에서부터 보아 온 용부저는 그 빛이 무엇인지 알았다. 그것은 투지였다.

"그럴 수야 없지요."

양무의가 답했다.

"전언을 보냅시다."

"하명하십시오."

"먼저 적벽."

"관 대협을 요청할까요?"

"관, 왕, 둘 다로 합시다. 비룡각 무인들도 투입합니다."

"백 명이면 될까요."

"그래요. 백으로 하죠."

용부저가 고개를 끄덕이고 다시 물었다.

"여기서는요?"

"용 형이 직접 가서 수고를 좀 해주세요."

용 형이라 했다. 간만에 드는 호칭이었다. 투지를 드러낸 양무의는 싸움을 좋아하는 무인 같았다.

"저 혼자면 됩니까?"

"혼자면 됩니다."

"발도각주가 역정을 낼 텐데요. 청천각주만 중원으로 보냈다며 이미 화가 단단히 나 있습니다."

"그는 여길 지켜야 합니다."

양무의는 담담했고, 단호했다.

용부저는 더 말하지 않았다. 어차피 이제 곧 그는 떠난다. 막야혼의 성화를 감당해야 하는 것도 그가 아니었다.

"제가 적벽으로 갈까요? 아니면 각자 이동하여 항산에서 합류합니까?"

"용형은 따로 먼저 갈 곳이 있습니다."

양무의의 말에 용부저가 의아하단 표정으로 그를 돌아보았다. 용부저가 다시 물었다.

"어디로 가면 되겠습니까."

"규산으로 가주십시오."

"규산이라면……!"

"문주가 나설 때입니다."

양무의가 힘주어 말했다.

위타천이 나왔다면, 싸워 이긴다.

양무의가 드러낸 투지의 정체다. 용부저가 포권하며 고개를 숙였다.

"존명!"

그의 목소리도 힘찼다.

*　　　　　*　　　　　*

"추군마 어르신께서는 산서 평요고성에 계신답니다. 이는 태원부에서 서남쪽 이백리라는, 주시자 측 언급과도 일치합니다."

이제 거의 다 왔다. 섬서에서 산서로 넘어 와 운성(運城)으로 향했다. 여의각 운성 분타에서 추군마 어르신의 위치를 다시 한번 확인했다.

"평요고성은 아주 오래된 도시입니다. 천년도 훌쩍 넘었다고 하죠."

이전은 부지런했다.

새벽부터 장서고 선반을 뒤져 필요한 문건을 순식간에 분별해 냈다. 그가 여의각 산서전도(山西全圖)를 펼치다가 손을 멈추었다. 엽단평의 눈에 생각이 닿은 까닭이다. 아무리 눈 없이 사물을 분간하는 그지만, 눈을 가리고서 지도까지 읽을 수는 없을 터였다.

"마저 펼치게."

"네?"

엽단평은 산서에 이르러서야 말을 편히 하기 시작했다. 그나마도 종종 경어를 섞어 썼다.

"펼처 보시라구."

엽단평이 죽립을 벗더니, 눈을 가린 천까지 풀었다. 빛이 익숙하지 않은 듯 눈을 깜빡이고는 이내 지도 쪽으로 시선을 향했다.

되레 놀란 것은 이전이었다. 그는 말을 잇지 못했다.

"왜?"

엽단평이 이전을 돌아보며 눈을 크게 떴다. 엽단평의 눈은 가을 하늘처럼 맑았다. 저 귀한 눈을 왜 가리고 다니나 싶을 정도였다.

"아, 아니, 눈을, 가린 눈을……."

청천검객 엽단평의 맨눈을 본 사람은 적어도, 의협비룡회 새 제자들 중엔 아무도 없었다.

엽단평의 눈에 관한 건, 제자들 사이에서 오래된 궁금증이 자 흥밋거리였다.

밥 먹을 때 음식이 있는 곳은 어떻게 알아채는가, 침소에 들 때도 눈을 가린 채 잠들 것인가, 그도 남자인데 설마하니 여인을 품을 때도 눈을 가리는가. 젊고 어린 제자들은 짓궂은 내기를 했고, 아무도 이긴 자는 없었다. 적어도 여태까지는 그 랬다.

'청천검객께서는 내공이 화경에 이르렀으니, 책에 쓰인 글자의 먹 기운을 느낄 수가 있으시다. 그분은 눈 없이도 글씨를 읽으실 수 있는 것이다.' 엽단평 휘하 청천각 소속 검수들 중엔, 존경심이 지나친 나머지 그런 말을 하는 자도 있었다.

저리도 간단한 것을.

그냥 저 천을 풀면 되는 것이다. 뭔가 허탈했다.

"눈이 뭐 어때서 그러오?"

"아, 아닙니다."

'그렇게 초롱초롱한 눈으로 보지 마십시오.'

엽단평은 이전이 왜 그러는지 모르는 눈치였다.

정신을 바짝 차렸다. 지도를 짚으면서 말을 이었다.

"이제 북쪽으로만 쭉 가면 평요고성입니다. 헌데 여기 보고서들을 보면 도시 전체에 문제가 좀 있어 보입니다."

"무슨 문제?"

엽단평이 물었다. 이전은 무심코 엽단평과 눈을 마주쳤다가 흠칫했다.

'각주님의 순진무구한 눈빛이 문제이외다.'

마음을 다잡았다. 이러다가 속에 있는 말이 입 밖으로 나오겠다.

"괴사(怪事)가 많다 합니다."

"괴사라니."

'청천각주의 맨눈을 보게 되는 괴사 말입니다……. 정신 차리자, 이전아.'

"……괴사의 내용은 상세하지 않은데, 원인불명 민간 사망자 다수로 확인 요망이라 되어 있습니다. 이곳 운성과 동쪽 진성(晉城) 분타에는 원래 여의각 상주 인원이 없습니다. 보시다시피 분타 크기도 작지요. 태원부의 여의각 대원들 일부가 진성과 운성을 오가면서 특기할 만한 사건이 있을 때 파견을 나오거나, 문건을 채워 넣는 정도입니다. 그래도 괴사에 관련된 보고서는 최근 겁니다. 열흘도 되지 않았습니다."

"원인 불명이라……. 헌데, 이쪽은 숲이오?"

엽단평이 지도의 한쪽을 가리키며 물었다. 먹으로 숲처럼 칠해놨는데, 하늘에서 본 것마냥 꽤 그럴싸했다. 여의각의 지도 제작 능력은 여의각의 다른 모든 것들처럼 빠르게 발전하고 있었다.

"네. 도시 북동쪽으로 아주 깊고 큰 수림(樹林)이 위치합니다. 숲 쪽으로 성벽이 낡아 무너진 곳이 많습니다만, 아문에서 진행하는 개보수가 지지부진합니다. 숲속엔 관도가 없고, 포악한 짐승들이 많아서 무공을 익히지 않은 사람은 어차피 접근이 어렵습니다. 숲을 성벽 대신으로 쓰는 형국입니다."

"잘 아는군. 지도도 많이 자세하고."

"아무래도 산서에서는 손꼽히는 문파가 있는 곳이라서요."

"산서고성의 청색창, 시양회가 이쪽이었던가?"

"맞습니다. 시양회주는 춘추가 팔십에 이르는데도 여전히 건재하다지요."

"십삼창이 유명하다 들었지. 그 정도의 문파가 있는데도 괴사가 빈발한다면 문제가 확실히 있는 거요. 애초에 그들이 원인일 수도 있고."

"시양회가 원인이라고요?"

"한 도시에 오래된 토착 문파가 있으면 여러 가지 일이 생겨나오. 아무리 숲이 울창해도 성벽 대신으로 쓴다는 것은 일반적인 일이 아니야. 더욱이 인근 숲에 포악한 짐승이 많으면 성벽을 더 빨리 축조해야 하지. 그런데도 느긋하다는 것은, 시양회라는 확실한 억제력이 있어서일 거요. 관아가 시양회를 의지한다는 건데, 그 정도면 어지간히 이상한 사건이라도 통제를 할 수 있어야 정상이오. 다시 말해, 통제를 안 하고 있거나, 통제하지 못할 만큼 사태가 심각하거나."

이전은 엽단평의 분석을 들으며, 역시 청천각주구나 했다.

"각주님께 많이 배웁니다. 서둘러야겠어요."

이전은 포권까지 취하며 감사를 표했다. 엽단평이 손을 들어 만류하고는 다시 눈을 가리고 죽립을 눌러썼다.

재빨리 챙길 것을 챙기고 길을 나섰다. 여기까지는 너무 편하게 왔다. 이제부터 진짜 시작이라는 생각이 들었다.

*   *   *

"지부장께선 어쩌실 거요?"

"지부장이라니. 왜 그러는 거지?"

"지부장을 지부장이라고 부르지 그럼 뭐라 부릅니까."

긴 수염을 쓸어내리며, 붉은 얼굴로 핀잔을 주었다. 오기룡이 역정을 냈다.

"전처럼 형이라고 부르라고!"

"어째 왜 갈수록 애가 되는 거요?"

관승의 목소리는 여전히 근엄했다. 오기룡이 이를 갈았다.

"그럼 나도 비룡각주라 꼬박꼬박 불러주랴?"

"남아가 중용되어 직책을 맡았으면, 그 직위로 부르는 게 맞소이다. 그게 어른입니다."

"네, 네, 비룡각주 운장대도께선 참으로 잘나셨소이다."

"게다가, 나는 지금 각주도 아니외다. 잊으셨소이까?"

"야! 관승 네 이놈!"

오기룡이 벌떡 일어났다. 정말 달려나와 발도각이라도 내칠 기세였다.

"방주 형님, 그만하십시다. 보는 애들도 많은데."

왕호저가 나섰다.

오기룡이 버럭 언성을 높였다.

"방주는 언제 적 방주야! 네놈까지 왜 이래?"

"원래 그런 거 아닙니까? 한 번 형이면 형인 거고, 한 번 방주면 방주인 게지요. 저는 참룡방 시절 형님이 참 멋졌습니다."

"발도각 애들 보면서 참 잘 기어오른다 했더니, 왜 니네들까지 그러는 거야? 문파 꼴 아주 잘 돌아간다! 어떻게 생겨먹은 게 저 아래부터 윗대가리까지 다 이 모양이지?"

"뭐 어때서요? 살림살이 보십쇼. 얼마나 좋습니까. 참룡방 때 생각하면……."

왕호저가 고개를 설레설레 흔들며 말끝을 흐렸다. 오기룡의 얼굴이 붉으락푸르락해졌다.

"참룡방 때가 뭐! 그때가 어때서!"

"방주 형님 멋졌다고요."

왕호저가 오기륭의 말을 뚝 잘라먹었다. 부들부들 떨던 오기륭은 이내, 화내는 것을 포기하고 자리에 털썩 주저앉았다. 왕호저가 이런 놈이 아니었는데 중얼거리고 있자니, 관승이 준엄한 목소리로 다시 물어왔다.

"그래서 어쩌실 거요?"

"뭘 어째?"

"같이 가는 겁니까?"

"어딜?"

"여태 뭘 들은 게요? 항산 말이외다."

"안 가. 니네끼리 가."

"위타천이랍니다."

"그러니까 안 간다고. 너희가 그놈 못 봐서 그래."

"우린 못 봤지요. 대신 우린 염라를 봤소이다."

오기륭이 입을 딱 다물었다. 오늘따라 정말 꼼짝 못 하겠다.

'업보다, 업보.'

억지로 같이 싸우자 끌고 다녔던 참룡방 시절의 원죄라 생각하기로 했다.

"방주 형님, 지금 그래서 겁먹은 거요?"

왕호저까지 다시 괴롭힌다. 오기륭이 눈을 치켜뜨며 되물었다.

"겁먹긴 누가 겁을 먹어?"

"위타천이라서 안 간다 했잖소이까?"

"그런 거 아니다."

"분명 그렇게 말했습니다만?"

"아니라고 했다. 그리고, 나까지 가면 여긴 누가 지켜?"

"쟤네들요."

왕호저가 기다렸다는 듯 바로 앞 연무장을 가리켰다. 비룡 각 창술무인들이 우렁찬 기합성을 내지르며 포효호심창을 펼치고 있었다. 군기가 넘실대는 것이 보기에 아주 좋았다.

오기륭은 말없이 그들을 바라보았다.

왕호저는 기다렸다.

무인들의 모습을 한참 동안 바라보던 오기륭이 한숨을 내쉬며 말했다

"후우. 그냥 다녀와."

기다렸던 대답이 아니었다.

왕호저가 한 마디 더 하려 했다. 관승이 왕호저의 어깨를 잡았다. 그가 고개를 가로로 한 번 저었다.

오기륭이 고개를 돌려 관승과 왕호저를 보았다. 그의 얼굴은 더 이상 참룡방 불패신룡의 얼굴이 아니었다.

"어차피 난 이제 도움도 안 될 거다. 여기 있는 게 옳아. 둘이 가라."

관승이 오기륭의 두 눈을 쏘아보았다.

왕호저도 더 말은 안 했지만, 두 눈에 불만이 가득했다.

"알겠소이다."

관승이 말했다.

오기륭의 이런 모습은 이제 생소하지 않았다.

익숙했다. 익숙해져 버렸다.

선찬의 죽음부터였을 것이다. 강씨 금상에서부터였을 수도 있다.

위타천이, 염라마신이, 많은 것을 바꾸었다.

사람은 변하지 않는다 했다. 불패신룡은 변했다.

관승과 왕호저가 자리에서 일어났다.

관승은 그대로 물러나려 했다. 망설이다 결심했다. 관승이 다시 입을 열었다.

"지부장, 잘 알다시피, 우린 위타천의 상대가 안 됩니다. 우리가 간다고 위타천과 겨룰 수 있겠소이까? 우리는 회주의 무공을 압니다. 위타천에게 이겨도 회주를 잃으면 지는 거외다. 전력을 다한 회주는 우리를 필요로 할 터! 그래서 갑니다. 이기러 가는 게 아니라 지지 않으러 가는 거란 말이외다."

관승은 이례적으로 말을 길게 했다.

오기륭은 말이 없었다. 고개를 돌려 연무장 저 멀리, 청룡 굉화창을 연마하는 무인들을 보았다.

관승이 몸을 돌렸다. 왕호저는 벌써 발을 옮기고 있었다.

"나는 참룡방주 불패신룡 형님에게, 그렇게 배웠소이다, 지부장."

관승도 발을 뗐다.

　　　　*　　　　　*　　　　　*

　평요고성(平遙古城)은 오래된 도시다.

　돌바닥이 평평하고 반듯하며, 두 층, 세 층, 단단한 석조 건물들이 즐비하게 늘어서 있다.

　전체적으로 단단함이 느껴지는 성채 도시였다. 홍무제 때 평요성장 성벽과 옹성, 망루의 대공사를 진행하긴 했지만, 실제 성채는 주(周)나라 선왕(宣王) 때부터 있었다고 전해진다. 그래서 고성(古城)이다. 도시 형태가 거북이 같다 하여 구성(龜城)이라 불리기도 한다.

　오래된 도시에 오래된 문파가 있다.

　작금의 산서강호에서는 일산오강이라 하여 강성한 여섯 개의 세력이 유력한 위치를 점하고 있었다. 그중에서도 푸른 창대, 청색창 창술로 유명한 시양회의 근거지가 이 평요고성이었다. 산서 성도인 태원과 이백여 리 거리에 있어 멀지 않은 편이고, 인구도 충분히 많았다.

　산서무림의 동향을 살피기 위한 요지(要地)다. 여의각 분타도 진즉부터 자리를 잡았다. 상주 인원만도 네 명에 산하 요원들이 스무 명 넘게 오가는 분타였다. 그렇게 알고 있었다.

　"이게 왜……."

　그런 여의각 분타에 당도했지만, 이전은 대문에서부터 눈살을 찌푸려야 했다.

이 층짜리 진회색 석조 건물은 아주 조용했다. 문도 굳게 닫혀 있었다. 그냥 문만 닫아 놓은 게 아니라 철 자물쇠로 봉했다. 흑색 철 자물쇠면 비상시 봉쇄 절차였다. 변고가 발생했다는 뜻이었다.

"왜 그러지?

"네, 이게 원래는 잠겨 있으면 안 되는 문이라서요."

"비켜 보시게."

엽단평은 벌써 검자루에 손을 올리고 있었다. 어째 자물쇠만 뚝 잘라내는 것이 아니라 대문을 통째로 갈라버릴 것 같은 느낌이었다.

"아, 아닙니다. 여의각에서 지급된 열쇠가 있습니다."

황급히 행낭을 뒤져 열쇠를 찾았다.

엽단평 이 양반은 잔잔해 보이면서도 가끔 과격할 때가 있었다.

막야혼과 티격태격하는 사이임을 잘 안다. 종종 둘이 비무하는 것도 봤다. 천성이 부드러워 보이지만 막상 검을 쓸 때는 무지막지한 강검을 구사했다. 그럴 때 내뿜는 기세는 난폭한 막야혼에 전혀 뒤지지 않았다.

철컥!

재빨리 자물쇠를 열고 안으로 들어갔다. 인기척이 느껴지지 않았다. 내측 복도로 들어서자 희미한 냄새가 코를 찔렀다.

"탕약 냄새로군."

엽단평이 말하며 앞서 걸었다. 여의각 분타에는 와 본 적이 없을 텐데도 제집처럼 길을 찾았다. 그가 위로 올라가는 계단 앞에 서서 한 마디 말을 더 했다.

"피 냄새도."

이전은 긴장했다. 그는 피 냄새까진 맡지 못했다.

청천각주 엽단평의 후각은 문파 전체에 유명했다.

이전이 먼저 계단 위로 올라갔다. 계단 위가 대원들의 숙소였다. 숙소 문을 열어젖혔다.

방 안의 전경은 안도감과 의아함을 동시에 안겨 주었다.

피 냄새라 했다. 누가 죽어 있기라도 한 건가 걱정했다. 허나, 시체 같은 건 없었다.

침상 몇 개에 말라붙은 핏자국이 보였다. 엽단평은 저 핏자국에서도 냄새를 맡을 수 있나 보다. 사람은 그림자도 보이지 않았다.

"부상자를 치료했던 모양이오."

엽단평이 숙소 안으로 들어서며 말했다.

"자릴 비운 지는 오래되지 않은 것 같습니다."

"길어야 이삼 일. 한 명은 꽤 많이 다쳤군. 위독한 상태일 수도 있겠어."

"무슨 일일까요."

이전은 무의식적으로 뱉어놓고 스스로 바보 같은 질문이라 생각했다.

"이제 알아봐야지."

＊　　　　＊　　　　＊

엽단평이 성큼 걸어가 침상 옆에 놓인 탁자 앞에 섰다.

탁자 위엔 이전의 그것과 같은 철제비구와 비도(飛刀)들이 놓여 있었다. 엽단평이 비도를 들어 올려 손으로 칼날을 훑었다. 비도에는 이상한 얼룩이 져 있었다. 핏자국 같아 보였는데 색깔이 묘했다.

그가 죽립을 벗고 폐안 수련용 천을 얼굴에서 풀어냈다. 그가 맨눈으로 주위를 살폈다.

이전은 엽단평을 잠시 보고 있다가 퍼뜩 몸을 돌려 계단을 내려갔다. 한 번 봐서 다행이다. 저번에 보지 않았으면 아주 많이 신기해했을 것이다. 아무리 진귀한 일이라도 구경만 하고 있어서야 안 될 일이었다.

이전은 문서고로 향했다.

여의각 대원들은 항상 기록을 남긴다. 최근 보고 내용을 보면 무슨 일이 벌어졌는지 알 수 있을 터였다.

'이런……!'

문서고는 난장판이었다.

순간 도둑이라도 들었나 싶었을 정도였다. 회의할 때 쓰는

긴 탁자와 주변 선반에 온갖 문건들이 너저분하게 펼쳐져 있었다. 이전이 미간을 좁히며 탁자 앞에 섰다.

"백귀(百鬼)……?"

한눈에 알았다. 이건 그냥 어지른 게 아니다. 급하게 여럿이서 공통된 정보를 모으기 위하여 문서들을 닥치는 대로 훑은 거였다. 기존에 갖고 있었던 것도 있고, 새로 구해 온 것도 있으며, 직접 작성한 기록도 있었다.

이전에겐 익숙한 내용이다. 여의각은 이런 문건들을 백귀문서라는 이름으로 분류했다.

구천을 떠도는 온갖 요괴 귀신들을 통틀어 백귀라 한다. 그리고 이것들은 그것에 대한 문서들이었다. 한때 그도 낙양에서 한참 동안 이런 기록들에 파묻혀 있었다. 그래서 안다. 이것들은 허황되어 보이지만 실제다. 이런 문건들을 흥미로 조사했을 리 만무했다.

괴사들이 발생하고 있다 했을 때부터 느낌이 안 좋았다.

이번 일은 사람에 의한 것이 아니다.

분타는 봉쇄했고, 핏자국은 있는데, 사람은 없다.

요괴 귀신들에 관련된 변고다. 틀림없다 생각했다.

엽단평이 계단에서 내려왔다.

그는 죽립을 쓰고 있었다. 물론 눈도 다시 가린 상태였다.

이전이 보고서들을 들고 엽단평 옆에 섰다.

"여의각 대원들의 보고서가 남아 있었습니다. 일이 난 건 북동가 쪽입니다."

이전이 손에 든 보고서를 다시 한번 훑으며 말했다.

최근 문건에서 가장 많이 나온 지명이 북동거리였다.

북동가에 변사체들이 발견되었다. 변사체들은 짐승에게 물어뜯겼다. 특이한 점이 있었다. 뇌가 없었다. 머리가 뜯어 먹힌 게 아니라 두개골을 부수고 뇌만 파먹었다. 다른 부위는 건들지도 않았다. 아무래도 일반적인 짐승의 짓이 아니었다.

야밤에 화령을 지나던 무인이 복부에 구멍이 뚫린 채 발견되었다. 칼도 찬 무인인데 저항한 흔적이 없었다. 무방비로 죽었다. 시체에서는 간이 없어졌다. 그런 무인이 하나도 아니고 셋이나 되었다.

괴질(怪疾)도 돌았다. 사람이 여럿 죽었다. 시체에선 역한 비린내가 났다. 의원들은 원인을 알지 못했다. 처음 보는 질병이라 했다. 괴질로 죽은 사람은 북동가뿐 아니라, 문묘가와 정항(正巷), 성 밖 마을에서도 나왔다.

행방불명인 자도 많았다. 도시 곳곳에서 사람들이 없어졌다. 남녀노소를 가리지 않았다.

"사라진 사람 중에 추군마 진달 어르신도 계십니다."

가장 큰 문제가 그것이다.

연락이 끊긴 사람들 중엔 추군마도 있었다.

추군마 어르신도 북동가에서 행방불명이 되었다.

모두 다 괴이한 일이었다.

문서고의 백귀 문서들을 뒤집어엎을 만한 이유가 충분했다.

"지원을 요청해야겠습니다."

이전이 말했다.

엽단평도 고개를 끄덕였다.

그 역시도 사태가 가볍지 않다고 보았다. 숙소에 남은 흔적들이 심상치 않았다. 적대세력과의 단순한 무력 충돌이라기엔 남은 것들이 묘했다. 물건들이 어수선했고, 쓰고 놔둔 병장기 역시 손질이 안 되어 있었다. 당황, 고통, 불안, 두려움의 잔재가 숙소에 가득했다.

이전은 엽단평에게 기다리라 한 후, 분타 장원의 후원으로 달려갔다.

예상대로였다. 전서구들이 세 마리밖에 남아 있지 않았다. 뜻하는 바는 하나였다. 이미 지원 요청을 넣었다는 것이다. 아주 급하게. 거의 모든 전서구를 동원할 정도로.

이전은 남은 세 마리를 마저 날렸다.

전서의 내용은 간략했다. 엽단평과 이전이 평요분타에 도착했다. 고성 북동가에 상황을 조사하러 간다. 전투가 예상된다. 전투 대상은 인외(人外)일 가능성이 높다.

세 마리면 상당히 불안한 숫자다. 잘 훈련된 전서구들도 열에 한둘은 실패한다. 불운이 겹치면 셋 모두 전달되지 않을 수 있다.

그래도 괜찮다. 먼저 날린 전서구들이 비슷한 내용을 실어 날랐을 것이다. 여의각 요원들은 일처리가 신속하고 철저했으며 여의각 전서구들은 빠르고 멀리 난다. 여기서 운남 오원까지도 빠르면 오 일, 늦어도 열흘 안엔 전서를 전달할 수 있었다.

이전은 곧바로 엽단평과 함께 분타를 나섰다.

'추군마 어르신만 찾으면 될 줄 알았더니……'

일이 간단치 않았다.

그럴 만도 하다.

하기야, 애초에 추군마 어르신이 이곳에 온 이유 자체가 사일적천궁을 몸에 지닌 소년을 찾기 위함이라 했다. 문주께서 사일적천궁을 찾고자 했던 것은 아주 오래전, 신궁 궁무에 어르신이 합류했을 때부터다.

'쉽게 풀리는 게 도리어 이상하지.'

쉬운 일이었다면 이리 오래 걸리지도 않았을 것이다.

그뿐 아니다.

엽단평이 함께 왔다. 영광이라고만 생각할 게 아니었다. 엽단평은 의협비룡회의 핵심 무인이다. 오원에서 이 멀리 엽단평을 보냈다는 것은, 그럴 만한 이유가 있기 때문이었을 것이다. 양무의가 정했으면, 어김이 없다. 청천검객의 힘이 필요한 일이 생긴다. 이를테면, 분타 봉쇄와 요괴 귀신이 연관된 추군마의 연락 두절 같은 사건 말이다.

이전은 옆을 걷는 엽단평을 슬쩍 돌아보았다.

엽단평의 기도는 투명하다. 그야말로 맑은 하늘과 같다.

그렇기에 더 걱정이다.

이런 경지의 검사(劍士)가 옆에 있다는 것은 그만큼의 위험을 예고하는 일이기도 했기 때문이었다.

이전은 빠르게 걸으며 문서고에서 얻은 정보를 소상하게 알렸다.

북동가의 변고들을 보자면, 결론적으로 귀신과 요괴가 얽힌 일 같다고 했다. 그러면서 죽립 아래로 드러난 엽단평의 표정을 살폈다. 엽단평은 역시나 전혀 놀란 기색이 없었다. 그저 고개만 끄덕였을 뿐이다.

이전은 결국 물어보기로 결정했다. 어쩔 수가 없었다. 오랫동안 궁금하게 생각했던 질문이기도 했다.

"여쭤볼 것이 있습니다."

"물어보게."

"귀신도 검으로 상대할 수 있습니까?"

"글쎄."

항상 명확하던 엽단평의 말이 이번만큼은 모호하게 들렸다.

이전은 다시 물을 수밖에 없었다.

"청천각주께서도 귀신과 싸워본 적은 없으신 겁니까?"

"비슷한 건 좀 봤지. 찔러보진 못했지만."

엽단평은 그저 꾸밈없이 사실 그대로를 말했다.

이전은 다시 한번 불안감이 엄습해 오는 것을 느꼈다.

사람이라면 어떤 고수가 와도 상관없다. 하지만 날붙이가 통하지 않는 상대라면 방도가 없지 않은가.

그가 무슨 생각을 하는지 엽단평도 알 것이다. 엽단평은 눈을 가린 대신, 다른 감각들을 최고조로 활용할 줄 알았다. 그 감각을 통해 사람의 감정까지도 뚜렷하게 읽는다고 알려져 있었다.

이전의 두려움을 충분히 감지했을 텐데도 엽단평은 아무 말도 덧붙이지 않았다.

엽단평은 해보지 않은 것을 미리 장담하거나, 상대방 마음을 편하게 해주기 위하여 거짓말을 할 위인이 못 되었다.

이전 스스로 마음을 다잡는 수밖에 없었다.

불안한 만큼 걸음을 빨리했다. 엽단평은 말없이 그와 보조를 맞춰주었다.

대로를 가(街)라고 하고, 좁은 길을 항(巷)이라 했다.

가와 항 모두 넓어 보이지 않았다. 건물이 두 층 세 층으로 높고 건물과 건물이 딱 붙어 있었다. 대문들은 두텁고 단단했으며, 이 층 삼 층의 창문은 크지 않았다. 거리는 곧게 뻗었고, 구획이 반듯했다. 그래서인지, 길을 걸으면 양쪽에 성벽이 서 있는 것 같았다. 도시 전체가 아주 견고해 보였다.

사람이 많아 경공을 펼치기 어려웠다. 꽤 오래 걸었다. 늦은 오후가 저녁으로 이어지고 있었다.

"여기서부터군요."

이제야 북동가다.

분위기의 변화가 확연했다.

활기가 없었다. 나다니는 사람도 많지가 않았다.

행인들의 얼굴이 침울해 보였다. 드문드문 보이는 강호인들의 얼굴엔 경계심이 가득했다.

"금장객잔이 어디오?"

"이쪽으로 쭉 가면 되오."

길을 물어 금장객잔을 찾았다. 여의각 보고서에는 추군마 어르신의 마지막 행로가 적혀 있었다. 중간 접선지가 금장객잔이었고, 마지막 수색지는 정안사(淨眼寺)라 했다.

금장객잔은 북동가 대로 초입에 있는 평범한 객잔이었다.

규모는 꽤 컸지만 사람은 얼마 없어 보였다. 객점 장사도 잘 안 되는 모양이었다.

"말씀 좀 묻겠소."

안으로 들어가 점주를 보고 이전이 말했다.

"아, 손님이 아니셨소?"

막 손님을 맞이하려던 점주가 멈칫하면서 미간을 찌푸렸다. 질문도 퉁명스러웠다. 이전이 바로 답했다.

"방도 필요하오."

"알고 싶은 게 무엇이오?"

점주가 곧바로 태도를 바꿨다. 이전이 피식 웃으며 말을 이었다.

"키는 이 정도, 얼굴은 볕에 그을었고, 여기 주름이 깊소. 수염은 이렇게 났고, 흔한 인상이나 노인처럼 보이기도 하고 중년처럼 보이기도 하오. 나이가 잘 가늠이 안 되는 얼굴이시오. 머리에는 푸른색 소모(小帽)를 주로 쓰오. 본 적 없으시오?"

"아아! 진 선생 말씀이시구만!"

"아시오?"

"알다마다. 헌데, 그러고 보니 요즘 통 안 보이오? 어이고, 설마… 아니겠지. 아닐 게요."

점주의 눈동자가 불안하게 흔들렸다. 이전은 애써 무시하고 다시 물었다.

"마지막으로 본 게 언제시오?"

"보름 정도 되었소만."

"어디 가신다 했는지 기별한 건 없소?"

"인사야 자주 나눴고 이야기도 종종 했지만, 선생이 원체 어딜 오고 간다 말씀 주는 분은 아니셨소."

"그러면 그때쯤 하여 백의에 체격이 건장하거나 마른 젊은 이들이 오가진 않았소? 이런 비구를 하고 있었을 게요."

이전이 손목을 가리키며 물었다. 점주가 반색을 했다.

"아아! 그런 친구들도 있었소. 한 열흘 되었나. 하룻밤 묵고 갔지. 눈빛이 형형하여 기억에 남더이다. 뜨내기 강호인들하고는 좀 달랐거든."

"다른 건 기억나는 것 없소? 그들이 한 말이라든가."

"그것까지는 기억이 잘 안 나오. 말 붙이기 쉬운 이들이 아니기도 했고."

여기까지다.

이전은 점주로부터 이 이상 정보를 얻기 힘들다는 것을 알았다.

"고맙소. 방은 두 개 주시오."

온 김에 객방을 잡았다.

운남에서 산서까지다. 여로가 길었기 때문에 등에 멘 봇짐이 제법 컸다. 허리춤의 행낭도 묵직했다. 싸움이 벌어질 수 있으니 몸을 가볍게 할 필요가 있었다.

"위층으로 가심 되오. 이놈아, 뭣 허냐! 손님 안내드려라!"

점주가 점소이를 다그쳤다.

굼뜨게 생긴 점소이가 달려왔다. 보기보다 날랬다. 두 사람을 객방 층으로 이끌었다.

짐을 다 풀고 귀중한 천잠사 목갑만 품속에 잘 간직했다. 비도와 방어구들을 장비했다. 가죽띠에 비도들을 장착하면서도 이런 게 통하기는 하려나 의문이 들었다. 고개를 흔들며 생각을 지우고 재빨리 점검을 마쳤다. 서둘러 방문을 나서니, 엽단평은 벌써부터 나와 이전을 기다리고 있었다. 그럴 줄 알

왔다. 이전이 서두른 이유였다. 엽단평은 뭘 더 준비할 것이 없었다. 검 한 자루면 충분했기 때문이다. 방 안에 짐만 던져 놓으면 그만이었다.

두 사람은 바로 아래층으로 내려왔다.

날이 어둑해지고 있었지만, 이전은 지체할 생각이 전혀 없었다.

"밖에 나가려고 그러시오?"

점주가 화들짝 놀라며 물어왔다.

"그렇소만."

이전이 답하자 점주가 손사래를 쳤다.

"외지인이라 모르셨구만. 아서시오. 이제 곧 밤이오. 밤에는 나가는 거 아니오."

"밤에 나다니면 안 되는 이유라도 있소?"

이전은 짐짓 모르는 척 물었다.

보고서도 보고서지만 현지인에게 직접 얻는 정보는 언제나 소중했다.

"에이, 쯧쯧, 밤길이 흉흉하오. 행여 진 선생을 찾으러 갈 요량이라면 내일 날이나 밝고 나서쇼."

점주의 어조가 제법 완강했다.

이전은 점주의 얼굴을 새삼스레 바라보았다. 점주의 지친 두 눈에 떠오른 빛은 무례보다는 과도한 친절에 가까웠다. 그리고 또 하나. 점주는 겁을 먹고 있었다. 두려움이 감지됐다.

"태원부의 밤이 그리도 위험하오?"

"위험하다마다. 하루가 멀다 하고 송장을 치우고 있소이다. 아까 내 이야기는 안 했소만, 진 선생도 걱정이오. 얼굴 안 보이면 무섭지. 뭔 일 생겼을까 봐."

"도적 떼라도 창궐한 게요?"

"거리 못 봤소? 고성 벽이 저리 높고 관병들과 시양회가 있는데 도적 떼가 웬 말이오? 그런 거면 차라리 다행이게? 그런 게 아니오. 언젠가부터 밤거리엔 '그것'들이 나온다오. 병사들도 어찌할 수가 없지."

점주의 목소리가 낮아졌다. 두려움이 묻어나는 목소리였다.

"그것들이 무엇이오?"

"깊이 알려고 하지 마쇼. 날 밝거든 나가고 오늘은 얼른 방으로 올라가쇼. 사람 찾는 마음이 아무리 급해도 밤에는 안 되오. 그래도 우리 객잔에 든 손님인데, 험한 일 당하는 거 바라지 않소."

이전이 엽단평을 돌아보았다.

엽단평이 말했다.

"걱정 마시오."

그러고는 성큼 밖으로 나섰다.

이전이 따라 나가려는데 점주가 황급히 일어나 이전을 붙들었다.

"아니, 이 사람들이 도통 말을 안 듣네. 여태 내 뭐라 했소? 밤엔 나가는 거 아니라 하지 않았소!"

"아직 밤도 아니오."

아닌 게 아니라 바깥엔 아직 해가 남아 있다. 뉘엿뉘엿 석양이 지고 있었다.

"깜깜해질 때까지 반 시진도 안 남았소이다. 그 전까지 들어온단 말요? 그럼 괜찮소만."

"음, 아마도 그건 아닐게요."

이전의 대답에 점주가 땅이 꺼지라고 한숨을 내쉬었다.

"기어코 나가야겠거든, 은자 두 냥, 아니, 둘이니 네 냥 더 주고 가시오."

"그건 또 무슨 소리요? 외출하는 데도 객잔이 돈을 받소?"

"밤에 나가면 언제 돌아올지, 돌아올 수 있을지조차 모르니 그리하오."

"돌아오지 못하면 그만 아니오?"

"뒷수습 때문에 그렇소. 돌아와도 멀쩡히 돌아온다는 보장이 없소이다. 보아하니 무림인들인 듯한데, 무림 어르신들 힘이 좀 세야지. 미쳐서 돌아와 행패를 부리면 객잔 세간이 남아나질 않소. 그땐 배상을 받기도 어렵단 말요. 더군다나 이래 나가서 죽어 나자빠지면 도사라도 불러 축사경문을 외워 달라 해야 하니, 그 또한 돈이 나가는 일이라오."

"축사경문? 죽으면 원귀가 되어 찾아오기라도 한단 말이오?"

"그러하오. 길 건너 객잔도 손님 귀신이 나타나 풍비박산이 났소. 그러니, 저분도 좀 붙잡아 들어와서 오늘 밤은 그냥 좀 쉬시오."

점주가 문밖에 보이는 엽단평을 가리키며 애원하듯 말했다.

이전은 대답 대신 품에서 은자 네 냥을 꺼내 점주에게로 내밀었다.

점주는 선뜻 받으려고 하지 않았다. 은자 네 냥을 말한 건 돈이 탐나서가 아니었다. 나가지 않게 할 구실일 뿐이었다.

"받아 두시오. 무사히 오면 돌려줘야 하오."

"물론 돌려드릴 것이오만."

점주가 마지못해 은자를 받아 들었다. 그가 끝까지 덧붙여 말했다.

"분명히 경고했소."

"충분히 알아들었소."

이전이 엽단평을 따라나섰다.

　　　　＊　　　　　＊　　　　　＊

날은 금방 어두워졌다.

어두워질 시간이 아닌데도 어두웠다. 확실히 보통의 도시와는 다른 느낌이었다.

행인들이 거의 눈에 보이질 않았다. 드문드문 보이는 사람들은 발길을 서두르고 있었다.

저녁 장사는 아예 안 할 모양이다.

길가의 상인들이 분주하게 좌판을 거둬들이고 있었다. 사람들의 표정이 굳어 있다. 걸어 잠그는 대문들엔 붉은 글씨 노란 부적들이 덕지덕지 붙어 있었다.

"심각한데요."

"그렇군. 다들 불안해하고 있어."

엽단평과 이전은 거리에 가득한 공포심을 피부로 느낄 수 있었다.

밤거리에서 사람이 죽으면 그 원귀가 두려워 도사를 부른다. 미신이 아니다. 실체가 있었다.

"말씀 좀 묻겠소이다."

모두가 무서워하는 와중에도 담력이 센 사람이 있게 마련이다. 딱 그래 보이는 상인이 보여 말을 걸었다. 다른 이들이 다 바삐 움직이는데 혼자 여유로웠다.

"물으시오."

"정안사가 어느 쪽에 있소?"

"정안사? 거긴 왜?"

튼튼한 체격의 상인이 팔던 물건들을 손수레에 꾹꾹 눌러 넣으며 대꾸했다. 손길이 야무졌다.

"거기서 찾을 사람이 있소."

"사람? 부처님이 아니라?"

상인이 이전을 돌아보며 또다시 되물었다.

질문이 의아했지만, 이전은 당황하지 않고 대답했다.

"어르신께서 정안사에 가신다 하고서 연락이 두절되었소. 지금도 거기 계실지는 모르겠지만 일단 찾아가 보려 하오."

상인이 이전의 얼굴을 빤히 쳐다보았다.

"거기 뭐가 있는지 모르시는군. 그 찾는다는 어르신이 이야기 안 했소?"

"딱히 언질을 받은 바는 없소만."

"그 어르신이란 분은 거기 없을 게요."

"그게 무슨 말이오?"

"정안사는 폐사요. 오래전에 망한 절이란 말요."

짐 싣기를 마친 상인이 손수레를 돌려 세웠다. 그가 손으로 해 넘어가는 반대편을 가리키며 말을 이었다.

"정안사는 저쪽에 있소. 이쪽으로 난 대로로 쭉 가다 보면 북벽이 있고, 북벽 밖으로 나가는 길이 있소. 그 바로 뒤로 화천(花川) 수로가 나오오. 거기 놓인 다리 건너서 북쪽으로 좀만 더 가면 되오. 한 해 전까지만 해도 향화객이 꽤 있었지만 지금은 사람들 발길도 다 끊겼소. 불사(佛寺)는 다 무너졌고 스님도 없는 절에 여래상 하나만 달랑 있었는데, 그 불상이 참 신통했거든. 지금은 이도저도 아니오. 어쩌다 멀리서 소문을 듣고 오는 사람들이 아직도 있긴 하오. 다들 실망해서 돌아가지. 당신들이 찾는 그 어르신도 진즉 집으로 돌아갔을 게요."

상인이 손수레를 끌고 발길을 옮기기 시작했다. 이전이 따라붙으며 물었다.

"하나만 더 묻겠소. 그 불상이 신통하다는 게 무슨 뜻인지 말해줄 수 있으시오?"

"당연히 말해줄 수 있지. 그게 무슨 비밀이라고. 정안사 불상은 약사여래상이오. 불공을 드리고 여래상의 손을 만지면 병이 낫는다 했소. 불상은 쪼그만하오. 기껏 이만큼 허리까지나 올 거요. 불대에 모셔났어도 손을 만지려면 무릎을 꿇어야 했지. 그런데도 줄 서서 어찌나 만져댔는지 합장한 두 손이 반질반질했소. 그러다가 웬 미친놈이 그 손을 통째로 뚝 떼어 간 뒤로 신통력이 사라져 버렸다오. 자축시 귀신은 그놈이나 잡아갈 것을, 어째서 애먼 사람들을 괴롭히는지 모르겠소. 나한테 원수는 귀신이 아니라 부처님 손 떼간 그놈이오. 여래상이 신통력을 부리던 시절엔 장사도 잘됐거든. 정안사 앞에 진을 치면 물건은 다 팔리고 손수레에 돈만 실어 집에 갔더랬지."

긴 답을 기대한 게 아니었는데 제법 많은 이야기를 들었다. 이전이 꾸벅 인사하며 감사를 표했다.

"고맙소. 살펴가시오."

"난 집이 바로 요 앞이오. 댁들이나 살펴가오."

자축시 귀신이라 했다. 자축시면 한밤중이다. 출몰 시간을 뜻하는 말일 게다.

좀 더 캐보면 더 많은 정보를 얻을 수 있을 것 같았다. 하지만 이제 물어볼 사람이 없다. 다들 도망치듯 바쁘게 움직이고 있었다.

이전이 사람을 잘 고른 것이다. 여기서 누굴 불러 세운들, 좋은 소리 듣기 힘들다. 적어도 지금 이때는 그랬다.

엽단평과 이전은 더 지체하지 않고 상인이 말해준 방향으로 향했다. 해가 거의 다 떨어지자 아예 행인들이 없어졌다. 엽단평의 걸음이 더 빨라졌다. 천천히 걷는 것 같은데 성큼성큼 앞질러 나갔다. 이전은 보조를 맞추기 위해 경공술을 섞어야 했다.

길거리에는 사람이 없었지만, 주위 집들에서 새어 나오는 불빛은 환했다. 그만큼 어둠이 무서운 것이다. 그래도 그 귀신이나 요괴라는 것들이 불 밝힌 집까지는 좀처럼 침범하지 않는 모양이었다.

좀 더 가자 성벽 바깥 농지에 물을 대는 수로가 나왔다. 상인이 말해준 화천 수로였다. 꽤 폭이 넓었다. 수로 건너편에도 주거지가 있었는데 어쩐지 이쪽보다 좀 어두워 보였다. 불 켜진 집이 몇 없었기 때문이었다.

다리는 바로 길 끝에 있었다. 어인 일인지 사람들이 보였다. 숫자는 십여 명에 달했다. 젊고 건장한 남성들이었다.

"관병이 둘. 대부분이 정용(精勇)들로 보이고, 승려가 한 명 같이 있습니다."

이전이 나직한 목소리로 말했다.

강호인들이 아니었다.

정식 경장 갑주를 입은 관병 두 명이 보였다. 나머지는 사복에 가까웠지만 머리에 쓴 영웅건에는 관(官)이란 글자가 새겨져 있었다. 정식 관병은 아니지만 유사시 징집 또는 자원을 통해 도시 내 치안이나 소방 등에 동원되는 정용들이었다.

그들은 횃불들을 들고서, 다리 난간 양쪽 끝 석대 앞에 모여 있었다. 석대 위에는 커다란 접시 형태의 철반(鐵盤)이 올려져 있었는데, 거기에 기름을 붓고 불을 붙이는 중이었다. 순찰을 돌며 다리와 길거리까지 불을 밝히고 있는 것이다.

"거기 둘!"

"해가 졌는데 아직까지 귀가치 않고 무얼 하는 것이오?"

엽단평과 이전을 발견한 관병들이 대뜸 호통을 질러왔다.

이전은 당황하지 않았다.

관병들의 불시검문이나 수색 같은 건 아주 오래전부터 익숙한 일이었다.

"금족령이라도 떨어진 것입니까? 타지에서 와서 몰랐습니다."

이전이 자못 능청스레 답하자 관병들이 되레 당황한 것 같았다. 그중 한 명이 나서며 다시 목소리를 높였다.

"그, 금족령은 아직 발하지 않았다. 하지만 나다니기엔 시간이 늦었다! 그리고 옆에 있는 자는 날이 어두운데도 왜 죽립을 쓰고 있는 것이냐? 죽립을 벗어 보아라!"

아직 해시(亥時)도 안 되었다. 강호인들이 나다니기엔 결코 늦은 시간이 아니다.

이들은 호통을 치면서도 불타오르는 철반등 주위 옹기종기 모여 이쪽으로 한 발짝도 다가오질 못하고 있었다. 두려워하고 있는 것이다. 체면이라는 것이 있기에 대뜸 묻지 못할 뿐이다. 대신 죽립을 벗어보라 말했다.

사람이냐, 요괴냐.

그걸 묻고 있는 것이다.

엽단평은 그들의 말에 잠자코 고개를 끄덕이며 죽립을 벗어주었다. 그런데 그게 또 문제다. 죽립을 벗은 엽단평은 붉은 천으로 두 눈을 가린 상태였다. 저들이 놀라 숨을 들이켰다. 들고 있는 횃불 빛이 일순 흔들렸을 만큼 그들 사이로 술렁임이 일었다. 몇 명은 숫제 허리에 찬 곤봉에까지 손을 올리고 있었다.

"그, 그것은 무엇이냐! 왜 눈을 가리고 있는 것이냐!!"

"나는 강호의 무인이오. 수련차 폐안을 하고 있었소."

엽단평은 태연히 답했다. 이전보다도 능청스럽게 들릴 정도였다.

하지만 그걸로 그들이 그렇구나 납득할 리 만무했다. 지금 그들은 이쪽에서 왁! 소리 한 번만 질러도 혼비백산 병장기를 들어 올릴 태세였다.

"이, 이쪽으로 오시오! 밝은 데서 봐야겠소!"

관병이 소리 높여 말했다.

엽단평과 이전이 그들 쪽으로 걸어갔다.

"그만! 거기까지!"

열 보도 더 남았는데 멈추라며 다급히 손을 들었다. 그들은 철접시에 활활 밝힌 화등(火燈) 곁에서 벗어날 줄 몰랐다.

밝은 데서 확인은 해야겠고, 가까이 다가가진 못하겠고.

전전긍긍 네 글자가 달리 없었다.

"불승께서는 어찌 보십니까?"

"요, 요괴들은 아닌 것 같소이다."

정용 한 명이 동행하고 있는 승려에게 물었다. 대답하는 승려는 아까부터 하염없이 입술을 달싹이며 불경을 외우고 있었다. 생각해 보면 참으로 딱하다. 평시라면 기껏 두 명이서 순찰을 돌고 있을 게다. 정용까지 동원해서 열 명에 승려까지 껴었다. 세간의 소문이 괴소문이 아니오, 관아에서까지 심각하게 받아들인다는 뜻이었다.

"그 눈은 계속 가리고 있을 거요?"

관병이 엽단평에게 물었다. 횃불을 이쪽으로 치켜든 채였다. 엽단평은 굳이 두려움에 떠는 백성들을 자극할 생각이 없었다.

그가 눈을 가린 천을 벗으려 했다.

"자, 잠깐! 벗지 마시오! 그대로 있으시오!!"

정용 한 명이 갑작스레 목소리를 높였다. 엽단평은 이번에도 그들이 원하는 대로 해줬다. 그가 손을 내렸다. 옆에 선 관병이 더 대경하며 물었다.

"대체 왜 그러느냐!?"

소리친 정용이 덩치에 어울리지 않게 바들바들 떨며 대답했다.

"귀안(鬼眼) 요괴에 대해 들은 적이 있습니다. 겉으로 보기엔 멀쩡한 사람이지만 귀신의 눈을 지니고 있어서 마주치면 사람을 흘려 광인(狂人)으로 만든다 했습니다."

"그런 요괴가 있다고?"

"아미타불!"

다시 한번 술렁임이 그들을 휩쓸었다. 승려의 입에서도 나오는 불호가 커졌다. 요괴가 아닌 것 같다고 하다가 저렇게나 동요가 심한 것을 보면 법력이 아주 뛰어난 승려는 아닌 모양이었다.

이미 이들은 겁에 질려 있었다.

이전은 짐작컨대 그것이 엽단평의 기도 때문일 것이라 생각했다.

엽단평은 누가 봐도 보통 사람이 아니었다. 몸에 서린 기운이 인간을 초월한 지 오래다. 거기에 오해가 더해지면 엽단평은 괴물이든 귀신이든 무엇이든 될 수 있었다.

정상적인 대화가 어려워졌다면 수습해야 하는 것은 이쪽이다. 이럴 때는 차라리 정공법이 옳다. 이전이 차분하게 입을 열었다.

"저희는 물론 요괴가 아니오. 의협비룡회라는 문파의 문인들로, 고성의 변고에 대해 조사하고자 왔소."

"의협비룡회?"

"의협비룡회가 어디야?"

"산서에 그런 문파가 있었나?"

반응은 즉각적이었다. 저들끼리 어수선하게 고개를 갸웃거리며 말을 나누었다. 관병이 대표처럼 되물었다.

"그런 문파는 들어본 적이 없소만?"

"처음 이야기했듯 우린 외지에서 왔소이다."

이전의 대답에도 저들은 의심의 눈을 거두지 못했다. 그래도 터질 것같이 고조되었던 긴장감은 한결 줄었다. 잠시의 침묵 뒤에 이전이 선수를 치며 말했다.

"그럼, 이쪽에서 질문을 좀 하겠소. 근자에 이곳에서 귀신이나 요괴가 나타난다는 이야기를 들었소. 헌데 그 귀신들이 우리처럼 말을 섞고 질문을 주고받소?"

이전은 질문을 던짐과 동시에 그들의 얼굴을 유심히 살폈다. 대부분이 고개를 저었다. 정용 한 명이 나서며 대답했다.

"그런 요괴도 있다고 듣긴 했소이다."

"사람 흉내를 낸다는 말이오?"

"그렇소."

"우리가 그래 보이오?"

"그건…… 아니오."

정용이 다소 누그러진 목소리로 대답했다. 눈살을 찌푸리고 옆에 서 있던 관병이 손짓을 하며 말했다.

"요괴는 아니더라도, 귀신이라면 대화를 나눌 수도 있지. 이쪽으로 좀만 더 와보시오."

엽단평과 이전이 앞으로 더 걸음을 옮겼다.

"그만!! 그만 오시오."

몇 걸음 걷지도 않았는데 관병이 다시 손을 들어 막았다. 관병이 옆에 선 정용을 돌아보며 고개를 끄덕였다. 눈짓을 받은 정용이 품에서 주머니 하나를 꺼냈다.

"피하지 말고 맞아주시오."

엽단평과 이전은 뜻대로 해주었다.

정용이 주머니에서 꺼낸 것은 콩처럼 작고 붉은 알이었다.

정용은 소심하게 그중 몇 알을 엽단평과 이전에게 던졌다. 붉은 알들이 두 사람의 몸통에 맞아서 땅에 떨어졌다. 다섯 보면 정말 눈앞이다. 그런데도 개중 몇 개는 맞추지도 못했다.

"귀신도 아닌 것 같고……."

고작 그 정도로 귀신이 아닌 것을 확인한다. 참으로 어설펐다. 그렇기에 더욱 두 사람은 불쾌해할 수조차 없었다.

"이건 뭐요?"

"홍두(紅豆)로군."

대답은 그때까지 말 없던 엽단평에게서 나왔다. 색을 볼 수도 없으면서 홍두란다. 냄새로 알아챈 모양이다.

이전이 몸을 숙여 땅바닥에 떨어진 붉은 알을 집어 들었다.

그걸 아무렇지도 않게 만지는 걸 보며 관병과 정용들은 더 안심하는 눈치였다. 그가 관병들에게 물었다.

"이런 게 효과가 있긴 한 거요?"

"그, 그렇다 하오."

관병이 다소 당황한 어투로 대답했다. 이전이 다시 물었다.

"실제로 보았소이까?"

"보, 보았습니다."

대답은 다른 이에게서 바로 나왔다. 한쪽에 있는 정용은 체격이 좋았지만, 아직 약관도 되지 않았는지 얼굴이 앳되었다. 그가 주위 눈치를 좀 보더니 머뭇머뭇 말을 이었다.

"그, 그게, 열흘 전쯤 화령 동구 순찰을 돌다가 희끄무레한 노인 귀신을 만났죠. 눈이 새까맣고 얼굴이 허연 것이 얼마나 무섭던지요. 다가오는 것에 혼이 다 나갈 지경이었지만 어떻게든 용기를 내서 홍두를 한 움큼 던졌습니다. 그러자 귀신이 괴성을 지르며 안개처럼 흩어져 버리더군요."

앳된 정용이 나서서 말하는데 아무도 제지하지 않았다.

모두가 그 이야기를 백 번쯤 들은 것 같았다. 그럼에도 질리지 않고 또 듣고 싶어 하는 느낌마저 들었다.

이전은 그 분위기에 휩쓸리지 않았다. 다시 물었다.

"그럼 그 홍두는 어떻게 되었소?"

"네?"

"집어 던진 홍두가 그 귀신에게 박힌 거요? 같이 없어지기라도 했소?"

"어? 아, 그 홍두는 귀신을 물리치고 그냥 땅에 떨어진 거 같았습니다만."

정용이 말끝을 흐렸다. 이전이 미간을 좁히며 물었다.

"다른 건 안 통하오? 그 허리에 찬 곤봉이라든지."

"안 통하오."

이번엔 관병이 답했다. 그는 이제 경계심을 꽤 푼 듯했다. 이전이 묻는 것은 적어도 귀신이나 요괴가 할 만한 질문은 아니었기 때문이었다.

"나도 일전에 병사들과 순찰을 돌다가 봉두난발을 하고 눈에 핏발이 선 귀신을 마주친 적이 있소. 자축시 귀신이라는 그놈이오. 병사들 중엔 장창수(長槍手)도 있었는데 창끝이 놈을 정통으로 찔렀는데도 그냥 몸을 통과해 버렸소. 그러더니 그 병사를 냅다 집어던지더이다. 그 친구는 공중을 날아 땅바닥을 구르면서 다리가 부러졌소. 아주 난폭하고 무도한 귀신이오."

"그래서 어찌했소?"

"횃불을 휘두르고 부적을 던지고, 천지신명을 찾고, 온갖 난리를 다 쳤지. 불을 무서워하는 것 같긴 했소만 정확히 뭐가 통했는지는 모르겠소. 난데없이 나타났을 때처럼 갑자기 사라지고 말았소. 그때부터 이 난리요. 혼자는 순찰을 돌지도 못하오. 홍두도 들고 부적도 챙기고, 이렇게 스님까지 모시고

다닌다오."

관병은 대뜸 호통을 치고 의심했던 것이 미안했던 모양이었다. 정식으로 사과를 하진 않았지만 어조가 그러했다.

＊　　　　＊　　　　＊

이제야 좀 정신이 든 건지도 모른다. 산서는 구파일방은 없어도 군소 무림방파가 제법 많았다. 관병이란 민간과 무림의 중간 어디쯤에 걸쳐진 존재였다. 평상시 같았으면 엽단평처럼 범상치 않은 검객에게 이리 함부로 굴지 못했을 터였다.

"말했다시피 우리는 요괴가 아니라 사람이오. 문파의 어르신과 이곳에서 연락이 끊겨, 직접 조사차 왔을 뿐이오."

"그럼 지금은 어디로 가는 거요?"

"정안사로 가오."

이전의 대답에 모두의 표정이 변했다. 좋지 않은 반응이었다.

"문파에서 오셨다 했소? 그렇게 둘뿐이오? 사람은 더 없소?"

관병이 묻고 또 물었다. 이전이 답했다.

"그렇소. 둘이요."

"숙소는 있으시오?"

"있소."

"어디요? 확인차 묻는 거요."

"금장객잔이오."

"아주 멀진 않군. 그럼 객잔으로 얼른 돌아가시오. 그게 좋겠소."

"그럴 순 없소."

"둘뿐이라 하지 않았소? 하필 정안사라니. 이제 밤이오. 고작 두 명이서 정안사를 가는 건 자살행위요."

자살행위라는 말까지 나왔다. 이전이 되물었다.

"정안사는 망한 절이고 지금은 아무것도 없다 들었소만?"

"정안사도 문제고 그 옆에 관묘도 문제요. 북동쪽 숲인 벽림도 그렇고, 어쨌거나 거긴 아니오. 그 동네에서 얼마나 많은 사람이 사라졌는지 아시오? 시체도 많이 나왔소. 듣지 못했으면 모를까, 들은 이상 말려야겠소. 가지 마시오. 가려거든 날 밝고 가고, 날 밝을 때도 둘보다는 사람을 더 모아서 가시오."

아까 상인에게서는 그런 말을 듣지 못했다.

관에서 파악한 만큼 백성들에게 다 공표하고 있지 않다는 뜻일 게다. 그런데도 처음 본 그들을 걱정하여 민감한 정보를 내줬다. 객잔 점주도 그랬고 상인도 그랬다. 산서의 민심이 원래 그런가 보다. 겁도 많고 순박한 만큼 정도 깊었다.

"잘 알겠소. 좋은 이야기 고맙소이다."

이전이 가볍게 포권을 취하며 꾸벅 고개를 숙였다.

그러고는 바로 발길을 옮겨 다리 쪽으로 향했다.

관병의 낯빛이 변했다.

"아니, 금장객잔은 이쪽이오만!"

"정안사는 이쪽이라 들었소."

엽단평과 이전은 벌써 성큼 다리 위에 올라가 있었다.

"기어코 가야겠소?"

"그토록 위험하다 하니 더 서둘러야겠어서 그렇소."

"그래 봐야……."

관병은 말끝을 흐렸다. 정안사 쪽에서 연락 두절이면 이미 늦었을 것이다. 차마 입 밖에는 안 냈어도 이전은 충분히 뒷말을 예상할 수 있었다.

"그럼 고생들 하오."

이전이 말했다. 관병은 착했다. 끝까지 말을 덧붙였다.

"이건 확실하게 확인되지 않은 이야기인데, 숲으로 사람을 꾀어내는 아이 요괴까지 있다 들었소. 그러니 이상하다 싶은 것을 만나면 맞서거나 따라가지 말고 무조건 뒤돌아 도망치시오. 특히 벽림 쪽은 절대 발을 들이지 마시오. 벽림 밤 숲은 이런 괴사가 벌어지기 전에도 함부로 들어가지 않았다오. 우리도 지금부터 다리 건너 저편까지 순찰을 돌 거요. 귀신들이 무섭긴 하나 장정이 힘껏 뛰면 도망칠 수 있다 들었소. 또한 사람이 많으면 귀신도 쉬이 덮치지 않는다고도 했소. 횃불을 높이 들고 다닐 터이니 불빛 찾아 뛰어오면 우리와 합류할 수 있을 게요. 정안사나 벽림 쪽까진 가지 않을 것이고, 저 앞까지요. 자시가 넘으면 우리도 철수하오. 잊지 마시오. 자시는 넘기면 안 되오."

"대단히 고마운 말씀이오."

"기어코 자시를 넘기고, 기어코 정안사를 헤매겠다면, 그러다가 귀신이나 괴이한 짐승을 마주치면 살려 달라 고함이라도 쳐보시오. 시양회 무인들은 벽림 주변까지도 순찰을 돈다들었소. 시양회는 아시오? 창대가 푸른색인 청색창을 들었으면 바로 그들이라오."

"시양회는 물론 들어봤소. 헌데, 산서 관아는 원래 이처럼 외지인에게도 친절하오?"

"외지인이라서 더 그런 거요. 원래 우리 고성은 살기 좋기로 정평이 난 곳이었거든."

관병이 씁쓸하게 웃었다.

이전이 포권을 하며 고개를 숙였다. 자기 일을 잘하는 관병은 진심으로 인사받아 마땅했다.

"고성은 다시 그렇게 될 거요. 수고하오."

이전은 그렇게 말하며 몸을 돌렸다.

*   *   *

다리를 건너자 불 밝힌 민가의 숫자가 줄었다. 인기척이 전혀 없는 집이 많았다. 폐가가 되어 담벼락이 무너진 곳도 심심찮게 보였다.

다리를 기점으로 또 다르다. 쇠락해 가는 거리 같았다.

오가는 사람이 없어 경공을 펼쳤다. 이전은 힘껏 달렸고 엽단평은 여유로웠다. 이전이 앞섰고 엽단평이 일 보 뒤에서 따라오며 속도를 맞춰주었다. 이전은 미안해하지 않으려 했다. 최선을 다하고 있었기 때문이었다.

"앞에 사람."

엽단평이 더 뒤에 있었지만, 먼저 앞을 감지했다. 이전은 전혀 눈치채지 못했다.

"무인, 셋."

엽단평이 숫자를 말했다. 그러더니 다른 쪽으로 고개를 돌리며 덧붙였다.

"헌데, 저쪽 편엔 이상한 것이 있군. 사람의 기운이 아닌데."

엽단평의 태연한 목소리에 이전은 소름이 끼쳤다.

"사람이 아니라면, 귀신이라도 되는 겁니까?"

"그것까진 모르겠소. 짐승이랑 또 달라. 멀어지는데? 마주치진 않겠어."

이전은 혹 엽단평이 쫓아가려 하면 어쩌나 걱정을 했다. 다행히 엽단평은 그럴 생각이 없어보였다.

엽단평이 계속 가자며 앞을 가리켰다. 이전이 고개를 끄덕이며 발끝에 힘을 더했다.

조금 더 나아가자 어둠 속 저 멀리로 사람 그림자들이 보였다. 엽단평이 말한 무인 셋이었다. 이전은 왜 기척을 느끼지 못했는지 한눈에 알 수 있었다. 과연 저 엽단평이 '무인'이라 했을 만큼 무공을 제대로 익힌 자들이었다. 셋 모두 이전보다 실력이 위다. 이전은 본신 무공이 높지 않아도 보는 눈만큼은 확실했다.

"어딜 그렇게 급히 가시는 게요?"

앞까지 다다르자 그들이 대뜸 말을 걸어왔다. 다소 무례한 어조였다.

무인들은 움직이기 쉬운 황백색 무복을 입고 있었는데, 도사복을 변형시킨 것 같은 형태였다. 머리에도 도관(道冠)을 썼다. 도가(道家) 계열 문파 소속이란 뜻이다. 이전은 그동안 많은 것을 머릿속에 넣어왔다. 그는 이들이 어디 출신인지 알 것 같았다.

무시하고 지나쳐 가야 하나 했더니 엽단평이 먼저 걸음을 멈추었다. 이전도 몸을 세웠다.

"정안사로 가고 있소만."

엽단평이 말했다.

지금껏 사람을 만나면 이전이 주로 대화를 했다. 이전은 잠자코 있었다. 엽단평이 이렇게 나서는 것은 이례적인 일이었다. 뭔가 이유가 있을 터였다.

"대협은 어느 문파에서 오신 고인이십니까?"

무인들의 태도가 다소 달라졌다.

엽단평의 기도가 만만치 않았기 때문이었다. 엽단평은 가려진 눈으로 죽립 너머 그들을 보았다. 엽단평이 대답했다.

"의협비룡회에서 왔소."

무인들은 어리둥절해했다. 처음 들어본 문파여서 그렇다. 무인 하나가 이전을 위아래로 훑었다. 약간의 업신여김이 순간이지만 그의 눈을 스쳤다. 다시 입을 여는 무인은 말투까지 또 달라져 있었다.

"산서분이 아니셨구려. 정안사로 가신다는 건 역시 그것 때문일 텐데, 거기 가시면서 두 분으로 되시겠소?"

"나는 출신을 밝혔소만. 당신들은 어느 문파에서 오셨소?"

그것 때문일 거라는 말은 꽤 중요한 대목이었다.

하지만 엽단평은 무슨 이야기냐 묻지 않았다. 이쪽의 정보 부족을 드러내지 않고 물 흐르는 듯 넘어갔다. 이전은 그런 엽단평의 화술이 흥미로웠다.

"어이쿠, 형장. 우리가 무례했구려. 우리는 영제현의 순양궁(純陽宮)에서 왔소."

산서 영제, 순양궁. 이전의 예상대로였다.

그들은 무례했다면서 전혀 미안해하는 어투가 아니었다. 대협이란 호칭마저 형장으로 바뀌었다. 순양궁이라는 세 글자를 말하는 품이 자못 당당했다.

"순양궁 무공도사들이셨군."

엽단평이 알아주자, 그들의 표정이 더 의기양양해졌다.

순양궁의 정식 명칭은 대순양만수궁이다. 명칭이 아주 거

창했다. 일산 오강에 들지는 못해도, 산서에서 제법 유명한 문파였다.

장강을 기점으로 중원 북쪽에는 전진 계열의 도가 문파들이 꽤 많았다. 순양궁도 그러했다. 종남팔선 여동빈을 모시는데, 정통검술과 민간법술이 고명하여 상당한 성세를 자랑하는 문파였다.

"우리도 정안사로 가려는 중이었소. 두 분만으로는 버거우실 텐데, 함께 가시겠소?"

무공도사가 저쪽 길을 턱짓으로 가리키며 말했다.

꽤나 큰 호의를 베푼다는 말투였다.

이전은 그런 그들의 태도가 못마땅했다. 속이 뻔히 보이는 자들이었다.

저들도 숫자가 세 명뿐이다. 정안사 쪽이 위험하다는 이야기는 관병들을 통해서도 충분히 들었다. 아마 이들 역시 세 명만으로 움직이는 게 부담스러워 동행을 청한 것일 테다. 그래 놓고 생색을 낸다. 참으로 얄팍한 수작이었다.

하지만 엽단평의 대답은 뜻밖이었다.

"가는 방향이 같다면, 안 될 일이 뭐 있겠소."

흔쾌히 동행을 수락했다.

순양궁 무공도사는 그럼 그렇지 하는 얼굴로 말했다.

"잘 생각하신 거요. 보아하니 형장께서는 검을 쓰시는 것 같소만 그것만으로는 버티기 힘들 거요."

이전 쪽은 언급조차 하지 않았다. 그럴 가치조차 없다는 것이다.

"검이 안 통하오?"

"일단 가면서 말하십시다. 형장께서는 검법에 꽤나 자신이 있으신 거 같소. 그러니 용감하게 정안사로 가겠노라 했겠지. 그러다가 낭패 본 사람이 한둘이 아니라오."

무공도사들은 아예 주도권을 잡은 양 행동했다.

"도장들도 검을 쓰시지 않소."

엽단평의 말마따나 그들도 허리춤에 검이 매달려 있었다. 무공도사들이 웃었다. 처음부터 말을 해 온 이가 나무로 만든 검집을 툭툭 치며 말했다.

"순양궁의 검은 속인들의 검과는 다르다오. 그리고 우리는 굳이 검을 휘두르지 않아도 된다오. 형장들은 오늘 운이 좋은 거요."

"순양궁의 무공도사들은 무공과 법술을 겸비했다 들었소. 과연 한 수가 있나 보오."

"하하하, 내 식견이 일천하여 의협비룡회라는 이름은 처음 들어봤소만, 형장께서는 성정도 화통하고 아는 것도 많아 보이오. 이것도 인연인데 통성명이라도 합시다. 나는 동명이라는 도호를 쓰오. 두 사제들은 동청, 동순이라 하오."

쭉 혼자 말을 한다 했더니 같은 항렬의 큰 사형이었던 모양이다. 동청, 동순이라는 사제들도 가볍게 포권을 했다.

"동명자셨구려. 엽단평이오."

"이전입니다."

무공도사들은 두 사람의 이름을 건성으로 들어 넘겼다. 동명은 앞서 나가며 제 말만 했다.

"좀 빨리 가겠소. 뒤처지지 말고 따라오시오."

치고 나가는 속도가 상당했다.

못 따라갈 정도는 아니었다. 무공만큼 경공이 뛰어난 것 같지는 않았다.

그들은 정안사 위치를 잘 알고 있는지 나아가는 데 거침이 없었다.

먼저 만난 상인은 쭉 가면 된다고 하였지만 방향이 모호한 갈림길이 두 번이나 있었다. 이들과 함께가 아니었다면 다소 헤맬 뻔했다.

"저기가 정안사요."

현판은 바스라지기 직전이었다. 담장도 반은 허물어졌고 건물들도 여기저기 부서져 있었다. 그냥 봐서는 사찰이 아니라 폐가 같았다.

"헌데 도장들은 여기까지 어인 일이오?"

"몰라서 묻소? 형장들도 그것들을 잡기 위해 온 것 아니오? 아닌 게 아니라, 분배 이야기를 못 했군. 우리가 나름 도사들이라 대놓고 셈부터 말할 수는 없었어서 말이오."

"그러게 말이오. 분배는 어떻게 하실 거요?"

엽단평은 처음 듣는 이야기에도 부드럽게 맞장구치며 어색하지 않게 반응했다.

이전은 막야혼이 샌님이라며 툴툴거리는 소리를 여러 번 들었지만, 그가 보기에 엽단평은 순진한 샌님이 결코 아니었다.

엽단평은 문도를 징치하고 문규를 집행하는 집법기관의 수장이었다. 그는 원하는 만큼 얼마든지 상대의 말을 유도할 줄 알았다. 정보를 캐내는 능력 또한 출중했다.

"부적술은 좀 하오?"

"배운 바 없소."

"파사주술(破邪呪術)은?"

"못 하오."

동명이 눈살을 찌푸렸다.

"그럼 그쪽이 술법을 익힌 게요? 법력이 높아 보이진 않는데?"

동명이 이전을 돌아보며 말했다. 영 못마땅한 기색이었다.

"나도 아니오."

무시당하는 느낌이 들었고 더 무시당하리라는 생각이 들었지만, 못 하는 걸 한다고 거짓말을 할 수는 없었다. 이전의 대답을 들은 동명은 예상대로 말투가 더 무례해졌다.

"아니, 이 양반들이 참 배짱도 좋소. 형장은 무공이 변변찮아 보이기에 좌도의 술 한두 가지라도 지닌 줄 알았지. 그런 재주도 없이 여길 오다니, 부디 부탁하건대 발목만이라도 잡지 마시오."

"폐를 끼치지는 않을 것이오."

이전이 대답했다.

"그거야 두고 봐야 알 일이지."

동명이 냉랭하게 답했다. 그가 다시 엽단평을 돌아보았다. 숫제 괜히 동행해 왔다는 표정까지 짓고 있었다.

"그나저나 몹시 난감하오. 검객이시면 혼백들은 상대할 수 없을 것이고, 독각귀도 검이 잘 통하지 않는데……. 그나마 야구자는 쇠붙이가 박히니 다행이오만. 원래대로라면 사람 수대로 이 대 삼 나눠야겠지. 그래도 이래서는 좀 손해지 싶소."

"원하는 비율을 말해보시오."

엽단평은 무슨 소리를 들어도 태연히 응수했다.

혼백, 독각귀, 야구자.

그것이 알아듣지 못할 말의 나열이라도 전혀 당황하지 않았다.

"그래도 검술 조예가 깊어 보이시니, 사람 상대로는 전력이 될 거요. 이 대 팔 갑시다."

"이 대 팔은 과하지 않소?"

"요괴들은 무술을 익힌 무인들과 다르오. 아니, 근데 여기 상황은 정확히 알고 있긴 한 게요? 어떻게 이렇게 둘이 오오?"

동명이 기어코 역정을 냈다. 엽단평이 답했다.

"우리도 준비가 부족했다 생각하고 있었소. 좋소. 이 대 팔로 하시오. 대신 상황이 좀 달라진 것 같으니, 진인께서 설명을 좀 해주시오. 경청하겠소."

엽단평의 언어는 물이 흐르는 듯하여 듣기가 좋았다.

동명이 헛기침을 하며 말을 이었다.

＊　　　　＊　　　　＊

"흠흠, 뭐, 진인까지야. 그냥 처음처럼 동명자라 부르시오. 잘 알겠지만, 지금 화령엔 요괴들이 다수 출몰하고 있소. 악귀 혼백들이야 사령으로 퇴마를 하면 그만이지만, 요괴들은 생령이라 실체가 있어 숨을 끊어야 하오. 육신이 있단 말이오. 죽이면 사체가 남는데, 이게 또 귀한 가치를 지니지. 아니, 이 정도도 모르는 거요, 설마?"

"분배가 그 이야기 아니오. 계속 해보시오. 잘 듣고 있소."

"그러니까, 다 돈이오. 물론 돈 외에도 중요한 게 있지만, 흠흠⋯ 뭐 그건 지금 중요한 건 아니고⋯ 여하튼, 요괴들은 그저 무공만 높다고 쉽게 잡을 수 있는 것이 아니라오. 반면에 무공이 일천해도 법력이 뛰어나면 능히 상대할 수 있소. 바로 이런 경우가 문제지. 법술로 힘들게 요괴를 물리쳤는데, 재물을 노린 사람에게 당하는 거요. 이곳에도 그런 자들이 늘어나고 있소."

"그렇다면, 우리가 그런 사람일 수도 있는 거 아니오?"

"물론 수상하오. 법술은 익히지 않았고, 실력이 좋은 검객인데, 이런 곳을 배회한다……. 요괴가 아니라 사람을 잡으러 온 자들일 수도 있겠지. 헌데 그래 보이진 않소. 설령 그렇다 해도 뭐……."

동명이 엽단평과 이전을 한 번씩 돌아보며 말끝을 흐렸다. 이전은 그 뒤에 붙을 말을 어렵지 않게 짐작할 수 있었다. 엽단평과 이전이 딴마음을 품어도 너끈히 대응할 수 있다는 것이다. 얕보이고 있었다. 명백히도.

"헌데, 요괴들이 그리 많소? 잡아도 계속 나타나는 걸로 들리오만."

"그렇소. 이게 우리도 잘 이해가 안 되는 부분이지. 장강에서 흑교룡이 승천한 후, 갑작스레 요괴들이 늘어나긴 했지만, 대관절 실체가 존재하는 요괴라는 것은 이렇게 사람이 많은 곳에 잘 나타나지 않는 법이오. 놈들도 알거든. 아무리 사람의 피와 살을 탐하는 요괴일지라도 도시에서 사람을 잡아먹다가는 되레 자기가 사냥당한다는 사실을 말이오. 헌데 태원부, 특히나 이곳 화령 지역에서는 요괴들이 끊임없이 나타나고 있다오."

"이유라도 있는 거요?"

"그러게 참…… 그걸 모르겠단 말요."

동명이 고개를 설레설레 저었다.

그가 앞으로 나아가 정안사 부서진 정문을 넘어갔다. 엽단평과 이전도 안으로 들어갔다. 달빛 아래 쇠락한 불사는 부처님을 모셨던 사절인데도 보통의 흉가보다 더 음산해 보였다.

따랑, 따라랑!

동명의 뒤에 있는 두 무공도사가 품에서 청동방울을 꺼내 들었다. 방울 소리는 은은하면서도 경쾌했다. 방울은 주술적 힘이 담긴 무구(巫具)로 보였다.

"뭐가 있긴 있는데……"

정안사 안으로 들어온 그들은 처음보다 조심스러워 보였다. 이런 일이 꽤나 익숙한 것 같았다. 그들이 주변을 탐색해 나가는 동안, 이전도 의협비룡회의 흔적을 살폈다. 벽과 기둥이 먼저였다. 오래 걸리지도 않았다. 이전은 곧바로 여의각이 쓰는 밀마(密嗎)를 찾아낼 수 있었다.

'불상.'

이전이 주위를 돌아보았다.

밀마에서 뽑아낸 단어는 불상이다. 이 절에서 불상이라 하면 바로 그 영험한 힘을 지녔다던 약사여래상을 뜻하는 말일 게다.

작은 사당을 대표하는 여래상이라면 그 위치는 당연히 중앙이다. 이전이 성큼 나서자 동명이 눈살을 찌푸리며 물었다.

"어딜 가는 거요?"

"여래상을 찾으러 가오."

"여래상? 그 약사여래상 말요?"

동명이 어이가 없다는 듯 되물었다.

"그렇소만?"

"그거 다 헛소문이오. 보시오. 사람을 치유할 정도의 법력이면 만수령이 뎅뎅거리며 울어야 하오. 설마 병이라도 고치러 온 거였소?"

그때였다.

데엥……! 데엥……!

경쾌하고 청아하게 울리던 청동방울이 묵직하고 둔중하게 진동하기 시작했다.

"뭐, 뭣?!"

마치 그의 말을 비웃기라도 하듯 울리는 소리에, 동명이 대경했다. 동청과 동순도 놀라 만수령이라 불린 청동방울을 어깨 높이로 치켜 올렸다.

그들이 방향을 가늠하듯 만수령을 이리저리로 움직였다. 만수령이 이전이 가려던 쪽으로 방울을 움직이자 소리의 질이 다소 달라졌다.

"저쪽이면 여래상이? 저번에 왔을 때는 아무 반응이 없었건만!"

"사형! 그게 아닌 것 같습니다."

줄곧 입을 열지 않았던 사제들 중 동청이란 이가 다급히 말했다. 동순이란 이는 아예 만수령을 허리춤에 달고 검집에서 검을 뽑아 들었다.

"법력이 아니라 요력(妖力)입니다!"

동순의 말에 동명도 검을 뽑았다.

금속성의 검명(劍鳴) 대신 둔탁한 파공성만 흘렀다. 검이 독특했다. 검의 중심인 혈조 부분에만 강철심을 박은 목검(木劍)이었다.

동청은 검 대신 품에서 부적 한 뭉치를 꺼내들었다. 셋은 놀라긴 했어도 대응이 신속했다. 이런 일이 익숙해 보였다.

"뒤로 오시오!"

앞으로 나섰던 이전은 물러나지 않고 정면을 똑바로 바라보았다.

그는 동청의 말을 들을 겨를이 없었다.

무너진 건물 틈새로 이상한 그림자가 시선을 빼앗은 까닭이다.

사람이 아니었다. 움직임이 몹시 기괴했다.

이전이 즉각 말을 듣지 않자 동명이 이전의 옆에 서며 신경질적으로 말했다.

"발목 잡지 말라 하지 않았소! 지시에 따르시오!"

이전은 대꾸하지 않았다.

기괴한 그림자가 무너진 건물 사이로 다가오기 시작했다. 이건 위험하다. 이전은 본능적으로 비수를 던졌다. 발출까지 물 흐르는 듯 자연스러웠다.

쐐액! 푸욱!

"키엑!"

어두운 그림자가 괴성을 질렀다. 제대로 맞췄음에도 등줄기가 오싹해졌다. 짐승의 소리도, 인간의 소리도 아니다. 그 울부짖음은 사람 본연의 공포심을 부추겼다. 한 번도 들어본 적 없고 상상조차 해보지 못한 소리였다.

더욱이 그것은 다가오는 속도가 전혀 줄어들지 않았다. 뒤뚱거리는 것 같기도 뛰어오는 것 같기도 한 그것이 건물 그림자 속에서 달빛 아래로 빠져나왔다.

이전은 저절로 주춤 물러날 수밖에 없었다.

그것은 사람 형체를 지녔다. 하지만 사람은 아니다. 두 다리로 달리고 팔과 손이 있었지만, 머리는 개와 인간의 중간 형태로 생겼다. 피부는 회색빛이었고 머리털은 하나도 없었다. 두 눈은 눈동자 없이 흰자위만 가득했다. 벌린 입엔 크고 길고 날카로운 이빨이 듬성듬성했다. 그야말로 요괴의 모습이었다.

"야구자다!"

이전이 던진 비수가 가슴 어림에 박혀 있었다. 사람이라면 치명상일 위치였다. 하지만 그것은 움직이는 데 전혀 지장이 없어보였다.

놈이 펄쩍 뛰며 그들을 향해 달려들었다. 동명이 이전을 밀치다시피 하면서 앞으로 뛰어나갔다. 건방지고 무례했지만 목검을 들고 몸을 날리는 모습이 자못 용감했다.

쐐액! 콰직!

"키에에에에엑!"

동명이 휘두른 목검은 날이 제대로 서 있지 않았다. 벤다기보다는 후려치는 느낌으로 검을 내리찍었다. 검에 맞은 놈이 괴성을 지르며 옆으로 몸을 굴렀다. 몸에 비수가 박힌 것보다 더 고통스러워했다. 의기양양하게 굴더니 과연 목검에 뭔가 특별한 것이 있는 듯했다.

"사형! 더 옵니다!"

"뭣? 야구자가?"

"네! 야구자입니다!"

동청과 동순이 앞으로 나섰다.

앞에 놈과 흡사하게 생긴 요괴가 건물 사이에서 튀어나왔다. 이빨이 좀 더 촘촘한 이놈은 앞에 놈보다 더 민첩했다. 동청이 알아듣기 힘든 주문을 외우며 부적을 내던졌다. 부적은 힘껏 던진 암기처럼 빠르고 곧게 요괴를 향하여 날아갔다. 놈이 네 발로 뛰듯 땅을 기다시피 몸을 낮췄다.

"피해?"

동청이 크게 놀라 소리치며 다른 부적을 꺼내들었다. 동순이 나서며 목검을 내리쳤다. 요괴는 민첩했지만 동청의 검술과 투로는 전진명문의 묘리를 품고 있었다. 그의 목검이 요괴의 어깨에 콱 틀어박혔다.

"퀘에엑!"

요괴의 팔이 뒤틀리면서도 사납게 달려들었다. 들쑥날쑥한 이빨들은 육식동물의 송곳니보다도 길어 보였다. 달려드는 형상이 몹시 흉악했다.

"물러가라!"

동청이 새 부적을 던지며 소리쳤다.

이번 부적은 빗나가지 않았다. 날아간 부적이 요괴의 몸통에 박혔다.

"파(破)! 급급여율령!"

동청이 주문을 덧붙였다.

부적이 박힌 몸통에서 퍽! 하고 살점이 터졌다. 요괴가 뒤쪽으로 펄떡 튕겨 나갔다.

"아직이다!"

먼저 나타난 놈을 상대하던 동명이 경호성을 던졌다. 땅바닥에 처박혀 구르던 요괴가 짐승처럼 날래게 일어나더니 다시 달려들었다. 부적에 당한 몸통엔 쫙 벌린 입만큼이나 흉측한 상처가 피를 뿜고 있었다.

동명의 경고가 없었더라도 동순은 방심하지 않았다. 침착하게 검을 돌려 잡고 중단으로 찔러 넣었다.

콰득!

목검이 요괴의 명치 위쪽을 파고들었다. 인간과 같은 구조라면 흉골을 부수고 심장까지 들어간 셈이다.

"키에에에엑!"

사람의 경우 즉사에 해당하는 일격이었다.

놈은 괴성도 질렀고 움직임도 멎지 않았다. 놈이 난폭하게 팔을 휘둘렀다. 검붉은 손톱은 길고 지저분했다. 동순은 검자루를 놓지 않은 채, 몸을 숙이고 비껴서며 놈의 몸부림을 피해냈다. 몸이 맞닿다시피 한 근접거리에서도 동순은 한 번의 공격조차 허용하지 않았다. 정통무공을 제대로 익혔다. 자부심을 갖고 뽐낼 만했다.

"죽어라."

마무리는 동청이 했다.

놈이 발악하는 동안 후방을 잡은 동청이 놈의 목덜미 뒤쪽에 부적을 박아 넣었다.

주문이 이어졌다. 퍼억! 하는 소리와 함께 피가 튀었다. 피는 검붉은 색이었다. 사람보다 짙었다. 놈이 풀썩 쓰러졌다.

동청과 동순이 놈을 처리하는 동안, 동명도 상대를 제압한 상태였다. 하지만 두 놈으로 끝이 아니었다. 무너진 건물들 사이사이에서 야구자가 세 마리나 더 나타난 것이다.

"또 있다고?"

무공도사들은 당황한 기색이 역력했다.

어렵지 않게 두 요괴를 죽인 그들이다. 셋이 더 나타났다 해도 위험할 것 같지는 않았다. 그럼에도 눈에 띄게 당혹스런 표정을 짓고 있었다.

"뭔가 잘못된 것이오?"

이전이 물었다.

동명이 그를 흘끔 돌아보더니 노골적으로 불쾌한 목소리로 말했다.

"정말 아무것도 모르는군! 야구자는 본디 무리를 짓는 놈들이 아니오. 이렇게 여럿이 나타나는 것은 듣도 보도 못했소!"

더 물어보려 해도 그럴 여유가 없었다.

야구자들은 괴이한 동작으로 빠르게 다가왔다. 동명이 앞으로 나섰다.

그때였다.

뎅뎅뎅뎅뎅!

묵직하게 울던 만수령들이 요란한 소리를 내기 시작했다.

무공도사들의 얼굴이 돌처럼 굳어졌다.

"이 요력은!"

법력이든 도력이든, 익힌 바가 없는 이전조차도 섬뜩한 느낌을 받았다. 무공도사들이 고개를 돌렸다. 이전도 같은 방향을 보았다. 야구자들이 달려들고 있는 반대편이었다. 그들이 넘어 들어온 정문 쪽이었다.

"설마!"

그것은 이리와 비슷한 형상을 하고 있었다.

몸뚱이는 흰색이었다. 털로 덮인 것인지 아니면 반들반들한 가죽인지, 질감이 묘했다. 머리통은 붉었다. 새빨간 것이 비늘이라도 돋아난 것처럼 광택마저 돌았다. 머리가 마치 흰 몸체에 솟아난 핏덩이 같았다. 기괴하기 이를 데 없었다.

"갈저!"

"사형, 갈저가 맞습니다!"

동청과 동순의 목소리엔 경악이 담겨 있었다.

"갈저가 어째서?"

"사형……!"

"한 마리가 아닙니다."

경악성에 두려움이 서렸다. 동명이 이를 갈며 물었다.

"피독단은?"

"피독단도 두 개밖에 없습니다!"

새로이 나타난 괴물은 갈저라는 이름으로 불리는 듯했다. 핏덩이 같은 머리를 가진 흰색 몸체의 괴물이 무너진 담장 사이로 두 마리나 더 나타났다. 놈들은 천천히 다가왔다. 이미 궁지에 사냥감을 몰아넣은 포식자처럼 느긋해 보였다.

"갈저가 셋. 짐까지 있다. 상대할 수 없어!"

동명이 엽단평과 이전을 돌아보며 말했다.

짐이라 했다.

둘을. 엽단평을.

"물러나자!"

동명이 결단을 내렸다.

앞뒤로 요괴가 셋씩이다. 갈저들로부터 물러난다는 것은 야구자 쪽을 뚫겠다는 뜻이 된다. 그들이 갈저들을 보는 사이에 놈들은 바로 지척까지 당도해 있었다. 무공도사 삼 인이 일제히 야구자들에게 달려들었다.

퍼억! 퍽!

"키엑!"

"키에엑!"

동명과 동순이 목검을 힘껏 후려쳐 놈들을 튕겨냈다. 죽일 생각이 아니라 길을 열기 위함이다. 야구자 둘이 땅바닥을 굴렀다. 다른 한 놈은 조금 늦다. 삼 인은 넘어뜨린 야구자들을 돌아보지도 않고 전속력으로 달렸다. 보자마자 퇴각이다. 이번 요괴들은 몹시 위험한 놈들인 것 같았다. 엽단평과 이전도 무공도사들의 뒤를 따라 몸을 날렸다. 이런 것들과 싸운 경험이 많았다면 모르되, 당장은 미지의 존재들이다. 일단 그들 판단을 따르기로 한 것이다.

"케엑!"

땅을 구른 두 야구자에 이어 남아 있던 야구자 한 놈이 이전을 쫓아 달려들었다.

이전은 가볍게 몸을 틀며 비수 두 자루를 던져냈다.

콰칵!

"캬악!"

야구자의 몸에 두 자루가 거의 동시에 박혔다. 놈이 벌렁 뒤로 넘어졌다. 그러고는 둥글게 몸을 말며 곧바로 몸을 일으켰다. 놈을 향한 시선 저편으로 갈저라 불린 괴물들이 보였다. 어슬렁 다가오던 갈저가 꾸억! 하고 괴성을 냈다. 멧돼지의

음성과 비슷했다.

놈이 땅을 박찼다.

'······!!'

놈의 속도는 기묘하게 빨랐다. 생긴 건 짐승인데 속도는 무공을 익힌 고수 같았다. 한 놈에 이어 다른 놈들도 괴성과 함께 달려들었다. 등줄기가 오싹했다. 이전이 발끝에 한껏 힘을 실었다.

"빠릅니다!"

앞서가던 동청이 소리쳤다.

전속력으로 경공을 펼친 무공도사들도 빨랐지만, 갈저 두 놈은 그보다 더 빨랐다. 순식간에 건물 두 개를 지났지만 놈들과의 거리는 도리어 줄어들었다.

"떨쳐낼 수 없겠습니다!"

"게다가 이대로 계속 가면 벽림입니다, 사형!"

동청과 동순이 급박하게 연이어 말했다.

그들의 눈앞에 그래도 멀쩡해 보이는 사당 건물이 나타났다. 이전은 그 건물이 약사여래상을 모신 건물이란 것을 보는 즉시 알 수가 있었다. 그나마 사람의 흔적이 남아 있었던 까닭이었다. 향화객이 쌓아둔 돌탑이 주변에 한가득이었다.

＊   ＊   ＊

"여래전에서 좌측으로 꺾는다!"

동명이 소리쳤다.

그때 엽단평이 입을 열었다.

"여기오?"

"네."

이전이 대답했다.

엽단평은 눈도 가렸으면서 보지 않는 것이 없다. 여의각의 밀마를 발견했다는 것도, 그 내용이 여래상이라는 것도, 말하지 않았는데 벌써 다 알고 있는 것이다.

"꼭 도망쳐야 하는 거요?"

막 방향을 꺾은 직후였다.

엽단평이 이번엔 동명에게 물었다.

"뭐요?"

"저것들, 맞서 싸울 수 없냔 말이오."

"갈저가 셋이오! 근처에 알유가 있을 수도 있단 말이오! 어째서 저런 것들이!"

알유는 또 뭔지 모르겠으나 싸울 수 없단 말일 게다. 지금까지 이들 말은 충분히 들어줬다. 엽단평이 몸을 돌렸다.

"비도 둘. 선두에 있는 놈부터."

이전은 바로 알아들었다. 그 의도도 알았다. 그렇기에 지체 없이 몸을 틀며 비도 두 자루를 날렸다. 새빨간 늑대 머리의 요괴가 공중에서 몸을 틀었다. 마치 날짐승 같았다. 그거면

됐다. 저토록 빠른 놈들에게 이전의 비도가 통하지 않을 것임은 당연한 일이었다. 다만 엽단평이 가늠하고 싶었던 것은 놈들의 반응 능력이었다.

"미친! 제정신이오?"

동명이 소리쳤다.

그는 멈칫했지만 달리는 속도를 늦추지 않았다.

"죽을 생각이라면 마음대로 하시오!"

동명은 이를 갈았다.

저리도 멍청할 줄이야.

저 둘이 저렇게 죽어주면 그들 셋은 살아날 가능성이 비약적으로 높아진다. 하지만 그것을 좋아라 할 만큼 삐뚤어지진 않았다. 놔두고 도망친 것으로 가책을 안고 살게 된 것이다. 저들만 멍청하다 탓할 수 없다. 저런 무지렁이들과 동행을 청하다니, 그것이야말로 바보 같은 짓이었다.

무공도사들이 무슨 생각을 하든, 중요하지 않았다.

엽단평이 다시 말했다.

"후방으로 이동하며 비도 연발."

이전이 비도를 연속으로 내던졌다. 갈저들은 날고 틀며 피했다. 한 발도 맞추지 못했다.

그것도 상관없었다.

엽단평이 한 발 나섰다.

그것으로 놈들의 목표는 엽단평 하나가 되었다.

첫 번째 갈저가 입을 쩍 벌리며 짓쳐들었다. 삐쭉삐쭉한 이빨이 실로 위협적이었다.

바로 눈앞이다.

들어왔다. 발검 거리다.

윙!

청천신검(靑天神劍) 청천혼(請天魂) 횡참격이 밤을 가르고 요괴를 쪼갰다.

쩌억!

놈의 허연 몸체가 절반으로 갈라졌다. 투학! 하고 몸통 절반이 땅으로 떨어졌다. 그것으로 끝이 아니었다. 새빨간 머리통에 달린 쥐처럼 작은 눈알이 일순 번뜩였다.

푸확! 하고 쩍 벌어진 입 안에서 붉은 기류가 뿜어져 나왔다.

독이다. 그것도 맹독이었다. 엽단평은 가볍게 한 발 물러났다. 마치 이걸 예상했다는 듯 대력횡격이 자연스럽게 이어졌다.

후우웅!

붉은 기류가 막강한 검압에 밀려 전방으로 흩어졌다.

엽단평은 모든 것을 미리 알고 있는 것처럼 싸웠다.

갈저들은 엽단평의 일격에서 경계심을 느낀 모양이었다. 놈들은 더 빠르고 흉포해졌다. 마치 무공 신법의 고수마냥 방향을 틀고 합공을 하듯 양쪽에서 일제히 달려들었다.

엽단평은 물러나며 양쪽으로 한 번씩 검을 쳐냈다. 갈저들의 움직임은 놀라웠다. 엽단평의 검격에서 사라지듯 벗어났다. 날카로운 이빨과 발톱이 따라붙었다.

엽단평의 신형이 훅 꺼졌다.

갈저들은 빨랐고 엽단평은 부드러웠다. 검날에 내력이 한껏 집중되었다. 그가 놈들의 공격을 피하며 측면으로 몸을 기울였다. 밑에서 위로 강력한 횡참격이 그어졌다. 푸른 광영과 함께 피가 튀었다.

퍼억!

붉은 덩어리가 하늘을 날았다. 갈저의 머리였다.

엽단평이 공중으로 몸을 띄웠다. 까만 하늘에 푸르른 빛 무리가 반월을 그렸다.

콰득!

세 번째 놈의 몸이 사선으로 두 동강이 났다.

엽단평은 그 상태에서 대력횡격을 한 번 더 펼쳤다. 머리가 날아간 놈은 독을 뿜지도 못했다. 마지막 놈은 쪼개지며 붉은 기류를 토해냈다. 대력횡격의 검압이 독을 밀어냈다.

그야말로 순식간이었다.

엽단평은 아무렇지 않게 세 놈을 죽였다. 도망치면서도 연신 뒤를 보던 무공도사들이 그 자리에 멈춰 섰다.

"무슨……!"

동명이 입을 떡 벌렸다.

다른 둘도 표정이 과히 다르지 않았다. 처음부터 잘못 판단했다. 엽단평의 무위를 전혀 가늠하지 못한 것이다.

엽단평과 이전은 그러거나 말거나 개의치 않았다.

"독무(毒霧)가 서렸군. 이쪽으로."

엽단평이 이전을 이끌었다.

갈저들이 내뿜었던 붉은 기류는 옅게 흩어진 데다가 어둠까지 겹쳐 안력을 돋우어도 잘 보이지 않았다. 엽단평은 그것이 다 보이는 것 같았다.

이전은 요괴와 귀신의 출현을 걱정했던 자신이 다소 부끄럽게 느껴졌다.

이전의 비도술은 야구자와 갈저에게 전혀 통하지 않았다.

일반 무인들은 그것들을 두려워함이 옳다.

하지만 엽단평은 아니다.

그는 그 위에, 그 위보다 더 위에 있었다.

갈저들의 사체를 빙 둘러 다시 여래전 쪽으로 향했다.

무공도사들은 주춤주춤 그들을 따라 왔다. 그들은 경악에 더해서 후회와 수치심이 뒤섞인 복잡한 얼굴을 하고 있었다.

여래전 입구에는 문조차 달려 있지 않았다. 그래도 다른 건물에 비해서는 괜찮은 편이었다. 안쪽으로 들어가자 들은 대로 낮은 좌대에 선 작은 여래상 하나가 보였다. 중생들의 질병과 고통을 치유한다는 약사여래의 석상이었다. 합장을 하고 있었을 손이 정말로 뚝 떨어져 나간 상태였다.

"있습니다. 추군마 어르신께서 이쪽에 계셨군요."

밀마라 함은 암호화된 표식으로 간단하고 신속하게 남기는 것으로써 복잡한 내용을 전달하기엔 한계가 있었다. 가장 흔하게 담는 내용이 작성자와 행선지다. 이전은 대청 기둥에 새겨진 밀마에서 추군마 진달이 부여받은 부호와 행선지로 숲(林)에 해당하는 표식을 알아볼 수 있었다.

"숲이면 벽림이란 곳일까요?"

"그렇겠지."

벽림에 대한 경고는 관병들도 했다. 아까의 대화를 돌아보면 무공도사들도 꺼리는 것 같았다. 그렇다면 숲이 의미하는 바도 벽림을 뜻한다 보는 것이 합당했다.

이전은 어찌해야 할지 즉각 결론을 내리지 못했다.

민가가 근처에 있는 이 정안사에서만도 요괴를 두 무리들이나 마주쳤다. 아까 야구자들도 완전히 죽이지 않고 왔으니, 언제라도 다시 맞붙을 수 있었다. 사람들의 반응으로 보건대, 벽림은 이곳보다 더 위험할 것이다. 엽단평의 무공은 인외(人外)마저 베어 넘기는 영역이라 든든하기 짝이 없었지만, 문제는 이전 자신이었다. 아까 무공도사들은 그들보고 짐이라 했다. 반은 맞는 이야기다. 이전은 엽단평에게 짐이 될 거다. 숲에도 저런 괴물들이 많다면 엽단평의 보호 없이는 살아남기 힘들 것이기 때문이었다.

"저는……"

돌아가는 것이 맞겠다 말하려 했을 때였다.

무공도사 셋이 여래전 안으로 들어왔다.

"제가 안목이 일천하여 고인을 몰라뵈었습니다."

동명이 말하며 고개를 푹 숙였다.

그들의 태도는 아까와 완전히 달라져 있었다. 갈저들을 단숨에 도륙하는 고수를 상대로 말을 참 함부로 했다. 강호는 아주 작은 불쾌감으로 칼부림이 날 수 있는 곳이다. 엽단평이 폭급한 자였다면 말을 아낀 두 사제들은 모르되, 적어도 동명만큼은 확실히 죽은 목숨이었을 것이었다.

"대협, 실언을 용서하여 주십시오."

엽단평과 이전이 말이 없자 동명이 다시 한번 포권을 취하며 말했다. 엽단평이 대답했다.

"괜찮소."

동명의 얼굴이 대번에 밝아졌다. 그가 머뭇머뭇하더니, 엽단평에게 물었다.

"대협께서는 갈저와 싸워본 적이 있으셨습니까?"

동명의 어투는 깍듯하기가 사문의 존장을 모시듯 했다.

그게 강호였다. 실력이 모든 것을 결정한다. 이전은 통쾌하기보다는 다소 씁쓸한 기분으로 동명이 하는 양을 보았다.

"이번이 처음이오."

"헌데, 놈들이 독을 뿜는다는 것은 어떻게 아셨습니까?"

"독기(毒氣)."

엽단평은 짤막하게 답했다. 동명은 잠시 의아한 표정이 되었다가 이내 고개를 끄덕이며 수긍했다.

"기감으로 감지하셨다는 말씀이군요. 독을 품은 독물은 죽어서도 주변에 해악을 미치는 법. 그 짧은 시간 미리 대비하시고 대처하시다니 과연 신통한 공부입니다."

아주 바보는 아닌 모양이다.

이전도 궁금했던 부분을 제법 제대로 해석해 냈다.

이번엔 엽단평이 물었다.

"벽림에도 그런 놈들이 많소?"

"그렇습니다. 갈저는 벽림 깊은 곳에 있다 알려진 놈들입니다. 원래는 여기까지 이렇게 나오지 않습니다."

"다른 것들은?"

"지금 벽림은 아주 이상한 곳이 되었습니다. 원래도 음기(淫氣)가 강한 숲이었는데, 몇 년 전부터 괴이한 것들의 목격담이 끊이질 않았습니다. 가국이라는 원숭이 요괴를 본 자도 있고, 야구자처럼 사람의 뇌수를 빼먹는 온이라는 짐승도 있답니다. 혜낭이라는 어린아이 요괴에게 끌려간 자도 여럿이라 하며, 심장을 가져가는 여우 요괴도 있다 합니다."

여의각 대원들이 백귀 문서를 뒤진 이유가 바로 여기에 있다.

구체적인 실체를 맞닥뜨린 셈이다. 동명은 잠시 말을 멈추었다가 빠르게 다음 말을 이어갔다.

"그래서 말인데, 염치 불고하고 계속 동행을 부탁드려도 될지, 여쭙고 싶습니다. 분배 비율은 따로 정하지 않고, 혹시나 필요 없는 것이 있으면 넘겨주시는 것만으로도 감사히 여기겠습니다. 대신 여기 사정에 아직 밝지 않으신 듯하니, 알고 싶으신 것이 있으시다면 저희가 아는 만큼 답해 드리지요. 또, 쇠붙이로 물리칠 수 없는 혼백들이 나오면 저희가 처리하겠습니다."

저자세도 그런 저자세가 없다.

둘을 두고서 저들끼리 도망치려고까지 했으니 본인도 염치없음을 알긴 아는 듯했다.

제안 자체도 나쁘지 않았다. 정보는 많을수록 좋다. 이들은 적어도 엽단평과 이전보다는 아는 것이 많았다. 문제는 행선지다. 엽단평이 물었다.

"우리는 숲으로 갈 거요. 함께 갈 수 있겠소?"

동명은 말문이 막힌 듯, 순간 답을 하지 못했다.

"낮이라면 모르겠소만……."

그가 답과 함께 말끝을 흐렸다.

"그럼 안 되겠군."

"밤은 배로, 아니, 세 배 네 배 위험합니다. 거긴 왜 들어가려고 하시는 겁니까?"

"사람을 찾고 있소."

"아니 됩니다. 벽림에 들어갔다 나오지 않는다면, 영영 나오지 않는다는 뜻입니다."

가만 보니 동명은 건방지다기보다 눈치가 없는 것 같았다.

여과 없이 말을 뱉어놓고는, 또 이내 실수한 것은 알았는지

고개를 조아리며 말을 이었다.

"아, 물론, 무사하실 수도 있겠지요. 대협과 같은 고수시라면 말입니다."

"일신의 무공은 그리 높으신 분이 아니오. 그래서 서두르는 것이고."

엽단평은 군자(君子)마냥, 수차례 반복되는 동명의 말실수에도 그를 힐책하지 않았다. 이전이 보건대, 엽단평은 그저 관심이 없는 듯했다. 마치 하늘을 나는 독수리가 땅을 기는 짐승들의 시야에 관심이 없는 것처럼, 동명의 언사는 엽단평에게 아무런 영향을 미치지 못했던 것이다.

"벽림은 어느 쪽이오?"

엽단평이 성큼 밖으로 나서며 물었다.

동명도 더 이상 말릴 수 없음을 알았다. 동명이 따라 나와 후원 쪽을 가리켰다.

"저 뒤로 조금만 더 가면 바로 숲입니다."

뒤쪽 담장은 이미 허물어진 상태였다. 깜깜한 어둠 뒤로 더 깜깜한 음영이 드넓게 펼쳐져 있었다. 숲 그림자였다.

엽단평은 주저 없이 어둠 속 어둠을 향해 발을 옮겼다. 이전은 망설였다. 그는 아직 준비가 안 되어 있었다.

헌데 엽단평이 순간 발을 멈추더니 몸을 획 돌렸다. 그가 이전을 불렀다.

"이쪽으로!"

이전은 즉각 엽단평의 뒤쪽으로 몸을 날렸다. 그쪽은 그 무섭다는 벽림 쪽이었지만, 엽단평의 지시는 절대적이었다. 갈저들 세 놈 앞에서도 여유롭던 엽단평이 처음으로 급해 보였다. 그리고, 무공도사들의 청동방울이 미친 듯 울어대기 시작했다.

뎅뎅뎅뎅뎅뎅!

방울을 쥐고 격하게 흔들어도 그런 소리는 안 날 것 같았다. 세 도사들의 얼굴이 사색이 되었다.

"이, 이건……!"

"요력이 엄청납니다!"

"사형!"

세 사람이 주춤주춤 물러났다. 엽단평은 그들마저 뒤로 물리고 앞으로 나섰다. 건물들 저편에서 희끗희끗 빠르게 움직이는 그림자들이 보였다. 흰 몸뚱이에 새빨간 머리통, 갈저들이었다. 아까처럼 셋이었다.

엽단평이나 도사들이나 그 갈저들 때문에 긴장한 것이 아니었다. 아직 건물에 가려 보이지 않지만, 다른 뭔가가 있었다.

"옵니다!"

시끄럽게 울던 방울 소리가 뚝 멎었다. 요력 감지 한계를 넘어버린 것이다.

엽단평이 이전 쪽을 돌아보며 말했다.

"길을 열겠어. 아까 본 관병들을 찾아서 합류하오."

엽단평은 곧바로 정면을 향해 땅을 박찼다.

갈저만도 셋이다. 이쪽으로 올 때까지 기다리면 난전이 된다. 누구 한둘은 반드시 죽게 될 것이다.

그래서 선공이다.

나아가는 엽단평은 온몸에서 강력한 기운을 내뿜고 있었다. 그 힘이 저 멀리 있는 갈저들을 옭아맸다. 갈저들이 아무리 영악해도 엽단평을 무시한 채 후방으로 넘어 가는 것은 불가능하다. 그것은 오로지 이전을 보호하기 위해서다. 이전은 그의 의도를 충분히 알 수 있었다.

"숲으로 피할 수는 없소. 이쪽으로 갑시다!"

동명이 그렇게 말하며 먼저 측면으로 몸을 날렸다. 이전은 엽단평과 함께 싸우겠다며 객기를 부리지 않았다. 그는 스스로의 능력을 너무나도 잘 알았다.

무공도사들을 따라서 좌측으로 달렸다. 똑바로 보이던 엽단평의 뒷모습이 순식간에 대각선이 되었다. 엽단평이 첫 번째 갈저를 동강내는 것이 보였다.

그리고 그것이 나타났다.

쿠르르르르르르!

거리가 아주 멀었지만, 이전은 그 괴음을 똑똑히 들을 수 있었다. 마치 유부에서부터 들려오는 소리 같았다.

쾅! 하고 건물 벽을 무너뜨리며 나타난 그것은 들소보다도 더 큰 몸체를 지니고 있었다.

갈저와 비슷한 형태였지만, 몸체가 칙칙한 회백색이었다. 발톱이 비수처럼 길었다.

새빨간 머리통은 마치 사람처럼 생겼다. 실로 무섭다. 눈과 코는 인간의 그것이요, 쭉 찢어진 입은 흉악했다.

그야말로 인면수(人面獸)다. 동명이 침음성을 냈다.

"알유! 진짜 있었다니……!"

엽단평은 곧바로 그 괴물과 맞서는 대신, 다른 갈저들을 먼저 처리하고 있었다. 알유라 불린 그 괴물이 입을 쩍 벌리는 게 보였다. 붉은 독무가 폭발하듯 뿜어졌다.

독무가 갈저 때와는 비할 수 없이 짙었다. 엽단평의 모습이 가려졌을 정도였다.

괜찮을지는, 이전도 확신할 수 없었다. 인면수 알유의 존재감은 실로 엄청났다. 서두르는 만큼 멀어지고 있었지만, 바로 등 뒤에 있는 느낌이었다.

＊　　　　＊　　　　＊

"앞에 야구자들입니다!"

"좌측 나무 위! 가국도 있습니다!"

"봤다!"

인면수만이 문제가 아니었다.

도주도 쉽지 않았다.

요괴가 끊임없이 나타났다. 이전은 혹시 꿈이라도 꾸고 있는 게 아닐까 생각했다. 그는 오늘 요괴라는 것들을 실제로 처음 보았다. 헌데 지금 이곳엔 산 사람보다 요괴들이 더 많았다. 마치 정안사 입구가 요괴들의 세계로 이어지기라도 한 것 같았다.

"가국들은 두고 야구자부터 처리하자!"

"사형! 사형의 도목검에 파사주를 걸겠습니다!"

"우측은 제가!"

다행히도 무공도사들은 안목이 엉망이었던 것에 비하여 꽤나 능숙하게 싸웠다. 저 알유나 갈저처럼 보자마자 도주해야 하는 요괴들이 있긴 했지만, 감당이 되는 범위 내에서는 제법 잘 싸웠다. 이런 요괴전(妖怪戰)을 꽤나 치러본 솜씨였다.

콰직!

"이쪽은 됐습니다!"

확실하게 죽일 수 있는 야구자들부터 제압했다.

이전도 후방에서 틈틈이 비도술을 펼쳤다. 무공도사들은 이전을 대놓고 무시했었지만, 야구자들의 몸에 푹푹 틀어박히는 비도들은 놈들의 움직임을 둔화하는 데 확실히 효과가 있었다. 동명이 이전을 돌아보며 엄지손가락을 치켜 올렸다.

"좋소! 그렇게만 해주시오!"

이전을 대하는 태도도 완전히 바뀌었다.

"가국이 옵니다!"

"저 원숭이 요괴들은 힘이 세지만 날붙이가 야구자보다 잘 통하오. 움직임도 빠르지 않고 급소도 사람과 비슷하오! 심장을 노리시오!"

가국들은 숫자가 많았다.

나무와 담장 위에서 뛰어내리는데 보이는 숫자만 열이 넘었다. 원숭이 요괴라더니, 과연 얼굴이 원숭이와 똑같다. 몸은 보통 원숭이들처럼 꾸부정하지 않고 사람처럼 곧았다. 신장도 어른 남성 크기다. 개중엔 바지 같은 천 쪼가리를 갖춰 입은 놈들도 있다. 온몸에 무성하게 난 털만 아니라면 얼핏 사람처럼 보였다.

"콱! 콱!"

"콰콱! 콱!"

놈들은 입에서 이상한 괴성을 냈다. 아주 탁하고 괴이한 소리였다. 의사소통을 하는 것처럼 들렸지만 달려드는 데는 체계 따윈 없었다. 네 발로 빠르게 다가오는 놈, 공중으로 뛰어오르며 날아드는 놈, 사람처럼 뛰어오는 놈, 움직임이 제각각 어지럽기 짝이 없었다.

이전이 비도 두 자루를 날렸다.

놈들은 민첩했다. 한 놈은 아예 비수를 피해 버렸고, 한 놈은 어깨를 찢고 날아갔다. 상처 입은 놈이 옹이구멍 같은 눈에 핏발을 세우며 듣기 싫은 괴성을 냈다.

쐐액! 쐐애액!

거리가 확보된 상태에서 이전의 비도술은 확실히 위력적이었다. 빠르게 떨쳐낸 비도 하나가 마침내 한 놈의 심장 어림에 꽂혀 들었다.

"꽈악!"

놈이 단말마 괴성을 내지르며 땅바닥을 굴렀다.

셋 중 뒤에 있던 동순이 이전을 돌아보며 엄지손가락을 치켜 올렸다. 그러고는 두 사형들과 함께 검을 휘두르며 가국들에 맞서 나갔다.

이전은 여유를 찾았다. 비도술의 문제는 발출할 수 있는 비도의 개수가 제한되어 있다는 점이었다. 다 던지면 끝이다. 이전은 마음을 굳게 먹고 야구자들의 시체 쪽으로 몸을 날렸다. 인간이 아닌 것들의 사체를 보는 것은 본능적인 거부감을 불러일으켰다. 이를 악물고 야구자들의 몸에서 비도를 뽑았다. 피처럼 검붉지만 그보다 더 진득한 액체가 울컥 솟아났다. 이전은 야구자들의 몸에서 뽑아낸 비수를 곧장 가국들에게로 내쏘았다. 막 동명에게 달려들던 가국의 몸통에 비도가 박혀 들었다.

"온까지 있습니다!"

가국들과 어우러지며 난전을 벌이던 동청이 경호성을 내질렀다. 담장 한쪽 흙 밭에서 먼지와 함께 멧돼지같이 생긴 괴물이 불쑥 나타났다. 크기는 작은 멧돼지 정도였지만 흉악한 기세가 전신에 서려 있었다. 튀어나온 코 위로 하나밖에 없는 외눈이 사납게 번들거렸다.

엉망진창이었다.

무공도사들을 좌충우돌 정신없이 싸웠다. 이전도 몸을 피하며 보이는 대로 비도를 던졌다. 물러나고 물러나다 보니, 숲이 바로 등 뒤다. 숲이 뿜어내는 음산한 기운이 목덜미를 스쳤다.

"아저씨, 아저씨……!"

숲과 너무 가까워졌구나 생각했을 때였다.

작은 목소리가 귀를 파고들었다.

공포감이 온몸을 엄습했다.

"아저씨, 이쪽이요!"

목소리는 어린아이의 그것이었다.

상황과 너무 어울리지 않아서, 그리고 그 목소리가 너무나도 보통 어린아이 같아서 더 무서웠다. 위화감이라는 것이 그렇다. 상황과 어울리지 않는 건 언제나 두려움을 주게 마련이었다.

황급히 주위를 둘러보았다.

진짜로 있었다.

어린아이다.

멀쩡한 백의를 입은 남자 아이가 풀숲 사이에서 손짓하고 있었다.

"아저씨, 이쪽으로 오세요!!"

거리는 멀지 않았다. 달빛 받아 허옇게 빛나는 아이의 얼굴은 놀랍도록 해사했다.

"꼬마 아이!! 요괴 혜낭이오!"

이쪽을 돌아본 동명이 대경하여 소리쳤다.

처음엔 이전도 아이를 따라갈 생각이 없었다. 공포가 아직도 생생하다. 그런데 절로 발이 움직였다. 이전은 무엇에 홀리기라도 한 것처럼 아이를 향해 발을 떼고 있었다.

"형장! 따라가면 안 되오! 혜낭의 손을 잡으면 죽소!!"

동명의 목소리가 다급했다.

아이는 계속 그를 불렀다.

이전이 동명 쪽을 돌아보았다. 동명은 부적을 붙인 목검으로 막 돌진해 오는 멧돼지 요괴와 맞서고 있었다. 부적술로 강화된 목검은 상서로운 기운을 흘리고 있었지만, 멧돼지 요괴는 몹시 재빠르고 강했다. 동명에 동청이 가세했다. 이미 그들은 몸을 뺄 수가 없는 상태였다.

야구자는 꾸역꾸역 계속 더 늘어났다. 가국도 열 놈을 죽였는데, 아직도 더 있다. 이전에겐 더 이상 던질 수 있는 비도가 없었다. 비도가 있었더라도 저 아이에게 던지지는 못했을 것 같았다. 그러면 안 될 것 같은 느낌이었다.

한참 저 멀리로 엽단평이 보였다.

엽단평은 거대한 알유 요괴와 치열한 일전을 벌이고 있었다. 죽립은 격전 중에 어디로 날아갔는지 보이지 않았다. 맨얼굴을 내놓고 휘두르는 청천검 푸른 광영은 여전히 맑고 선명했다. 그럼에도 알유는 사방 천지에 붉은 독기를 뿜어대면서

도리어 엽단평을 물러나게 만들고 있었다.

무공도사들이 멧돼지 요괴 온 때문에 정신없는 사이, 야구자들과 가국들이 이전에게로 달려들었다.

'저 아이를 따라가야 해.'

혜낭이란, 사람을 홀리는 요괴라 했다.

아이가 있는 곳으로 가면 살 수 있을 것 같았다.

요괴의 요력 때문에 그런 생각이 드는 것일 수도 있었다.

소름 끼치도록 무서웠던 것이 제대로 된 직감인지, 아니면 발이 먼저 움직인 것이 옳은 직감인지는 알 수 없었다.

문제는 이전에게 야구자와 가국들을 상대할 능력이 없다는 사실이다. 진퇴양난이라도 어쨌든 선택은 해야 했다.

발에 힘을 더했다. 이전이 몸을 날렸다.

"바보 같은!!"

뒤쪽에서 무공도사들의 목소리가 들렸다. 그를 향한 말이다. 무시하고 아이에게 달려갔다. 아이가 가까워졌다. 아이는 처음 느낌처럼 어리지 않았다. 아이라기보다는 소년이다. 최소 열 살은 넘어 보였다.

"이쪽이요!!"

혜낭은 여리고 가냘픈 아이의 모습으로 나타나 사람에게 손을 내밀고 숲으로 이끈다고 알려져 있었다. 물론 그 손을 잡으면 숲에서 다시 돌아오지 못한다. 사람을 홀려 죽이는 숲 요괴의 대표적인 일례다.

헌데 아이는 그렇게 가냘프게 보이지도 않았거니와, 그에게 손을 내밀지도 않았다.

이전이 다시 아이를 살폈다. 나이보다 어려 보였던 것은 체구 탓도 있는 것 같았다. 등이 좀 굽어 있었다. 꼽추처럼 아예 꺾이지는 않았지만 키가 좀 작아 보일 정도로 휘어진 상태였다.

해사해 보였던 얼굴도 처음뿐이었다. 안색이 맑다기보다는 어딘지 하얗게 질려 있는 느낌이었다. 이전은 그런 소년의 두 눈에서 두려움을 읽을 수 있었다. 그것은 분명, 사람의 두려움이었다.

'요괴가 아니야?!'

소년은 다급하게 앞장서서 이전을 이끌었다. 이전은 무작정 소년을 따라갔다. 소년은 이리저리 뛰는 것 같았지만 전체적인 방향은 직선이었다. 소년은 달빛조차 들지 않는 깜깜한 숲을 잘도 헤치고 나아갔다.

"여기는 원숭이들이 못 와요."

소년이 말했다.

나무가 조금 달랐다. 화목(樺木)들인 것 같았다. 거기서 소년은 오른쪽으로 꺾었다. 이전은 잠자코 소년을 따라 달렸다. 뒤쪽에서 꽉꽉거리는 소리가 났다. 당장에라도 뒷덜미를 잡아챌 듯 따라붙던 가국들이 과연 더 이상 따라오질 못했다.

소년은 꽤 긴 거리를 달리다가 아름드리나무 앞에서 멈추었다. 소년이 이리저리 두리번거리더니 위쪽을 향해 말했다.

"거기 있었구나! 시체 요괴들을 막아줘!"

나무 위에서 부스럭거리는 소리가 들렸다.

대답은 없었다. 그 대신 뭔가가 나무 위에서 나무 저편으로 건너 뛰어 날아갔다.

이전은 또 한 번 등줄기가 오싹한 느낌을 받았다. 이 소년은 사람인 것 같은데, 지금 저건 사람이 아니었다. 사람일 수 없었다. 사람은 저런 기운을 풍기지 않는다. 그런데 소년의 말을 듣고, 뒤쪽으로 향했다.

'이 소년도 그럼……'

헷갈렸다. 이전은 이제 본인의 감각을 어디까지 믿어야 할지 알 수가 없었다.

이전의 두 눈이 혼란으로 얼룩졌다.

소년은 그런 이전을 아랑곳하지 않고 뛰었다. 소년이 다시 한번 더 오른쪽으로 방향을 틀었다. 이전은 방향감각이 탁월했다. 이러면 숲 안으로 들어가는 것이 아니라 다시 숲 밖으로 나가게 될 것이다. 소년은 숲으로 그를 끌고 가는 것이 아니었다. 이 아이가 요괴든 아니든, 어쨌든 혜낭은 아니다. 혜낭은 이전도 알고 있었을 만큼 유명한 요괴였다. 낙양에서 요술 관련 서적들에 파묻혀 있던 시절부터 알았다. 혜낭은 손을 잡고 숲 깊은 곳을 향해 끝없이 들어간다고 했다. 그게 공통적인 서술이었다.

소년은 슬슬 숨이 차는지, 입으로 숨을 몰아쉬고 있었다.

이런 걸 보면 사람이 맞지 싶다. 열심히 뛰는 소년을 발맞춰 따라갔다. 이전이 생각한 대로 나무가 뜸해지더니, 이내, 숲 밖으로 나올 수 있었다. 민가들이 보였다. 불 밝힌 곳은 몇 군데 없었지만, 그래도 담장들을 보면 아까 지역보다는 조금 더 멀쩡해 보이는 곳이었다.

내공을 일으키자 먼 거리에서 들려오는 기합성과 병장기 소리를 감지할 수 있었다. 엽단평과 무공도사들이 여전히 싸우고 있는 소리였다.

소년은 그런 이전을 일별하더니 한 가옥의 뒷문으로 뛰어 갔다. 규모가 꽤 있는 집이었다. 장원과 일반 민가의 중간쯤 되는 크기였다.

"왔어! 열어줘!"

조금 기다리자 아무 인기척도 없이 삐걱 하고 문이 열렸다.

이전은 긴장했다. 문은 안쪽에서 열린 게 맞는데, 사람 기운이 느껴지지 않았다. 평소 같으면 내공이 깊은 고수가 있나 보다 했을 것이다. 헌데, 이제는 다른 가능성도 생겼다. 사람이 아닐 수도 있는 것이다.

"또 손님이 왔어. 할아범과 한 식구인 거 같아!"

소년이 성큼 안으로 들어서며 말했다.

안에서는 대답도, 기척도 없었다.

이전은 잠시 망설이다가 소년을 따라 안으로 들어갔다. 그러자 등 뒤에서 문이 탕! 하고 닫혔다. 닫는 사람도, 무엇도 보지 못했다.

"문은 바로 닫아놔야 하거든요."

소년이 아무렇지 않게 말하며 건물로 들어갔다. 이전은 다시금 뭔가에 홀린 기분이 되어 주위를 둘러보았다.

담장 안은 또 다른 세상 같았다. 작은 정원에는 꽃도 있고 조그만 연못도 있었다. 아늑하고 평온한 기운이 흘렀다. 사람 사는 온기 같은 게 느껴졌다.

그래서 이전은 더 당혹스러웠다. 굳이 요괴들에 대해 파고들지 않았어도 다들 아는 이야기들이 있다. 너무나 편안한 집에서 극진한 대접을 받고 잠을 잤는데, 아침에 일어나 보니 무덤터였다는 류의 기담(奇談)들 말이다.

"밖에서 뭐 해요? 얼른 들어오세요."

소년이 불렀다.

호랑이 등에 탄 형세가 뭔지 실감했다. 신호전(信號箭)이나 연통을 챙겨 올 걸 그랬다. 행낭을 객잔에 두고 온 게 실수였다. 엽단평에게 그의 위치를 알릴 방법이 없다. 요대에 찰 수 있는 소형 호전은 아직 여의각의 기본 장비가 아니었다. 비싸도 기본 보급으로 돌리는 게 좋겠다, 건의를 올려야겠다고 생각했다.

'건의도 일단 살아야……'

이전이 주먹을 불끈 쥐고 마음을 다 잡으며 건물 쪽으로 발을 옮겼다.

"훗."

누군가 웃는 소리가 들렸다. 이전이 몸을 홱 돌렸다.

아무도 없었다.

분명히 들었는데.

여자 목소리 같았는데.

"아휴. 장난치지 말라니깐."

소년이 누군가에게 말했다. 이전은 이를 악물고 소년이 들어간 건물로 들어갔다.

눈앞에 펼쳐진 정경은 또 그의 예상 밖이었다.

건물 안쪽엔 침상이 여러 개 놓여 있었다. 마치 의원의 거처 같았다. 그리고 안쪽 침상에서 이전은 익숙한 얼굴을 볼수 있었다.

"추군마 어르신?!"

창백한 얼굴로 잠든 사람이 있다.

추군마 진달이었다.

제54장 사일적천궁
(射日赤天弓)

사일적천궁.

사일적천궁은 난세가 무르익어 싸움이 가장 격렬했던 시대에 출현했다.

멸살만요(滅殺萬妖), 사일적천궁(射日赤天弓)은 현존하는 사병기(射兵器) 중 최강을 논하는 신병이다.

요기(妖氣), 귀기(鬼氣), 시기(屍氣)를 비롯한 삿된 기운을 지닌 모든 요괴, 귀물, 귀신들에게 절대적인 위력을 지닌다고 알려졌다.

만들어진 재질은 불명이다.

대궁 규격으로 짐작되나 정확한 크기도 불명이다.

형태 가변에 대한 목격자가 있으나 진위 여부는 확인되지 않았다.

현재 사일적천궁의 주인은…… 중략.

한백무림서 병기편 제오장
궁시(弓矢) 중에서

이전이 추군마 진달을 발견한 바로 그때쯤이었다.

감숙(甘肅) 천수(天水) 부근의 이름 모를 바위산에서 까만 어둠을 찢는 빛이 나타났다. 환하게 주위를 밝히는 그 빛의 색은 백금색이었다.

보의가 머금은 빛은 심장 박동처럼 맥동하며 산과 바위의 그림자를 움직였다.

'또 장삼(長衫)을 태워먹었군.'

단운룡은 생각했다.

보의는 지나치게 눈에 띄었다. 내공이 조금만 주입되어도 일렁이는 빛을 냈다. 규산에서는 괜찮았지만 바깥세상에서는 입고 다니기가 만만치 않았다. 짙은 색 장삼을 겉에 둘러 가리고 다닐 수밖에 없었던 것이다.

보의의 빛은 기(氣)였다.

빛 자체의 기 소모는 미미했지만, 그래도 소모는 소모였다. 광신마체 뇌신의 발산형 뇌전이 그만큼 내공을 잡아먹었던 것처럼, 보의가 내는 빛이 밝으면 밝을수록 소모 내공도 커졌다. 낭비라는 것은 둘째 치고, 눈에 띄는 것도 꽤나 큰 문제인지라 발광력(發光力)을 억제하는 데에도 상당한 공을 들였다. 쉽지 않았다. 내공을 받아 빛을 내는 것은 천잠사의 근본적인 기저특질이었기 때문이었다.

천잠진결에 구결을 더하는 것으로 해결해야 했다. 미미한 성과가 있긴 했지만, 아직 멀었다. 특히나 광극의 오의를 담아서 이동할 때는 지금처럼 발광을 넘어 발화(發火)에 준하는 열기까지 내뿜었다. 발열 때문에 타버린 장삼만 벌써 세 번째였다.

아직은 완벽하게 깨우치지 못한 까닭에 원인도 완전히 파악하지 못했다. 다만, 열기가 신체 다른 부위나 속곳, 또는 신발에 아무런 영향을 미치지 않는 것을 보면, 잔여진기의 문제가 아니라 보의 자체가 선택적으로 장삼만 태워버린 것 같기도 했다. 마치 나를 그런 걸로 덮지 말라며 시위라도 하는 느낌이었다.

"그러다가 아버님의 비룡포마저 태워먹으면 곤란해."

혼잣말처럼 한 말이었다.

헌데, 보의가 즉각 반응했다. 진기를 운용하지도 않았는데, 일렁이는 빛이 흡정광구를 중심으로 부드럽게 퍼져나갔다. 단운룡이 설마하며 다시 입을 열었다.

"알아듣는 건가?"

흡정광구로부터 또 한 번 보의 전면으로 빛의 파도가 쳤다. 정말 알아들은 것이다.

괴(怪)라는 것은 아직 단운룡에게 미지의 무엇이었다.

괴에게 마음이란 것이 있는지는 알 수 없었다.

설사 있다 한들 그가 괴의 마음을 헤아린다는 게 간단한 일은 아닐 터였다. 그러나 어쩐지 단운룡은 천잠보의가 원하는 것이 무엇인지 알 수 있을 것 같았다.

천잠보의는 금상주 장인어른이 짠 비룡포를 원한다. 싸구려 장삼이 아니라 비룡포를 겉감으로 두르면 절대 태워먹지 않을 것이다. 그런 확신이 들었다.

"나중에 돌아가서."

흡정광구가 다시 한번 빛으로 답했다.

신기한 일이었다. 이 정도만으로도 어느 정도 의사소통이 될 수 있겠다.

단운룡은 장인어른의 비룡포를 마지막으로 봤던 날을 기억했다.

비룡포 겉감은 진즉에 대려고 했었다. 하지만 규산으로 다시 가겠다 마음먹었기에 침선(針線: 바느질)을 미뤘다.

그는 규산의 뇌격 수련이 어떤 것인지 너무 잘 알고 있었다. 그러니 보의를 입고 갈 때에도 차마 비룡포를 덧댈 수가 없었던 것이다.

그리고 단운룡은 규산 수련을 통해 보의의 통제권을 완전하게 획득했다.

비룡포를 댈 때가 왔다는 뜻이다.

그러나 지금은 아니었다. 단운룡은 오원으로 돌아가는 대신 움직임을 서두르고 있었다.

항산에 위타천이 나타났다는 전서를 보았다. 목적지는 그 항산이 아니었다.

물론 위타천의 출현은 중요한 사태지만 그에겐 먼저 가야 할 곳이 있었다.

단운룡은 생각했다.

의협이란 이름을 내걸고, 그 오랜 시간 무엇을 해 왔던가.

사부는 입정의협살문의 이름을 물려주지 않았다.

그것은 사부의 변덕이 아니었다.

유업을 물려줌으로써 과거의 원한에 휩쓸릴까 걱정해서도 아니다.

단운룡은 사부를 안다. 사부는 그렇게까지 배려심이 있는 분이 아니었다.

이제 와 깨닫는 이유는 너무나도 단순명백했다.

그저 자격이 없었을 뿐이다.

그는 입정의협의 이름을 짊어지기에 부족했다. 사부의 이름과 무공을 등에 업고서 너무나 내키는 대로 살아왔다.

많은 것을 깨우쳐 온 단운룡에겐 지금 위타천보다 다른 것이 더 중요했다.

그것은 그를 믿고 따라와 준 노괴의 염원이었다.

입정도 의협도 그의 싸움에 휘말려 스러져간 노괴를 생각하면 거창한 단어이기만 했다.

그는 제왕의 격보다 옆에 있는 사람을 먼저 챙겨야만 했다.

거기서부터다.

이제야 단운룡은, 진정 그가 세운 문파의 문주가 되어가고 있었던 것이다.

*   *   *

괴물은 강했다.

덩치가 큰 만큼 힘이 좋았다. 그러면서도 속도가 대단히 빨랐다.

보통의 무공 고수라면 당적하기 어렵겠다 싶었다.

입에서 내뿜는 독무(毒霧)가 특히 까다로웠다. 피해 범위가 넓고 유지 시간도 길었다. 퍼뜨리는 것뿐 아니라 집중사(集中射)까지 가능했다. 독 기운을 직선으로 내쏠 때는, 독검이 찔러 오는 것처럼 예리했다.

처음엔 당혹스러웠지만 싸우다 보니 익숙해졌다.

엽단평은 명경지수처럼 편안한 검으로 괴물에 대항했다.

괴물은 인외(人外)의 힘을 지녔지만, 엽단평은 그보다 더 엄청난 괴물을 상대했던 적이 있었다.

그것을 상대했다고 표현할 수 있을까 싶었지만, 그 순간에 불과했던 대치는 그에게 평생에 겪어본 적 없는 깨달음을 주었다.

염라는 그와 같았다.

강력한 고수 수십 명을 상대한 것, 그 이상의 경험이었다.

천외의 괴수와 맞서고서, 천운이 함께하여 목숨까지 부지했다. 그 순간을 곱씹고 곱씹으며 엽단평은 새로운 경지를 엿보았다. 거기 서 있는 스스로를 떠올리면 암담한 절망이 엄습하면서도 동시에 창천의 구름마냥 마음이 안정되었다.

그는 죽음과 맞섰지만 여실히 살아 있었다.

누구도 염라와 같지 않았다.

그래서는 그는 누구도 두렵지 않았다.

상대가 인간이 아닌 요괴라도 마찬가지였다. 심상으로 염라를 앞에 두자 괴물의 기운이 초라하게 느껴졌다.

괴물의 본능적인 쇄도는 막야흔보다 사납지 않았다. 요사스런 악의가 담긴 흉악한 독무도 효마의 독술보다 약해 보였다. 엽단평의 검이 하늘이 되자, 커다란 괴물은 땅을 기는 미물이 되었다.

쐐액! 콰앙!

괴물의 일격이 단단한 땅바닥을 부쉈다.

엽단평은 서두르지 않았다.

이전이 전권에서 사라진 것을 알았지만, 감지되는 위기감은 없었다. 이전이 그 스스로 생로를 찾아간 느낌이었다.

이전은 그가 일일이 뒤를 봐줘야만 하는 이가 아니었다. 차라리 손이 많이 가기로는 막야흔이 훨씬 더했다.

오랜만에 찾아온 청천의 순간을 전신에 각인하며 인간의 검을 펼쳤다. 청천대력이 실리지 않은 검으로 괴물의 눈앞을 어지럽혔다. 괴물이 멈칫거렸다. 미력한 내공만 실은 채 낭창낭창하게 휘어지는 검을 두고도 쉽사리 덤벼들지 못했다.

요괴가 가진 생존 본능이었다.

엽단평은 요괴들의 특성을 분명하게 깨달았다.

놈들은 무공을 익히지 않았으면서도, 생명을 위협하는 순간을 민감하게 알아채는 능력이 있었다. 감도가 야생의 짐승들보다도 훨씬 더 뛰어났다. 사람의 내공력에 해당하는 요력이 전신에 흐르고 있는 것도 알 수 있었다. 엽단평의 심안에는 세상을 채운 기의 맥동이 또렷하게 보였다. 내공과 비슷하면서도 다른 기이한 기(氣)가 요괴의 몸에 가득했다. 그 기는 사람의 내공운용이라도 되는 것처럼 요괴의 신체 각부를 누비는 중이었다.

"쿠아아아아!"

요괴가 조급함을 느낀 것처럼 괴성을 지르더니 저돌적으로 돌진해 왔다.

엽단평이 슬쩍 뒤로 물러나며 가볍게 검을 휘둘렀다.

스각!

요괴의 어깨 어림에서 피가 튀었다. 표피의 강도가 상당하지만 결을 따라 베면 충분히 상처를 입힐 수 있었다. 다만 근육이 아주 튼튼하고 반응 속도도 빨라서 치명상을 입히려면 아주 강력한 내공력이 필요해 보였다.

푸아아아악!

독무가 다시 한번 사위를 휩쓸었다.

엽단평은 느린 듯하면서도 빨랐다. 툭, 땅을 차는 것만으로 이미 독무 범위 바깥에 이르러 있었다. 그는 회피를 반복하며 강한 요수 귀물을 상대로 파악할 수 있는 것은 다 파악하려 했다.

그에 반해 순양궁 무공도사들은 힘겨운 싸움을 지속하고 있었다. 나름의 방식으로 버티고는 있었지만, 요괴들의 숫자가 너무 많았다. 이전을 쫓아 숲 쪽으로 들어갔던 가국들이 꽉꽉거리며 다시 몰려나오고 있었다.

눈을 가린다고 그 사실을 모를 엽단평이 아니었다.

그들을 도와주려면 눈앞의 괴물부터 서둘러 처치해야 했다. 그럼에도 엽단평은 여유를 부렸다. 괴물을 죽일 수 있음에도 죽이지 않았다. 이런 요괴들과 싸울 만한 괴사(怪事)가 앞으로도 계속될 것이란 예감이 들었기 때문이었다.

이전은 물었다.

귀신을 벨 수 있냐고.

엽단평은 대답하지 못했다. 베어본 적 없으니 당연했다.

그리고 엽단평은 그 순간 이전이 감추지 못했던 미지에 대한 두려움을 기억했다.

상대해 본 것과 그렇지 않은 것은 그토록 달랐다.

상대해 본 것을 말해주는 것과 그렇지 못한 것에도 큰 차이가 있었다.

염라와 맞서기 전의 그와, 만나고도 목숨을 부지한 그가 다른 것처럼, 이런 전투경험은 아주 중요했다. 이번 기회에 많이 알아가야 했다. 그 자신에게도, 청천각 문도들에게도, 나아가 의협비룡회 모든 문도들에게도 필요한 일이었다.

쐐액! 슈가각!

그가 이번엔 앞으로 나아가며 검을 내질렀다.

이번엔 제법 깊었다. 검격 순간에 공력을 발출하는데 기력의 저항이 느껴졌다. 정심한 내가고수에 못지않은 방어력이었다.

"으앗!!"

"사형! 부적이 다 떨어졌습니다!"

후방의 무공도사들이 급박한 목소리를 냈다. 마치 엽단평에게 들리라고 그러는 것 같았다.

엽단평은 그쪽으로 몸을 뺄 생각이 없었다.

그는 포공사 출신의 협객이며 의협비룡회에서도 집법의 상징인 청천각의 각주였다. 당장 죽게 생긴 상황이라면 당연히 인명을 구하는 것이 먼저였다.

그러나 무공도사들은 그 정도 위기에 처한 것이 아니었다. 충분히 자력으로 버틸 수 있었다.

게다가 그가 도와주지 않아도 될 만한 이유가 또 있었다.

파락! 파라라락!

멀리서부터 무복 옷깃이 날리는 소리가 들리기 시작했다.

그것이야말로 여태 여유를 부릴 수 있었던 진짜 이유였다.

진즉에 무인들이 오고 있음을 알았다. 오랜 폐안 수련의 결과, 엽단평의 초감각은 이능이라 불릴 만한 경지에 이르러 있었던 것이다.

쐐액!

파공음과 함께 굵은 직선 하나가 밤을 가르고 날아왔다.

콰직!

"꽈아악!"

날아온 것은 한 자루의 창이었다.

두꺼운 청색창대에 강철 창날이 원숭이 요괴 가국 두 마리를 한꺼번에 꿰뚫고 무너져 가는 건물 벽에 틀어박혔다.

대단한 위력의 투창술이었다.

"엇!"

무공도사들이 대경하여 경탄성을 뱉어냈다.

쐐애액! 쐐액!

화살처럼 한 자루의 창이 더 날아와 갈저 몸에 구멍을 뚫었다.

다섯 명의 무인이 담벼락 위를 달려왔다. 몸을 날려 땅으로 내려서는 신법공부가 몹시 간결하여 군더더기가 없었다. 다섯 중 두 무인의 기도가 특히 출중했다.

타닥!

선두에 선 자는 아주 강한 기도를 뿜고 있었다.

타고난 기운이 강성한 자다. 그가 몸을 날려 담벼락에 박힌 창대를 뽑아 들었다. 그가 든 창봉은 일반적인 창대보다 훨씬 굵었다.

"귀물들이 오늘은 유난히 극성이군!"

수염을 깔끔하게 길렀다. 목소리엔 패기가 있었다.

"캬악!"

갈저 한 마리가 괴성과 함께 달려들었다. 그가 두터운 창을 힘 있게 휘둘렀다.

콰직!

철봉으로 패듯이 때려서 짓눌렀다.

"케에엑!"

갈저의 척추가 구겨졌다. 일격에 제압당한 갈저가 땅바닥에 처박히며 듣기 싫은 소리를 냈다.

＊　　　　＊　　　　＊

그가 휙 몸을 돌려 땅에 박혀 있는 다른 창을 뽑아들었다. 그 창은 똑같이 창대가 푸른색이었지만, 굵기는 보통 창과 같았다. 그가 창을 휙 던졌다.

"제가 가져와도 됩니다만. 뭘 굳이."

뒤따라오던 남자가 던져주는 창을 부드럽게 비껴 받았다.

중년의 나이지만 조금 더 젊어 보였다. 수염은 기르지 않았으나 말끔히 정리되지 않아 까뭇까뭇 턱선이 거칠었다.

윗사람이 손수 창을 회수해 주는데도 말투는 딱히 공손하지 않았다. 예의를 모른다기보다는 둘 사이에 격의가 없다는 느낌이었다.

"얼른 얼른 오든지. 행동이 그리 굼떠서야."

"선두에 선 사형을 사제가 어찌 앞지르겠습니까. 앞에서 얼쩡대다가 불호령을 들을 텐데요."

굵은 창의 중년인이 피식 웃었다.

그가 달려드는 갈저 한 마리를 또 찔러 죽였다. 사제라는 이도 민활하게 창을 휘둘러 가국 두 마리를 물리쳤다. 뒤따라온 무인들은 모두 푸른 창대의 창을 들고 있었다. 그들이 달려가 무공도사 쪽을 도왔다.

"시양회 고인들이셨군요!"

"감사하외다! 덕분에 살았소!"

무공도사들이 반색하며 고맙다는 인사를 했다.

그렇다. 그들이 시양회다.

시양회는 산서의 여섯 패주인 일산오강 중 하나였다. 청색 창이라 불리는 독문병기로 유명한 창술문파로 이 평요고성을 근거지로 두고 있었다.

"그런데 저 검객은 누구냐?"

"그러게 말입니다. 저런 자가 산서에 있었습니까?"

"검을 쓰지만 태행방도로는 안 보이는데."

"태행방이었으면 진즉에 알았겠지요."

"지금 저 괴물의 이름이 뭐라고?"

"알유라 했습니다."

"저거 잡는다고 둘인가 필요했다지 않았었나?"

"봉의랑 관이가 덤볐다가 안 되어서 이(李) 사형까지 나섰었지요."

"뭐? 택원이가?"

"네."

"십삼창 셋이서 잡은 놈을 혼자서 저러고 있다고?"

"그게, 봉의가 경동하다 중독을 당해서……."

"그걸 핑계거리라고 하는 말이냐. 셋은 셋인 거다. 그래 놓고 둘이라고 보고를 해?"

"셋이 맞죠. 암요, 그렇습니다."

"허어, 저것 봐라. 대단한 검객이로고."

"호승심이라도 일어나신 겁니까?"

사형이 사제를 힐끗 노려보았다. 한심하다, 눈빛으로 말하고 있었다.

"너는 우리들 중 셋이랑 붙으면 어떨 것 같냐?"

"누굴 고르냐에 따라 다르겠죠. 사형이라도 껴 있으면 상대라도 되겠습니까?"

"밑에 셋 고르면 이길 수는 있고?"

"그건 해 봐야……."

"택원이, 봉의, 관이면?"

"……."

"그런데 저걸 보고 투지가 안 일어? 그러고도 무인이냐?"

사형은 사제를 질책했다. 두 사형제가 날카로운 시선으로 검객의 움직임을 눈에 담았다.

알유라는 괴물은 이미 피투성이였다. 한 번 더 검날에 상처를 입은 알유가 뒤로 물러나더니, 목울대를 울렁거리며 괴성을 냈다. 그런 괴물의 모습을 본 사형이 눈살을 찌푸리며 말했다.

"저거 위험한 거 아니냐?"

"어떤 미물이라도 최후의 발악은 항상 위험하죠. 하물며 저런 괴물은……."

사제의 말이 다 끝나기도 전에 알유라는 괴물이 입을 쩍 벌렸다.

울컥 뱃속의 모든 것을 토해내듯이 엄청난 독무가 뿜어져 나왔다.

이 독무는 이전 것들과 달랐다. 독기도 훨씬 더 강했고 범위가 넓었을 뿐 아니라 속도도 빨랐다.

시양회 고수들이 감탄한 검객, 엽단평은 달라지지 않았다.

단지 검날에 청천검기를 한껏 실었을 뿐이다.

우웅! 푸하학!

아래에서 위로. 청천대력검 종참격이 독무를 갈랐다. 검력, 검압, 검기가 최고조로 융합된 참격은 공기를 잠식해 오는 독력까지 쪼개버렸다.

독으로 가득 찬 공간에 안전한 길이 열렸다.

엽단평은 그 길 한가운데 고고한 기도를 드러내며 서 있었다. 알유의 인면이 일그러졌다. 사람 같은 얼굴을 지닌 그것은, 표정마저도 인간처럼 지었다. 그 얼굴에 떠오른 것은 경악이었다.

엽단평이 한 발 앞으로 나아갔다. 검격의 기세가 얼마나 강력했던지, 일렁이는 독무는 양쪽으로 퍼져나가며 엽단평의 앞을 침범하지 못했다.

그때였다.

"끼악! 끼아아아아아악!"

저 먼 곳 밤하늘에서부터 사람에게 본능적인 공포를 일으키는 비명성이 들려오기 시작했다.

먼저 반응한 것은 시양회 무인들이었다.

"이 소리는?!"

"그놈입니다!!"

"확실해?"

"네! 확실합니다!"

밤하늘 저편에 검은 그림자가 드리워졌다. 그림자는 아주 빠른 속도로 다가왔다. 그것은 거대한 날개를 지녔다. 내공을 지닌 자라면 확연히 느낄 수 있는 아주 불길한 기운을 내뿜고 있었다.

"끼아아아아아아악!"

그 소리는 목이 탁한 아이의 비명 소리 같기도 했고, 죽어가는 노파의 절규 같기도 했다. 몇 가지 목소리가 혼합된 것처럼 들렸기에 더 괴이했다.

"온다!"

시양회 고수 두 명의 얼굴에 긴장감이 어렸다. 동시에 아주 강력한 적개심이 깃들었다. 시양회 세 명의 창술 무인들은 그들과 달랐다. 일반 문도로 보이는 그들의 얼굴엔 두려움이 깃들어 있었다.

새로운 괴수의 출현에 두려움을 느낀 것은 사람들뿐이 아니었다. 갈저와 가국 등 비교적 작은 요괴들이 파다닥거리며 사방으로 흩어졌다. 아무것도 느끼지 못하는 것 같던 시체괴물 야구자들마저도 어기적거리며 어둠 속으로 몸을 감췄다.

"끼아아아악!"

괴성과 함께 놈이 당도했다.

퍼얼럭! 날개 소리가 장대했다. 하늘을 가르는 바람이 땅 밑까지 내려왔다.

괴수는 어둠을 업고 밤을 선회했다. 한쪽 날개 길이만도 일장을 넘어 보였다.

"저, 저, 저거! 사형!"

"구두조(九頭鳥)! 맞지?"

"네, 사형! 날개가 검은색인 것을 보니 귀차(鬼車)인 것 같습니다!"

"귀선급 요괴가 어째서!"

순양궁 무공도사들의 얼굴은 사색이 되어 있었다. 그들의 품속에서 쨍그랑 하는 소리가 울려 나왔다. 만수령 청동방울이 아예 부서지는 소리였다.

요괴의 급수를 따지는 방식은 지역이나 문파에 따라 여러 방식이 있었지만, 순양궁에서는 저런 괴수를 보고 특히 귀선(鬼仙)이라는 표현을 썼다. 귀선이란 급수는 다른 여타 도문들에서도 공통적으로 쓰는 명칭이었는데 대체로 일 갑자 육십 년에 한 번 출현할까 하는 강력한 요괴를 뜻했다.

"귀를 막고 명심주를 외워라. 더 가까이 오면 혼이 나간다!"

무공도사들은 일제히 귀를 막고 주저앉아 웅얼웅얼 주문을 읊기 시작했다. 몹시 겁먹고 웅크린 모습이었지만 그들은 그것을 창피해하지 않았다.

귀선급 요괴는 순양궁 궁주와 삼대술사 모두가 와도 당적할 수 없는 대괴수였다. 목숨을 부지하려면 귀차가 그들을 하찮게 여겨 그냥 지나가 주길 빌 수밖에 없었다.

한편 괴수의 강대한 힘을 느낀 것은 시양회 쪽도 마찬가지였다.

"요기(妖氣)가 엄청나군! 괴물은 괴물이로다!"

"그러니까 수양 사제와 관 사제가 당한 것이지요! 창술 무인들은 건물 안으로 피하라! 수치스럽다 느낄 것 없다! 어서!"

사형이란 자는 그런 괴수에게도 호승심을 느끼는지 굵은 창대를 힘주어 잡고 있었다.

괴수 귀차는 그들 위를 천천히 한 번 더 돌았다. 마치 사냥감을 고르는 맹금 같았다. 그러나 그 몸체는 독수리처럼 날렵하지 않았다. 묵직해 보이는 몸통에 두 다리가 산을 타는 짐승처럼 굵었다. 발과 발톱은 독수리의 그것과 비슷했지만 발톱의 크기와 날카로움은 비할 바가 아니었다. 마치 곡도 네 자루가 잘 벼려진 날을 세우고 있는 것 같았다.

퍼어얼럭!

마침내 귀차가 선회를 멈추었다. 머리는 부엉이처럼 생겼지만 양옆과 아래쪽으로 사람의 얼굴과 비슷한 귀면(鬼面) 여덟 개가 보였다. 머리 아홉 개의 열여덟 눈동자가 귀광을 내뿜었다.

"끼아아아악!"

이번 괴성은 사냥 직전 맹수의 포효 같았다.

펄럭!

귀차의 거체가 내리꽂혔다.

방향은.

엽단평 쪽이었다.

거대한 귀기의 쇄도를 느낀 엽단평이 빠르게 몸을 날렸다. 줄곧 여유롭던 그가 처음으로 다급하게 움직였다.

땅을 스치듯 몸을 낮추고 측면으로 몸을 피했다. 그쪽 땅엔 독무가 서려 있어 검날을 땅에 수직으로 세우고 대력횡참까지 전개했다.

화아아악!

검압으로 독기를 몰아내고 몸을 돌렸다.

귀차는 엽단평에게 날아들었으나, 엽단평의 회피가 한발 앞섰다. 귀차는 그 거대한 날개로도 방향 전환이 자유자재였다. 무공 고수처럼 신체를 꺾고 날개 중간을 비틀어 엽단평을 정면에 두었다.

그러나 이미 엽단평은 반격 준비 완료였다. 엽단평은 양손으로 잡은 검을 뒤로 돌린 채, 충천의 기세를 뿜고 있었다. 그는 진심이었다. 양수검으로 검자루를 휘어잡은 손에 모든 공력이 집중되었다.

귀차의 움직임이 멎었다.

귀차는 어떤 자연법칙의 영향조차 받지 않는 것처럼 날개를 펄럭거리지도 않은 채 잠시 공중에 멈춰 있었다, 엽단평의 힘을 가늠하기라도 하는 것 같았다. 이내, 귀차는 얼굴에 해당하는 머리통을 다른 쪽으로 돌렸다. 언뜻 보이는 귀면들이 기괴하게 비틀린 웃음 같은 것을 짓고 있었다.

"끼아아악!"

귀차가 짧게 괴성을 지르고는 갑자기 방향을 바꿔 엽단평에게서 멀어졌다. 귀차가 무시무시한 속도로 땅을 스치며 날았다. 흙먼지가 치솟고, 공기가 요동쳤다.

"키에에엑!"

급격한 쇄도 끝에 칼날 같은 발톱에 움켜잡힌 것은 놀랍게도 독무를 다 토해낸 채 움직임이 느려져 있었던 알유의 몸통이었다. 두 다리 여덟 개의 발톱이 알유의 몸통에 깊숙이 박혀 들었다.

펄럭!

귀차가 하늘로 떠올랐다.

올라간 귀차가 양 다리를 벌렸다. 그러자 알유가 찢어지는 괴성을 지르더니, 양쪽으로 두 토막이 나버렸다.

후두두둑!

하늘에서 요괴의 피가 쏟아졌다.

귀차는 조금 더 하늘 위로 올라갔다. 반 토막 중 꼬리 쪽을 내던지고는 다시 알유의 상체 쪽에 다시 한번 발톱을 박았다.

알유는 반쪽 남은 몸으로도 몸부림을 쳤다. 그래 봤자 발톱만 더 박혀들 뿐이었다.

콰드득!

알유는 또 한 번 반 토막이 났다. 앞다리 쪽이 너덜너덜하게 찢어지며 머리와 몸통이 분리되었다. 피가 비처럼 내렸다.

귀차가 날갯짓을 했다.

한 번 크게 위쪽을 선회하다가 한쪽을 향해 멀어져갔다.

무시무시한 순간이었다.

나타날 때부터 사라질 때까지 숨을 죽여야 하는 존재였다. 순양궁 무공도사들은 아직도 눈과 귀를 막은 채 주문을 외우고 있었다. 무너져 가는 건물 안쪽으로 몸을 피했던 시양회 창술 무인들이 하나둘 건물 밖으로 나왔다.

그럼에도 아직 투지를 잃지 않은 자가 있었다.

"쫓아가자!"

"……!"

시양회 고수 중 사형이란 자였다. 옆에 있던 사제, 기일승이 질린 표정을 지었다. 토는 달지 못했다. 그의 사형, 십삼창 이인자 항자료가 어떤 남자인지 너무나도 잘 알기 때문이었다.

항자료가 몸을 날렸다. 기일승이 어쩔 수 없다는 듯 그를 따랐다. 그러면서 시양회 무인들에게 말했다.

"너희는 본문으로 돌아가라! 귀차 위치는 고성 외곽 북쪽이다! 회주님께 오늘 일을 보고해!"

"네! 알겠습니다!"

항자료는 벌써 저 앞이다. 그는 언제나 용맹과 만용의 경계에서 춤추듯 창을 뿌리는 남자였다. 기일승이 고개를 설레설레 저으며 몸을 날렸다.

그리고, 또 한 남자가 그들과 같은 방향으로 땅을 박찼다.

엽단평이었다.

*　　　　　*　　　　　*

퍼뜩 정신을 차린 무공도사들은 주위의 위험이 모두 사라졌다는 사실을 깨닫고서 안도의 한숨을 내쉬었다.

그들이 두리번두리번 주위를 둘러보았다. 실력을 전혀 알아보지 못했던 죽립 검객도, 청색창 시양회 무인들도 보이지 않았다.

그래서 그들은 안도만 했을 뿐 아니라 횡재수를 느껴야 했다. 사방 천지에 요괴의 시체가 널려 있었다. 한 시진만 있으면 야구자들이 몰려와서 다 뜯어먹을 사체들이었지만 필요한 것을 챙길 시간은 그리 부족하지 않았다.

갈저의 송곳니와 야구자의 혓바닥은 술사들이 선호하는 요괴 부산물이었다. 가국의 머리통도 비싸게 팔 수 있었지만, 운반과 보존이 쉽지 않아 몇 개 가져가기 힘들 터였다.

중요한 것은 그런 잡다한 요괴들의 몸뚱이가 아니었다.

저 멀리에 묵직한 몸체 반 토막이 보였다. 하늘에서 떨어진 그것은 이미 죽은 사체임에도 요기가 풀풀 느껴졌다.

그것은 알유의 몸이었다. 인면이 있는 상체 쪽이면 더 좋았겠지만 몸통 절반만으로도 충분했다. 특히 알유의 뱃속 깊은 곳에는 맹독을 만들고 저장하는 독단(毒丹)이 있는 것으로 알려져 있었다.

중독을 피하면서 독단을 수습하는 것은 둘째 문제였다. 알유의 사체 일부라는 것만으로도 술사들에겐 천금의 가치가 있었다.

"문파가…… 의협비룡회라 했지."

"그렇습니다. 의협비룡회 엽단평 대협이라는 이름이셨습니다."

"우리가 재신(財神)을 몰라뵈었다. 참으로 부끄럽구나."

"재신일 뿐 아니라 검신으로도 보이던데요."

"그래, 그 말도 맞다."

두런두런 이야기하며 알유의 몸통을 살폈다. 독기가 은은하게 퍼져 나오고 있지만 피독단과 내공운용으로 어떻게든 될 것 같았다.

그들이 주위를 뛰어다니며 수레를 찾았다. 그냥 손으로 들고 옮길 크기가 아니었다. 마침내 어떻게 굴러는 갈 만한 물건을 발견했다. 좋아하고 있는데, 저쪽 하늘로부터 끔찍한 괴성이 들려왔다. 몇 번을 들어도 익숙해질 수 없는 소리였다.

"끼아아아아아악!"

귀차는 멀리 가지 않았던 것이다.

그들은 두려움에 가득 차 몸을 움츠리고 하늘을 보았다. 날개 소리는 들리지 않았다. 그래도 절대 방심할 수 없다. 요괴의 이빨 같은 잡품에 욕심 부릴 때가 아니다. 알유의 사체라도 들고 빨리 이곳에서 벗어나야 했다. 그들의 움직임이 그 어느 때보다 다급해졌다.

＊　　　＊　　　＊

퍼얼럭!

귀차는 길게 끄는 괴성을 내지르며 천천히 날았다. 마치 목적지가 있는 것 같았다.

동북쪽 숲 경계를 스치며 날더니 민가들 사이에서 더 속도를 줄였다. 날짐승의 속도가 아니었다. 네 발로 뛰는 들짐승보다도 느리게 날았다.

"실력 잘 봤소. 시양회의 항자료요."

"기일승이외다. 사형처럼 시양회 소속이오."

귀차를 쫓다 보니, 셋이 나란히 달리게 되었다. 통성명은 항자료가 시작했다.

"의협비룡회의 엽단평입니다."

엽단평은 예를 잃지 않고 공대했다. 항자료와 기일승은 그보다 최소 한 배분이 위였다. 공야천성의 제자라고 한다면 그의 배분이 한참 높아지지만 그와 막야혼은 공야천성에게 정식 배사지례를 올린 적이 없었다.

특히나 산서 시양회는 정문으로 분류되는 문파였다. 정파 무인을 만났을 때 나이에 맞는 언사를 취하는 것은 의협비룡회의 정파적 위상을 위해서라도 매우 중요한 일이었다. 주축 고수들이 대체로 그러한 격식에 둔감하다는 특징을 고려하면 그라도 그런 것을 지켜야 한다고 생각했다.

"처음 뵙겠소. 검기(劍技)가 실로 대단하시더이다."

"과찬이십니다. 시양회 십삼창의 명성은 익히 들어왔습니다."

항자료와 기일승은 의협비룡회라는 이름을 듣고, 똑같이 의아하다는 표정을 지었다. 강력한 검술만큼 이름난 문파 출신일 것이라 지레짐작했던 그들이었다. 그러나 의협비룡회는 그들이 스쳐 가며 들어본 적조차 없는 문파였다.

그래도 그들은 그런 의문을 입 밖으로 쉽게 내뱉지 않았다. 거침없는 성격과 달리 적어도 그들에겐 명문의 격이란 것이 있었다.

"혹시 그것은 폐안 수련의 일종인 거요?"

기일승은 돌려 물었다. 엽단평의 죽립은 알유와의 싸움 중에 날아가 없어진 상태였다. 엽단평이 대답했다.

"그렇습니다."

"폐안 수련으로 유명한 문파를 하나 아오. 포공사라고 들었소만."

"맞습니다. 포공사에서 검 쥐는 법을 배웠습니다."

엽단평은 숨김없이 답했다.

감출 일이 아니었다. 그것을 어떻게 받아들이냐는 것은 그의 몫이 아닌 저들의 몫일 뿐이었다.

"그럼 포공사 출신으로 의협비룡회의 식객으로 있는 것이오?"

기일승이 재차 물었다.

엽단평의 신상 내력이 어지간히도 궁금했던 모양이었다.

"식객은 아니고 정식 문도입니다. 각주 직책도 맡고 있지요."

"이제 보니 엽 각주셨구려. 각주는 어인 일로 여기까지 오신 거요?"

그는 엽단평을 부를 호칭이 생긴 것을 반기는 눈치였다.

엽단평을 대협이라 부르자니 장로급 연배인 그들에 비하여 너무 젊어 보였고, 정작 소협이라 부르자니 실력이 지나치게 출중했다.

각주는 그런 면에서 아주 적절한 호칭이었다. 어느 문파를 가도 높은 직위 하나 정도는 당연히 맡을 만한 무공을 지닌 자이기도 했다.

"문파의 어르신이 이곳에서 연락이 두절되었습니다."

"저런! 보았다시피 지금 고성은 엉망이오. 사람도 짐승도 아닌 것들이 밤마다 나타나서 이 난리를 피우고 있지. 처음엔 고작 한두 마리였는데, 이젠 무슨 마경(魔境)이라도 되는 것처럼 숫자가 급속도로 늘어나고 있소. 행방불명된 자들이 많을 거요. 우리가 파악하고 있는 것보다 훨씬 더."

"헌데, 여기 민가들을 보면 사람 사는 집이 제법 있습니다. 요괴들이 집을 습격하진 않습니까?"

이번엔 엽단평이 질문했다. 기일승은 엽단평의 솔직하고 담백한 됨됨이가 마음에 든 듯 한결 더 친절해진 어투로 대답했다.

"처음엔 종종 그런 일이 있었소만, 부적 몇 장만 대문에 붙여놔도 집 안까지는 침입하지 않더이다. 그건 그것대로 기이한 일이다만, 그나마 다행이었다오. 그런 대비책이라도 없었더라면 고성 전체에 대참사가 일어났을 거요."

"그렇군요."

궁금했던 점 한 가지가 더 풀렸다.

덩치가 커다란 범도 민가 안까지 들어와 사람을 물어 가는 일은 드물다. 그럴 능력이 없어서가 아니다. 맹수들은 높은 담도 어렵지 않게 뛰어넘을 수 있다. 나무로 만든 문이나 창문도 부수고 들어갈 힘이 충분했다.

그럼에도 짐승들은 집 안까지 들어오지 않았다. 그것은 힘의 문제가 아니라 영역의 문제였다. 대저 동물들이란 다른 동물의 체취가 진하게 나는 영역을 쉽사리 침범하려 들지 않는 법이었다.

엽단평이 지금껏 본 요괴들도, 지능이 짐승들 이상으로 보이진 않았다. 그렇다면 부적 같은 술법도구로 경계 표시를 하여 요괴들을 막는 것도 불가능한 일은 아니겠구나 싶었다.

"사제, 담소를 나눌 때가 아니다. 놈이 멈췄다."

항자료가 묵직한 목소리로 말했다.

많이 뛰어온 것도 아니다.

퍼얼럭 날갯짓 소리와 함께, 비명성 같은 울음소리가 작은 떨림으로 늘어졌다.

바로 저 앞에 있다. 항자료가 먼저 옆에 있는 담벼락 위로 올라섰다. 기일승과 엽단평도 몸을 날려 위로 올라왔다. 지붕들이 띄엄띄엄 보였다.

귀차라 불린 괴물은 항자료의 말처럼 완전히 멈춘 것은 아니었다. 날개를 간헐적으로 펄럭거리며 유독 하나의 집 주변을 계속 맴도는 중이었다. 마치 그 집이 목적지라도 되는 것 같았다. 발톱에 잡혀 있던 알유의 머리는 먹어치우기라도 했는지 없어진 상태였다.

"사제, 저것은 누구 집이냐? 왜 저 괴물이 저러고 있지?"

"그걸 제가 어찌 알겠습니까."

항자료가 창대를 다시 그러쥐었다.

그는 애써 엽단평에게 시선을 주지 않으려는 듯한 모습이었다. 더 중요한 목표가 저 앞에 있으니 승부욕을 잠시 접어두고 정신을 집중하려는 것이다.

항자료가 막 몸을 날려 앞쪽에 있는 지붕으로 내려설 때였다. 귀차가 맴도는 집 내원으로부터 화살이 하나 쏘아져 하늘 위로 올라왔다. 귀차를 노리고 쏜 모양인데 조준이 형편없었다.

화살이 하늘로 올라갔다가 힘없이 떨어져 내렸다. 불화살도 아닌 것이, 떨어지는 화살이 가느다란 연기를 끌고 있었다.

"무슨 짓을……?"

항자료가 눈살을 찌푸리며 몸을 날렸다. 저 집에 사냥꾼이라도 살고 있나 보다 했다. 어리석은 짓이었다. 어설픈 사냥꾼의 화살로 어찌할 수 있는 괴물이 아니었다.

그들이 속도를 올렸다.

지붕 몇 개만 넘으면 귀차를 바로 밑에서 올려볼 수 있는 거리였다.

쇄액!

화살 하나가 또다시 올라가는 것이 보였다.

바로 앞이다.

날아오르는 것을 고개를 들고 봐야 할 만큼 가깝다. 방금도 이상하다 싶었는데 역시 그냥 화살이 아니었다. 화살 깃대에 심지를 타고 오르는 불씨가 보였다. 머리에도 금속 촉이 달린 것이 아니라 둥근 주머니 같은 것이 붙어 있었다.

치익!

그것은 화살이 아니었다. 심지 끝까지 타고 오른 불씨가 둥근 주머니 속으로 파고들었다.

퍼어엉!

그것이 공중에서 폭발했다. 번쩍이는 섬광이 깜깜한 하늘을 수놓았다.

"끼아아아아아아아악!"

귀차가 무시무시한 괴성을 내질렀다.

그것은 고통 때문에 지르는 비명 같았다.

화살은 신호용 호시(嚆矢)가 아니었다. 명절에 하늘로 쏘아 터뜨리는 연화(煙火: 불꽃놀이 폭죽)였다.

쐐액! 퍼엉!

또 한 발이 올라와 터졌다.

연달아 터진 연화 불빛은 제법 강렬했다. 이름처럼 꽃을 피운 화광은 이 상황과 전혀 어울리지 않았지만, 그 빛이 귀차에게 미친 영향은 그야말로 놀라웠다.

"끼악! 끼아아아악!"

귀차는 괴로움을 느끼는 듯 혼란스럽게 날개를 퍼덕거리면서 몸부림을 쳤다. 공중에서 균형을 잃은 귀차가 땅으로 곤두박질치듯이 내려오더니 이내 날개를 활짝 펴고 다시 위쪽으로 날아올랐다.

"끄이아아아아아악!"

이번 괴성은 성질이 달랐다. 분노의 포효처럼 둔중하게 쏟아내더니, 날개를 홰쳐 더 높이 날아올라 남쪽으로 빠르게 멀어져갔다.

귀차는 그렇게 나타났을 때처럼 난데없이 사라졌다.

불빛을 본 귀차가 고통을 느꼈다. 그리고 도망치듯 먼 하늘로 날아갔다.

이 상황을 설명할 수 있는 것은 하나다.

연화로 귀차를 물리쳤다는 것이다.

남은 의문은 어떤 고인이 있어 귀차의 접근을 막았으며, 왜 귀차는 그 위를 맴돌았느냐는 것이다.

누가 어째서냐는 해답은 다른 곳에 있지 않다.

바로 그 집이다.

큰 장원은 아니지만 어느 정도 규모가 있는 가옥이었다. 항자료가 한달음에 달려가 문을 두드리며 소리쳤다.

"안에 계시오?"

항자료의 뒤에 기일승과 엽단평이 섰다.

안쪽에서 목소리가 들려왔다.

"오늘 손님이 많네! 아저씨! 한 명은 아저씨 일행 같아!"

목소리는 앳됐다.

그곳은, 이전이 홀린 듯이 들어갔던 바로 그 집이었다.

*   *   *

가장 반색을 한 것은 역시 이전이었다.

엽단평을 본 그가 다급히 말했다.

"진달 어르신이 여기 있습니다!"

표정은 밝았다. 집 안은 외부와 단절된 것처럼 다른 세상 같았지만 그렇기에 더 마음이 불편했던 이전이었다.

방금 전만 해도 거대한 괴물까지 나타나 무시무시한 비명 성을 내며 머리 위를 맴돌지 않았던가. 꼬마 아이가 건네준 연화시에 불을 붙여 하늘로 내쏜 이가 바로 이전이었다. 추군 마 어르신은 부르고 흔들어도 일어날 줄 몰랐고, 집 밖에는 요괴가 한 가득이었다.

괴상한 비명 소리에 마당으로 뛰어나갔더니 머리가 아홉 달린 거대한 괴조가 하늘 위를 날고 있었다. 연화를 터뜨리는 것으로 괴조는 자취를 감췄지만 언제 다시 찾아올지 몰랐다.

괴사를 연달아 겪고 있는 와중에 엽단평이 제 발로 찾아왔 다. 이전에겐 그야말로 천군만마가 따로 없었다.

"집 전체에 요사스런 기운이 잔뜩인데……!"

항자료의 얼굴은 찌푸려진 상태로 풀어질 줄을 몰랐다. 아 이를 보다가도 퍼뜩 움찔하며 고개를 획 돌리는데 누구의 그 림자조차 볼 수가 없었다.

"실로 이상하긴 합니다, 사형."

기일승의 두 눈에도 경계심이 가득했다.

"아이야, 집에 다른 사람은 없느냐?"

"다른 사람요? 에, 사람은 저만 있어요."

소년이 천진한 목소리로 답했다.

"혼자 사는 것이냐? 어른은 없고?"

"어른은 없어요."

"그럼 방금 연화는 누가 쏘았더냐?"

"저 아저씨요."

소년이 빙긋 웃으며 이전의 등을 가리켰다. 이전은 항자료와 기일승에게 눈길 한 번 주지 않은 채, 엽단평을 이끌고서 안채로 들어가고 있었다.

*   *   *

항자료가 이전을 불러 세우려 했지만 이미 이전은 안으로 들어간 뒤였다. 항자료가 고개를 설레설레 지으며 안채 쪽으로 성큼 걸어갔다. 기일승이 난감한 표정으로 따라가면서 소년에게 물었다.

"우리도 들어가도 되겠느냐?"

"네, 그럼요!"

정파는 정파다. 아무리 아이 혼자 있다 해도, 허락을 구하는 게 도리였다.

그에 비해 항자료는 성정이 급한 편이었다. 그가 반쯤 닫힌 안채 문으로 손을 뻗었다. 그러자 탁! 하고 안쪽에서부터 문이 닫혀 버렸다.

항자료의 눈썹이 꿈틀했다.

이번엔 손을 뻗어 밀자, 문이 휙 열려 헛손질을 했다.

웬 장난이냐 싶어 항자료가 눈을 부릅뜨고 안으로 들어갔다. 하지만 이전과 엽단평은 저기 있는 침상 앞에 서 있었다. 문을 열고 닫을 위치가 아니었다.

날카로운 눈빛으로 문 주위를 두리번거렸으나 아무도 없었다. 아니, 애초에 인기척 자체를 느끼지 못했다.

"아유, 무섭다고 숨은 게 언제라고 벌써 장난이야."

소년이 속삭이는 소리가 들렸다.

소년은 아무에게도 안 들릴 줄 알고 소리를 낮춘 것이겠지만 긴장한 채 공력을 한껏 일으키고 있는 항자료에게는 천둥처럼 큰 목소리였다.

"너……."

항자료가 소년을 돌아보며 뭐라 하려는데, 막 안으로 들어온 기일승이 그의 어깨를 잡고 그를 불렀다.

"사형."

"엉?"

"저거, 같은 증상 같은데요."

"뭐라고?"

"수양 사제랑 관 사제요."

항자료가 뭔 소리냐며 고개를 홱 돌렸다. 기일승은 침상 쪽을 가리키고 있었다.

항자료가 침상 쪽을 보았다. 침상 위엔 중년과 노년 사이 어디쯤에 있는 평범한 남자가 누워 있었다.

"이거 얼마나 된 건가?"

"아이 말로는 육 일째라고 합니다."

진달의 안색은 창백했다. 숨이 고르고 느렸다. 아주 깊은 잠에 빠진 것 같은 모습이었다.

"육 일?"

"짧지 않은 시간이죠."

엽단평의 반문에 이전이 답했다.

짧은 것이 아니라 긴 시간이었다. 아무것도 먹지 않은 보통 사람은 삼 일 만에도 탈진 지경에 이른다. 육 일 동안 잠만 잤다면 기력이 쇠하는 게 당연했다. 내가기공을 연마했기에 그나마 여유가 있다지만, 물도 안 먹고 잠만 잔다면 오래 버티지 못할 터였다.

그뿐이 아니었다.

엽단평은 진달의 기(氣)에 무언가 중요한 것이 결여되어 있음을 느꼈다. 그것은 이 사람을 진달이라 부를 수 있을까 의문이 들 정로도 핵심이 되는 무언가였다.

"혼(魂)이 나간 거라더군."

그것이 무엇인지는 항자료가 알려주었다. 기일승이 옆으로 다가오며 덧붙였다.

"그 괴물한테 당한 거라오."

"시양회 측에도 피해자가 있는 겁니까?"

엽단평이 차분한 목소리로 물었다. 기일승이 곧바로 고개를 끄덕이며 침중한 목소리로 대답했다.

"십삼창의 둘이 당했소이다."

"되돌릴 방법이 있습니까?"

"우리도 모르오. 그러니 이렇게 놈을 쫓아왔던 거 아니겠소."

항자료와 기일승의 표정에서 이미 대답을 예상했던 질문이었다. 십삼창이라는 일파의 주축고수들이 진달과 같은 상태가 되었다. 해결책은 아직 없다고 한다. 심각한 이야기다.

시양회는 나름 한 지역, 한 도시를 대표하는 문파다. 그런 시양회 십삼창의 일원, 지난바 무공이 상당할 것이다. 적어도 진달보다는 훨씬 더 공력이 깊다고 봐야 한다.

잘 연마된 내공 고수조차 혼백이 나간 상태로 만들 수 있다는 말이다. 요괴 귀차는 그만큼 위험했다.

대비책이 필요했다.

엽단평은 정면에서 진심으로 귀차와 대치해 보았다.

그 순간을 떠올렸다. 심안으로 본 귀차의 본신은 엄청나게 응축된 요기(妖氣)의 집합체였다. 그 안에는 아주아주 기분 나쁜 기운들도 있었고, 덜 거부감이 드는 기운들도 있었다. 아예 요기와 이질적인 기운도 느껴졌다.

그 기운들 어딘가에 해답이 있다고 생각했다.

귀차의 요기는 지극히 강력하지만 감당이 아예 안 될 정도로 두렵지는 않았다. 게다가 상대는 사람이 아니었다. 여러 사고를 일으키는 괴이한 짐승들은 고대로부터 일종의 자연재해처럼 여겨져 왔다. 그 혼자 일대일로 정정당당하게 싸워야 할 무인이 아니라는 말이다.

그는 앞으로의 싸움을 상상하며 항자료와 기일승의 기를 가늠했다. 내공공부가 고강했다. 이 둘만으로도 강력한 전력이 된다. 거기에 시양회 다른 창술 고수들이 더해지면 무력이 아쉽지만은 않을 것이다.

다만, 절대 간과할 수 없는 문제가 하나 있었다.

귀차가 날 수 있다는 점이었다.

검술과 창술 공부가 아무리 훌륭해도, 베고 찌르지 못하면 무용지물이었다. 전설 속 이기어검이라도 가능하다면 모를까, 날아다니는 요괴를 상대하는 것은 머릿속에서도 그림이 잘 그려지지 않았다.

엽단평이 다시 진달 쪽을 보았다. 눈이 가려져 있으므로 본다라는 표현에 어폐가 있긴 하지만, 실제 엽단평은 가려진 눈으로도 보는 것처럼 기를 감지할 수가 있었다.

미동도 없이 누워 있는 진달을 심상으로 떠올리자, 다른 또 한 사람의 마지막 모습이 마음을 스쳤다.

의협비룡회에서 날개 달린 괴물과 가장 잘 싸울 수 있는 이가 누구겠는가.

엽단평은 안타깝고, 아쉬웠다.

시위를 당기면 무엇이든 꿰뚫을 수 있었던 사람이다.

클클클, 연초 연기 흘려대며 긁어내던 웃음소리가 귓가에 생생했다.

천잠보의를 찾아 온 중원을 누비던 기억이 어제 같았다.

사일적천궁을 찾는 이 모험 또한 함께했으면 좋았을 텐데.

활을 쏘지 못한다 해도 상관없다.

괴물과의 싸움은 어떻게든 될 것이다.

단순히 이 싸움에 필요해서가 아니다.

엽단평은, 그저 궁노괴가 그리웠다.

*   *   *

날이 밝았다.

밤 동안 귀차는 다시 오지 않았다.

뜬눈으로 밤을 새는 것이 어려운 이들은 아니었지만, 모두들 피로도가 상당했다. 사람을 상대로 싸우는 게 아니라는 특수한 상황 때문인 것 같았다.

가장 먼저 잠든 것은, 고수들 사이에서도 태연하게 멀뚱거리던 소년이었다.

귀차가 물러간 지 얼마 되지 않았을 때 소년은 하품을 늘어지게 하고는 구석 침상으로 폴짝 올라가 잠이 들어버렸다.

소년은 날이 한참 밝아도 눈을 뜨지 않았다.

이전은 그게 또 걱정스러웠다. 혹시나 진달 같은 상태가 되었나 싶어 다가가서 어깨를 흔들어 보았다. 소년이 얼굴을 찌푸리고 더 잘래 하며 이불을 끌어당겼다. 멀쩡해 보였다.

시양회 고수 항자료는 의자 하나를 차지한 채 미동도 없이 앉아 있었다. 한 번씩 눈을 감고 긴 숨을 반복할 때엔 좌공으로 운기를 하는 것 같기도 했다.

반면 기일승은 항자료와 달리 바쁘게 움직였다. 집 밖으로 나갔다 들어온 것만 세 번이었다. 세 번째엔 청색창 무인들 다섯 명이 따라왔다. 그가 다섯한테 지시를 내렸다. 기일승은 아예 의자와 탁자를 놓고 자리를 잡았다. 무인들이 들락거리며 보고를 계속했다.

이전은 금장객잔에 다녀왔다.

객잔 주인은 퍼뜩 놀라며 크게 반가워했다. 살아와서 다행이라는 것이다. 진심 같았다. 짐을 다 챙겨 내려오며 여의각 대원들의 인상착의를 다시 말하고 간밤이나 아침에라도 오간 적이 없냐는 질문을 했다. 객잔 주인은 고개를 저으며 못 봤노라 말했다. 예상했던 답이지만 실망스러웠다.

이전은 돌아오는 길 내내, 간밤의 일을 곱씹었다.

대낮 거리의 전경은 또 느낌이 달랐다. 오가는 사람이 적고 발걸음이 다소 급해 보이긴 했다. 그래도 분명 사람 사는 동네가 맞았다. 밥 짓는 연기도 음식 냄새도 사람들의 목소리도 그러했다. 어젯밤 벌어졌던 요괴와의 격전이 현실이 아니라 악몽이었던 것처럼 낮의 가옥들과 골목길은 보통의 도시 같았다.

기분이 이상했다.

백성들의 여전한 일상에 위화감을 느꼈다. 그러면서 발길을 정안사 쪽으로 돌렸다.

정안사도 폐허가 된 모습이긴 했지만 낮에는 그다지 을씨년스러워 보이지 않았다. 지나가면서 절 안쪽으로 아미타불 읍을 하는 행인까지 있었다.

이전은 잠시 망설이다가 바스러져가는 현판 밑을 지나서 사원 안쪽으로 발을 옮겼다. 여의각이 남긴 다른 단서라도 찾을 수 있을까 싶어서였다. 요괴들의 사체가 어떻게 되어 있을지도 궁금했다.

정안사 내원은 여전한 폐허였다. 처음 이곳에 왔을 때와 다를 바가 없는 전경이었다.

그래서 순간 소름이 돋았다.

몹시 이상한 일이었다.

이곳엔 야구자의 시체들이 널브러져 있어야만 했다. 하지만 요괴들의 사체가 어느 곳에도 보이지 않았다. 마치 그들의 존재 자체가 지워지기라도 한 것 같았다.

요괴들이 있는 세상이란 원래 그런지도 모른다는 생각을 했다. 그들이 날뛰는 곳은 사람의 인식으로 가늠할 수가 없는 세계였다.

정신을 다잡고 주위를 둘러보았다.

아예 흔적이 없는 것은 아니었다. 검게 썩은 핏자국도 있고,

무인들의 발자국도 보였다.

잡초 사이에 반짝이는 것이 있어 다가가 보았다. 이전 자신이 밤에 던졌던 비도 한 자루가 거기 있었다.

비도를 품속에 챙겨 넣으며 생각했다. 악몽은 아니다. 분명한 현실이었다.

천천히 발을 옮기던 이전이 두 눈을 번쩍 떴다.

짐수레의 바퀴 자국이 보였다. 다시 차근차근 살피자 바퀴 자국을 의도적으로 지우려고 했던 흔적도 발견할 수 있었다. 그것은 요괴가 아닌 인간의 짓이었다. 누군가, 어떤 집단이 요괴 사체들을 수집해 간 것 같았다.

무공도사들은 요괴가 돈이 된다고 했다.

하지만 그들 셋이 남긴 흔적 같지는 않았다. 그들보다 훨씬 더 익숙하고 조직적이라는 느낌을 받았다. 몰래 무언가를 운반하는 분야에 있어서는 이전도 전문가 반열에 올라 있는 사람이었다. 은밀하나 최소 열 명 이상, 많은 인력이 동원된 것이 분명했다

꽤 철저한 자들이긴 했지만 요괴의 사체도 완전히 없어진 것은 아니었다.

구석진 그늘 한쪽에서 짐승의 앞다리 하나를 찾아냈다. 얼핏 이리나 들개의 발처럼 생겼으나, 털이 더 짧고 발톱도 길었다. 밤에 본 갈저의 앞발이었다. 잘린 단면은 무언가가 뜯어먹기라도 한 것처럼 지저분했다.

요괴의 사체를 없앤 것은 정체불명의 사람들만이 아니었다.

요괴 그들 스스로가 다른 요괴의 사체를 먹는 것 같았다. 보통 들짐승이 하룻밤 새 요괴들의 시체를 먹어치우는 것은 아무래도 상상이 되질 않았다. 더구나 이곳은 짐승이 많이 오갈 만한 곳도 아니었다. 들짐승들은 이런 민가들 한가운데까지 잘 들어오지 않는 법이었다.

내친김에 정안사 약사여래상도 한 번 더 살펴보았다. 아무것도 없었다. 이전은 미련 없이 불전에서 나왔다.

이전은 어젯밤 움직였던 경로를 그대로 되짚어 걸었다.

사람 발자국은 간밤 그들의 발자국밖에 없었다. 바퀴 자국도 보이지 않았다. 요괴 사체를 처리하는 자들은 여기까진 오지 않았거나, 또는 오지 못한 모양이었다.

얼핏 짐승의 그것으로 보이는 발자국들, 그러니까 요괴들의 발자국이 사방에 가득했다. 뭔가 묵직한 것을 끌고 간 흔적들도 많았다. 그 자국들은 대부분 대낮에도 어두운 벽림 숲을 향하고 있었다.

단순히 먹기 위해서인지 다른 이유가 있는지는 모르겠지만, 요괴들이 죽으면 벽림의 요괴들이 기어 나와 숲으로 끌고 들어가는 것 같았다. 흔적들이 그러했다.

바스락!

숲 근처 풀숲에서 작은 소리가 들렸다.

이전은 흠칫 놀라고는 스스로를 자책했다. 풀숲을 헤치고 나온 것은 조그마한 여우였다. 털은 흰색이었다. 얼핏 여우가 아니라 담비인가 싶었는데, 다시 보니 몸이 조금 길쭉한 여우가 맞는 것 같았다. 하얀 여우는 이전을 보고도 전혀 겁을 내지 않았다.

사박사박.

겁만 안 내는 것이 아니라 이전에게 다가오기까지 했다. 이전은 긴장했다. 중천에 태양이 밝았지만, 밤의 이곳은 인외의 마경이었다. 요괴일 수도 있었다.

손을 품에 넣자 비수자루가 손에 잡혔다. 여우는 발치까지 다가와 킁킁거리고 냄새를 맡았다. 그러고는 휙 몸을 돌려 다시 풀숲 쪽으로 쪼르르 달려갔다.

이전은 방심하지 않았다. 작은 동물의 접근에도 비수부터 준비한 것을 과하다 생각하지 않으려 했다.

그게 맞다.

그는 대단한 고수가 아니다. 이제 막 새로운 세상에 발을 디딘 탐험자와 같았다.

무엇이든 새로운 존재를 보면 가벼이 여기지 말아야 했다.

이전은 여우를 시야에 둔 채로 뒷걸음질을 쳤다.

하얀 여우는 아직도 풀숲 저편에 있었다. 귀를 쫑긋 세운 채, 목을 빼고서 이전이 그것을 바라보듯 이전을 바라보는 중이었다.

아무 일도 일어나지 않았다.

이전은 여우에게서 까마득하게 멀어져서 스스로를 바보 같다 느낄 때에 이르러서야 눈을 돌릴 수 있었다.

이전은 다시 몸을 돌려 지난밤을 걸었다.

알유가 나타났던 곳에는 땅과 풀이 거무죽죽하게 죽어가고 있었다. 원숭이 요괴 가국들이 쏟아져 나온 나무들도 보았다.

문득, 순양궁 무공도사들은 무사할까에 생각이 닿았다.

호감 가는 자들은 아니었지만, 변을 당했을 것 같지는 않았다. 의협비룡회에 워낙 뛰어난 인재들만 즐비하다 보니, 강호인들의 전반적인 수준을 망각할 때가 종종 있었다. 적당한 실력으로 적당히 자아도취 되어 적당히 무례한 자들이었다. 그래도 이전보다는 잘 싸웠다. 마냥 무시할 수만도 없는 이들이었다.

상념이 꼬리에 꼬리를 물고 이어졌다.

그러는 와중에 저 앞으로 소년의 집이 보이기 시작했다.

*   *   *

세상과 동떨어진 것 같았던 집이었다. 요괴한테 홀린 기분으로 들어선 집에는 진달이 있었다.

당연히 궁금한 게 많았다. 소년의 정체는 무엇인지, 왜 진달은 이렇게 되었는지, 소년은 진달을 어떻게 발견했는지, 진달은 어떻게 그 집에 오게 되었는지, 모두가 의문이었다.

이전은 여의각 대원이었다. 궁금한 것이 곧 분석해야 할 정보였다.

이전은 지난 밤, 진달을 발견한 직후, 두서없이 소년에게 질문을 했었다.

소년은 그런대로 순순히 답을 해줬다.

진달이 집에 왔을 땐 이미 잠에 빠져 있었다고 했다. 그리고 이전의 옷차림을 가리켰다. 이런 옷을 입은 아저씨 둘이 진달을 들쳐 업고 원숭이 요괴한테 쫓기고 있었다고 말했다. 여의각 대원들이었을 것이 분명했다.

벽림 앞을 헤매던 그들을 소년이 이끌어 집으로 데려왔다. 그들 역시 부상을 입고 있었던지라 이틀을 소년의 집에서 함께 지냈고, 몸을 추스르자마자 진달을 거기 둔 채 알아볼 것이 있다며 나가 버렸다. 그러고서 나흘이 지났다는 것이다.

진달이 왜 이렇게 된 건지 아냐고 물을 때, 하늘을 덮으며 귀차가 나타났다.

그 순간의 공포와 경악이 아직도 생생했다. 하지만 소년은 전혀 당황한 것처럼 보이지 않았다. 소년은 천진난만한 목소리로 진달이 그렇게 된 것이 그 괴물 때문이라 말했다. 그러면서 연화폭죽이 달린 화살을 들려주었다.

불빛을 본 귀차가 물러가고, 이전은 비로소 소년의 이름을 물었다.

소년의 이름은 현이라고 했다. 성은 말해주지 않았다. 가족에 대한 질문에도 대답을 피했다.

어느새 소년의 집 문 앞이다.

문을 두드리자, 타다닥 경쾌한 발소리와 함께 소년이 문을 열어주었다.

"왔어요?"

소년은 어딘지 기분이 좋아 보였다.

안으로 들어가서 새삼스럽게 집 안의 전경을 둘러보았다. 저 앞 의자엔 항자료가 앉아 있고, 기일승은 꽤 큰 서간까지 펼쳐가며 청색창 무인들과 두런두런 이야기를 하고 있었다.

이 집은 분명 이런 조그만 소년이 혼자서 건사할 수가 없는 크기였다.

정원은 관리가 잘 되어 있었고, 내원이나 건물들도 깨끗했다. 어른, 그것도 여럿의 손이 닿지 않고는 불가능한 일이었다. 집안일을 해주는 누군가가 반드시 있을 텐데, 그럼에도 천진해 보이는 소년의 얼굴에는 오랫동안 감춰진 그늘이 보였다.

이전은 그 그늘의 정체를 너무나도 잘 알았다.

그것은 외로움이었다. 많은 것을 혼자 해내야만 했던 아이들만 저런 표정을 짓는다. 아무래도 소년은 낯선 사람들이라도 집안에 북적거리는 것이 좋은 모양이었다.

"그런데, 애야."

"현."

"그래, 현아. 다른 어른들은 어디 계시니?"

"다른 어른들?"

"혼자 사는 것은 아니잖느냐."

"어른들은 없어요."

"언제부터?"

"쭉."

어느 정도 예상했던 대답이면서도 기이한 느낌을 받았다.

이 소년은 이전과 비슷하면서도 달랐다. 혼자 많은 것을 해결해 온 것 같지만 이전처럼 험하게 살지는 않았다. 외로움도 결이 좀 달랐다. 소년에겐 아무도 없지 않았다. 분명 누군가 함께 산다. 보호를 받으며 안락하게 살아온 티가 났다.

"밥은?"

"먹어야죠? 아저씨, 배고파요?"

어른도 없이 평소 끼니는 어떻게 해결하냐는 질문이었다. 소년, 현은 다르게 알아듣고 답했다. 현은 이전이 붙잡을 새도 없이 건물 한쪽으로 쪼르르 달려갔다. 성큼 뒤를 따르자 은은하게 불 피우는 냄새를 맡을 수 있었다.

아궁이엔 진즉에 장작불이 타고 있었다. 큰 솥에서 김이 모락모락 올라왔다. 현은 한쪽 바구니에서 채소들을 한 움큼 집더니 솥에다 던져 넣고 긴 죽저(竹箸)를 휘둘러 능숙하게 볶았다. 채소에 더해 건육과 장유(醬油)까지 집어넣고 휘젓자 꽤나 맛있을 것 같은 향이 퍼졌다. 현이 넓적한 그릇에 채소볶음을 담아 이전에게 건넸다. 이전이 잠자코 그것을 받아 들었다.

"다른 아저씨들도 먹어야겠죠?"

현의 질문에 잠깐 엽단평이 생각났다. 엽단평은 오래 굶은 진달의 몸에 손을 얹고 진기요상법을 시전하는 중이었다. 음식이야 언제든 챙겨드릴 수 있었다.

"굳이 해줄 필요까진 없을 것 같다만."

"그럼 이쪽에서 둘이 먹어요."

이전의 말에 현은 조금 실망한 눈치였다. 마치 자기가 만든 음식을 모두에게 맛보여주고 싶어 하는 것 같았다. 전형적인 산서식 주방 한쪽에 낮은 탁자와 나무둥지로 만든 의자가 있었다. 거기에 앉아 젓가락을 들었다. 볶음은 맛이 좋았다. 이 나이에 이 정도면 나중에 숙수(熟手: 요리사)를 해도 되겠다 싶었다.

"다른 아저씨들은 조금 무서워요. 아무것도 하지 않았는데 내가 뭘 잘못한 것처럼 대해요. 그래도 맛있는 걸 좀 드리면 괜찮아지지 않을까요?"

"글쎄다. 나도 저들을 잘 몰라서 말이지. 그래도 이건 참 맛있구나."

"그렇죠? 이모가 가르쳐 준 건데, 이모는 막상 음식을 잘 못했어요. 맛이 없었거든요."

"이모?"

"지금은 없어요. 그런데 아저씨는 어디서 왔어요? 우리랑 말투가 좀 달라요."

"멀리서 왔단다."

"멀리요? 얼마나 멀리요?"

"아주 멀리."

"태원부보다도요?"

"태원부보다 더."

"우와! 전 가 본 데가 없어요. 집 밖에 나다니기 시작한 지도 얼마 안 되었거든요. 저어기 북문 탑에도 못 가봤어요."

현은 재잘재잘 잘도 떠들었다.

말하는 걸 보면 심성도 밝고 착한 아이 같았다. 하지만 그 외엔 모든 것이 모호했다.

수많은 사람들을 만나 온 이전이지만, 이 현이라는 소년은 보면 볼수록 어떤 아이인지 잘 파악이 되질 않았다.

지금 이 짧은 대화만으로도 그렇다.

부모 이야기는 하지 않는다. 이모라는 가족에 대한 말이 처음 나왔지만 지금은 없다면서 말을 끊었다.

최근까지 집밖으로 나가본 적이 없다. 고성 북탑은 막 축조되는 성벽 위로 솟아 있어 바로 이 집 담벼락에만 올라도 커다랗게 보일 만큼 가까웠다. 요괴들이 들끓는 심야의 벽림 숲속은 뛰어다니면서 멀지도 않은 성벽에는 가본 적이 없다고 한다.

"앞으로 가보면 되지."

이전이 말했다. 현은 희미한 웃음으로 대답을 대신했다. 어딘지 쓸쓸함이 묻어나는 게 그 나이대 아이가 지을 만한 표정이 아니었다.

'대체…….'

해답을 얻었다 싶으면 그 위에 의문이 또 다른 얹어졌다. 이 소년은 기이했다. 아주 많이 이상했다. 머리에 뿔이 달린 강우보다도 비범하지 않을까 하는 생각마저 들었다.

그 와중에 사람이라고 배는 고팠나 보다.

이전은 순식간에 그릇을 다 비웠다. 그가 부엌 밖으로 나왔다. 해가 구름에 가려 대낮답지 않게 하늘이 어두웠다. 하늘만 우중충한 게 아니라 집 안 분위기도 바뀌어 있었다.

내내 앉아 있던 항자료가 위압적인 기세를 뿜으며 서 있는 것이 보였다. 항자료의 시선이 이전을 스쳐 막 그릇을 물에 담고 나오는 현에게 꽂혔다. 그의 눈빛은 아주 강렬했다. 현의 작은 몸을 단숨에 삼켜 버릴 것 같았다.

"아이야."

"네?"

기일승이 다가오며 현을 불렀다. 친절하게 들리는 목소리였지만, 눈빛은 그가 들고 다니는 청색창 창날처럼 예리했다.

"쭉 이 집에 살았던 것이냐?"

"네."

기일승의 질문에 현이 고개를 끄덕였다. 당연하다는 듯 짧게 답했지만 밝은 목소리는 아니었다. 원래 아이들은 어른들의 말투에 민감하다. 아무리 꾸며 말한다고 해도 그 안에 담긴 감정을 쉽게 알아챘다.

"주변에서 이 집을 뭐라 부르는지 알지?"

"네. 알아요."

"그럼 설명을 해 주렴. 왜 이 집이 귀신 사는 귀가(鬼家)라고 불리는지. 왜 이 집엔 부적 한 장, 축사경문 한 구절이 없는데도 요괴들이 들어올 수 없는지 말이다."

기일승과 시양회 창술무인들이 오전 내내 무엇을 하면서 수근거렸나 했더니, 이런 것을 알아보고 다녔던 모양이었다.

물론, 합리적인 의문인 것은 맞다. 이전 역시도 의아하게 생각했고, 해답을 구해 나가던 중이었다. 하지만 이렇게 추궁하는 것은 옳지 못했다. 특히나 이전에게 현은 생명의 은인이었다. 귀차가 머리 위에 나타났을 때를 떠올리면 이들 모두가 현에게 목숨 빚을 진 것일 수도 있었다.

이전이 한마디 하려는데, 현이 먼저 나서며 당차게 대답했다.

"사람들이 우리 집을 귀신집이라고 부르는 것은 그들이 그렇게 부르고 싶어서인 거구요. 요괴들이 우리 집에 들어오지 못하는 것은 가족들이 절 지켜줘서 그런 거예요."

"그래, 그것도 물어보고 싶었다. 부모님은 대체 어디 계시는 거냐."

"부모님은 돌아가셨어요."

현이 답했다. 기일승은 말문이 막혔다.

가족들이 지켜준다고 했다. 현은 한 치의 의심도 없는 어투로 말했다.

돌아가신 부모님의 영령이 자식을 보살핀다는 말은 미신으로 치부하기엔 너무나도 강력한 이야기였다.

기일승이 뒤쪽의 창술무인들을 돌아보았다. 창술무인들은 하나같이 무안해하는 표정이었다. 소년과 집에 심상치 않은 소문이 돌고 있었지만, 사실 지금 고성엔 그런 소문들이 한두 가지가 아니었다. 집 근처 연못에서 조금 큰 두꺼비 한 마리만 튀어나와도 괴물 이무기가 나타났다 할 판이었다. 저 집 꼬맹이가 좀 의심스럽다 하는 정도는 대단한 소문 축에도 들지 못했다.

"너도 밤에 무슨 일이 벌어지고 있는지 알 것이다. 그래서 우리가 많이 예민하였구나. 핍박하는 것처럼 들렸다면 미안하다."

"괜찮아요. 그럴 수 있어요."

정파 무인다운 사과를 어른스럽게 받아 넘겼다. 누가 봐도 대견해 보일 만한 모습이었다.

하지만 그렇게 인정하지 않는 이도 있었다.

"쉽게 넘길 일이 아니다, 사제야. 이 집엔 분명 괴이한 요기(妖氣)가 있다. 지금은 대낮이라 희미하다만, 그럼에도 한 번씩 짙어질 때가 있지. 게다가 그 흉악한 날짐승 요괴가 날아온 곳도 바로 이 집이다. 그만한 괴물이 여기로 왔다면 그럴 만한 이유가 있을 것이다."

"다른 이유가 있겠어요? 절 잡으러 왔나 보죠."

현이 당돌하게 들릴 만큼 태연하게 답했다.

이전이 새삼 현을 돌아보았다.

재차 삼차 느끼는 것이지만 이 아이는 정말 보통 아이가 아니었다. 항자료의 미간이 꿈틀 내 천(川) 자를 그렸다.

"그 괴물이 왜 너를 노린다는 말이냐?"

"그걸 왜 저에게 물으세요?"

"뭐라?"

"괴물이 왜 저에게 오는지는 괴물에게 물으셔야죠. 아저씨는 사냥꾼한테 쫓기는 사슴한테 너는 왜 쫓기고 있니, 라고 물으실 건가요?"

기일승에 이어 항자료까지 말문이 막혔다.

이전은 고수 둘을 앞에 두고 웃음을 터뜨리는 우를 범할 뻔했다. 항자료가 입술을 실룩거리더니, 홱 몸을 돌렸다.

그는 이곳 고성뿐 아니라 산서 전체에서도 명숙으로 대접받는 이였다. 소년에게 굳이 따지려 들자면 할 말이 얼마든지 있었으나, 그의 체면에 이런 꼬마와 말싸움을 벌일 수는 없는 일이었다. 그가 분기가 가득한 얼굴로 내내 앉아 있던 의자에 턱 하니 몸을 실었다. 팔짱을 끼고 눈을 질끈 감은 것이 자존심마저 상처 입은 것 같았다.

"아이야, 네 말재주가 실로 대단하구나. 그럼 이건 형장에게 묻겠소이다. 의협비룡회라 하셨지요?"

"그렇습니다."

"귀 문파의 무인들은 요괴들을 잡아 본 경험이 많소이까?"

"직접 본 것은 이번이 처음입니다."

"그럼 어제의 귀차 요괴는 어떻게 물리치신 것이오?"

역시나 추궁조가 다소 섞여 있다.

민감한 문제라는 것을 안다. 썩 기분 좋은 어투는 아니었지만 지금은 그런 걸로 대립각을 세울 때가 아니었다.

"구두조가 빛을 무서워한다는 이야기를 들은 적이 있습니다."

이전의 대답에 현이 퍼뜩 고개를 들고 그를 올려다보았다. 이전은 현을 더 곤란하게 만들고 싶지 않았다. 이전은 굳이 현을 마주 보며 확인하지 않아도 그 마음이 전해졌음을 알았다.

"우리도 구두조, 그러니까 귀차에 대해서는 열심히 찾아본 바 있소. 우리가 찾은 문헌에서는 오히려 귀차가 나타나면 불빛을 보고 찾아올 수 있으니 집 안의 불을 끄라고 되어 있었소만."

"어제 보시지 않았습니까? 그 정도 불 말고, 아주 밝은 빛이어야 합니다. 횃불 정도의 빛으로는 소용이 없습니다."

이전은 잘 모르는 세부적인 상황도 순간의 기지로 채울 수 있을 만큼 충분히 영리했다. 기일승이 마침내 납득하여 고개를 끄덕였다. 그리고 다음 질문을 했다.

"그러면, 귀차에 당해서 정신을 잃은 사람을 되돌릴 방법에 대해서는 혹 들은 바가 없으시오?"

"그건 간밤에 저희 엽 각주님이 되레 귀공께 여쭈었던 것 아닙니까. 그걸 알면 저희 어르신을 저대로 두진 않았겠지요."

"아니, 내가 말을 잘못했군. 그러니까, 왜 저렇게 된 것인지, 저게 회복될 수는 있는 건지, 뭐라도 아는 바가 없냐는 말요."

"안타깝게도 거기에 대해서는 잘 모르겠습니다."

"그럼, 애야, 너는 아는 게 좀 있느냐?"

잘 넘겼다고 생각했는데 역시 기일승은 날카로웠다. 기일승은 곧바로 현에게 화살을 돌렸다. 현은 순간 머뭇거렸다. 이전은 그런 현을 내려다보며 이 아이가 말은 다른 곳으로 잘 돌릴 줄 알아도, 아예 거짓말은 잘 못하는구나 생각했다.

"개……."

"개?"

"잘 모르겠어요. 개에 대한 이야기였는데……."

현이 말끝을 흐렸다.

기일승이 한 걸음 앞으로 오면서 몸을 숙였다.

"그런 것은 어디서 들은 것이냐. 뭐라도 편하게 이야기를 해 보거라."

허나, 무인의 눈빛과 몸집으로 가까이 다가온 기일승은 편안함과 거리가 멀었다. 오히려 위협적인 모습이었다.

"그게……."

현은 도움이라도 청하듯 눈을 굴렸다. 저 앞에 앉아 있던 항자료도 줄곧 귀를 기울이고 있었던 듯, 벌떡 일어난 상태였다.

"그건 저희가 말씀드리겠습니다."

현이 구하던 도움은 낭랑한 목소리와 함께 찾아왔다.

문이 열리고 한 무리의 무인들이 들어왔다. 숫자는 넷이었다. 목소리를 들을 때부터 이전의 눈은 휘둥그렇게 떠져 있었다.

*   *   *

찾아 들어온 이들의 하얀 무복은 너무나도 눈에 익었다. 바로 이전이 입고 있는 것과 똑같은 것이기 때문이었다.

"……!!"

요괴를 그만큼 봤으면 사람 보고 놀랄 일은 없을 거라 여겼건만, 이전은 진심으로 놀랐다.

"오랜만이야, 형."

선두에서 걸어 들어오는 이는 의협비룡회에 함께 몸담았던 동생, 이복이었다.

"어째서 네가……?"

"뭘 어째서야. 알잖아. 이번 일로 많은 사람들이 움직이고 있어."

이복은 젊었다. 젊은 게 아니라 어렸다.

최연소 정식 대원으로 능력을 인정받는다는 것은 일찍이 잘 알고 있었지만, 표정이며 몸짓에서 우러나오는 자신감은 친형도 감탄이 나올 만큼 그야말로 괄목상대였다.

"처음 뵙겠습니다. 의협비룡회 이복입니다."

이복과 뒤에 있는 여의각 대원들이 동시에 포권을 취했다. 연배가 가장 어린데도 통솔자 역할이 참으로 잘 어울렸다.

기일승이 이복을 보고 이전 쪽을 한 번 돌아보았다. 이름뿐 아니라 얼굴도 닮았다. 누가 봐도 형제 같았다. 기일승이 고개를 한번 끄덕이고는 이복에게 신분을 밝히며 화답했다.

"시양회 기일승이네."

"십삼창이셨군요. 대명은 익히 들어왔습니다."

이복의 언행은 완벽했다. 재능 있는 후기지수의 표본 같았다.

이복은 항자료와 그 옆에 다른 시양회 창술무인들을 향해서도 포권을 취했다. 이전은 친동생의 성장에 흡족함을 느끼면서도 뒤에 서 있는 세 명 여의각 대원들의 행색을 놓치지 않았다.

그들은 재기발랄한 이복과 달리 지치고 피폐해 보였다. 이전은 이들이 누구인지 금방 알아볼 수 있었다. 이들은 바로 이곳 평요고성 분타의 대원들이었다. 애써 담담한 신색을 유지하고 있지만, 거의 한계에 이른 것 같았다.

"하던 이야기나 계속해 보게."

"물론 그래야지요. 그 전에 저희 대원들이 좀 먼 길을 와서 좀 쉬어야 할 것 같습니다만."

기일승도 대원들의 지친 기색을 읽었는지 잠자코 옆으로 비켜서며 길을 내주었다. 이복을 제외한 대원들이 기다렸다는 듯 내원으로 들어왔다. 현이 쪼르르 달려가 한 명에게 아는

체를 했다.

"우 아저씨는 왜 안 왔어요? 괜찮은 거예요?"

"쉬라고 두고 왔다. 회복할 거야. 그보다 어르신은?"

"똑같아요. 아직."

기일승의 눈에 이채가 담겼다. 일어나 있던 항자료도 눈살을 찌푸린 채 그 모습을 지켜보았다.

"자, 그럼 구두조에 대해 말씀드리죠. 통칭 구두조라 불리는 괴물은 아주 강력한 대요괴입니다. 구두조에겐 여러 전설들이 있는데 고획조라는 변신형 요술 요괴가 유명합니다. 저희 문파 어르신을 습격한 구두조는 귀차(鬼車)라는 괴물로 구두조 중에서도 가장 위험한 요괴로 알려져 있습니다."

"그런 괴물이 또 있단 말인가?"

"그렇다고 합니다만, 근 이십 년 내 존재가 확인된 것은 이번 개체 하나뿐입니다."

"접촉자가 정신을 잃고 깨어나지 못하는 것은 왜 그런 거지?"

"그게 아마 단순 접촉 때문은 아닐 겁니다. 지근거리에서 귀명(鬼鳴)에 당할 경우 혼을 빼앗길 수 있다고 했습니다."

"혼을 빼앗기다니! 단순히 잠에 든 것이 아니라는 겐가?"

"그렇다고 들었습니다."

"혼을 되찾는 방법은?"

"간단합니다."

이복이 잠시 말을 멈추었다. 그가 좌중을 한번 둘러보고 말을 이었다.

"귀차를 죽이면 됩니다."

"……!"

정적이 흘렀다.

항자료나 기일승이나 괴물을 쫓아서 이곳에 오긴 했지만, 그것은 사태가 왜 이 지경에 이르렀는지 파악이라도 해보려는 의도가 강했다.

어쨌든 사람에게 해악을 끼치는 괴물이니 물리쳐야 하는 것은 맞다. 헌데 막상 그것을 죽여야 한다는 결론이 나오자 난감함이 앞섰다.

그 날개 달린 괴수를 무슨 수로 죽인단 말인가.

항자료와 기일승은 고수다.

전 중원에 이름을 날릴 정도는 아니었지만, 눈앞의 상대가 어느 정도 힘을 가졌는지 파악할 만한 실력 정도는 된다.

귀차라는 괴수는 사람으로 치자면 대적 불가의 고수라 할 수 있다. 인간의 무공기예처럼 정교한 초식을 구사하는 것은 아니었지만, 측량불가의 공력과 힘을 지닌 마인(魔人)인 데다 가 하늘을 날아다닌다고 하면 얼추 설명이 될 것이다.

다시 말해, 싸워서 죽이는 게 불가능한 상대라는 뜻이다. 기일승은 불가능을 이야기하는 이복의 얼굴에서 다른 방법이 있음을 직감했다. 절망을 말하는 표정이 아니었기 때문이었다.

"죽이는 것 외엔?"

"그게 가장 확실하지만 아마도 가능성이 희박하겠죠. 다른 방법도 어려운 건 마찬가지입니다. 일단 궁수(弓手)들을 구해야 합니다. 부적을 다루는 도사가 있으면 좋고요. 더불어 개의 피가 필요합니다."

"뭐라? 개의 피라니?"

"귀차의 머리 부위엔 부리가 달린 새의 머리 외에도 여덟 개의 얼굴이 있답니다. 그래서 구두조라 불리는 거겠죠. 그 얼굴들은 인면에 가까운 기괴한 형태인데요, 각각의 얼굴 생김은 영혼을 빼앗은 대상자들과 닮아진답니다. 이 인면들의 눈과 입은 보고 먹는 기능을 온전히 갖고 있다 하는데요, 개의 피로 적은 환혼부를 인면에 붙이거나 개의 피를 그 인면의 입에 넣을 수 있다면 귀차가 빼앗았던 영혼이 풀려 나와 원주인에게로 돌아간다 하더군요. 다만 풀려난 혼이 돌아오려면 육신이 가까이에 있어야 한다 들었습니다."

"……"

이번엔 또 다른 의미에서 정적이 이어졌다.

죽이자는 것보다 더 황당한 이야기다. 항자료와 기일승은 천생 무인이었기에 작금의 요괴 사태를 일상으로 받아들이는 데에도 시일이 걸렸던 바다. 그런데 구두조의 영혼 강탈과 부적술에 개의 피까지 나왔다.

당연히 이해 범주 밖이다. 말을 잇지 못할 만도 했다.

"자네, 혹시 그건 어디서 들은 이야긴가?"

"무릇 진짜 술력이 높은 도사들은 속세에 머무는 일이 드문 법입니다. 다만, 회천도사라고 예외인 분이 한 분 계시지요. 어렵게 수소문을 하여 가르침을 청했습니다."

마찬가지였다

항자료와 기일승은 무공이 높은 고수는 줄줄이 꿸 수 있어도 고명한 술사는 알지 못했다. 기일승이 창술무인들을 불러모았다.

이 멀끔한 젊은이는 제법 설득력 있는 화법을 지녔지만, 내용이 워낙 기오막측한지라 덜컥 믿고 행동하기가 쉽지 않았다. 확인 절차가 있어야 했다.

"회천도사라는 이에 대해 알아보아라."

"네."

"이 소협은 이런 내 처사가 과하다고 불쾌해하지 말게. 아무 근거 없이 따르기엔 만만치 않은 이야기일세.

"이해합니다."

"너는 어서 나가거라. 벌써 정오가 지났으니, 부적을 다룰 줄 아는 도사나 불승도 서둘러 수소문하고."

"알겠습니다!"

"권이는 가서 회주께 이 이야기를 고하고, 본 회에 있는 십삼 중 누구라도 보내 달라 하거라."

"네!"

"너는 서문으로 가서 한이에게 상황을 전하라. 한이가 활을 좀 쓴다. 고성에서 활 잘 쏘는 이들을 어지간히 알고 있을 테니, 실력 있는 궁사들을 모아 오도록 전하라."

"그리하겠습니다!"

창술무인들이 달려 나갔다.

이복의 말을 믿든, 믿지 못하든, 지원이 필요한 것은 사실이었다.

상대가 요괴이니 술사가 있으면 좋을 것이오, 고수의 손은 하나라도 더 필요했다. 귀차가 하늘을 나는 괴물인 만큼, 궁수가 필요하다는 것도 충분히 일리가 있었다.

"개의 피는요?"

잠자코 있던 이복이 물었다. 기일승이 이복을 잠시 바라보았다. 망설이는 기색이 역력했다.

이복이 선수 치듯 말을 이었다.

"고성 남쪽 들판에 생긴 들개 무리가 민가에 막심한 피해를 입히고 있다 들었습니다. 요괴들이 주로 벽림으로부터 많이 출몰하기 때문에 그쪽은 요괴보다 들개들이 훨씬 더 큰 문제라지요. 무인들을 좀 지원해 주시면 제가 가서 들개 피를 구해 오겠습니다."

이복은 사전조사가 아주 철저했다.

해수구제(害獸驅除)라는 명분까지 내세우니, 정파 무인으로 거절할 도리가 없었다.

"알겠네. 반이 너는 이 소협과 본 회에 들려 무인들을 이끌고 남쪽 들판에 다녀오너라."

"명을 받들겠습니다."

기일승은 융통성과 결단력이 동시에 있었다. 일단 마음을 먹자 시원하게 명령을 내렸다. 이복이 이전을 바라보며 말했다.

"그럼 바로 가죠. 형, 자세한 이야기는 좀 있다가 하자."

이복은 대답도 기다리지 않고 몸을 돌려 대문을 나섰다.

이전은 그런 동생을 보면서 자책감마저 느꼈다.

그도 예전 임무에선 그러했다. 한정된 조건하에 많은 것을 계산하면서 능동적으로 위기를 돌파했다. 그게 진짜 여의각이다. 지금 이복의 모습이 그와 같았다.

스스로도 인식하지 못한 사이에 안이해졌다. 엽단평에게 의지했기 때문이다.

마음을 다시 한번 가다듬었다. 그도 뭔가 할 일이 있을 것이다. 이전의 눈이 전처럼 빛나기 시작했다.

*   *   *

무인들이 속속 모여들었다.

푸른색 창을 들고 집 안으로 들어온 무인들 중에는 기량이 거의 기일승에 준해 보이는 이들이 있었다. 그들이 바로 시양회 십삼창 창수들이었다.

항자료, 기일승, 이택원, 모영훈, 문한, 십삼창의 다섯 명이 한 자리에 섰다.

십삼창이라 해도 모두가 같은 무력을 가진 것이 아니었다. 이 다섯은 열셋 중에서도 상위 무력에 속하는 이들이었다. 즉, 이 평요고성에 거하는 고수들 거의 절반에 해당하는 전력이 모인 것이라 해도 과언이 아니었다.

십삼창 중 이택원이란 이는 청색창의 길이가 다른 이들의 한 배 반에 이를 만큼 길었다. 거의 기병 방어용 장창 길이에 준했다. 뿜어내는 기세가 기일승 이상이었다.

모영훈은 비교적 젊은 편으로 얼굴이 잘생긴 편이었고 기운이 잔잔했다. 십삼창 중 가장 정교한 초식을 구사한다고 하였다.

마지막 문한이란 이는 청색창 외에도 한쪽 어깨에 철제 강궁을 둘러매고 있었다. 내공고수가 아니면 시위도 걸기 힘들 것 같은 대궁이었다. 그의 곁에서는 고성에서 가장 활을 잘 쏜다는 궁수 여섯 명이 자유분방하게 앉아서 각자의 활과 화살을 손질하는 중이었다. 그중 두 명은 관아에서 왔는지 병사용 갑옷을 갖춰 입고 있었다.

시양회의 수소문 끝에 부적술에 능하다는 도사들이 불려왔다. 그들을 본 항자료는 못마땅한 표정을 숨기지 않았다. 실력이 미덥잖아 보였기 때문이었다. 그들은 다름 아닌 순양궁 무공도사들이었다. 엽단평과 이전은 나름 반갑게 인사했고, 무공도사들은 엽단평과 그를 보고 무안해했다. 고수들이 즐비한 장내 분위기에 셋째 동순은 그냥 돌아가자는 말까지 했다. 첫인상은 좋지 않았지만 이전은 이 우연한 인연도 참 범상치 않구나 생각했다.

통성명은 간단히 했다.

십삼창이야 어차피 한 식구였고, 그들이 관심을 보일 만한 고수라고는 엽단평 한 명밖에 없었다. 나름 한 지역을 대표하는 십삼창 입장에서 이전과 이복, 그리고 무공도사들을 비롯한 다른 이들은 눈에 찰 실력이 못 되었다.

날이 저물고 있었다.

꽤 넓은 집이지만 그 정도 인원이 모이자 좁게 느껴졌다. 항자료와 기일승이 무인들을 불러 모았다. 회천도사에 대해 알아본 창술무인들은, 사천을 비롯한 중원 서부에 명성이 자자한 도사라는 정보를 들고 왔다. 명성과 실력이 무조건 비례하는 것은 아니라지만, 신뢰도가 다소 올라간 것은 사실이었다.

"회천진인은 도력이 대단한 분이라 알려져 있습니다."

무공도사들도 같은 말을 했다.

이복이 했던 이야기를 그대로 전해들은 그들은 고개를 주억거리며 자기들이 아는 바를 덧붙여 말했다.

"아, 견혈이라… 그럴 수 있겠습니다."

"사형, 그 이야기 아닙니까? 개한테 물어 뜯겼다는 거요."

"맞네, 맞아. 그러니까 원래 구두조는 머리가 아홉 개가 아니라 열 개였다고 하지요. 헌데 하늘을 나는 천견(天犬)이 머리 하나를 물어뜯어서, 완전했던 십두조가 구두조 요괴로 변했다는 전설이 있습니다. 이런 요괴설화는 항상 그 안에 요괴를 물리칠 방법이 있다 하였지요. 실제로 견혈부적이 고획조를 쫓는 데 쓰였다고 들은 적이 있습니다."

무공도사들은 곧바로 들통을 찾고 물을 구해온다 부산을 떨더니 단숨에 목욕재계를 하고 모여 앉아 주문을 외우며 부적을 만들기 시작했다. 주사와 들개 피를 섞어 괴황지에 환혼부를 쉴 새 없이 그려냈다.

시양회 십삼창 무인들은 차곡차곡 쌓이는 부적들을 진지한 눈으로 바라보았다. 불과 일 년 전 만해도 코웃음을 치며 괄시했을 물건들이었다.

하지만 세상이 변했다. 근 몇 달 동안 십삼창은 요괴들을 수도 없이 보았다. 사람과 무공을 겨뤄본 게 언제인가 싶을 정도였다.

"벽사부(辟邪符)와 사마제압부(邪魔制壓符)도 같이 쓰겠습니다."

무공도사의 말에 아무도 토를 달지 않았다.

피로 그린 괴황지 부적들을 보고 있자니 새 병장기가 늘어나는 것처럼 든든했다. 십삼창은 그들이 자랑하는 창날만큼 부적이 유용한 경우를 많이 보았다. 그래서 항자료를 제외한 모두는 거부감 없이 부적을 받아 품속에 넣었다. 젊고 잘생긴 모영훈은 아예 창날 바로 밑에 부적을 감싸 붙였다.

"그거 괜찮아요, 사형?"

십삼창 문한이 물었다.

"쓸 만하더라."

모영훈이 답했다. 모영훈은 성정이 진중하여 허튼 말을 하는 이가 아니었다. 문한이 오호라 경탄성을 내뱉으며 똑같이 부적을 받아 창대에 감았다. 그리고 들고 있는 강궁에도 부적을 붙였다.

그들에겐 부적은 이미 미신이 아니었다. 부적을 잘 붙이면 덩치 큰 요괴도 가택에 침입하지 않았다. 성벽 내부에는 석조 건물이 많았지만, 외곽 민가들은 담도 낮고 나무문에 초가도 흔했다. 갈저 정도만 해도 충분히 담을 넘어 집 안까지 들어올 수 있을 정도였다.

시양회의 전력에는 한계가 있었다.

관군도 마찬가지였다.

그들의 창이 못 지키는 집을 부적 몇 장이 지켜줬다. 게다가 순양궁 부적은 효력이 영험하기로 유명했다. 조사해 본 바이 무공도사들은 실력 고하에 관계없이 순양궁 직전 제자임이 분명했다. 그러므로 이 부적들은 사실 상당히 귀한 물건이라 할 수 있었다.

부적들을 이번엔 궁수들의 화살에 매달았다.

창대는 굵어서 감싸 붙여도 주문이 망가지지 않았지만, 화살은 얇아서 주서(呪書)가 온전하게 유지되질 않았다. 그렇다고 화살대에 끈으로 묶어 매달자니 펄럭이는 괴황지가 시위에 걸려 제대로 쏘기에 어려움이 있었다.

무공도사들은 급히 더 좁고 얇은 부적들을 새로 만들었다. 몇 장을 찢어먹고 붙이길 반복한 후에야 화살대에 감싸 붙여도 그런대로 주력(呪力)이 유지되는 부적을 완성할 수 있었다.

부적시(符籍矢), 주술화살들이 화살통에 담겼다.

화살까지 마무리한 무공도사들은 축사문(逐邪文) 한 구절 없이 잘도 버틴 집이다 중얼거리면서 새로 만든 부적들을 앞, 뒷문과 담장에 빙 둘러 붙였다.

그걸로 부적 준비는 끝이 났다.

＊　　　　＊　　　　＊

시간은 빠르게 흘렀다.

날이 어둑어둑해질 때쯤, 마차 하나와 수레 한 대가 도착했다. 마차에는 진달처럼 정신을 잃은 십삼창 서수양과 허관이 실려 있었다. 항자료와 문한은 끝까지 미심쩍어했지만 의식을 되찾을 수 있다는데 작은 가능성이라도 놓칠 수는 없는 일이었다.

마차와 함께 온 수레 안에는 연화 폭죽들이 하나 가득 담겨 있었다.

그들은 그렇게 만전을 기했다.

소년 현은 그런 모습을 다소 상기된 얼굴로 바라보고 있었다. 비장하지만 활기차게 움직이는 무인들은 열정적이고 역동적이어서 충분히 보기에 좋았다. 현은 그렇게 사람 구경을 했다. 어린 소년답지 않게 복잡한 눈빛을 하고 있었지만, 대체로 표정은 밝은 편이었다.

　"형."

　"그래."

　"상태 별로네. 직접 싸우기라도 한 거야?"

　"별수 있나."

　이복은 뒤뜰에서 이전을 만났다.

　이전에게 핀잔을 준 이복은 되레 제 몰골이 엉망이었다. 흙먼지를 다 뒤집어쓴 것이 낮에 막 들어왔을 때와 딴판이다. 반나절 만에 들개들을 잡아오느라 고초를 제법 겪은 듯했다.

　이전은 이복에게 대답하며 담벼락 구석으로 갔다. 이복은 영리했다. 잠자코 따라오며 주위를 둘러보았다.

　"저번이나 이번이나 정말 대단해, 형도."

　"대단은 무슨. 상황을 통제하긴커녕 계속 끌려다니고만 있는데."

　"뭔 소리야. 이번 일로 북부 무림 모든 분타의 대원들이 동원되었어. 그 중심에 형이 있는 거야. 여의각 어떤 대원도 형처럼은 못 해."

　"객쩍은 소리 말고."

이전의 목소리가 한껏 낮아졌다. 거의 속삭이는 것처럼 들릴 정도였다.

"그보다 너. 가장 중요한 이야기를 빼먹었더라."

"아아, 그거, 역시 눈치챘구나."

둘 다 아직 전음입밀의 고위 비술은 쓸 수 없었지만, 고수들도 쉽게 엿듣지 못할 정도까진 음성 조절이 가능했다. 이전이 미간을 좁히며 물었다.

"그 애지?"

그 질문은 아주 중요했다. 이복이 고개를 끄덕였다.

"확실해?"

"그걸 왜 나한테 물어. 직접 본 건 형이잖아."

"……"

"그리고, 대원들이 그러던데. 걔, 귀신 본다고."

이전은 이복의 말에 놀라지 않았다. 어느 정도는 짐작한 일이었기 때문이었다.

"…보기만 하는 게 아닐 거다. 말도 하는 거 같아. 대화를."

"응, 그 이야기도 했어."

"네가 보기엔?"

"난 모르겠어. 그냥 평범한 애 같아. 등이 좀 굽은 거 말고는."

"그래, 아예 잘못짚은 걸 수도 있지."

이전이 잠시 말을 멈추었다. 그의 사고가 민활하게 돌아갔다. 생각을 정리한 이전이 다시 말을 이었다.

"귀차가 왜 이 집으로 오는지는 어떻게 설명하는 게 좋을까."

"설명해야 해?"

"누군가는 의문을 가질 거야. 적당한 이유가 필요해."

"형, 우리도 걔라는 걸 확신하지 못하잖아."

"맞으면?"

"맞으면 빼돌려야지."

"빼돌리는 게 다가 아냐. 보호도 해야 해."

"필멸자라 가정하고 움직이자?"

"그게 안전하니까."

그렇다.

필멸자는 존재 그 자체로 귀신과 요괴를 끌어들인다고 했다. 그것으로 고성에 요괴가 들끓는 것이, 귀차가 이 집으로 날아온 것이 설명이 된다.

현이 바로 그 인혼력의 화신인 필멸자다. 이전이 내린 결론은 그러했다.

"필멸자가 아니면?"

"애잖아, 그래도 보호해야지."

이전의 말이 이복이 피식 웃었다. 목소리도 다시 평소처럼 커졌다.

"형, 어째 옛날 생각난다."

"그렇게 옛날도 아냐."

형제는 의협비룡회에 몸담기 전, 적벽 암무회전 도박판에서 많은 일들을 했었다. 노예로 팔려가는 아이들을 빼돌려 자유를 주는 것도 그중 하나였다. 딱히 대단한 의협심에서 비롯된 것이 아니라 어쩌다 한 번씩 즉흥적으로 이루어졌던 어설픈 선행이었지만, 그것은 그 시절 그나마 유일하게 좋은 기억으로 남아 있는 일이라 할 수 있었다.

"가자. 해가 졌다."

이전이 성큼 다시 내원 쪽으로 발을 옮겼다. 싸울 준비는 거의 마무리 단계였다.

내원 마당엔 십삼창 고수들이 창대를 쥐고 있었다. 잘 가려 뽑은 시양회 일반 창술무인들 열 명이 두 줄로 늘어섰다. 궁수 여섯 명은 각자의 활을 내린 채로 시위에 부적화살을 올렸다. 언제든 속사가 가능하도록 등과 허리춤에 화살통을 두 개씩 매달았다.

순양궁 무공도사들은 기력이 소진된 모습이었다. 부적 제작 때문이었다. 주력과 심력의 소모가 심각해 보였다.

운기조식을 하기엔 시간 여유가 없었다. 벌써 저 멀리서 꽉꽉거리는 가국의 울음소리가 들려오고 있었다. 무공도사들은 도망치지 않았다. 그들은 어제와 달라 보였다. 여기까지 온 이상 제대로 해보자는 눈빛이었다.

"온다."

엽단평이 말했다.

그는 모두의 중심에 있었다. 은연중 그렇게 되었다. 그의 기도는 언제나처럼 평온하고 잔잔했지만 아무도 그를 함부로 할 수 없었다.

십삼창 모두가 알았다. 엽단평은 고수다. 그의 실력을 보지 못한 나머지 무인들도 자연스럽게 인정했다.

타다닥! 타닥! 타타탓!

문 밖에서 날렵한 짐승들의 발소리 소리가 들려왔다. 물론 그냥 들짐승이 아니다. 이리 형태의 갈저나 그에 준하는 요괴들이 분명했다.

그들의 상대는 아니었다.

담벼락과 앞문 뒷문에는 축사부가 잔뜩 붙어 있었다. 요괴들은 이 집 안에 들어오지 못할 것이다. 굳이 나가서 힘을 뺄 이유가 없었다. 그들은 귀차만을 기다렸다. 효과가 있을지는 모르지만 응조들을 포획할 때 쓰는 철사 그물도 구해놨다. 궁병이 몰래 반출해 온 대형 연노도 두 기(機)나 있었다.

덜컹!

뭔가 이상하다 느낀 것은 문이 한 번 크게 흔들린 후부터였다.

쿵! 쿠웅!

문에 뭔가가 연속으로 부딪치며 심상치 않은 소리를 냈다. 십삼창은 서로를 바라보고 다시 무공도사들에게 시선을 돌렸다. 무공도사들도 이해할 수 없다는 표정을 했다.

꾸웅! 콰직!

문이 크게 흔들렸다. 이 정도면 우연히 부딪친 게 아니다. 부술 작정으로 들이받는 것 같았다.

콰앙!

소리는 앞문에서만 나는 게 아니었다. 무인들의 고개가 뒤쪽으로 돌아갔다. 뒷문에서도 같은 충돌음이 들렸다.

"모 사제, 다섯과 함께 뒷문으로!"

"네!"

모영훈이 곧바로 몸을 날렸다. 두 줄로 서 있던 창술무인 한 줄이 그를 따라갔다.

콰아아앙!

이번 것은 거셌다.

두터운 문과 단단한 빗장이 일순 휘어지는 것처럼 보일 정도였다.

"부적이 효과가 없는 건가?"

"그럴 리가 없습니다만."

기일승의 질문에 무공도사 첫째 사형 동명이 고개를 저으며 답했다.

의아할 일일 수밖에 없었다.

축사부(逐邪符)로 요괴의 침입을 막을 수 있다는 것은 이미 고성 전체에서 효력이 증명된 사실이었다. 십삼창 모두는 부적이 저만큼 붙어 있는데도 문을 부수고 들어오려는 요괴를 아직 단 한 번도 본 적이 없었다.

꽈앙! 우지끈!

빗장은 튼튼했으나 경첩이 버티질 못했다. 한쪽 문의 경첩 두 개가 그대로 뜯겨 나갔다.

쾅! 우직! 우지지직!

다음은 대문 두 짝이 통째로 넘어지는 일만 남았다. 대문이 기울어지자 덩치 작은 멧돼지 모양 요괴가 모습을 드러냈다.

"온이다!"

십삼창은 요괴들의 이름까지 정확하게 알고 있었다.

한 개밖에 없는 온의 눈이 붉은 빛으로 번들거렸다. 컹컹! 하며 온이 이리 소리 같은 괴성을 토했다. 앞발로 땅을 몇 번 긁던 놈이 이내 멧돼지처럼 머리를 들이밀고 달려들었다.

"쳇!"

청색 장창의 이택원이 항자료보다 먼저 앞으로 뛰쳐나갔다. 항자료가 선두를 맡기는 유일한 사제가 그였다.

타다닥! 텅!

정면으로 맞받을 듯 달려가던 이택원이 순간 옆으로 방향 전환을 했다. 멧돼지처럼 돌진하던 온은 움직임이 실로 기민 했다. 제동이 잘 안 되는 멧돼지와 달리 단숨에 몸을 꺾으며 이택원에게로 방향을 돌렸다. 다만 이택원이 더 빨랐다. 청색 장창을 대각선 아래쪽 요괴의 발밑으로 꽂아 넣었다.

꽈직!

창끝이 땅에 박혔다. 달려들던 온의 발이 창대에 걸렸다. 온이 창대를 타넘으려 했다.

"어딜!"

지렛대처럼 창대를 거세게 위로 올렸다. 온의 몸체가 중심을 잃고 공중에 떴다.

퍼억!

어느새 짓쳐든 항자료가 창날을 온의 목 밑에 꽂아 넣었다. 요괴는 괴성을 지르지도 못했다. 항자료의 굵은 창이 목을 뚫어버렸기 때문이다. 그걸로 끝이 아니었다. 이택원이 땅에 박았던 창을 잡아당겨 뽑더니 창을 내질러 그대로 온의 복부를 꿰뚫었다. 발출이 너무 빨라 장병기 같지가 않았다.

꿍!

십삼창 두 창수가 창을 회수했다. 온의 몸이 땅바닥에 떨어지며 둔중한 소리를 냈다.

요괴는 이미 숨이 끊어진 뒤였다.

온이 약한 게 아니다. 여러 번 상대해 봤기 때문에 공략법을 아는 것이다.

단숨에 요괴를 죽이고 바로 양옆으로 비껴 섰다.

문은 부서졌다.

요괴 하나가 들어왔으면 다른 요괴도 들어올 것이다.

쾅!

뒷문 쪽에서도 요란한 소리가 들려왔다. 그리고 곧바로 싸우는 소리가 이어졌다.

열린 문으로 요괴들이 몰려들었다. 재빠른 갈저도 있고 느릿한 야구자도 있었다. 원숭이 요괴 가국들은 보이지 않았다.

쐐액! 픽!

문한은 창 대신 활을 들었다. 강궁의 철시가 야구자 한 놈의 머리를 꿰뚫고 담벼락에 박혔다. 놈의 몸이 픽 허물어졌다.

이택원의 장창이 날아드는 갈저를 꼬치처럼 꿰뚫었다.

꿰엑! 하는 듣기 싫은 소리가 갈저의 주둥이에서 터져 나왔다. 이택원은 갈저의 몸뚱이에서 장창을 뽑아드는 것과 동시에 등 뒤로부터 가죽포 한 장을 꺼내들었다.

갈저가 주둥이를 이택원에게 틀었다. 이택원은 지체 없이 수법(袖法)을 구사하듯 가죽포로 갈저의 머리를 덮으며 다시 장창을 내질렀다.

꾸억!

가죽에 머리가 덮인 갈저는 꽉 막힌 괴성을 냈다. 완전히 덮이지 못한 가죽포 사이로 붉은 기류가 새어나왔다.

독이었다. 이택원은 갈저가 독을 뿜는 것을 잘 알고 있었다. 이택원뿐 아니라 시양회 무인 모두가 알았다. 그들이 요괴 출몰 지역을 나다닐 때는, 이렇듯 뒷짐에 가죽포를 잔뜩 말아넣고 다녔다.

콰직! 퍼억!

두 마리 갈저가 땅을 나뒹굴었다. 그 사이에 문한은 강궁 철시로 야구자 세 놈을 쓰러뜨리고 있었다. 십삼창 고수들은 온을 단숨에 죽인 것처럼 대응이 아주 효율적이었다. 놈들이 몰려 들어오는 속도보다 십삼창이 문 쪽으로 전진하는 속도가 더 빨랐다.

거의 문 앞까지 틀어막았을 때였다.

머리 위쪽에서 꽉꽉거리는 소리가 들렸다. 대문 문틀에 올린 기와지붕 위였다.

가국 세 마리가 생김새 그대로의 원숭이 같은 몸놀림으로 지붕 위에서 훌쩍 몸을 날렸다. 가국 요괴는 날렵했다. 요괴들은 힘의 차이가 명백한데도 마치 무언가에 홀리기라도 한 듯 저돌적으로 달려들었다.

퍼억!

이번엔 기일승의 창이 가국 요괴를 가로막았다. 창대를 휘둘러 두 놈을 후려치고 연환창격으로 한 놈의 가슴팍을 찍었다.

꽉! 꽉!꽉! 꽉!꽉!

가국들이 내는 괴성이 어지럽게 들려오기 시작했다. 십삼창 고수들과 달리 긴장한 얼굴로 활을 들고 있던 궁수들이 당황한 목소리로 경호성을 냈다.

"요, 요괴들이 담장 위에!!"

"담장을 넘어 옵니다!"

귀차를 잡으려 만반의 준비를 했다 싶었는데, 완전히 예상 외였다.

가국들이 담장 위로 올라왔다. 하나둘 올라온 가국들의 수가 삽시간에 십 단위로 늘어났다.

피잉! 쐐액!

궁수들이 대경하여 화살을 쏘았다. 궁수들의 활은 문한이 쏘는 내공철시와 달랐다. 비교적 약한 요괴인 가국들조차도 일격에 죽일 수가 없었다.

"어떻게 요괴들이 담장을 넘어 올 수 있는 겁니까?"

궁수 하나가 무공도사들에게 물었다. 당연한 의문이었다.

부적이 있는 한 요괴들은 담장을 넘어 들어오지 못했다. 예외가 없는 것은 아니었지만 이렇게 많은 요괴가 부적 붙인 담장을 넘는 일은 지금껏 단 한 번도 발생한 적이 없었다. 더구나 순양궁 부적은 영험하기로 유명했다. 이들 무공도사들도 순양궁 직전제자가 맞았다. 조사는 확실하게 했다. 시양회 무인들은 허투루 사람을 초빙해 오는 이들이 아니었다.

"워, 원래 그럴 수 있소! 대문이라는 것은 집으로 들어오는 첫 번째 관문이기 때문에 그것이 뚫리면……!"

무공도사 동명이 황망한 어투로 대답했다.

"자네들을 나무라는 게 아니라네. 일단 싸우세."

기일승이 진중한 목소리로 동명의 말을 끊었다.

사태가 이상하게 흘러가고 있었지만 지금은 원인을 파악할 때가 아니었다. 결과를 해결할 때였다.

기일승이 청색창을 휘두르며 담장 쪽으로 몸을 날렸다. 그의 청색창이 가국들을 휩쓸었다.

무공도사들이 퍼뜩 정신을 차리고 도목검을 고쳐 쥐었다. 그들도 자못 용감하게 싸움판으로 뛰어들었다.

"아이를 내 뒤로."

선 자리에서 사방의 기(氣)를 감지하던 엽단평이 이전에게 말했다. 이전은 지체 없이 현을 엽단평의 뒤로 데려왔다.

"저희는 지붕 위에서 상황을 확인하겠습니다."

엽단평이 고개를 한번 끄덕였다.

한 번 눈빛을 교환한 형제가 땅을 박차고 지붕 위로 올라갔다.

*   *   *

지붕 위에 올라서자마자 하늘부터 살폈다.

동서남북 어딜 봐도 귀차는 없었다. 보이지 않는다고 두려움이 없는 것은 아니었다. 언제 어디서 날아올지 몰랐다.

그들이 하늘에서 땅으로 시선을 돌렸다. 담장 너머를 보자 귀차에 대한 걱정은 단숨에 마음 한 구석으로 날아가 버렸다.

"형……."

이복이 침음성을 냈다. 얼굴이 하얗게 질려 있었다.

귀차에 대한 이야기를 할 때도 마냥 밝고 당당했던 이복이었지만, 듣고 말하는 것과 실제로 보는 것은 또 달랐다.

보이는 모든 곳에 요괴들이 있었다. 숫자가 엄청났다. 담장 주위에 요괴들이 우글거렸다. 당장 보이는 것만 해도 백 마리는 넘어 보였다.

"아니, 형은, 이런 것들과 싸운 거야?"

"그래."

싸워봤지만 이 정도는 아니었다. 그래도 애써 태연하게 답했다.

이전의 시선이 벽림 숲에 닿았다. 벽림에서부터 여기까지 까만 그림자가 이어져 있었다. 숲에서 기어 나온 요괴들이 마치 행렬처럼 줄줄이 다가오는 중이었다.

"너는 왜인 것 같아?"

"뭐가? 이 요괴들?"

"응. 필멸자란 게 그렇게도 대단한 건가? 요괴가 이렇게 떼를 지을 만큼?"

"나야 모르지. 하지만 문주님이나 양 군사가 그토록 중히 여기실 정도면 그만한 이유가 있지 않을까."

"그게 다가 아닐 거다."

"이유가 더 있다고?"

"부적이 있으면 요괴들이 집에 들어오지 못한다 했다. 게다가 이 요괴 행렬은 아무리 봐도 부자연스러워."

"그것도 필멸자로 설명되는 거 아냐?"

"걔도 이름이 있다. 현이라고."

"이름 부르면서 감정이입 하지 말자고 했던 건 형이잖아."

"그건 우리가 되도 않는 협객 흉내를 낼 때였고. 지금은 달라. 그 녀석은 상황에 따라 우리 동료가 될 수도 있어."

"동료? 문도로 받자는 거야?"

"내가 결정하는 것은 아니지만 그러면 좋겠지. 그 나이에 요괴들을 안 무서워할 뿐 아니라 이상한 능력까지 있다. 게다가 사일적천궁까지 몸에 지녔다고 한다. 너도 적벽에서 문도 영입 일 봤으니 알 거 아냐. 저런 애는 흔치 않아."

"흔치 않은 게 아니라 아예 없지. 하지만 사일적천궁이 확인된 것도 아니잖아. 난 오늘에서야 쟤를 봤어. 아는 게 없다고. 문도 영입은 신중해야 해."

이복은 제대로 생각하고 말했다.

요괴 무리를 본 충격에서 다소 벗어난 것 같았다. 그래도 형제 둘은 아직 아래쪽을 보면 정신이 아찔했다.

형제가 사위를 둘러보았다.

대문 앞에는 항자료가 버텨 서 있었다. 함께 싸우던 이택원은 아예 우측 담 위에 서서 올라오려는 요괴들을 장창으로 찍어 죽이는 중이었다. 긴 창을 내리찍는 기세가 호쾌했다.

기일승은 좌측 담을 맡았다. 문한과 궁수들이 화살로 지원했다. 그들이 놓쳐서 안쪽까지 들어오는 요괴들은 시양회 창술무인들과 무공도사들이 막았다.

마지막은 엽단평이었다.

엽단평의 등 뒤엔 소년 현과 중앙의 내실건물이 있었다.

의식 없는 진달과 십삼창 두 명이 내실 안에서 자고 있었다. 요괴들은 무언가에 끌리기라도 한 듯 담을 넘어 중앙을 향해 몰려들고 있었다.

날랜 요괴들이 담장과 무인들을 통과해서 기어이 내원에 이르면, 엽단평이 검을 휘둘렀다. 어떤 요괴도 엽단평을 뚫을 수는 없었다. 그의 일검이면 무조건 반 토막이 났다.

형제가 지붕을 올라 후문 쪽을 보았다. 그쪽도 방벽은 튼튼했다. 십삼창 모영훈이 창술무인들을 이끌고서 제대로 요괴들을 막아내고 있었다.

현의 집은 그야말로 철옹성처럼 단단했다. 완벽에 가까운 공성 전투였다. 형제가 한 괴물을 발견하기 전까지는 분명 그랬다.

"형! 저기!"

"나도 봤다."

이복이 손가락으로 가리킨 곳은 요괴의 행렬이 시작되는 벽림 쪽이었다. 마치 거인(巨人) 같은 형체가 숲을 헤치고 나타나 있었다.

마침 구름 사이로 비친 달빛에 드러난 형체는 전신이 붉은 털로 뒤덮여 있었다. 사람이 아니라 거대한 원숭이의 모습이었다.

구부정한 체고는 구척에 달했고, 꼬리는 검은색이었다. 눈알에는 기이한 주황빛이 서려 있었다. 그 안광이 여기까지도 보일 정도였다.

괴물이 발을 옮기자 작은 원숭이 요괴 가국들이 몸을 떨며 길을 텄다. 다른 요괴들을 압도하는 상위 요괴임이 확실했다.

이전이 급히 지붕 아래로 몸을 날렸다. 그가 무공도사들에게 말했다.

"커다란 원숭이 요괴가 나타났소! 눈이 주황색이고 전신이 붉은 털로 덮여 있소!"

"그게 정말이오?"

무공도사 동명이 대경하여 되물었다. 꼭 대답을 듣기 위해서라기보다는 알아들었으면서도 거부하는 질문에 가까웠다.

"지금 이쪽으로 오는 중이오!"

이전의 말에 동명과 동청이 지붕 위로 뛰어 올랐다. 두 눈을 치뜬 채 다가오는 괴물을 보던 동명이 이윽고 생각났다는 듯 동청에게 물었다.

"사제야, 저거 화두 아니냐?"

"직접 본 적이 있어야죠. 옹화도 저렇게 생겼다지 않았습니까?"

"내 생각엔 화두가 맞는 것 같다. 옹화는 털이 노랗다고 들었다. 화두는 대괴(大魁)급이야. 크기로 봐서는 어제 본 알유보다도 무섭겠다."

"대괴급이라니요. 귀선급 귀차도 아직 나타나지 않았는데.

사형, 정말 우리 여기 있어도 되는 겁니까?"

동청의 질문은 비굴하게 들리지 않았다.

이미 이 주변은 사람들의 세상이 아니었다. 마치 요괴들이 들끓는 세계에 이 집 하나가 덩그러니 떨어진 것 같았다.

"요괴 박(駁)도 아니요, 창검에 피를 흘리긴 할 거다. 그리고 사제야, 지금 우리가 여기서 어디로 갈 수 있겠느냐."

동명은 거의 체념한 듯한 목소리로 말했다. 지붕 아래에서 이전이 물었다.

"강한 요괴입니까?"

"그렇소."

"그럼 어서 내려와서 시양회 무인들에게 고해주시오. 당신들이 설명하는 게 더 나을 거요!"

이전의 목소리엔 힘이 있었다. 그는 이 무공도사 셋 중 누구보다 약했지만, 동명과 동청은 순간 그 사실을 의식하지도 못했다.

"알겠소! 우리가 전하리다!"

동명이 대답하고 즉각 동청과 함께 내려왔다. 이전은 자리를 바꾸듯 바로 다시 지붕 위로 올라갔다. 그가 몸을 날리며 엽단평 쪽을 한 번 돌아보았다. 엽단평은 그 시선까지 감지한 듯 이전을 올려다보며 물었다.

"내가 가야 하나?"

"아닙니다. 각주님은 일단 이대로 계십시오."

이전은 자신도 의식하지 못한 채 지시하듯 군사(軍師)처럼 말했다. 이전은 직감적으로 아직 엽단평이 움직일 때가 아니라 느꼈다. 그는 요괴에 대해 잘 몰랐지만, 다가오는 저 괴수는 실로 위험해 보였다.

"정면으로 큰 원숭이 요괴가 오고 있습니다! 화두라는 괴물로 여겨집니다! 몸은 크지만 움직임이 빠르다고 했습니다. 어쩌면 불을 뿜을 수도 있습니다!"

무공도사 동명의 목소리가 들렸다. 목소리는 컸다. 뒷문 쪽 무인들에게도 들릴 수 있을 정도였다.

불 뿜는 원숭이 요괴라 했다. 점입가경이었다.

그래도 엽단평은 여길 지켜야 했다. 이전이 생각하기에 지금 이 대(對) 요괴전은 저 화두라는 괴물로 끝나지 않는다. 오히려 시작이라 할 수 있었다. 그렇기에 엽단평이라는 최중요 전력을 보전해야 했다.

이전의 머릿속에서 전체적인 전황이 그려졌다.

당장의 수성은 안정적이다. 다만 지금 오는 저 괴물이 문제였다. 이 안정성을 유지한 채, 가능하면 건물 바깥에서 화두라는 괴물을 막아야 했다.

이쪽의 취약점은 소년과 의식 없는 무인들이 자고 있는 건물이었다. 저 덩치가 내원으로 들어오면 무슨 불상사가 생길지 몰랐다.

마침 십삼창 모영훈이 몸을 날려 지붕 위로 올라왔다. 그가 있던 뒷문은 요괴의 수가 줄어들어 전투도 소강상태에 이르러 있었다. 여유가 생기자 상황을 확인하기 위해 올라온 것이다. 그를 본 이전이 마음을 굳히고 말했다.

"모 대협! 제 이야기를 좀 들어주실 수 있겠습니까?"

모영훈이 다소 놀란 표정으로 이전을 돌아보았다. 무공도 변변찮은 자가 무슨 말을 하려나 싶은 눈빛이었다.

"안채 내실에는 저희 문파 어르신과 함께 서 대형과 허 대협이 누워 계십니다. 강호의 창검에 눈이 없듯, 요괴의 날뜀에도 분별이 없겠지요. 따라서 저 큰 요괴가 담장을 넘으면 안 될 것으로 여겨집니다."

이전은 아주 빠르게 말을 했다. 이치에 부족함이 없는지라 모영훈이 고개를 끄덕이며 말을 재촉했다.

"해서? 계속 말해보시오."

"길을 뚫고 대문 밖에서 저 괴물을 막아주십시오."

"요괴 떼를 돌파하라? 그러다가 둘러싸이면 어쩌라는 말이오."

"보시다시피 서쪽 담장 너머에는 바로 옆집 담장이 있습니다. 요괴들은 유독 이 집 안으로만 들어오려고 합니다. 보십시오. 저 요괴행렬은 길목의 어떤 집도 담을 넘지 않습니다. 다시 말해 저 집 담장은 그 자체로 방벽이 될 수 있습니다. 궁수들이 좌측 담장을 점유하고 북동으로 견제사를 쏘면서 접근을 막으면 저쪽 모서리에서 저 괴물과 근접 전투가 가능해집니다."

이전은 정확하게 맥을 짚었다.

모영훈이 미간을 좁혔다. 일리가 있었다. 무시할 수 없는 의견이었다.

"저들을 보시오. 지금 우리는 요괴들을 겨우 막고 있소."

"정말 그런가요?"

이전이 물었다.

모영훈이 가리킨 것은 항자료와 이택원 쪽이었다. 그들은 아주 격렬하게 싸우고 있었다. 기일승 쪽도 만만치 않았다. 창이 요괴들의 몸을 꿰뚫는 소리와 요괴들의 괴성이 요란했다. 핏물이 담벼락을 따라서 냇물처럼 줄줄 흘렀다.

"정말 그렇냐니, 그건 무슨 말이오?"

모영훈이 눈살을 찌푸리며 되물었다.

"싸움이 격한 것은 요괴들의 공격이 거세서가 아니라 세 분의 호전적인 성향 때문 아닙니까. 여유는 충분합니다. 문 대협과 궁수들이 일제사(一齊射) 하고 모 대협께서 함께 전진하면 먼저 위치를 선점할 수 있습니다."

모영훈이 이전의 말을 듣고 다시 한번 전황을 둘러보았다.

확실히 틀린 말이 아니었다.

저기 보이는 붉은 털의 원숭이 거수는 절세의 고수마냥 뿜어내는 기운이 막강했다. 저런 괴수가 여기까지 들어와 날뛰면 그 여파가 만만치 않을 터였다. 전투 불능인 서수양과 허관을 이곳으로 데려온 게 실책이라면 실책이었다.

"우리가 나가서 싸우면 이 안의 방비가 어려울 거요. 내원으로 침입하는 요괴가 많을 터인데, 그 공백은 어쩌려고 그러시오?"

"안쪽은 걱정하지 마십시오."

이전이 엽단평을 보며 말했다.

모영훈의 시선이 이전의 눈을 쫓아 엽단평에게로 향했다. 엽단평은 안으로 들어온 갈저 한 마리를 일검에 반으로 갈라내고 있었다. 어찌나 완벽하게 심맥을 끊었는지, 갈저가 독기를 토해낼 틈조차 주지 않았다.

모영훈의 얼굴이 굳어졌다.

기도에서부터 보통 검객이 아니라는 것은 알았지만, 이 정도인지는 몰랐다.

두 눈으로 확인했다. 한 번 튕기는 간결한 검격에 하늘을 가르는 검도(劍道)가 담겨 있었다. 엽단평은 강하다. 이전이 자신만만하게 이야기할 만했다.

"내 한번 사형들께 말해 보겠소."

모영훈이 내려갔다. 이복이 옆에서 꽤 놀랍다는 얼굴로 제형을 바라보고 있었다.

"솜씨 어디 안 가네, 형."

"시끄럽다. 뒤쪽이나 잘 봐."

이복이 피식 웃으며 지붕 뒤쪽으로 몸을 날렸다.

이전은 무력이 월등하게 뛰어난 모영훈을 상대로 자기 생각을 관철시켰다.

이것은 쉬운 일이 아니다.

허나 형제에겐 어려운 일도 아니었다.

그들은 원래 약했다. 적벽 암무회전 도박판에는 이전 이복형제보다 살벌하고 음험한 자들이 셀 수 없을 만큼 많았다.

상황 판단은 타고났다. 어릴 때부터 목숨 건 경험을 했다.

무력이 필요하면 강자의 힘을 이용했다. 무서운 자들의 마음을 움직여 원하는 것을 얻었다. 그렇게 위기를 해결했다.

지금도 마찬가지다.

대상이 많이 강해졌을 뿐, 모영훈도 똑같았다. 단숨에 성정을 파악하고 그에 맞는 대화를 했다. 항자료였다면, 이택원이었다면, 조금 다른 방식으로 말했을 것이다.

모영훈이 먼저 기일승에게 달려가는 것이 보였다.

기일승은 호전성과 침착성을 동시에 갖춘 고수였다. 기일승이 핵심이다. 항자료가 무공으로 수좌역을 하지만, 이전이 보기에 일이 돌아가는 것은 항상 기일승을 통해서였다. 그리고 기일승은 저 모영훈을 신뢰했다.

"한이는 전진해서 우리를 엄호한다! 앞으로 반 다경은 부적시를 아끼지 마라!"

기일승이 소리쳤다.

그가 항자료에게 뛰어가 돌파를 말했다. 항자료는 적진돌격에 반론을 제기할 위인이 결코 아니었다. 기일승이 빠진 좌측 담장은 모영훈이 올라가 막았다.

"좋다!"

항자료가 번쩍 앞으로 나가며 창을 휘둘렀다.

두터운 창대에 요괴들의 목이 꺾이고 뼈가 부서졌다. 몇 번 꽝꽝거리더니 그대로 대문 문턱을 넘어 문 밖까지 나가버렸다.

부서진 문을 통해서는 이제 항자료의 등만 보였다. 요괴는 한 마리도 들어오지 못했다. 무위가 실로 대단했다.

기일승은 다시 이택원에게 달려갔다. 궁수들은 부적시들을 꺼내들었다. 사마제압부 부적시가 바람을 가르기 시작했다.

몸통에 박힌 화살 세 네 대 정도로는 꿈쩍도 안 하던 요괴들이 화살 한 발에 고통의 괴성을 내뱉었다. 야구자들은 팔뚝에만 맞아도 땅바닥을 굴렀고, 갈저들은 다리에 맞지 않아도 속도가 현저하게 느려졌다.

요괴가 창대에 맞는 소리, 창날에 피륙이 꿰뚫리는 소리, 화살이 나는 소리, 요괴들의 내지르는 괴성이 섞여 마경의 아수라장을 만들었다. 군사들의 함성 소리만 없지 전쟁터가 따로 없었다.

*　　　　　*　　　　　*

쿠오오오오오!

그 난장의 소음들 사이에서 다른 모든 소리를 압도하는 포효가 들려왔다.

마침내 화두가 가까이 온 것이다.

기일승이 땅을 박차고 이택원이 버텨 선 담벼락 위에 섰다.

괴물이 보였다.

화두는 아주 컸다. 꽤 높은 서쪽 집 담장 위로도 상체가 이만큼 올라와 있다. 담장에 선 기일승의 눈높이가 화두의 머리 높이와 같았다.

"세상에! 창 잡은 지 삼십오 년 만에 별 걸 다 보네……!"

기일승은 이택원의 감탄사를 들었다.

이택원은 인세에 없는 괴이(怪異)를 보고 있는데도 전혀 두려움이 없었다.

항자료, 이택원, 기일승 순서대로 제자 항렬이고, 실력도 그러했다. 이 셋이 지금 이곳 시양회의 최고 전력이었다.

문을 뚫고 나온 항자료가 방향을 꺾어 이택원과 기일승이 버텨선 담장으로 다가왔다.

궁수들이 바빠졌다. 항자료가 빠진 정문으로 요괴들이 밀려들었다. 궁수들이 부적시를 쏟아 부으며 버텼다. 정문 앞 요괴들의 시체가 무릎 높이 위로 쌓였다.

"이쪽으로 끌고 와야 합니다!"

기일승이 창을 내리찍으며 소리쳤다. 항자료가 요괴들을 물리치며 앞으로 나아갔다. 길을 여는 것 자체는 어렵지 않아

보였지만 문제는 간간이 달려드는 갈저들이었다. 정확히는 갈저들이 토해내는 독이 까다로웠다.

항자료는 요괴들을 얼마나 많이 죽였는지 가죽포가 다 동난 상태였다. 목줄기를 단숨에 꿰뚫으며 내력으로 심맥을 파괴하면 독을 토하지 못한다는 것도 알았지만, 다른 요괴들의 접근을 막으며 매번 그 정도 일격을 발하는 것은 결코 쉬운 일이 아니었다.

"가죽!"

"우리도 몇 장 없습니다!"

항자료가 이마에 불끈 핏줄이 섰다.

화두는 좌측 담장 쪽에 그들 셋이 모여 있는 것을 아랑곳하지 않고 정문을 향해 다가오고 있었다. 화두는 날뛰는 다른 요괴들과 달리 느긋해 보였다. 그대로 밀고 전진하여 정문 기둥들을 무너뜨리고 안으로 들어갈 기세였다.

"놈!"

항자료가 이를 악물고 굵은 창대를 틀어쥐었다. 투창을 쏠까 했지만 저 거체에 제대로 틀어박힐지도 의문이거니와 회수도 문제였다.

문한이 정문 쪽 담장 위로 뛰어오른 것은 그때였다.

"제가 유도하겠습니다!"

문한이 부적시를 강궁에 걸어 내력을 담아 내쏘았다. 사마제압부 부적시가 화두를 향해 무서운 속도로 날아갔다.

퍼억!

요괴의 머리를 단숨에 꿰뚫던 화살이 화두의 목덜미에 박혀들었다. 아니, 박혀들었다고 생각했다.

화두가 움찔했다.

부적시는 대형 요괴의 적모(赤毛) 피륙을 뚫지 못했다. 화두의 고개가 문한에게로 돌아갔다. 주황색 눈에 사람의 짜증 같은 빛이 떠올라 있었다.

문한은 당황하지 않고 강궁을 연사했다.

부적시 세 발이 연속으로 화두의 머리를 향해 날아갔다. 화두는 부적시를 그냥 맞아주지 않았다. 긴 팔을 올려 화살 경로를 막았다. 큰 팔이 올라오는 속도가 놀랍도록 빨랐다.

퍼버벅!

두 발은 거죽에 튕겨나가고 한 발은 상처를 냈다.

화두가 머리를 가렸던 팔을 내렸다. 주황색 눈에는 흉포함이 완연하게 담겨 있었다.

문한이 다시 시위에 화살을 걸었다.

쿠오오!

화두가 입을 벌렸다. 송곳니가 길었다. 벌린 입이 사람이 드나들 수 있는 동굴 같았다. 그 동굴 한가운데서 화륵, 하고 불꽃이 일었다.

콰아아아아아!

문한이 대경하여 담벼락 밑으로 몸을 날렸다. 정면 쪽 담장에 가까이 있던 기일승도 황급히 안쪽으로 뛰어내렸다.

화르르륵!

불길이 담벼락 위를 휩쓸었다. 무공도사들이 경고한 것처럼 정말로 불을 뿜은 것이다.

불의 형태는 부자연스러웠다.

불꽃은 직선으로 길게 뻗는 것이 아니라 불길로 채워진 안개처럼 폭이 넓고 둥글게 방사되었다. 뱃속에서 불을 만들어 뿜어내는 것이 아니라, 화기방출형 술법을 쓴 것 같았다.

불길은 담벼락 주변의 요괴까지 다 태워버렸다. 담벼락이 녹아서 부서질 만큼의 고온은 아니었지만 불기운은 대단히 격렬했다. 기일승과 문한은 담벼락에서 뛰어내린 다음에도 안쪽으로 더 몸을 날려서 화기를 피해야 했다.

"다시 갑니다!"

문한은 용감했다.

불 뿜는 요괴라는 초유의 괴수를 목도하고도 두려움이 없어 보였다. 불기운이 걷히자마자 좌측 담장 위로 다시 몸을 날렸다. 그의 강궁에서 부적시가 날았다.

쿠오!

화두가 팔을 휘둘러 화살을 막았다. 마침내 분노한 화두가 방향을 틀었다. 성큼 발을 옮겨 문한이 올라간 담장 쪽으로 다가왔다.

"잘했다! 한!"

항자료가 소리쳤다. 화두가 불을 뿜으면서 작은 요괴들이 흩어지고 공간이 생겼다. 항자료가 화두의 발치로 빠르게 돌진했다.

항자료가 청색창으로 화두의 정강이를 노렸다. 수직종격으로 올려치는데 그 기세가 실로 용맹했다.

쇄액!

거센 파공음이 공기만 가르고 흩어졌다.

빗나간 것이다.

화두의 움직임은 믿을 수 없을 만큼 빨랐다. 화두가 아름드리나무같이 두터운 발을 뒤로 뺐다. 속도가 마치 무공고수의 보법 같았다.

후우웅!

화두가 주먹을 내려쳤다. 파공음이 묵직했다.

항자료가 다급하게 측면으로 몸을 날렸다.

콰아앙!

땅거죽이 뒤집어지듯 흙덩이가 튀어 올랐다. 땅바닥에 구덩이가 생겼다. 위력이 굉장했다. 고수의 내공기예는 종종 땅바닥을 부술 정도로 강한 위력을 보였지만 이 정도 깊이와 크기는 한 지역 패주의 공부로도 쉬운 일이 아니었다.

"괴물의 힘이 엄청나구나!"

항자료는 순수하게 감탄하며 다시 창을 내질렀다. 용기와 만용의 구분이 무의미한 무인이었다.

항자료는 창을 휘둘렀고, 화두는 그 거체가 무색하게도 일 격조차 허용하지 않았다. 큰 손으로 땅을 짚고 몸을 회전하며 넓은 발바닥으로 항자료를 짓밟으려 했다. 몸체만 커졌을 뿐 동작이 날래기로는 원숭이의 그것과 같았다.

항자료는 뒤로 몸을 날려 피할 수밖에 없었다. 창대로 막을 수 있는 일격이 아니었다.

콰아앙!

또다시 폭음과 함께 흙먼지가 일었다.

항자료로는 역부족이었다.

기일승과 이택원도 한눈에 그걸 알았다. 그들이 곧바로 몸 을 날려 항자료에게 가세했다. 그들이 원했던 위치에서 지형지 물을 이용할 겨를이 없었다.

이전도, 그들도 틀렸다. 접근전을 하면서 끌어내고 유도할 수 있는 상대가 아니었다. 문한이 그나마 잘해 준 거였다.

시양회 최고 수준 고수 세 명이 합공을 시작하자, 화두의 민첩함에도 제동이 걸렸다. 요괴의 주먹 한 번, 발길질 한 번 은 가택 붕괴의 위력을 지녔지만, 신법공부를 익힌 인간들의 움직임 쪽이 조금 더 정교했다. 게다가 고수 셋 연수합격의 묘 가 더해지자 화두는 몸집 작은 인간들을 잡을 수가 없었다. 화두의 몸은 컸고 그 몸으로는 속도의 한계가 명백해 보였다.

"무릎을 노리자!"

항자료가 소리쳤다. 시양회 청색창은 독특하게도 횡 방향보다 수직 방향의 초식이 발달한 무공이었다.

세 고수가 빠르게 움직이며 화두의 시야를 교란시켰다.

퍼억!

하고 마침내 일격이 들어갔다. 화두의 오른쪽 무릎 어림에서 붉은 털 두꺼운 가죽이 찢어지고 핏물이 흘러나왔다.

쿠오오오!

화두가 포효했다. 주먹을 광폭하게 휘두르는데 그 속도가 이미 법칙을 벗어나 있었다. 세 사람은 놀란 새들마냥 각자의 방향으로 흩어지며 창대를 고쳐 잡았다. 반격은 무리였다. 휘두르는 팔의 풍압만으로도 내상을 입을 지경이었다.

이 정도면 화두의 범위 안쪽으로 들어가는 것만으로도 목숨을 걸어야 했다. 세 사람이 굴하지 않고 투지를 불태웠다.

"형! 또 온다!"

"역시……!"

예상은 했지만 침음성을 아니 낼 수 없었다.

뒷문 쪽이었다.

저 멀리 어둠 속에서 커다란 그림자 하나가 다가오고 있었다. 이번엔 생김새가 눈에 익었다. 다름 아닌 알유였다. 그림자가 높고 넓은 것이 어제 본 알유보다 훨씬 더 커 보였다.

담장 너머 화두와 세 고수가 싸우는 것을 보았다.

화두가 불길을 토해낸 뒤로 요괴들은 되레 기세를 잃었다. 요괴들 대부분은 여전히 집으로 들어오려 했지만 화두의 요기에 벌벌 떨거나 도망치는 요괴들도 많았다. 작은 요괴들과 화두는 행렬처럼 함께 접근해 왔는데 이제 와 왜 흩어지는 건지는 알 수 없었다. 모든 행태에 마땅한 이치가 있겠지만 이전은 요괴에 대해 아직 잘 몰랐다.

"접근하는 속도가 빨라."

이전의 목소리가 다급해졌다.

가용전력이 부족했다. 십삼창 다섯 중에 셋이 화두에 붙었다. 모영훈이 창술무인들과 분투하며 담장 너머 들어오는 요괴를 막고 있었지만, 그뿐이었다. 궁수들도 마찬가지였다. 부적시를 무한정 써낼 수가 없으니 일반 화살로 무장을 바꿔들었다. 일반 화살들은 머리나 심장에 맞추지 않은 한, 요괴들에게 큰 타격을 주지 못했다.

이번엔 무공도사들을 내려다보았다.

그들은 용케 열심히 싸우고 있었다. 허나, 많이 피로해 보였다. 이들이 알유에 대적할 수 없다는 것은 익히 알고 있었다. 그러나 저들 손이라도 급했다. 십삼창 둘과 창술무인들로는 물리칠 수 없었다. 돌파구가 필요했다.

"하늘도 잘 봐야 해."

이전이 이복에게 말했다.

알유의 접근도 접근이지만 가장 큰 문제는 귀차가 아직 나타나지 않고 있다는 점이었다. 마치 귀차가 이 요괴들을 부려 소모전이라도 벌이는 것 같았다. 그것이 사실이라면 오늘 밤을 넘기기가 쉽지 않을 터였다. 요괴들의 대규모 공세나 화두 같은 대요괴의 출현은 완전히 예상 밖이었다. 그리고 이런 일이 발생하게 된 어떤 이유가 있을 것이 분명했다.

'하필이 아니다. 어제 귀차가 이 위에 나타난 것과 오늘 이 사태는 연관이 있어.'

이전의 머릿속에서 몇 가지 가정이 스쳐 지나갔다.

귀차는 이곳에 왜 오는가.

필멸자는 인혼력의 화신이고 온갖 요괴와 귀신의 표적이 된다. 즉 필멸자 때문에 온다.

현 자신도 말했다. 현을 잡으러 오는 거라고.

이전은 비로소 확신했다.

답은 필멸자에게 있다. 현에게 있었다.

"하늘을 놓치지 마."

노파심처럼 한 번 더 말하고 지붕에서 뛰어내렸다.

답을 구하려면 답이 있는 이에게 물으면 된다.

엽단평의 옆으로 왔다. 엽단평의 주위엔 반 토막 난 요괴들이 많았다. 엽단평의 뒤에 있던 현이 보이지 않았다.

"각주, 현이는 어디 있습니까?"

"안에."

엽단평이 뒤를 가리켰다.

질문이 아니라 확인과 허락이었다. 사실 현이가 달리 갈 곳도 없었다.

이전이 내실로 들어갔다. 현은 주저앉은 채 벽에 귀를 대고 땅바닥을 똑똑 두드리고 있었다. 이전이 벌컥 들어오자 현이 퍼뜩 몸을 일으켰다. 현은 바깥의 아수라장에도 큰 동요가 없어 보였다.

이전은 마치 누군가를 부르고 있는 듯한 현의 몸짓을 머리에 담았다. 궁금했지만 묻지 않았다. 그보다 더 중요한 것이 있었다.

"혹시 귀차가 여기까지 온 것은 어제가 처음이더냐?"

"네. 처음이에요."

"허면, 귀차를 본 것도 어제가 처음?"

"아뇨."

이전의 눈이 번쩍 뜨였다. 짐작이 맞았다. 이전이 질문을 이어갔다.

"귀차를 제일 먼저 본 건 언제지?"

"며칠 전에요."

"그때도 연화폭죽을 들고 있었던 건가?"

"아뇨."

"그럼 어떻게 도망친 거냐."

"해 뜨기 직전이었어요. 마침 삼촌이 옆에 있어서 빨리 피할 수 있었고, 귀차가 따라붙기 전에 동이 텄죠."

"동이 트면 물러간다?"

"말했잖아요. 귀차는 밝은 빛을 싫어해요."

"그럼 삼촌이란 사람은 어디 있지?"

"사람 아닌데요."

소년은 아무렇지도 않게 진실을 말했다.

"혹시 어젯밤에 숲에서 도움을 청한?"

"네. 맞아요."

"그랬구나."

이전도 태연하게 받았다. 이번엔 소년이 눈을 크게 떴다.

"사람 아니라는데 안 무서워요?"

"밤을 봐라. 그런 이야기가 무섭게 생겼나."

"그것도 그렇네요."

"너와 나를 도와줬으면 삼촌이 어떤 존재든 우리 편이다. 무서워할 이유가 없지. 우리 식구들 중엔 머리에 뿔이 나 있고 순식간에 나무를 자라게 할 수 있는 이능자도 있다. 나는, 우리는 그런 것에 구애받는 이들이 아니야."

"우와. 그거 거짓말 아니어요?"

"그러고 보니, 조금은 거짓말 같다. 나도 어제는 조금 무서웠거든. 사실 나는 너도 무서웠다. 하지만 지금은 아냐. 모르면 두렵지만 알면 달라져. 나는 이제 너와 네 가족들이 두렵지 않다."

"지금 그 말은 진짜 같네요."

이전은 빛나는 현의 눈이 양무의 같다고 생각했다.

현은 진실을 꿰뚫어 보는 눈을 지녔다. 양무의처럼 지력의 끝에 닿아 있을지는 모르겠지만, 어느 정도 같은 성질을 지닌 것은 분명하다. 더불어 순수하고 착했다. 현은 이전이 보아왔던 사람들이 아주 어린 시절에 잃어버린 많은 것을 그대로 간직하고 있음을 알았다.

"그래서 말인데, 혹시 삼촌은 싸울 수 있을까?"

마침내 본론이다.

하지만 이전의 질문에 현은 곧바로 대답하지 못했다.

"이모도 삼촌도 싸울 수 있어요. 아주 잘 싸워요. 근데 지금은 안 될 거 같아요."

"왜지?"

"부적 때문에요. 몇 장 정도면 괜찮은데 너무 많대요. 게다가 기운 센 산 사람이 잔뜩 모였고 특히 죽립 쓴 검사 아저씨가 무섭다고 했어요. 그래서 다들 숨었어요. 원래 우리 집은 부적 같은 거로 막을 수 없댔어요. 그래서 이모가 힘으로 집을 덮어서 막아주고 있었죠."

이제 진상을 알았다.

아마도 이모와 삼촌이란 이들은 요괴나 귀신 또는 그에 준하는 존재일 것이다. 필멸자의 요괴 유인력이 너무 강해서 부적으로는 막을 수 없었고, 그 대신 이모라는 존재가 요괴의 침습을 막아왔다. 이모와 삼촌이 숨어들면서 그게 무너진 것이다. 현의 표정을 보면 이런 사태는 전혀 예상치 못했던 것 같다. 이모와 삼촌이란 이들도 이렇게 될 줄은 몰랐던 것이

틀림없었다.

＊　　　　＊　　　　＊

'현은 아직 어리다. 상황 예측이 잘 안 되었겠지. 이모란 존재는 아직 못 봤지만 삼촌이란 그것은 아무래도 사람 같지가 않았다. 인성도 있고 대화도 되지만 둘 다 지략적 능력이 높지는 않은 거야.'

"잘 알았다. 내가 조치를 취해보마."

이전이 생각을 정리하고 문 쪽으로 향했다.

막 문을 열려는데, 현이 질문을 해왔다.

"아저씨, 근데 아저씨들은 여기 왜 온 거예요?"

이전이 고개를 돌려 현을 바라보았다.

"너 잡으러."

이전도 솔직하게 말했다. 현이 이전을 빤히 쳐다보았다.

"진심이네요."

"그래."

"그럼 전 아저씨로부터도 도망쳐야 하는 건가요?"

"그건 네 자유지. 하지만 그러지 않는 게 좋을 거다."

"왜죠?"

"우리는 널 데려가기 위해 왔다."

이전이 문을 열었다. 그러면서 덧붙였다.

"그리고 지킬 거다."

그가 문 밖으로 몸을 날렸다.

*　　　　*　　　　*

엽단평 앞의 요괴 시체는 더 늘어나 있었다.

이전은 지붕 위를 올려다보았다. 기다렸다는 듯 이복이 소리 높여 말했다.

"괴물이 거의 다 왔어!"

서둘러야 했다.

이전이 재빨리 몸을 날렸다. 그가 우측 담장으로 뛰어가 담장에 붙어 있는 부적들을 다 떼기 시작했다.

그것을 본 무공도사들이 대경하여 소리쳤다.

"뭐 하는 짓이오!"

"왜 부적을!"

"어차피 이 부적들은 소용도 없소! 도사들께서는 좌측 담장 쪽으로 가서 큰 요괴와의 싸움을 도우시오!"

이전의 목소리는 몹시 당당하여 거부할 수 없는 힘을 담고 있었다.

그 기세가 마치 대오각성한 무인 같았다.

도사들은 기도에 눌려 이전이 말하는 대로 좌측 담장을 향해 땅을 박찼다. 우측 담장의 부적들을 다 제거한 이전은 다시 몸을 날려 뒷문 쪽으로 향했다. 부적이 없어지자 담장을 넘어오는 요괴가 많아졌다. 부적이 아예 효과가 없었던 것은 아닌 모양이었다.

"이쪽으로 부적시는 쏘지 마시오!!"

이전이 힘껏 외쳤다.

문한을 제외한 궁수들은 무공이 높지 않았다. 그들은 순순히 이전의 말을 들었다. 그들을 지휘하고 있던 문한은 강궁 대신 창을 들고서 좌충우돌 요괴들을 막는 중이라 달리 지시를 내릴 겨를이 없었다.

뒷문 쪽 담장에 다다른 이전은 다시 부적들을 제거했다.

후원에서 요괴들을 막던 창술무인들이 웬일이냐 물었다. 이전은 거침없이 말했다.

"거기, 거기, 세 분은 뒤쪽으로 빠져 주시오!"

셋은 창대에 사마제압부를 붙인 이들이었다. 그들은 영문도 모른 채, 후방으로 물러났다. 그들은 아직 능동적 전투를 할 수 있는 무인들이 아니었다. 한 번도 겪어보지 못한 대규모 요괴전인 만큼, 그들에겐 자신 있게 명령해 줄 지휘관이 절실했다.

이전이 그런 자격이 있는지 여부는 중요하지 않았다. 이전은 확신을 갖고 움직이고 있었다. 군사를 이끄는 것은 항상 그런 자였다. 창술무인들은 더 토를 달지 못한 채, 뒤로 물러나 저지선을 새로 짰다.

이전은 빠르게 움직였다.

좌측 담장과 후측 담장의 부적이 모조리 없어졌다. 그것으로 이 집의 전방위 절반에 부적 보호력이 사라지게 되었다.

꾸웅!

아슬아슬했다.

묵직한 흔들림을 느꼈다. 무언가가 뒷문 바깥에 착지하며 생겨난 진동이었다.

"형! 다 왔어! 피해!!"

지붕 위에서 들려오는 목소리가 다급했다.

'제발 되어라!!'

이전은 속으로 빌며, 아무도 없는 어둠을 향해 간곡한 마음을 담아 부탁했다.

"현을 지켜주던 가족들께 고하오! 힘을 빌려주시오!"

쾅!

담벼락이 무너졌다.

커다란 알유의 몸집이 담장 잔해 사이로 드러났다.

창술무인들이 크게 놀라 창대를 고쳐 잡았다.

그들 중엔 이미 알유를 직접 보았던 자가 둘이나 있었다. 그들은 곧바로 뒷걸음질을 쳤다.

알유의 요력은 술법을 익히지 않은 자도 충분히 느낄 수 있을 만큼 거셌다.

이전은 생사의 기로에 서 있음을 느꼈다. 등줄기가 찌릿찌릿했다.

엽단평을 대동하고 왔어야 했나 싶었다.

알유가 담장 돌무더기에 발을 올렸다. 콰르륵 하고 돌끼리 마찰되는 소리가 그의 죽음을 알리는 신호 같았다.

알유는 냄새라도 맡는 것처럼 목을 빼고 좌우를 돌아보았다. 이전은 그런 모습을 보며, 알유가 그들을 하찮게 여기고 있음을 알았다.

알유는 이전을 비롯한 창술무인에게 별 관심이 없었다.

알유는 따로 찾고 있는 것이 있었다.

다른 요괴들도 마찬가지였다. 이 요괴들이 무인들을 공격하는 것은 단지 요괴들이 가려는 길목에 그들이 있었기 때문이다. 요괴들의 목적은 하나였다. 이전은 이 같은 수라장이 근본적으로 필멸자 쟁탈전이라는 사실을 여실히 깨달을 수 있었다.

알유가 몸을 쭉 내밀어 후원 안으로 들어왔다. 회색빛 번들거리는 몸체가 징그러웠다.

알유는 달려들지 않고 느릿느릿 움직였다. 사람 같은 얼굴을 지녔으면서 땅에 커다란 머리를 내리고 개처럼 냄새를 맡았다. 그 와중에 꿰엑 하는 괴성과 함께 담벼락을 넘어 갈저 두 마리가 튀어나왔다. 이전의 무공으로는 갈저 한 마리도 감당하기가 어려웠다. 이전은 그래도 물러나지 않았다.

쐐액!

이전의 손에서 비도가 날았다. 날쌘 갈저는 쉽게 피했다.

콰직!

황급히 피하려는데 한줄기 푸른 선이 날아와 달려들던 갈저를 꿰뚫었다.

쾅!

땅에 박혀 부르르 떠는 푸른 선은 한 자루의 청색창이었다. 이전이 뒤를 올려다보았다. 질린 표정의 이복이 보였다. 그 옆에 십삼창 모영훈이 서 있었다. 이복이 급하게 도움을 요청한 모양이었다.

모영훈의 얼굴은 바위처럼 굳어져 있었다. 그의 시선은 대형 알유에 꽂혀 있었다.

한 마리 더 달려든 갈저는 창술무인들이 합공으로 죽였다.

그때서야 알유가 이전을 보았다.

알유가 다가왔다. 몹시 위협적이었다. 위압감에 몸을 움직이기조차 어려울 지경이었다.

이전은 그 와중에도 땅에 박힌 청색창에 부적이 감겨 있는 것을 보았다. 이전이 몸을 날렸다. 목숨 걸고 창대를 잡아 부적을 찢어버리고, 지붕 위로 내던졌다. 모영훈이 훌쩍 몸을 날리며 창을 잡았다.

텅!

알유가 땅을 박찼다. 눈에 거슬리는 사람, 이전을 향해서였다.

"형!!"

동생의 목소리가 절규처럼 들렸다.

알유의 거대한 그림자가 머리 위로 드리워졌다.

죽었다.

그렇게 생각했다.

쾅!

폭음이 들렸다.

위쪽으로 날렵한 그림자를 보였다. 알유가 그대로 이전을 뛰어넘어 등 뒤로 착지했다. 쿵! 하고 내려서는 거체에 일순 균형을 잃을 뻔했다.

그림자는 모영훈이 아니었다.

날렵한 그림자는 여인의 모습을 하고 있었다.

"흥!"

여인은 착지하고 이전을 돌아보며 코웃음을 쳤다. 하늘하늘한 옷은 무복이 아니라 양갓집 규수들이 즐겨 입을 만한 평상복이었다. 그녀가 이전의 옆을 스쳐 알유 앞에 섰다.

"더러운 놈이 감히 이 집에 들어와?"

등을 꼿꼿이 세운 여인에게선 신비롭고 요요로운 기운이 뿜어져 나오고 있었다. 알유의 인면(人面)이 보기 싫게 일그러졌다.

이전은 직감적으로 이 여인이 바로 현이 말하는 이모임을 알 수 있었다.

여인이 바로 알유에게 뛰어 들었다. 사뿐 몸을 날리는 것이 무공신법처럼은 보이지 않았다. 그런데도 엄청나게 빨랐다.

알유가 발톱 세운 앞발을 휘두르고 여인은 손바닥을 내쳤다.

쾅!

폭음이 터져 나왔다.

알유는 여인보다 훨씬 컸다. 그럼에도 알유와 여인은 비슷한 거리만큼 튕겨 나갔다.

타닥!

모영훈이 다가와 이전의 옆에 섰다. 여인의 움직임은 놀라웠다. 알유와 무서운 속도로 공방을 벌이며 그 거체를 점차 담장 쪽으로 밀어내는 중이었다.

"대체 저 여인은 누구요? 어디서 이렇게 갑자기 나타난 게요?"

"아군입니다."

이전이 짤막하게 대답했다. 그러면서 알유와 여인의 싸움을 면밀히 관찰했다.

여인은 대단히 빠르고 강했지만, 힘은 알유 쪽이 위인 것 같았다. 담장 쪽으로 밀어내고 있는 것은 힘의 우위에서가 아니라 방향을 타면서 좀 더 영리하게 공격을 한 덕분이었다.

또한 이전은 여인의 움직임이 다소 부자연스럽다는 느낌을 받았다.

여인은 전력을 내는 것으로 보이지 않았다. 전력을 다하지 않는 것이 아니라 못 하는 거다. 둔갑이라는 두 글자가 떠올랐다. 여인의 모습은 본체가 아니다. 이전은 이제 눈에 보이는 것 이상을 읽을 수 있었다.

"형! 뭔가가 또 오고 있어!"

이전은 이복의 목소리를 들었다.

드디어 귀차인가 해서 지붕 위를 올려보았다.

그러나 이복의 손이 향해 있는 것은 하늘 쪽이 아니었다. 이복은 담장 너머의 땅을 가리키고 있었다. 이번엔 뒷문 쪽이 아니라 우측이었다. 정면에 화두, 뒷면에 알유, 이번엔 또 뭐가 오는지 알 수 없었다.

여인의 출현으로 그나마 한시름 놓았다 싶었더니 또 뭔가가 오고 있다. 이렇게 되면 생각이 많아질 수밖에 없었다. 이전은 복잡한 머릿속에서도 빠르게 마음을 굳혔다. 그가 모영훈을 바라보며 진지한 목소리로 말했다.

"다 같이 앞문 쪽으로 가야 합니다. 속전속결입니다. 일단 화두라는 원숭이 요괴부터 물리칩시다."

"저 괴물은 어쩌고?"

"여인이 막아줄 겁니다."

이전의 말에 모영훈이 잠시 미심쩍은 표정을 지었지만, 이내 고개를 굳게 끄덕이며 대답했다.

"그리하세."

신뢰가 생겼다. 오늘 처음 본 이전이다. 의구심을 완전히 버릴 수야 없었지만, 이전의 말대로 대응했기에 괴물들과 맞서

버틸 수 있었다.

창술무인들까지 다 함께 지붕 위로 올라갔다.

이복이 가리키는 방향을 보았다. 저쪽에서는 또 하나 커다란 요괴가 다가오는 중이었다. 화두보다는 작지만 그래도 사람보다 훨씬 큰 원숭이 형태의 요괴였다. 털이 노란색이었다. 눈에 서린 붉은 빛이 화두의 그것처럼 멀리까지 보였다.

"정말 혼자 놔둬도 되는가?"

모영훈이 여인 쪽을 보며 물었다.

"네. 됩니다. 저희가 있어 봐야 방해만 될 겁니다."

이전이 강한 어조로 대답했다. 모영훈은 어떤 싸움에서도 방해가 될 거라는 말을 들은 적이 없었으나, 이상하게도 기분이 나쁘지 않았다. 모영훈은 더 의문을 제기하지 않고 창술무인들을 독려했다.

"서두르자!"

그들이 지붕을 가로질러 정문 쪽 땅으로 몸을 날렸다. 이전이 부적을 제거한 우측 담장 쪽으로는 한창 요괴들이 몰리는 중이었다. 창술무인들이 담장 방어에 가세했다. 모영훈 본인은 화두와 싸우는 삼 인 쪽으로 달려갔다.

화두를 먼저 쓰러뜨려야 지금 오는 다른 원숭이 요괴에 맞설 수 있을 터였다. 여전히 인원은 부족했다.

이전이 알유와 싸우는 여인 쪽을 돌아보았다.

마침 이전 쪽을 올려본 여인과 시선이 맞았다. 여인이 고개를 홱 돌리며 다시 한번 '흥!' 하고 코웃음을 쳤다. 이전은 그것을 고마움의 표현으로 해석했다.

모영훈을 비롯한 창술무인들의 시선이 사라지자 여인은 더 여유를 찾은 것 같은 기색이었다. 그녀의 움직임이 더 빨라졌다. 더 짐승 같아졌다. 그녀의 머리가 붉은빛으로 변하기 시작했다.

"밖으로 나가라!"

여인이 앙칼지게 소리치며 손을 휘둘렀다. 손바닥에 맞은 알유가 쭉 밀려 나며 담장에 부딪쳤다.

여인이 다시 달려들었다. 가녀린 몸통으로 들이받는데, 마치 화탄이라도 맞은 것마냥 커다란 소리가 났다.

꽈앙!

담벼락이 와르르 무너지며 알유가 뒤쪽으로 넘어졌다. 담장이 부서지긴 했지만 기어이 그 너머로 알유를 밀어냈다. 남아 있는 담벼락에 올라간 그녀가 고고한 자태로 몸을 세웠다. 그녀의 머리카락은 이제 완전한 붉은색이 되어 있었다. 아니, 머리카락이 아니라 가시처럼 보였다. 뾰족뾰족한 붉은 가시는 마치 고슴도치의 그것처럼 보였다.

탓!

그녀가 알유에게로 뛰어내렸다. 폭음이 이어졌다. 그녀의 모습은 지금도 변하고 있을 것이다. 이곳에선 보이지 않았다. 본모습을 찾아가는 만큼 힘도 강해지고 있음이 분명했다.

이전은 다시 화두 쪽을 보면서 스스로 말했던 속전속결 한 단어를 생각했다.

발밑으로 엽단평이 보였다.

애초에 작전을 잘못 짠 건가 하는 생각이 들었다. 급히 끝내야 한다면 엽단평이 나서는 게 옳았다. 그러면서도 계속 귀차를 생각했다. 귀차가 하늘을 날아 이곳을 덮친다면, 막을 수 있는 이가 엽단평밖에 없었다.

돌고 돌아 제자리였다.

엽단평은 못 뺀다. 칼날 같던 귀차의 발톱과 거대한 덩치를 떠올렸다. 이런 지붕 따위는 순식간에 부술 수 있다. 공중 요격이라는 것은 애초에 일반적인 병법 상정 바깥의 공격이었다. 미지의 위력에 대응하려면 역시 이쪽에서도 최강의 한 수를 남겨둬야 했다.

이전이 화두 쪽을 보았다. 동생 이복은 다른 노란 털 원숭이 요괴의 접근을 주시했다. 이번엔 이전이 아니라 이복이 무공도사들을 불렀다. 무공도사 동명이 위로 올라와 이복이 가리키는 방향을 봤다.

"웅화다!"

표정만으로도 요괴가 만만치 않다는 것을 알 수 있었다. 동명이 다시 지붕 밑으로 내려갔다. 화두 때처럼 누구에게 경고하려 해도, 여유 있는 자가 아무도 없었다.

설상가상이다.

화두 쪽에서 변고가 발생한 것은 모영훈이 막 담벼락을 넘어 항자료 쪽에 붙은 직후였다.

쿠오오오오오오! 화르르르르르륵!

불길이 번지며 주위가 확 밝아졌다.

십삼창 고수들은 빠르게 회피했다. 다만 이택원이 뛴 방향이 나빴다. 아니면 화두가 진즉에 한 명만을 노린 걸 수도 있었다.

후웅! 퍼어억! 우직!

불길 방사 직후 화두가 빠르게 손을 휘둘렀다. 이택원이 거기에 걸렸다. 주먹 직격은 피했지만 팔뚝에 맞았다. 그것도 충분히 과했다. 화두의 일격이 이택원의 전신에 무지막지한 충격을 가했다.

뼈 부러지는 소리와 함께 이택원의 몸이 날아가 저쪽 집 담벼락 밑에 처박혔다. 손에 잡고 있던 장창도 놓쳤다. 장창이 횡횡 돌며 날아 와서 기일승의 발 앞에 꽂혔다.

"이 사형!!"

"택원아!!"

항자료와 기일승이 동시에 비명성을 냈다. 담벼락에 구겨져 꼬꾸라진 이택원은 생사가 불투명해 보였다.

"이놈!!!"

항자료가 큰 소리를 내지르며 달려들었다. 그러나 화두는 분노한 힘만으로 제압할 수 있는 요괴가 아니었다. 항자료는 계속 헛손질을 했다.

기일승은 패색이 짙어졌음을 알았다. 화두는 원숭이 요괴가 아니랄까 봐, 아주 영악하고 교활했다. 화두는 그들에게 쉽게 익숙해졌다. 청색창 초식이 간파되는 느낌까지 받았다.

＊　　　　＊　　　　＊

모영훈이 이택원이 빠진 자리를 맡았지만 대체가 될 수 없었다. 모영훈은 이택원보다 무공이 부족했다. 때문에 도리어 손발이 어지러워졌다. 이택원의 상세를 살피지 못한 심리적 불안감도 문제였다. 전력 약화가 명백했다.

"잠시만 버텨라. 내가 저쪽을 도와주고 오겠다!"

보다 못한 문한이 창술무인에게 소리치고 화두 쪽을 향해 몸을 날렸다. 그가 달려가며 창 대신 강궁을 꺼내 들었다. 그가 사마제압부 화살을 시위에 걸었다.

쐐액! 퍼억!

머리를 노리고 쏜 화살이 화두의 어깨에 맞았다. 반응 속도가 대단했다. 화두는 창날보다 부적시를 더 싫어하는 것 같았다. 화두가 쿠오! 하는 괴성을 내지르며 문한 쪽으로 홱 머리를 돌렸다.

그 틈을 타 항자료가 득달같이 달려들었다. 기일승과 모영훈이 양옆으로 돌아갔다. 문한의 강궁도 또 한 번 부적시를 뿜어냈다. 화두가 전신을 한 바퀴 뒤로 구르며 세 자루 창날과 사마제압부 부적시를 모조리 피해냈다. 신법고수의 한 수마냥 절묘하기 짝이 없었다.

네 고수의 합공을 단숨에 무력화시킨 화두가 번쩍 옆으로 몸을 날렸다. 화두가 주먹으로 담벼락을 갈겼다.

콰아앙!

담벼락이 엉망진창으로 부서졌다. 화두는 발을 굴러 계속 따라붙는 항자료를 뒤로 물리고, 두 팔을 뻗어 넓적하게 부서진 담벼락 잔해를 들어올렸다.

화두가 손에 든 담벼락 파편은 대문짝보다 컸다. 문한이 부적시를 시위에 거는데, 화두가 벼락같이 손에 든 것을 내던졌다.

"큭!"

문한은 그 와중에도 부적시를 날리며 몸을 피했다.

콰아아아앙!

"으억!"

날아온 담벼락이 화탄처럼 땅에 처박혔다. 비산한 흙먼지 사이로 문한이 몸을 일으켰다.

운이 나빴다. 그가 휘청하며 강궁으로 땅을 짚고 몸을 가눴다. 오른쪽 어깨가 축 늘어져 있었다. 땅에 박혀 폭발하듯 터져 나온 돌덩이 하나가 문한의 어깨를 친 것이다. 사람의 머리통만 한 돌덩이에 맞았으니 제아무리 내공고수의 육신이라도 멀쩡할 재간이 없었다.

콰아앙! 콰앙!

화두의 공세가 사나웠다. 용맹한 항자료도 피하기에 급급했다. 문한이 숨을 들이키며 강궁을 들었다. 하지만 그는 시위에 화살 한 대 올리질 못했다. 부상이 아주 심해 보였다.

화두가 항자료를 쫓는 사이 기일승이 은밀하게 몸을 날려 후방 사각으로 돌아갔다. 무릎 뒤편 오금을 노리고 회심의 일격처럼 창을 내질렀다.

후욱!

분명 제대로 들어갔다 생각했는데, 또다시 허공을 갈랐다. 기일승은 크게 놀랐다. 발을 구르는 어떤 조짐도 없었기 때문이었다. 기일승은 본능적으로 몸을 숙이고 측면의 땅을 향해 몸을 날렸다.

콰앙!

그가 있던 자리로 발바닥이 떨어졌다. 영락없이 밟힐 뻔했다. 간담이 서늘했다.

'꼬리!'

꼬리를 간과했다. 꼬리의 힘이 그리도 강할 줄 몰랐다. 도약 없이 꼬리만으로 몸을 지탱하여 한 바퀴 돈 것이다.

쇄애애액!

기일승이 두 번 더 땅을 박차고 전권에서 벗어나려 했다. 그는 무시무시한 파공음이 등으로 날아오는 것을 느끼고 다시 땅을 굴렀다.

콰앙!

땅에서 폭음이 터졌다. 무서운 속도로 날아온 그것은 커다란 돌덩이였다.

기일승의 표정이 암담해졌다.

화두는 담벼락을 던져 문한의 화살을 봉쇄한 후 투석술을 습득하기라도 한 것 같았다. 화두는 이제 돌덩이까지 내던지고 있었다. 공격 범위까지 넓어진 것이다.

'이 사형!!'

상황은 그야말로 악화일로였다.

담벼락 밑에 처박혀 있는 이택원을 향해 야구자 두 마리가 접근하고 있었다. 야구자는 사람의 뇌를 파먹는 요악한 마물이라 했다.

모영훈도 그것을 보았다. 그가 기일승보다 이택원에게 더 가까웠다. 이번엔 그가 이택원을 향해 몸을 날렸다. 그게 또 악수였다.

화두가 모영훈에게 돌덩이를 던졌다.

모영훈과 이택원은 하필 일직선상에 있었다. 그가 피하면 이택원에게도 화가 미칠 판이었다. 모영훈은 창대로 돌덩이를 막을 수밖에 없었다.

쩌엉!

돌덩이는 막았지만 충격이 컸다. 화두가 모영훈에게 무서운 속도로 따라붙었다. 모영훈이 신속하게 몸을 가누고 화두의 주먹을 피했다.

쾅! 콰앙!

주먹에 이어 발까지 잘 넘겼다. 그 사이에 야구자들이 이택원의 지척에 도달해 있었다. 야구자들이 괴성을 냈다. 모영훈의 고개가 절로 그쪽으로 돌아갔다.

실책이었다.

주먹과 발을 피했고 화염 방출의 조짐도 없었다. 하지만 화두에겐 하나가 더 있었다.

퍼억!

꼬리였다.

모영훈의 몸이 뒤쪽으로 덜컥 튕겨나갔다. 일격에 정신을 잃은 듯, 창을 놓치고 신법조차 구사하지 못했다. 땅을 구르며 날아간 몸은 부서진 담벼락 잔해에 부딪치고서야 멈췄다.

모영훈을 날려 버린 화두가 붉은 몸을 항자료 쪽으로 돌렸다.

검은색 꼬리가 살아 있는 뱀처럼 움직이고 있었다. 숨겨놓은 한 수처럼 휘둘렀다.

화두의 눈알에는 주황색 빛이 기이하게 일렁거리고 있었다. 안면 주름도 이상하게 일그러졌다. 의기양양해하는 표정처럼 보인 것은 그들만의 착각이 아니었을 터였다.

화두 앞엔 이제 항자료와 기일승만 남았다.

항자료는 더 이상 호기롭지 못했다.

기일승은 더 심했다. 그의 표정은 암담함 그 자체였다.

그는 본디 항자료 못지않게 호전적인 무인이었다. 창을 고쳐 쥐고 나아가려 했지만 발걸음이 그렇게 무거울 수가 없었다. 가장 급한 것이 이택원인데 화두는 그것마저 간파하고 있는 것처럼 그 앞을 틀어막고 있었다. 화두의 기둥 같은 다리 사이로 쓰러진 이택원과 야구자들이 보였다. 야구자 한 놈의 입에서 흉측한 혀가 이택원의 머리를 향해 내려오고 있었다.

콰아아앙!

뒤편에서 또 한 번 폭음이 들려왔다.

이택원한테서 시선을 떼기가 어려웠지만, 소리가 심상치 않았다. 상황 파악을 해야 했다. 기일승이 뒤쪽을 돌아보았다.

우측 담장이 무너지고 있었다. 커다란 원숭이 요괴가 담장을 부수고 내원에 발을 디뎠다. 새로운 원숭이 요괴는 노란 털로 뒤덮여 있었다. 화두보다는 작았지만 그래도 충분히 컸다.

기일승이 다시 이택원 쪽을 보았다.

한 번 고개를 다시 돌린 그 아주 짧은 시간, 화두의 거체가 사라지고 없었다.

"일승!!"

항자료의 고함 소리를 들었다. 기일승은 항자료의 목소리를 듣기 전에 이미 뒤로 뛰고 있었다. 한순간도 틈을 주면 안 된다. 눈앞으로 붉고 거대한 것이 기일승이 있던 자리를 깔아뭉개고 있었다.

콰아앙!

아슬아슬하게 피했다. 그게 끝이 아니다. 기일승은 또다시 몸을 날려 화두의 손을 피해야만 했다. 화두는 무슨 벌레라도 잡듯이 손을 휘둘렀다.

'속수무책으로 도망만 쳐야 하다니!'

이런 상대가 세상에 있을 거라고는 상상조차 하지 못했다. 누구에게든 굴욕을 당할 바엔 피하지 않고 창검을 맞겠다고 큰소리치던 그였다. 그러나 상대는 명예를 알아줄 무인이 아니었다. 그냥 괴물이었다.

'이 사형을 이대로 포기해야 하는가?'

절망적인 생각이 머리를 스칠 때였다.

쐐애애애액!

아주 강렬한 파공음이 귓전을 스쳤다.

퍼어억!

그것은 안채의 지붕 위에서 날아왔다. 한 줄기 직선이 기일승의 머리 위를 지나 저 멀리 야구자의 머리통을 날려 버렸다. 이택원의 머리로 흉측한 혀를 늘어뜨리던 바로 그 야구자였다.

쐐애애액!

파공음이 한 번 더 터져 나왔다.

이택원에게 접근해 있던 또 한 마리 야구자가 강철 화살에 꼬치처럼 꿰뚫려 담벼락에 틀어박혔다.

"됐습니다. 이건 붉은 괴물에겐 통하지 않을 겁니다. 이젠 저쪽 괴물에게 쏩시다!"

기일승은 그동안 크게 주목하지 않았던 남자의 단호한 목소리를 들으며 땅을 박찼다. 그가 다 부서져 가는 담벼락 위에 올랐다. 화두는 그를 쫓아오지 않았다. 항자료가 맹렬하게 창을 내치고 있었다.

겨우 숨을 돌렸다. 그때서야 지붕 위를 돌아 본 기일승은 크게 놀랐다. 오늘 하루 놀란 것이 한두 번이 아니다만, 이번 놀라움은 또 달랐다.

귀차를 상대하기 위해 준비했던 대형 연노 두 기가 방향을 바꿔 노란 털의 원숭이 요괴에게 겨눠지고 있었다. 야구자를 죽인 게 바로 그 연노다. 시양회 일반 창술무인만도 못한 무공에, 기도도 평범하기 짝이 없는 남자가 문한이 데려온 궁수들을 지휘하여 이택원을 구한 것이다. 구명지은이었다.

쐐애액! 쐐액!

연노에서 폭사된 강철시 두 자루가 동시에 밤하늘을 갈랐다. 이전과 이복이 있는 힘을 다 쓰고도 만만치 않았을 만큼 지붕 위로 올리는 것부터가 보통 일이 아니었다. 그 와중에 기왓장도 수십 개나 부서졌다. 지붕 위는 수평도 맞지 않았다. 조준을 정확하게 하기 위해서는 발출 반동도 막아야 했다. 이전과 이복이 공력을 일으키며 받침대를 붙잡고 있었다.

덕분에 강철 화살은 정확하게 날아갔다. 원숭이 요괴 옹화가 꾸워억! 하고 화두와 조금 다른 괴성을 내지르며 옆으로 몸을 날렸다.

옹화는 화두만큼 빨랐다. 체구가 작아서 더 빠르게 느껴졌다. 한 발은 완전히 빗나갔지만, 한 발은 옹화의 팔뚝을 스치고 날아갔다. 노란 털 위로 핏물이 솟았다. 이놈은 확실히 화두보다 약했다. 그걸 알게 된 것만으로 큰 수확이었다.

"꾸워어어억!"

옹화가 화가 난 듯 괴성을 내질렀다.

궁수들이 다급하게 연노를 재장전했다. 문제는 이것이다. 단발 발사 방식의 연노는 연사가 어렵다. 특히 이런 형태의 대형 연노는 그게 더 힘들었다.

옹화가 펄쩍 펄쩍 공중으로 뛰면서 안채를 향해 다가왔다. 이전의 눈이 한 번 더 빛났다. 옹화는 곧바로 이곳을 향해 뛰어드는 것이 아니라 정원을 빙글 돌다시피 하고 있었다.

연노의 단점은 여기에도 있었다.

조준을 위한 회전이 가능했으나 그 각도가 좁고 느렸다. 저렇게 움직이는 목표는 아무리 덩치가 커도 맞추기가 어려웠다. 아까 한발이라도 제대로 맞췄어야 했다. 요괴는 빠르고 영리했다.

연노만 이리저리 돌리는 사이에 옹화가 안채 앞마당까지 당도했다.

안채 바로 앞에는 엽단평이 있었다. 요괴들이 더 많이 침입해 들어오면서 엽단평의 주변엔 요괴 시체들이 사람 키만큼

쌓여 있었다.

옹화는 거기서 더 다가오지 못했다.

엽단평을 의식했기 때문인가 싶었는데, 움직임이 그보다 더 부자연스러웠다.

크게 몇 번 도약하면 지붕까지 단숨에 올라올 거리였다. 그러나 옹화는 엽단평과 한참 거리가 있는데도 멈칫거리면서 높이 뛰어오르지 못했다. 이전은 그런 옹화의 발밑을 유심히 보았다.

'갈저!'

이전의 의식은 그 어느 때보다 명료했고, 그의 사고는 어느 때보다 빨랐다.

엽단평이 발하는 검기도 만만치 않았겠지만, 그보다 더 직접적인 이유가 있는 것 같았다. 옹화가 멈추는 곳에는 반드시 갈저의 사체들이 있었다. 이전은 그토록 작은 단서도 놓치지 않았다.

'독 때문이구나!'

이곳저곳에 널려 있는 갈저의 시체에서는 붉은 독기가 스멀스멀 올라오고 있었다.

갈저가 죽으면서 뿜는 독은 사람의 생명을 빼앗기에 부족함이 없는 맹독이었다. 내공이 고강한 엽단평도 간간히 요괴도 없는 빈 공간에 대력횡검을 휘둘러 검압으로 독기를 몰아내는 중이었다.

옹화는 동물적 감각으로 엽단평의 간격 바깥을 돌며 땅에 깔린 독을 피해 다녔다.

독에 취약하다는 뜻이다.

그렇게 약점을 알아냈다. 하지만 그뿐이다. 옹화는 이리 뛰고 저리 뛰다가 꾸억! 하고 괴성을 지르더니 어렵사리 버티고 있는 창술무인과 무공도사들을 공격하기 시작했다. 창술 무인 네 명은 요괴들을 막다가 이미 쓰러졌고, 무공도사 셋 중 하나도 부상을 입었는지 상태가 꽤 나빠 보였다.

차라리 옹화가 지붕 쪽만 보고 있을 때가 나았다.

옹화가 내원의 무인들을 짓밟으려 하자, 상황은 삽시간에 극악으로 치달았다. 이미 지쳐 있던 창술무인 하나가 옹화의 발에 채여 날아갔다. 쓰러진 창술무인은 다시 일어나지 못했다. 시양회 창술 무인은 그렇게 다섯이 되었다. 이전은 이 같은 괴물들을 상대하기 위해선 특별한 전략이 필요함을 절실히 깨달았다.

십삼창은 하나같이 강자였고, 시양회 창술무인들도 무공이 뛰어났다. 그러나 그들 모두가 대책 없이 무너지고 있었다. 이렇게 싸워서는 안 된다. 이대로는 전멸밖에 없었다.

"순양궁 도사분들은 이쪽으로 올라오시오!"

이전이 소리쳤다.

무공도사들은 이전의 말을 순순히 따랐다. 이전은 아까 이들에게 화두와의 싸움을 도우라 했지만, 이들은 거기까지 가지도 못했다. 안채 주변에서 겨우 좌충우돌 싸운 것이 다였다. 그들이 도망치듯 몸을 날려 지붕 위로 올라왔다. 동명, 동순, 동청은 몰골이 엉망진창이었다. 특히나 동순은 복부가 피로 물들어 있고 얼굴이 창백하여 도저히 싸울 상태가 아니어 보였다. 지붕 위로 올라올 만한 신법은 어떻게 펼쳤나 싶을 정도였다.

"갈저의 독을 무기로 사용할 수 있는 방법이 있소이까?"

힘들다고 배려해 줄 상황이 아니었다. 거의 넋이 나가 있던 세 사람이 어리둥절한 표정으로 이전을 돌아보았다. 반응이 한발 느린 그 사이에 창술무인 하나가 더 쓰러졌다. 이전이 그들의 얼굴 앞에 손뼉을 쫙 치며 목소리를 높였다.

"요괴들에 대해서는 당신들이 잘 알지 않소? 우린 저 요괴들의 이름들도 몰랐소! 정신 차리고 생각해 보시오! 갈저의 독을 당장 쓸 수 있는 방법 말이오!"

동명이 그나마 첫째라고 가장 먼저 정신을 추슬렀다. 그가 되물었다.

"갈저 독은 어디에 쓰려고 그러시오?"

이전은 돌려 말하지 않았다.

"옹화를 죽이는 데 쓰려 하오."

동명과 동청이 그의 말을 듣고 옹화 쪽을 돌아보았다. 옹화는 또 다른 창술무인을 후려치고 있었다. 또 하나 죽나 보다 하는 그때에 강력한 창 한 자루가 튀어나와 옹화의 팔을 막았다.

한 팔밖에 못 쓰는 문한이었다. 아예 강궁을 버리고 창을 휘두르는데, 그 무위가 남은 창술무인 모두를 합한 것보다 뛰어나 보였다. 옹화가 괴성을 내지르며 문한을 밀어냈다. 그 위태함이 보는 이의 심장을 옥쥘 정도로 아슬아슬했다.

"뭐라도 알려주시오!"

동명과 동청은 얼굴을 일그러뜨리고 옹화 쪽만 보았다. 동순은 천 조각을 꺼내들고 끙끙대며 본인의 상처를 틀어막는 중이었다.

"어서!"

이전과 이복은 그 와중에도 대형연노의 받침대에 붙어 용을 썼다. 문한이 용맹하게 맞서자 옹화의 움직임이 단순해졌다. 조준이 쉬워졌고 거리도 가까웠다.

쐐액! 하고 강철 화살이 날았다.

콰앙!

운이 나빴다. 이전과 이복이 힘을 다해 누르자 받침대 밑에 깔린 기왓장이 발사 순간에 깨지면서 반동이 생겨버렸다.

강철 화살이 옹화의 옆을 한참 빗나가 어둠속으로 사라졌다. 옹화가 다시 이쪽 지붕 위를 보았다. 눈알은 핏빛으로 빛났고 까만 원숭이 얼굴은 분노로 일그러져 있었다.

옹화가 문한의 창을 피해 훌쩍 뛰더니 쓰러져 있던 창술무인을 집어 들었다. 창술무인이 옹화의 손에서 축 늘어졌다. 정신을 잃은 건지 죽은 건지 알 수 없었다.

'설마!'

옹화가 이쪽을 향해 팔을 휘둘렀다. 창술무인의 몸이 무서운 지붕 위로 날아왔다.

콰직! 우지끈!

거리가 멀지 않았다. 창술무인의 몸이 연노 한 기에 정확히 박혀들었다. 그들이 가져온 연노는 내구도가 높지 않았다. 단단한 철노(鐵弩)라도 망가졌을 만큼 큰 충격이다. 활대가 뒤틀리고 활시위가 끊어졌다. 무인의 허리가 기괴하게 꺾여 망가진 연노와 한 몸이 되었다. 살아 있었더라도 즉사였다.

"이 괴물이!!"

무서운 광경이었다.

분노한 문한의 고함이 사위를 쩌렁쩌렁 울렸다. 문한 홀로는 역부족이었다. 부상까지 입고 있었다.

이러면 어쩔 수가 없다.

밑에서 차분한 목소리가 올라왔다.

"내가 나서마."

마침내 몸을 날린다.

이전은 더 이상 말릴 수 없었다.

엽단평이 옹화에게 검을 겨눴다.

*   *   *

엽단평이 나서자마자, 안채의 문 앞으로 흐릿한 그림자가 나타났다. 그림자는 커다란 안개처럼 번져 있더니 이내, 길쭉하게 뭉쳐지면서 사람의 형체를 갖춰 나갔다.

"숨. 쉬기도. 힘들다니."

머리 형태에 눈과 코가 생겼다.

입이 벌어지자, 형체는 중얼거리며 사람 말을 했다.

길쭉하게 뭉쳐졌지만 키는 작았다. 체구가 단단하고 온몸에 털이 많았다. 숱 많은 머리털은 마치 잘 빗겨진 것처럼 뒤쪽으로 넘겨져 있었다.

형체는 바로 기둥 뒤에 숨어 엽단평의 등을 보았다. 형체가 몸을 한번 부르르 떨었다.

"저 사람. 참. 무섭다."

눈치 보듯 힐끔힐끔 엽단평 쪽을 보면서 안채 문 앞에 이르렀다.

똑, 똑, 똑!

문을 두드리자 안에서 속삭이는 목소리가 들려왔다.

"왔구나, 삼촌!"

"그래."

모두의 위기에도 엽단평이 자리를 뜨지 못한 것은 귀차 때문만이 아니었다.

바로 이 존재 때문이다.

"어디 있었던 거야?"

"뒷벽. 기둥. 널 감추고. 있었다."

"이모는?"

"맹괴 누나. 강하다. 아마도. 안 죽어."

말이 뚝뚝 끊겼다. 사람 말을 하는 것이 쉽지 않은 것 같았다.

"그런데 왜 나한테 왔어? 이모를 도와주든가 다른 사람을 도와줬어야지."

"나, 활회. 아직. 사람들. 익숙하지 않아."

"그래도."

"얼른. 나와. 도망쳐야 해."

"도망치자구?"

"응. 사람화 안 된 것들. 너무 많아. 다 죽을 거야."

"아무 데도 가지 말라고 했어."

"정말. 많이. 무서운 것이 와. 얼른 가야 해."

"이 사람들은? 그냥 놔두고?"

"저것들은. 너를. 노리고. 오는 거야. 네가. 없으면. 저것들도. 안 온다."

"……!"

현은 잠시 아무 말도 하지 못했다. 삼촌, 활회의 말은 틀린 데가 없었다. 현이 없으면 저 요괴들은 오지 않는다. 다만, 현을 쫓아오겠지. 그래도 활회는 빠르다. 많이 빨랐다.

문이 열렸다.

현은 문을 열고 나와 긴 털 덮인 활회의 손을 잡았다.

"귀차는?"

"그. 고약한. 날짐승이. 무서운 게. 아냐. 더. 무서운 게. 와."

"그래. 그럼 가자."

현은 선택했다.

활회가 현을 품에 안았다. 소년은 이제 한 품에 완전히 들어오지 않을 만큼 커버렸다. 소년이 아주 작았을 때부터 안겼던 품이었다.

활회의 작은 눈이 내원을 살폈다.

갈저의 독 안개가 곳곳에 퍼져 있었다. 한참 돌아가야겠다. 잡스런 것들도 많았다. 눈에 띄지 않게 움직이려면 시간이 걸릴 것 같았다.

*　　　*　　　*

현이 문을 열고 나온 바로 그때, 지붕 위에서는 또 급박한 대화가 이어지고 있었다.

"사형! 저, 저기!"

"미친!"

"또 옵니다!"

저 멀리 숲 쪽에서 커다란 붉은 그림자가 나타났다. 그리고 또 하나, 노란 그림자도 뒤를 이었다.

화두와 옹화가 한 마리씩 더 오는 것이다. 무공도사들의 얼굴이 사색이 되었다.

"사형, 여기가 우리 무덤자리인가 봅니다."

동청의 말에 동명은 대꾸하지 않았다. 그의 눈동자는 그저 끊임없이 흔들리고 있을 뿐이었다.

이전도 고개를 설레설레 흔들었다.

엽단평을 아껴두는 게 문제가 아니었다. 애초에 요괴들은 그들의 전력을 크게 상회하고 있었다. 엽단평이 아무리 강해도, 화두 같은 괴물 두 마리를 상대로는 승리하는 모습이 그려지지 않았다.

이제 바라는 것은 오직 하나다.

이전 자신의 안목이 정확하지 않기만을 바란다. 엽단평이 그가 생각하는 것보다 훨씬 더 고수라서 화두 두 마리의 목이라도 단숨에 딸 수 있는 실력을 갖추었기를 희망할 수밖에 없었다.

이전이 그런 마음을 담아 아래쪽을 바라보았다. 밑을 보자 조금은 안심이 되었다.

후웅!

엽단평의 검이 어둠을 갈랐다. 그의 앞에 있던 요괴들 셋이 한꺼번에 반으로 쪼개졌다.

"꾸워어어어억!"

엽단평을 발견한 옹화가 괴성을 질렀다. 그러면서 펄쩍 뛰어 뒤로 물러갔다.

"꾸웍! 꾸어억!"

옹화가 손을 내저으며 몇 마디 괴성을 더 내질렀다. 그러자 흩어져 있던 작은 원숭이 요괴 가국들이 삽시간에 몰려들더니 엽단평을 향해 달려들기 시작했다.

스각! 콰드득!

엽단평의 검은 엄청나게 강했다. 전진하는 검날에 요괴들이 파죽지세로 넘어갔다.

문한이 두 눈을 휘둥그레 뜨고 엽단평을 보았다.

순식간에 길이 열리고 있었다.

"모두 물러나시오."

엽단평이 나직하게 말했다.

요괴들의 괴성과 비명성 속에서도 그의 목소리는 문한의 귓전에 뚜렷하게 들렸다.

방해되오. 라는 말이 생략되어 있는 것도 알았다.

문한이 살아 있는 창술무인들과 함께 안채 쪽으로 후퇴했다. 가국들은 계속 밀려들었다. 엽단평 홀로 그 요괴들을 뚫었다.

참마도를 휘두르듯 횡참으로 검을 내치면 좌아아악! 하고 핏물이 솟았다.

과연 홀로 싸우겠다 말할 자격이 있다. 혀를 내두르지 않고는 배길 수가 없었다.

"구어어어!"

옹화가 엽단평을 향해 포효했다.

그것은 상대를 제압하기 위해서가 아니라 두려움에 내지르는 소리 같았다.

후웅! 촤아아아아아아악!

길이 활짝 열렸다.

몰려들던 가국들이 주춤주춤 물러났다.

엽단평이 일순 걸음을 멈추었다. 그는 새 죽립을 눌러 쓴 채 검을 비껴들고 고고하게 서 있었다. 그의 몸이, 그의 고개가 뒤쪽으로 돌아갔다.

안채 쪽에서 범상치 않은 기운이 느껴졌다.

한참 전부터 그의 신경을 자극하던 기, 적의가 없고 안채를 아우르며 그 안의 사람을 보호하려는 의지가 느껴졌기에 내버려 두었던, 바로 그 기였다.

그 기에 변화가 생겼다. 그리고 몹시 신비한 기운을 지닌 소년이 안채에서 나왔다. 엽단평이 발길을 돌렸다.

*　　　　　*　　　　　*

그것을 느낀 것은 엽단평뿐이 아니었다.

지쳐가며 죽음을 목전에 둔 항자료와 기일승을 두고, 화두가 퍼뜩 머리를 쳐들었다.

"쿠오오!"

화두가 꽝! 하고 땅을 박찼다.

옹화보다 큰 화두의 덩치로는 이 집이 결코 넓지 않았다. 화두가 항자료와 기일승을 버려둔 채, 담을 넘고 정원을 지나 순식간에 내원으로 이르렀다.

화두를 제지할 고수가 아무도 없었다.

항자료가 미친 사람처럼 화두를 쫓았다. 기일승은 반쯤 자포자기한 심정으로 이택원에게 달려갔다. 모영훈에게 아직 숨이 붙어 있는 것은 진즉에 확인했다. 이택원이 문제였다.

화두가 펄쩍 뛰어 낮은 담을 넘고 안채 앞에 이르렀을 때, 엽단평 또한 그 앞에 당도해 있었다. 옹화는 화두가 오는 것을 보고 다시 괴성을 지르며 엽단평을 쫓아왔다.

이 원숭이 요괴들은 무리 지을 줄 알고, 머리를 활용할 줄 아는 교활한 괴물들이었다. 엽단평은 원래 그가 있었던 안채 앞에서 두 요괴를 맞이했다.

그는 등 뒤로 기이한 기운을 지닌 존재가 소년을 들고 측채 창고 그림자로 숨어드는 것을 느꼈다. 참으로 묘한 형국이었다.

그들 역시 소년 때문에 이곳에 왔는데, 소년은 따로 도망치려 하고 있었고, 엽단평은 쫓아오는 요괴들을 막아주는 형세가 되어 버렸다.

엽단평은 이 요괴들을 막는 것과 동시에 안채 건물과 지붕 위까지 보호해야 하는 상황에 직면했다.

난이도가 아주아주 높은 싸움이었다.

그러니, 전력을 다할 수밖에 없다.

엽단평이 전신의 내력을 있는 대로 끌어올렸다. 귀차라는 대요괴와 맞서기 위해 아껴뒀던 힘이지만, 지금은 뒷일을 생각할 겨를이 없었다.

우우우우웅!

검날에 강력한 내력이 주입되었다. 묵직한 검명(劍鳴)이 울려 나왔다.

그가 먼저 화두를 향해 몸을 날렸다.

쿠오오오!

화두가 포효하며 팔을 휘둘렀다. 엽단평은 화두의 몸 안쪽으로 뛰어들었다.

콰아아앙!

화두의 주먹이 내원의 땅을 부쉈다. 그 여파에 안채가 통째로 흔들렸다. 지붕 위의 이전과 이복은 코앞에서 그 괴물의 움직임을 보았다. 붉은 화두의 머리는 그들 눈높이와 별 차이가 없었고 노란 옹화의 머리는 도약 한 번이면 닿을 거리에 있었다. 형제는 그걸 보면서, 참으로 비현실적인 광경이구나 생각했다.

엽단평은 그 와중에 화두의 무릎과 허리를 타고 올라 공중으로 몸을 띄웠다.

화두가 위기를 느낀 듯 급격하게 몸을 비틀었다.

그러나 엽단평의 목표는 애초부터 화두가 아니었다. 그의 몸이 바람을 가르고 바로 옆에 있던 웅화에게 짓쳐 들었다.

웅화가 꾸억! 소리를 지르며 손을 휘둘렀다.

엽단평의 눈빛이 변했다. 검에 서린 내공의 성질도 달라졌다.

후욱!

엽단평의 주위가 일순간 어두워진 것 같았다. 이미 어두운 밤이지만, 그 주위만 더 깊은 그림자가 진 것처럼 보였다.

슈악! 좌아아아아악!

핏물이 벌컥 솟구쳤다. 노랗고 거대한 팔뚝이 하늘로 올라와 내원 저편으로 떨어졌다.

꾸웅!

무공도사들의 입이 떡 벌어졌다.

알유 때도 놀랐지만, 지금의 놀라움은 그에 비할 데가 아니었다.

엽단평이 웅화의 등 뒤로 돌아갔다. 웅화는 고통에 찬 괴성을 내지르면서도 죽음에서 도망치는 짐승마냥 펄쩍 몸을 튕겨 엽단평의 검격 거리에서 벗어났다. 뛰고 날아서 착지하는 웅화를 따라 엄청난 양의 핏물이 땅바닥을 적셨다.

꽈아아앙!

웅화가 뛰어오른 그 공간으로 화두의 주먹이 날아 들어와 땅을 쳤다. 안채 건물이 또 한 번 우르르릉 흔들렸다.

엽단평은 미리 기를 읽고 몸을 뺀 뒤였다.

엽단평은 순식간에 옹화의 팔을 잘랐지만 기실 그는 결코 여유롭지 못했다. 청천검 대신 마천검을 발동한 것 자체가 이미 서두르고 있다는 뜻이었다.

건물이 너무 가까웠기 때문이다.

그 안에는 진달을 비롯, 의식을 잃은 이들이 있었다. 그것이 엽단평을 급하게 했다.

엽단평이 속검과 강검을 있는 대로 구사하며 옹화를 따라붙었다.

더 약한 옹화부터 잡고 화두와 상대하려 함이었다.

"꾸어어억!"

옹화가 괴성을 질렀다.

그 광경을 보던 이전이 퍼뜩 몸을 돌리며 이복과 궁수들에게 말했다.

"내려가자, 어서 내려갑시다. 여긴 위험하오."

이전이 지붕에서 뛰어내렸다. 궁수들도 하나 둘 지붕 밑으로 내려왔다. 무공도사들은 자못 용감하게 상황을 보겠다며 위에 남았다.

화두의 붉은 털 두 다리가 바로 앞에 있었다. 기둥 같은 두 다리를 보며 마음을 다잡고 재빨리 안채 문 쪽으로 달렸다.

마침 안채 옆에는 감히 싸움에 끼어들 생각조차 못 한 채, 몸을 추스르고 있던 문한과 창술무인들이 있었다.

"어르신들을 옮깁시다."

이전의 말에 그들도 정신을 차리고 안채로 따라 들어왔다.

이전은 평온하게 누워 있는 진달을 확인하고 다행이다 싶었다가 즉각 현의 부재를 알아채고 두 눈을 치떴다.

'없어……?!'

언제 나갔는지 전혀 눈치채지 못했다. 숨을 곳이 있는 방도 아니었다.

"현이 사라졌다. 너는 나가서 아이를 찾아!"

"알았어."

이복은 지체하지 않고 밖으로 나갔다. 화두가 또 한 번 땅을 내려쳤는지, 쾅! 하는 소리와 함께 기둥이 흔들리고 천장 위에서 먼지가 쏟아졌다. 이전이 황급히 진달을 등 뒤에 업었다. 들어온 창술무인들도 뒤질세라 빠르게 십삼창 이 인을 챙겼다.

콰아아앙!

막 문을 나가려는데 바로 앞에서 폭음이 터졌다. 몰아친 충격파에 문까지 부서졌다. 파편들이 안쪽으로 날아 들어왔다.

잠시 팔을 들어 얼굴을 가렸다가, 부서진 문지방을 타 넘고 밖으로 나왔다. 거대한 다리 두 개가 앞뒤로 움직이고 있었다. 이전과 창술무인들이 황급히 건물 옆으로 물러났다.

엽단평은 피까지 뿌리고 있는 옹화를 단숨에 죽이지 못하고 있었다. 뒤를 따라다니는 화두가 문제였다. 쫓아온 항자료가 가세했지만, 화두는 마치 항자료가 없는 것처럼 자유롭게 움직였다. 항자료의 창에는 충분히 익숙해진 화두였다.

쐐액! 스각!

무섭게 쐐도한 엽단평이 기어코 옹화의 허벅지에 커다란 검상을 만들었다. 얇게 베인 것이 아니라 살점이 뭉텅이로 날아가 뼈까지 드러났을 정도의 검격이었다. 옹화의 거체가 휘청거렸다.

막 마지막 일격을 가하려는데 엽단평을 쫓아오던 화두가 갑작스레 꿍! 하고 그 자리에 멈춰 섰다. 화두의 머리가 안채를 향해 돌아갔다. 안채 옆으로는 진달을 등에 업은 이전과 시양회 무인들이 있었고, 지붕 위엔 아직도 무공도사들이 엉거주춤 서 있었다.

화두는 영악했다. 그냥 짐승이 아니었다.

엽단평이 더 약한 옹화를 노렸듯, 화두도 목표를 더 약한 쪽으로 바꾼 것이다.

화두의 주먹이 안채의 지붕 위로 떨어졌다.

콰아아아아앙!

무공도사들이 놀란 새 떼처럼 사방으로 몸을 날렸다.

화려한 폭음과 함께 안채 절반이 폭삭 주저앉았다. 연노한 기는 반쪽 남은 지붕 위에 남았지만 이미 망가졌던 연노한 기는 반파된 건물 잔해에 묻혀 형체조차 찾을 수 없었다.

모두가 가슴을 쓸어내렸다. 궁수들은 경공이 일천했다. 무공도사들처럼 피할 수가 없었을 것이다. 이전이 내려가자 하지 않았으면 몇 명이 죽었을지 모른다.

의식 없는 이들을 데리고 나와서 다행이었다. 한 발만 늦었어도 대참사였다. 게다가 대참사의 위기는 아직 끝나지도 않았다.

쿠오오오오!

화두가 괴성을 내질렀다. 괴물은 아예 엽단평 쪽을 보지도 않고 있었다.

화두가 이전과 창술 무인 쪽으로 커다란 손을 휘둘렀다. 엽단평이 결국 옹화를 포기하고 화두의 등을 향해 몸을 날렸다. 이쪽이 훨씬 더 급했다.

콰아아앙!

땅바닥이 움푹 구덩이가 생기고 흙먼지가 치솟았다. 이전의 신형이 휘청거렸다. 땅을 부수는 충격파에만도 몸이 앞으로 훅 밀릴 지경이었다.

"화두와 옹화가 더 있소! 벌써 이 앞이오!!"

무공도사 동명의 목소리가 저 앞에서 들렸다.

화두가 집을 부술 때, 파편이라도 맞았는지 동청이 다리를 절면서 소리치고 있었다. 사방엔 요괴들이 우글거렸다. 무공도사의 경고성에 시선을 저편으로 돌렸다. 화두의 거체 뒤쪽으로 붉고 노란 그림자가 담벼락을 밟고 안쪽으로 들어오는 것이 보였다.

절망적인 상황이었다.

                    *   *   *

　엽단평이 고군분투하며 화두에게 검을 전개했다. 화두는
반쪽이 무너진 안채 쪽으로 몸을 날리더니 굵은 기둥 하나를
집어 들고 엽단평의 검을 막았다. 요괴는 검기처럼 그 기둥에
기(氣)라도 실을 수 있는지, 엽단평의 검격에도 싹둑 잘려 나
가지 않았다.

　항자료는 그 싸움을 보며 허탈감이라도 느끼는 듯, 멍하니
서 있었다. 그도 많이 지친 것이다. 굵은 창을 땅에 박고서 깊
은 숨을 들이켰다.

　꿰엑!

　서 있는 항자료를 향해 갈저가 달려들었다. 아무리 투지가
꺾였어도 요괴의 이빨에 그냥 물어뜯길 수는 없었다. 항자료
가 창을 휘둘러 요괴를 후려쳤다.

　뒤에서 또 한 마리 가국이 꽉꽉거리며 튀어왔다. 항자료가
뒤쪽으로 몸을 돌렸다.

　퍼억!

　그가 창을 휘두르지도 않았는데 가국의 몸통이 터져나가며
피와 내장이 쏟아져 내렸다. 그 뒤로 그가 너무나도 잘 아는
목소리가 뒤따랐다.

　"내가 널 그렇게 가르쳤더냐."

　항자료의 눈동자가 크게 흔들렸다.

요괴들의 시체들 사이로 백발의 노무사가 걸어오고 있었다.

오래된 전포에는 연륜의 멋이 가득하다. 요대에 새겨진 글자는 한(寒)이란 한 글자였다. 손에는 벽옥장식 한철(寒鐵) 장창이 들렸다.

"자료야, 밥 먹는 젓가락에도 그것보단 힘이 있겠다."

노무사가 말을 이었다. 항자료로서는 오랜만에 받아보는 질책이었다.

"회주님!!"

"쯧쯔. 창이나 들어라."

항자료가 회주라 부를 이는 한 사람밖에 없었다. 그가 바로 십삼창의 수좌였다. 세간에서 말하는 십삼창은 회주인 그를 포함한 명칭이었다.

그가 한남창 평요보(平遙寶)다. 일산오강의 하나인 시양회의 회주로 세인들은 그를 이름처럼 평요고성의 보물이라 불렀다.

"제자가 불민하여……."

"시끄럽다. 손님 앞에서 창피하다."

평요보는 회주이자, 사부였다. 그가 항자료의 말을 뚝 끊었다. 그는 손님 앞이라고 말했다. 즉, 그는 혼자 온 것이 아니었다. 평요보의 뒤쪽에서 기다렸다는 듯 폭음이 들려왔다.

콰아앙!

한 자루 대도(大刀)가 야구자 하나를 쪼개고 중간 높이 내원 담까지 부쉈다. 아주 큰 거구의 남자가 그 사이로 걸어 나왔다.

"어쩨 기세가 반 토막이 났구나. 못 알아볼 지경이다. 그때 본 놈이 맞긴 하더냐?"

"대동장주……!"

항자료가 침음성을 냈다.

항자료는 이 비대한 체구의 남자와 안면이 있었다. 한 번도 아니다. 여러 번이었다.

남자는 굵은 팔뚝 오른손으로 이첨도 대도를 들었다. 왼쪽 어깨엔 구름무늬 화려한 견갑을 했다. 전포는 흑청색이었다.

그의 이름은 동풍릉이었다.

평요보의 시양회와 마찬가지로 일산오강의 하나인 대동장 장주가 그였다. 통천도가 유명하다. 산서제일도를 논하자면 절대 빠질 수 없는 호걸이었다.

"대동장주? 그렇게 부르고 끝? 늙은이 아랫것들은 예의범절이 왜 이러오?"

"허허허. 또 날 늙은이라 부르는 걸 보게. 예절이란 걸 자네가 할 말인가?"

"늙은이한테 늙은이라 하는 것이 뭐가 문제요. 아니, 늙은이 도와주러 온 사람한테 이래도 되는 게요?"

"누가 들으면 공짜로 도와달라 한 줄 알겠고로."

"아니, 언제는 우리가 살갑게 상부상조하는 사이였소? 당연히 대가가 오가야지. 내 인덕이 넘치는 이 몸으로 여까지 오는데 얼마나 힘들었는지 아오?"

"천 냥 더."

"요즘 시양회가 아주 살림이 피었다 하더니, 돈이 남아도나 봅디다?"

"돈값이나 하시라. 내 제자들 다 죽겠다."

"제자들 죽겠다며 일은 남 시키고 입이나 털고 계실 셈이요?"

"촌각이 급하다 했거늘."

"아직 거기 계셨소?"

동풍릉이 하하하 웃었다. 두터운 턱이 흔들렸다. 그리고 먼저 번쩍 몸을 날렸다.

그가 향한 곳은 엽단평과 싸우고 있는 화두 쪽이었다. 동풍릉의 눈은 화두보다 엽단평에게 꽂혀 있었다. 엽단평은 그 큰 화두와 싸우며 조금도 밀리지 않았다. 화두의 털이 붉은 빛이라 금방 눈에 띄진 않았지만, 화두의 팔과 다리에선 핏물이 뚝뚝 떨어지는 중이었다.

"어디에서 온 검객인가?"

동풍릉이 소리치며 싸움에 끼어들었다.

그의 통천도가 화두의 종아리를 그었다. 엽단평의 검격에 물러나던 화두가 미처 피하지 못하고 일격을 허용했다. 화두가 쿠오! 하고 괴성을 질렀다.

좌악!

핏물이 솟았다. 동풍릉은 강했다. 후퇴하는 이들에게 신경을 써야 했던 엽단평은 동풍릉의 가세와 함께 자유를 얻었다.

그의 몸에 서렸던 마기(魔氣)가 사라졌다. 마천검은 내력소모가 심했다. 엽단평은 싸움이 화두를 죽이는 것으로 끝나지 않음을 잘 알고 있었다. 여력을 남겨둬야 했다.

"의협비룡회의 엽단평이오."

"역시 산서무인이 아니군! 난 동풍릉일세."

통성명까지 할 만큼 여유가 생겼다. 동풍릉은 몸집과 다르게 대단히 빨랐다. 이첨도에 실린 내력도 강력했다. 동풍릉의 도가 빗나가면 엽단평의 검이 상처를 입혔다. 청천검이 막혀도 통천도가 상처를 냈다.

엽단평과 동풍릉은 처음 보는데도 합이 잘 맞았다. 그게 진짜 고수다. 수세에 몰린 화두가 펄쩍 뛰면서 들숨을 크게 들이켰다. 엽단평이 경고했다.

"피하시오."

동풍릉은 엽단평의 말을 무시하려 했다. 뛰어난 검객이 말한 것이기에 일순 오기가 생긴 것도 있었다.

쿠오오오오오!

동풍릉은 찰나의 결정이 생사를 가른다는 사실을 너무나도 잘 알고 있었다.

화르르르르르르륵!

화두의 염화방사는 아까의 것보다 더 빠르고 더 강력했다.

이첨도를 비껴서 정면으로 막으려고 했던 그가 순간 다급하게 몸을 날렸다. 마지막 순간에 자존심이 아니라 감을 따른 것이 그의 목숨을 살렸다.

치이익!

그러나 동풍릉의 회피는 완벽하지 못했다. 힘으로 맞서려한 그 잠깐의 지체가 문제였다. 그의 발에서 연기가 피어오르고 있었다. 신발은 다 타버렸고, 피부가 붉게 일그러졌다.

방심은 항상 큰 화를 부른다. 튼튼한 가죽 신발이 순식간에 사라져 버렸을 만큼의 화력이었다. 고강한 내력이 아니었다면 발이 날아갔을 것이다. 동풍릉의 얼굴에 허탈한 웃음이 떠올라 있었다.

"저 자존심 센 늙은이가 굳이 날 부른 이유가 있었군!"

화상은 아프다.

통증이 꽤 심할 것이다. 무인의 자존심이 있다. 동풍릉은 붉게 익은 맨발로 땅을 밟으면서도 얼굴 한 번 찡그리지 않았다.

"죽여 주마, 이 괴물 놈아."

대동장주 동풍릉이 화두를 향해 몸을 날렸다. 저 앞으로는 시양회주 평요보가 새롭게 나타난 화두를 향해 창을 휘두르는 것이 보였다. 항자료가 다시 기운을 되찾은 모습으로 그와 함께 청색창을 전개했다.

일산오강의 이강이 나섰다. 평요보와 동풍릉은 한 성(省)의

패주를 바라보는 자들이다. 이 정도면 역전을 기대해도 될 것이다.

산서 출신 무인들 모두가 그렇게 생각했다.

상황을 냉정하게 보는 이전, 이복을 제외하고는, 그렇게 생각할 만했다.

화두가 불을 뿜고, 동풍룽이 통천도를 전개하는 그때, 팔이 하나 없고 다리에서 피를 철철 흘리는 웅화는 이전 일행을 향해 달려들고 있었다.

이 원숭이 요괴들이 까다로운 것은 바로 그런 점이었다.

교활한 사파마도 무리들처럼, 기회만 생기면 이쪽의 약점을 노려왔다. 이전과 무인들은 멀리 가지 못했다. 요괴들이 몰려드는 데다가 셋은 의식 없는 사람을 업고 있었다. 그렇게 되면 전력이 셋 줄어든 게 아니었다. 셋이 제대로 싸우지 못하니 그 셋을 보호하기 위해 다른 이들의 부담이 더해진다. 십삼창 문한이 있지만 부상 입은 몸이기에 작은 요괴들을 뚫는 것만으로도 만만치가 않았다.

꿍! 콰앙!

그래서 후방으로 쫓아오는 웅화는 아주 위협적이었다. 웅화가 하나 남은 주먹을 높이 치켜올렸다.

콰아아앙!

폭음과 함께 땅이 움푹 패였다. 창술무인 하나가 충격에 휩

386 천잠비룡포

쓸려 풀썩 옆으로 쓰러졌다. 진달을 업은 이전도 휘청 넘어질 뻔했다.

옆에서 뛰던 이복이 뒤를 흘끔 보더니 몸을 날려 쓰러진 창술무인의 창을 집어 들었다. 이전은 그런 동생을 보며 창술 무재가 있었던가 빠르게 기억을 더듬었다. 분명 철심무혼창에 입문을 하긴 했었다. 하지만 제대로 익히진 않았을 것이다. 이전이 알기로는 분명 그랬다.

타다닥!

이복은 창을 들어 옹화에게 달려들지 않았다. 재빨리 땅바닥을 훑더니 가죽포가 덮여 있는 요괴사체 밑으로 창날을 집어넣었다.

후욱!

그것은 갈저의 시체였다.

이복이 손목을 휘돌렸다. 갈저의 육신을 창날에 얹어 옹화에게로 집어 던졌다. 그리고는 황급히 숨을 멈추며 반대편으로 몸을 날렸다.

"꾸억!! 꾸어어억!"

기세 좋게 달려들던 옹화가 소리를 지르며 펄쩍 뒤로 물러났다. 사체에서 피어오르는 맹독에 옹화가 분노에 찬 괴성을 연신 내뱉었다.

옹화가 땅을 한 번 세게 구르고는 이복을 향해 몸을 날렸다. 이복은 이미 또 다른 갈저의 사체 밑에 창을 박고 있었다.

갈저 시체가 하늘을 날았다.

"꾸억!"

옹화가 흉폭하게 포효하며 손을 휘둘렀다. 붉은 눈에 미친 기운이 가득했다. 중독이 되든 말든 이복부터 쳐 죽이려는 살기가 가득했다.

콰아앙!

이복이 아슬아슬하게 직격을 면했다. 흙먼지에 휩쓸려 이복의 몸이 비틀 균형을 잃었다. 옹화가 발을 쳐들었다. 죽음의 순간, 이복은 공기가 장중하게 갈라지는 소리를 들었다.

우우우우웅! 스가각!

옹화는 그 발로 이복을 밟지 못했다.

꿍!

옹화의 다리가 꺾이고, 몸체가 허물어졌다.

철벅! 꾸웅!

쏟아지는 핏물 위로 옹화의 머리가 떨어져 내렸다. 죽을 뻔했던 이복이 반색을 했다.

"각주!"

뒤에서 옹화의 목을 베어 낸 것은 청천검 대력횡격이었다. 일행의 위기를 보고 엽단평이 뒤쫓아 온 것이다. 엽단평은 무너져 널브러진 옹화의 거체를 일별하고 다시 화두 쪽으로 몸을 날렸다.

대동장주 동풍릉은 화두와 몹시 격렬한 싸움을 벌이고 있었다. 일견 화두를 몰아붙이는 것 같았지만, 결정적인 일격이 부족했다. 동풍릉의 보법에서 순간순간 파탄이 보였다. 멀쩡한 척했지만 실상은 아니었다. 발에 입은 화상이 보기보다 심각했던 모양이었다.

이전은 화두 쪽으로 달려가는 엽단평의 뒷모습을 보면서도 불안감을 떨치지 못했다. 그가 핏물 속에 누워 있는 옹화의 사체로 눈을 돌렸다.

마침내 대형 요괴 하나를 잡았다. 엽단평이 화두 쪽에서 대동장주와 힘을 합치면 짧은 시간 내에 하나 더 죽일 수 있을 것이다.

그래도 남은 것이 있다.

그가 하늘을 올려 보았다. 귀차는 나타나지 않았다. 필멸자 현도 시야 안에 없다. 어딜 갔는지 알 수가 없었다.

"현을 찾아야 해!"

이전이 이복에게 말했다. 담장들은 이제 거의 다 부서졌다. 뒷문 쪽에 나타났던 알유도 어떻게 되었는지 파악할 수 없었다.

"형! 저기!"

사위를 꼼꼼히 둘러보던 이복이 한쪽을 가리키며 소리쳤다. 요괴들 사이로 내외원을 구분하는 낮은 담장 한쪽이 일그러져 보였다. 사람 그림자가 언뜻 보이는 것 같은데 주변 경물과 합쳐진 듯 잘 구분되질 않았다. 눈썰미가 실로 대단하다. 무공을 익히기 전부터 동생은 눈이 좋았다.

이전은 그 그림자가 왠지 모르게 익숙했다. 그리고 이전은 그 이유를 알았다. 가국들에게 쫓기던 간밤에, 숲에서 현이 불렀던 존재를 떠올렸다. 그때 느꼈던 이질감과 똑같은 것을 느꼈다.

틀림없었다.

저 그림자가 삼촌이다. 현의 가족들은 하나같이 특별한 비술을 지니고 있는 것 같았다. 아무도 없이 문이 닫히고 열리는 것을 여러 번 경험했다. 그들은 항상 주변에 있으면서도 눈에 보이지 않았다. 이모라는 존재도 홀연히 나타났다. 은신과 은형이 이들의 특기다. 이전의 결론은 그랬다.

"저쪽으로 가자!"

다만 문제는 그 그림자가 보이는 곳이 그들이 뛰던 방향과 반대쪽이라는 것이었다. 어째서인지, 저 그림자는 새로 나타난 화두 쪽에 가깝게 가 있었다. 시양회주 평요보가 창을 휘두르고 있는 쪽이었다. 이전의 눈이 빠르게 사방을 훑었다. 그리고 해답을 찾아냈다.

'부적!'

부적들 없이 탁 트인 쪽이 그쪽밖에 없었다. 아직도 사방 천지에 부적들이 많았다.

무너진 담벼락에도 부적이 붙어 있었고, 요괴에 맞지 않고 불발되어 땅에 박힌 화살에도 사마제압부가 감겨 있었다. 이전과 일행이 이동하던 좌후방 구석 쪽에도 아직 멀쩡한 담벼락에 부적들이 남아 있었다.

저 삼촌이란 존재는 역시나 요괴가 맞는 모양이었다. 단서는 차고도 넘쳤다. 부적을 두려워하면서 완전히 이 싸움판을 벗어나지 못한 것을 보면, 아주 강력한 요괴도 아닌 것 같았다. 이 요괴는 인간 형태로도 알유를 몰아낼 수 있었던 이모라는 존재와 분명한 차이가 있어 보였다.

이전은 다시 그쪽으로 나아가면서 시야 좌측으로 느리게 전진하고 있는 한 남자를 보았다. 무너진 담장과 요괴의 사체들 사이에 가려서 잘 보이지 않는 그는, 등에 한 사람을 업었고 옆구리에도 한 사람을 둘러메고 있었다.

다름 아닌 기일승이다. 등에 업힌 것은 이택원이요, 옆구리에 낀 것은 모영훈이었다. 그는 두 사람을 건사하면서 한 팔로만 창을 휘두르고 있는데도, 어지간한 요괴들은 쉽사리 덤벼들지를 못했다.

전의를 상실했던 기일승은 이제 필사적이었다. 그걸 보며 이전은 이택원과 모영훈이 아직 죽지 않았음을 알았다. 두 사제를 살리고자 하는 의지가 기일승의 투지를 되돌린 것이다.

"저쪽부터 도와주셔야겠소!"

이전이 말했다. 그때서야 기일승을 발견한 창술무인들이 그쪽으로 몸을 날렸다. 창술무인들은 이전의 말을 사문의 어른처럼 따랐다. 문한조차도 고맙다는 얼굴로 목례를 했다. 이전은 그들과 따로 움직이고 싶었으나, 당장은 그들 뒤를 따를 수밖에 없었다.

이복 혼자로는 사방의 요괴들을 물리치며 이동하는 것이 불가능했다. 게다가 기일승이 있는 곳은 저 일렁이며 움직이는 그림자 쪽과 그리 멀지 않았다. 기일승이라는 확실한 목표가 생긴 창술무인들은 전진 속도가 확실히 빨랐다. 이전은 몇 번이고 하늘을 올려다보며 발을 옮겼다.

*　　　　*　　　　*

화두 하나는 엽단평과 동풍룽이, 또 한 마리 화두는 평요보와 항자료가 맡았다.

화두와 함께 나타난 옹화 한 마리가 남았다. 그 옹화는 자유로웠기에 위협적이었다. 옹화를 막을 만한 고수가 없었다. 안채가 반파되며 흩어졌던 무공도사들은 겨우 목숨을 부지하며 서로를 찾았다.

지붕 위에서 각자 다른 방향으로 뛰어내렸던 동명, 동순, 동청 삼 인이 겨우 한자리에 모였다. 요괴가 많아서 그것도 쉽지 않았다. 기일승과 이전 일행이 막 합류했을 때였다. 그 셋은 난리 통에 홀로 떨어져서도 용케 살아남은 한 명의 궁수와 만났다. 그들 일행은 그것으로 넷이 되었다.

부상당한 동순은 거의 전력이 되지 못했다. 아끼고 아껴 써서 사마제압부 화살 몇 대를 남겨놓은 궁수가 도리어 더 든든했다.

"목숨 참 질기구려."

"당신들도 그래 뵈오."

"이름이 뭐요?"

"내 이름은 동성(東城)이오."

"오호라! 형장도 동씨셨소? 어디 출신이시오?"

"어디긴, 난 성문 관병이오. 병사 태생지가 이곳 고성밖에 더 있겠소."

"나는 동명, 사제들은 동순, 동청이오. 우린 영제 출신이나, 이리 같은 성을 쓰는 것도 인연이오. 참으로 반갑소."

"사형, 우리 동(東)자는 성씨가 아니라 도호 항렬자 아닙니까?"

"누가 그걸 몰라서 그러느냐? 함께 목숨 걸고 싸우게 되었는데 이름자 하나마저 같으니 이 얼마나 신기한 일이더냐."

동명이 동청의 지적을 역정 내듯 나무라며, 다시 궁병이라는 동성에게 말했다.

"동쪽은 상서로운 기운이 들어오는 방향이오. 동 자가 넷이니 아주 좋소. 이 지옥에서 어떻게든 살아나 봅시다."

동명의 어투는 지난밤 엽단평과 이전을 만났을 때와는 완전히 달랐다. 사람은 고쳐 쓰는 것이 아니라 했지만, 또 어떤 사람은 하룻밤 사이에도 큰 깨달음을 얻어 다른 사람이 되기도 한다. 무공도사들이 그러했다. 죽을 고비를 몇 번이나 넘기

면서 그들보다 약한 이가 큰 활약을 하는 것을 보았고, 그들
보다 강한 이가 순식간에 쓰러지는 것도 보았다.

동명이 품속에서 얼마 남지 않은 부적을 꺼내 궁병 동성에
게 쥐어주었다. 그가 빠르게 주위를 둘러보며 말했다.

"부적시로 쓰시오. 이것들은 오늘 급히 만든 것이 아니라
본궁에서 가져왔던 부적이니 화살에 대충 감아 써도 효력이
있을 거요. 갈저, 그러니까 저 이리같이 생긴 요괴들을 맡아주
시오. 나머지는 우리가 어떻게든 해보겠소."

지난밤엔 갈저 몇 마리에도 위축되었던 그들이지만, 이젠
마음가짐 자체가 달랐다. 동명이 부서진 건물 잔해에서 머리
를 내밀고 저쪽을 보았다.

옹화가 펄쩍 펄쩍 뛰면서 괴성을 지르고 있었다. 가국들이
떼로 부서진 담장을 넘었다. 총공세라는 느낌이었다. 이전과
기일승 일행이 그 맞은편에 있었다. 창술무인들이 이택원과
모영훈을 넘겨받은 뒤로 기일승이 홀가분하게 선두에 섰지만,
몰려드는 가국들은 그 수가 몹시 많았다. 게다가 옹화까지 그
쪽으로 몸을 날릴 기세였다.

동명은 아예 잔해 위로 올라가 이전 일행을 살폈다.

이젠 이름도 똑똑하게 기억한다. 어제 본 이전이란 남자는
요괴에 대해 아무것도 모르는 초짜 같았지만, 오늘 이전은 요
괴전을 숱하게 겪어본 고위 도술사처럼 행동했다. 지붕 위를
오가는 동안 이전은 계속 사방을 살폈다. 틈틈이 하늘도 올

려보았다.

동명은 이전처럼 상황을 보았다.

이전이 찌푸린 미간을 풀지 못했듯, 이 요괴들의 행태는 확실히 이상했다. 가국들은 장수의 지휘를 받은 병사들처럼 달려들고 있었다. 옹화가 귀원(鬼猿)류 상위 요괴로 가국들에게 지배력이 있는 것은 그럴 수 있다 치더라도, 갈저나 야구자 같은 다른 요괴들까지 그쪽에 몰려드는 것은 선뜻 이해하기 어려웠다.

생각해 보니 그들과 궁병 동성이 여태 살아남을 수 있었던 것도 요괴들이 이쪽보다 저쪽으로 몰렸기 때문인 것 같았다.

동명은 요괴가 당장 그들을 노리지 않는 이 상황이 결코 좋은 게 아니라는 사실을 간과하지 않았다. 무릇 사기(邪氣)에 빠진 요괴들은 산 사람을 죽이려 들게 마련이었다. 저 이전 일행이 전멸하고 나면, 당연히 표적은 그들이 된다. 그리고 저들은 오래 버티기 힘들어 보였다. 업힌 자들만 다섯, 곧, 사람을 업은 자가 다섯이다. 제대로 싸울 수 있는 고수는 기일승밖에 없다. 그가 나머지 모두를 지키면서 가국 떼와 옹화까지 물리쳐야 한다.

'당랑거철.'

사마귀가 수레와 싸우는 것, 그 이상이다. 이건 어불성설이다.

동명은 후방을 돌아보았다. 그쪽에도 강력한 요기가 들끓고 있었다. 요기는 하나가 아니었다. 동명은 요기들 중 하나의 정체를 알았다. 알유가 분명했다. 알유 말고도 그에 버금가거나 이상인 요기가 더 있었다. 도망치긴 글렀다. 설사 도망칠 수 있다 해도, 더 이상 도망칠 마음이 들지 않았다.

뒤쪽에서 앞으로 다시 고개를 돌리는데, 반쪽으로 부서진 안채가 눈에 들어왔다. 지붕도 반, 건물 벽도 반만 남았다.

눈을 뗄 수 없었다. 그의 시선은 지붕 위에서 위태하게 기울어진 연노에 꽂혀 있었다. 건물은 반쪽이 박살 나서 당장에라도 몽땅 무너질 것 같았지만, 연노는 용케 멀쩡해 보였다.

그가 품속을 만지작거렸다. 이내 결심한 눈으로 동성에게 물었다.

"저거, 쓸 수 있겠소?"

"봐야 아오."

동성이 대답했다.

*　　　　　*　　　　　*

이전은 미친 듯이 달려드는 가국 떼를 보면서, 할 만큼 했다라는 생각을 했다.

선두엔 기일승이 십삼창 명성을 능가하는 무위로 창을 휘두르고 있었다. 문한이 한 팔로 창을 내치고, 궁수들이 부적시를 마구 쏘아냈다.

콰직! 퍼억! 펑! 퍼퍼펑!

눈앞이 어지러웠다.

창과 화살로 저지선이 생겼지만, 위태위태했다. 가국들은 죽은 갈저들이 뿜어낸 맹독을 두려워하지 않았다. 본능을 잃고 미쳐 버린 것 같았다. 갈저들의 시체 위에 픽픽 쓰러지면서도 가국들은 그렇게 죽은 가국을 밟고 또 달려들었다.

맹독에 죽은 가국들이 갈저의 시체를 덮어버리자, 곳곳에 함정처럼 도사리고 있던 맹독지대가 무력화되었다.

그렇게 옹화의 길이 열렸다.

꿍! 꾸웅!

옹화가 몇 번의 도약으로 그들 앞에 내려섰다. 기일승이 이를 악물었다. 누런 털 거체는 기일승의 두 배 이상 컸다.

이미 충분히 지쳤지만, 기일승은 물러나지 않고 힘차게 청색창을 전개했다. 그가 밀리면 모두가 끝이었다. 옹화는 교활했다. 옹화는 기일승만을 노리지 않았다. 이전을 비롯한 일행 전체가 옹화의 공격 대상 안에 있었다. 기일승은 천근의 무게를 싣고 날아오는 손을 간단히 피하지 못한 채, 몇 번이나 창대로 막아내야만 했다. 한 번 부딪칠 때마다 체력과 내공이 뭉텅 뭉텅 깎여 나갔다.

꽉꽉! 거리면서 달려든 가국들도 골칫거리였다. 작은 덩치라도 이빨이 아주 뾰족했다. 기일승에겐 금강불괴의 외공이 없었다. 한 번이라도 물리면 답이 없었다. 살점 한 움큼 뜯기는 건 순식간일 터였다.

콰아앙!

폭음과 함께 가국의 주먹이 땅을 쳤다.

우르릉 땅이 흔들리고, 부상자가 넘어졌다.

밤이 내린 뒤로 위기만 연속이었다. 오늘 위기 중에서도 지금이 최악이었다. 옹화의 발이 일행의 한가운데로 떨어졌다.

"크윽!"

이전이 결국 균형을 잃고 넘어졌다. 진달의 몸도 함께 굴렀다.

우지끈!

미처 완전히 피하지 못한 채로 옹화의 발 구름에 휘말린 창술무인은, 발목과 다리가 처참하게 뒤틀려 있었다.

"으아아악!"

무인이 기어코 찢어지는 비명을 내뱉었다. 신음 소리를 내는 것조차도 수치라고 생각하는 무인이 많았지만, 창술무인의 다리 상태는 비명 소리로도 부족할 만큼 고통스러워 보였다.

"이러다 다 죽겠다."

누군가가 말했다.

그게 모두의 마음을 대신했다. 창술무인들이 넓게 패인 구덩이에서 다리가 부서진 동료를 끌어냈다. 한 명은 아예 업고 있던 이택원까지 내려놓고 달려드는 가국을 막고 있었다. 그래도 손이 부족했다.

쐐액! 궁수들이 시위를 당기는 소리가 귓전을 울렸다.

여기저기에서 요괴들의 괴성이 들렸다.

이곳이 전쟁터였다.

이전은 다시 생각했다. 할 만큼 했다. 이전이 품속에서 비도를 꺼내 들었다. 땅에 구겨진 부적을 아무렇게나 비도에 감고 힘껏 달려드는 가국에게 집어던졌다.

퍼억! 치익!

가슴팍에 일격이 꽂힌 가국이 꽉꽉대며 몸부림을 쳤다. 그냥 비도에 맞는 것보다는 분명 위력이 있었다.

이미 할 만큼 했더라도 포기할 수는 없었다. 살아남기만 하면 어떻게든 될 것이다. 이전은 진달을 다시 업었다. 온 힘을 다해 버티기로 했다.

그리하면 문파가, 의협비룡회가 그를 지켜주리라. 그것이 그가 그동안 배운 것이었다.

*   *   *

끼릭!

궁병 동성이 대형 연노를 꽉 눌러서 지붕 위에 고정했다. 밑에 깔린 기왓장 몇 개가 퍼석하고 깨졌다.

그가 양손으로 시위를 당겨 걸었다. 철컥 하고 고정쇠에 시위가 걸렸다.

"좋소! 쏠 수 있겠소이다!"

동성이 말했다. 분명 좋은 이야기일 텐데도 동명은 기뻐 보이지 않았다. 그의 표정은 복잡해 보였다. 잠시 고뇌하던 그가 부적으로 덕지덕지 봉인된 옥갑 하나를 꺼내 들었다.

"사형! 설마 그것은?"

동명은 이미 결심한 듯 주문을 외우며 부적들을 뜯어냈다. 옥갑을 열 때쯤엔 주문이 더 빨라지고 긴박해졌다. 그의 이마에서 땀방울이 송글송글 맺혔다.

"여기서 잘못 열면……!"

사제들의 만류에도 동명은 주문을 멈추지 않았다.

딸깍! 하고 옥갑이 열렸다.

동명이 일수 수결을 맺으며 열린 옥갑 사이로 부적 하나를 구겨 넣었다. 그의 두 눈에 핏발이 섰다. 치직, 하고 옥갑 안에서 종이 타는 소리가 났다. 기이한 향이 나는 연기가 옥갑 안에서부터 흘러나왔다.

"됐다!"

동명이 주문을 멈추고 옥갑을 완전히 열었다. 안에는 또 부적으로 몇 겹이나 싸인 구슬 형태의 물체가 담겨 있었다.

"사형! 다시 구하기도 힘든 것을!"

"사람 살리는 게 먼저다."

동명이 단호하게 말했다.

그가 품에서 부적사(符籍絲)를 꺼냈다. 그가 대형연노 앞쪽으로 가더니 강철 화살촉에 구형 물체를 감아 묶었다.

마지막으로 부적 한 장을 더 꺼내 구형 물체를 덮어 붙였다.

그가 동성에게 말했다.

"절대 빗나가선 아니 되오."

"걱정 마오. 내 아까는 계급이 낮아서 시위를 맡지 못했으나, 기실 궁시 실력은 내가 가장 높소."

동성은 두 눈을 강렬하게 빛내는 것이, 확실하게 자신이 있어 보였다. 그가 연노 수병(手柄: 손잡이)을 잡고 조준을 시작했다.

"저 노란 원숭이 요괴를 겨누면 되는 거요?"

"맞소."

동성이 정신을 집중했다. 강철 화살 끝이 수평보다 조금 위쪽으로 향했다. 그래야 발사 후 고도가 낮아지면서 목표물에 적중된다. 막 발사하려는데, 지붕 밑에서부터 야구자 두 마리가 기어올라 왔다. 동청이 대경하여 도목검을 휘둘렀다.

어느 순간에도 쉬운 것이 없었다.

가국 두 마리와 갈저 하나가 지붕 위로 뛰어올랐다. 안 그래도 반파되어 불안한 지붕이 우지끈 하고 더 흔들렸다.

동명과 동청, 부상당한 동순까지 부적과 검을 휘두르며 요괴들을 밑으로 몰아냈다.

"도움이 필요하오!"

동성이 목소리를 높였다. 연노가 흔들리고 있었다. 싸우는 서슬에 연노 받침대 밑에서 와작! 하고 기왓장이 깨졌다.

"좌측 받침대를 누가 좀 잡아 주시오!"

"사제!"

"내가 하겠소."

복부가 피투성이라 싸움이 버거운 동순이 동성의 옆으로 가서 받침대를 눌렀다. 퍼석 하고 기왓장 몇 개가 더 깨졌다.

"쏩니다!"

받침대가 고정되자마자 소리쳤다. 동성은 더 시간을 끌지 않았다.

그의 눈이 번쩍 빛났다.

핑!

시위가 놓였다. 철컥! 칭! 하는 금속성과 함께, 강철 화살이 바람을 찢었다.

쐐애애애액!

두꺼운 강철 화살이 옹화의 몸통으로 날아갔다. 옹화는 이전 일행을 향해 발을 구르고 손을 휘두르는 데 여념이 없었다.

휘릭!

강철 화살이 등을 꿰뚫는 순간, 옹화가 짐승 특유의 본능으로 몸을 틀었다.

콰직!

강철 화살이 옹화의 어깨에 박혔다.

"꾸어어어어!"

몸통을 뚫지 못했다. 치명상이 아니었다. 옹화가 괴성을 내질렀다. 붉은 눈 원숭이 괴물의 머리가 이쪽으로 돌려졌다.

동명이 이를 악물었다.

이젠 아낄 때가 아니었다. 결심을 실행할 때였다.

"폭(爆)! 급급여율령!!"

동명이 수인을 맺으며 주문을 완성했다.

픽!

옹화의 어깨에서 작은 폭음과 함께 검은 연기가 피어올랐다. 옹화는 영문을 모르겠다는 듯 고개를 돌려 강철 화살이 박힌 어깨를 보았다.

"꾸어억! 꾸어어어어어어어어어어억!!"

옹화가 괴성을 지르기까지는 셋 셀 만큼의 시간도 걸리지 않았다. 옹화가 몸을 비틀었다. 강철 화살이 박혀 든 어깨 주변으로 검붉은 기운이 안개처럼 피어올랐다.

"모두! 그곳에서! 피하시오!!"

동명이 모든 내력을 쥐어짜 소리쳤다. 이전과 일행은 동명의 경고 없이도 무언가 위험한 일이 벌어지고 있음을 알았다.

그들이 제각각 몸을 날렸다. 선봉에서 창을 휘두르던 기일승도 황급히 몸을 뒤로 뺐다.

"꾸억! 꾸억! 꾸어어억!"

옹화가 커다란 입을 쩍 벌렸다. 화두처럼 불이라도 뿜나 했더니, 피거품을 뱉어내기 시작했다.

"꾸어어… 꾸르르르륵……."

옹화의 원숭이 얼굴에 검은색 핏발이 섰다.

사람의 피부가 아닌데도, 그 모습을 본 이들은 그것이 어떤 현상인지 대번에 알아볼 수 있었다.

"독이다! 피햇!"

누군가 소리쳤다. 이미 다들 피하는 중이다. 단지 거리를 더 두라는 뜻이었다.

꾸웅!

옹화의 몸이 뒤로 넘어갔다. 팔다리가 비틀리고 손마디가 오그라들었다. 독기는 옹화라는 대요괴를 잡아 삼키고도 만족하지 못한 듯했다. 넘실대며 번져나간 독 안개가 달려드는 가국들 사이로 퍼져나갔다.

꽉! 꽈! 꽈아악!

가국들은 옹화의 노란 몸뚱이를 넘지 못했다. 가국들이 떼로 몸을 비틀며 맹독에 풀썩풀썩 쓰러졌다.

"목숨 빚은 갚았구나."

동명이 중얼거리며 지붕 위에 주저앉았다. 야구자가 하나둘씩 기어오르고 갈저 몇 마리도 호시탐탐 지붕 밑을 맴돌고 있었지만, 지금 당장은 허탈감부터 만끽할 때였다.

"사형, 그게 얼마짜린데……."

동순의 배에선 좀처럼 출혈이 멎지 않고 있었다. 창백한 얼굴로 돈 이야기를 하는데, 목소리엔 웃음기마저 배어 있었다.

"여기 이것저것 많지 않느냐."

"이것들 다 합쳐도 알유 독단은 절반도 못 삽니다요. 아시는 분이."

"끄응… 일단 살아나고 생각하자."

동명이 다시 도목검을 휘어잡았다.

퍼억!

야구자의 머리를 깨고 큰 소리 나는 쪽을 돌아보았다.

대동장주 동풍릉의 거구는 워낙 유명하여 일면식 없어도 알아볼 수 있었다. 이 산서 땅에서 저런 덩치에 이첨도를 저렇게 휘두르면 다른 이를 떠올리기도 어렵다.

동풍릉이 화두의 가슴팍에 깊고 긴 도상을 만들었다. 피 뿌리는 화두가 몸부림칠 때, 죽립 쓴 검객은 화두의 팔를 타고 목덜미에 이르러 있었다.

후웅! 스가각!

검이 도처럼 횡으로 휘둘러졌다. 마치 거대한 태검을 휘두르는 듯한 환상을 보았다.

화두의 머리가 날아갔다.

엽단평이라고 했다. 의협비룡회의 이름이 머릿속에 각인되었다.

대괴급 대요괴 하나가 더 쓰러지고 있었다.

승기가 보이고 있었다.

그렇다고 생각했다.

엽단평과 동풍릉이 화두를 쓰러뜨릴 때, 시양회주 평요보는 항자료의 경호성에 따라 화두의 염화방사를 피하고 있었다.

화르르르르륵!

불길은 아주 거셌다.

콰아앙!

불길에 이어 내리꽂는 주먹도 무지막지한 파괴력을 지니고 있었다.

상승의 묘리를 품은 권법공부도 아닌 것이 상대하기가 만만치 않았다. 그저 본능적으로 때리고 밟는 동작이었지만, 또 그것이 되레 상승의 공부 같기도 했다.

무림강호 산중문파의 무공 중에는 야수의 움직임을 본뜬 공법도 적지 않았다. 그렇게 따지자면 이 화두는 그런 계통 권각술의 원형이자 극의라 해도 무방할 터였다.

쾅!

사각에서 채찍처럼 날아드는 꼬리를 창대로 받아서 비껴냈다. 손아귀가 저릿했다. 그 위력에 감탄하며, 십삼창 아이들이 나약했던 게 아니라 이 괴물이 강했구나 위안도 얻었다.

콰아아앙! 터어엉!

내리친 주먹을 날아 뛰며 피하고 괴물의 손목 부위에 창끝을 박아 넣었다.

쿠오오! 괴성을 들으며 연환창을 전개했다.

괴물이 몸을 빙글 비틀면서 뒤로 물러났다. 덩치가 저만한데 아주 민첩했다.

체격과 속도의 부조화를 생각하자, 곧바로 동풍릉이 떠올랐다.

창을 한 번 깊게 찌르고 뒤로 물러났다.

그의 빈자리를 항자료가 치고 들어갔다. 창술은 투박하지만 투지 하나는 잘 가르쳤다. 아니, 투지는 가르쳐서 생기는 것이 아니니 잘 타고난 제자를 얻은 것이라 해야 했다.

평요보가 동풍릉 쪽을 돌아보았다.

놀랍게도 그쪽 화두는 이미 쓰러져 있었다. 아직도 주변에 요괴들이 많았지만, 쿵쾅거리는 큰 괴수는 여기 하나밖에 없어 보였다.

"얼른 잡자, 자료야."

괜히 자존심이 상한 평요보는, 이 늙은 나이에도 승부욕이 살아 있음을 스스로 기뻐하며 창끝에 진신 내력을 밀어 넣었다.

그가 무서운 속도로 화두에게 쇄도했다. 화두가 옆으로 몇 번이나 펄쩍 물러났다. 담장은 이미 다 무너졌고, 잘 가꿔져 있던 정원은 옛 모습을 전혀 떠올리지 못할 만큼 엉망진창이 되어 있었다. 화두가 다 부서진 대문 기둥을 뽑아들었다. 평요보가 짓쳐 올리는 창격에 화두가 휘두른 기둥이 내리찍혔다.

쾅!

평요보의 양 발밑에서 흙먼지가 솟았다. 평요보는 백발과 수염이 사방으로 뻗쳐 있었다. 전신의 털 한 올 한 올까지도 내공이 충만해서 그러했다.

화두가 다시 기둥을 내리쳤다.

콰앙! 우지끈!

평요보의 창은 강했다. 십삼창 누구도 화두의 일격을 정면으로 받지 못했다.

평요보는 했다. 청색창 극성의 오의를 창끝에 쏟아 부어서 화두가 요기를 담아서 내리치는 기둥을 분질러 버렸다.

꾸웅!

부러진 기둥이 땅바닥에 떨어져 비스듬히 박혔다. 크게 놀란 화두가 펄쩍 뛰며 물러났다. 평요보가 따라가려 했다.

그때였다.

"끼아아아아악!"

소름끼치는 비명성이 뒤쪽으로부터 들려왔다.

평요보가 멈칫 발을 멈추고, 항자료가 고개를 쳐들었다. 그들이 하늘을 보았다.

거리가 멀지 않았다.

소리는 한 번 단발마처럼 울리고, 다시 들리지 않았다. 환청처럼 거리가 모호했다. 그들 같은 내공고수들에게 저 정도 큰 소리라면 위치까지 특정할 수 있어야 정상인데, 정확하게 어디쯤에서 들린 건지 가늠하기가 어려웠다.

"자료."

"네, 그놈입니다."

화두마저 그 소리에 놀랐는지 목을 빼고 두리번거렸다.

평요보는 결정이 빨랐다.

"일단 이놈부터."

허둥댈 때가 아니었다.

진짜 대적이 나타날 조짐이라면 시간 끌지 말고 죽일 수 있는 적부터 죽여야 했다.

평요보가 무서운 속도로 화두에게 쇄도했다.

하지만 화두는 거기에 호응해 주지 않았다. 화두는 교활했다. 전신에 살기를 두르고 쳐들어오는 평요보를 두고 훌쩍 뒤로 물러났다.

두 번 땅을 구르는 것으로 벌써 저 앞이었다. 쫓아가도 또 그만큼 물러났다.

평요보가 흰 수염 사이로 이를 드러냈다.

"이 망할 짐승이……!"

비명 소리는 더 들려오지 않았다.

대신 말발굽 소리 같은 기이한 소리가 들려왔다. 가까웠다.

두두두두!

땅이 진동했다.

무너진 담장 잔해를 훌쩍 넘고 평요보 앞에 거대한 산양처럼 생긴 괴물이 나타났다. 체고는 전투용 군마보다 훨씬 컸고, 머리엔 네 개의 뿔이 달려 있었다. 갈색 몸체에 갈기처럼 흰 털이 난 것이 장대한 모습으로 강력한 요기를 뿌렸다.

모두의 시선이 괴물에게로 모여들었다.

비명 소리가 들린 직후부터 있는 힘을 다해 파사주를 중얼 거리고 있던 무공도사들도 그 괴물 양이 나타나는 광경을 보았다.

동명이 대경하여 두 눈을 휘둥그레 떴다.

"곤륜산의 토루(土螻)가 왜 여기에!!"

토루라 불린 그 괴물은 콧김을 몇 번 뿜더니 평요보를 향하여 돌진했다. 평요보는 땅에 두 다리를 박은 듯, 그 자리에서 움직이지 않았다. 그 자존심이 화를 불렀다.

"정면으로 부딪치면 안 됩니다!!!"

무공도사 동명이 큰 소리로 소리쳤다. 토루는 그 경고보다 빨랐다. 벌써 평요보의 창은 달려드는 토루의 머리와 부딪치고 있었다.

쩌어엉!

요괴의 머리와 한남창 창대가 부딪쳤다. 병장기의 충돌음 같은 소리가 울려 퍼졌다.

휘익! 꾸우웅!

집어던진 돌처럼 날아가 땅바닥에 처박힌 것은 요괴 토루가 아니었다.

평요보였다.

다행히 즉사는 아니었다. 그가 주름진 손으로 땅을 짚고 일어났다.

"쿨럭!"

일어나던 평요보의 입에서 피가래가 튀어나왔다. 내상을 입은 것이다.

그가 창대로 땅을 찍고 완전히 몸을 세웠다. 산서 최고 장인이 한철로 주조했다던 보창(寶槍), 한남이 창날 바로 밑에서부터 구부러져 있었다.

"무슨……!"

항자료는 경악했다. 저 회주가 정면 승부에서 밀렸다. 옹화가 죽은 뒤 겨우 지친 몸과 마음을 추스르던 기일승과 문한도 자신들의 눈을 믿을 수가 없었다.

토루는 전혀 충격받지 않은 모습으로 머리를 한 번 쳐들더니, 다시 평요보를 향해 돌진해 왔다.

평요보가 구부러진 한남창을 치켜올렸다. 그는 이번에도 피할 생각이 없어 보였다. 기어코 부딪쳐 부수겠다는 의지가 전신에 서렸다.

두두두두두! 콰아앙!

이번엔 금속성의 충격음이 들리지 않았다.

돌무더기가 사방으로 튕겨 나갔다. 평요보 대신 정원석 바위를 박살 낸 토루가 빙글 몸을 돌려 그들을 보았다.

평요보의 청색창법은 시전되지 않았다. 충돌 순간, 옆에서 날아든 거대한 그림자가 평요보를 감싼 채 그대로 땅을 박찬 것이다.

"이 미련한 늙은이! 셈도 빠른 늙은이가 노망이 났나!"

함께 옆으로 넘어졌다가 몸을 일으킨 동풍릉이 둥근 턱을 흔들며 소리를 질렀다. 평요보가 그의 거체를 밀치며 일어났다.

"쓸데없는 짓을!"

"고맙다고? 천만의 말씀을."

동풍릉과 평요보가 나란히 섰다.

엽단평은 그런 둘을 보고, 화두 쪽으로 발을 돌렸다. 돌리려 했다.

다다다다닷! 하고 또 무언가 달려드는 소리가 났다.

꽤 큰 몸집이 움직이는 소리였다. 이 토루라는 괴물의 발굽 소리와는 조금 다르게 들렸다. 담장이 다 무너져 옆집 담벼락이 훤히 보였다. 그 담벼락 모서리 쪽으로 커다란 검은 그림자가 불쑥 나타났다.

항자료 쪽이었다.

다시 달려들기 시작한 화두에 맞서 창을 휘두르고 물러나던 항자료가 그 그림자를 정면으로 맞닥뜨렸다.

"뭐?"

순간 항자료는 땅을 달리며 나타난 그것을 보고 인식의 괴리와 불가해를 경험했다.

이것이 왜 여기에 있는 것인가. 왜 하늘이 아니라 땅에.

그것이 입을 벌렸다.

"끼아아아아아악!"

무시무시한 비명 소리가 토해졌다. 공격으로 치자면 근거리 직격이었다.

항자료는 정신이 아득해지는 것을 느꼈다.

힘이 빠져나갔다. 눈앞이 어두워졌다.

그의 몸이 그대로 풀썩 쓰러졌다.

그것이 하늘이 아닌 땅을 갈랐다. 날개를 접고 두 발로 땅을 달리는데, 그것이 하늘을 나는 것처럼 빨랐다.

하나의 새 머리와 여덟 개의 인면, 구두조 귀차였다.

"자료!!"

평요보가 소리쳤다. 하지만 이미 혼이 나간 항자료는 아무 대답도 할 수 없었다.

귀차가 달려오고 있었다.

모두가 이제나 저제나 하늘만 바라보고 있었다. 요악한 괴수가 예상을 깨고 땅을 달리며 나타난 것이다.

"끼아아아아아악!"

가까운 거리에서 터져 나온 탈혼섭백의 귀명(鬼鳴)은 고수들의 내공마저 진탕시킬 만큼 강력한 힘을 품고 있었다. 평요보와 동풍릉의 몸이 휘청하고 흔들렸다. 엽단평도 자세를 낮추며 검자루를 힘껏 쥐었다.

두두두두!

그들의 몸이 굳어지자 마치 기회를 본 것처럼 토루가 달려들었다.

평요보는 더 고집을 부리지 못했다. 동풍릉과 좌우로 뛰며 토루의 돌진을 피해냈다.

정신없는 사이에, 이전은 여느 때처럼 상황을 빠르게 판단했다.

이쪽의 최고 전력은 엽단평, 동풍릉, 평요보였다.

일산오강이라는 명성이 있긴 했지만, 그 둘은 지금 부상을 입었다. 항자료는 순식간에 쓰러졌고, 그 정도 고수가 단숨에 저렇게 될 정도면 기일승이나 다른 이들도 다 마찬가지일 것이다.

이전이 주위를 살폈다.

찾는 것은 생각보다 가까운 곳에 있었다. 폐허가 다 되어가는 집터 한가운데 부서져 기울어진 수레 하나가 있었다.

"잘 모셔라."

이전이 이복을 불러 진달을 넘겼다.

"같이 갑시다."

이전이 이번엔 가장 용맹하게 싸우던 궁수에게 말했다.

궁수는 가타부타 없이 이전을 따랐다.

이전이 몸을 낮추고 재빨리 몸을 날렸다. 문한이 창을 고쳐 쥐고 따라왔다.

"무슨 일이든, 내가 돕겠소이다."

한 팔밖에 못 쓰는 십삼창이지만 누구보다 든든했다.

모두는 이 말도 안 되는 전장에서 죽음의 고비를 몇 번이나 넘긴 전우가 되어 있었다.

그들이 빠른 속도로 이동했다.

귀차가 나타나자, 기가 꺾였던 요괴들이 다시 기승을 부렸다.

어젯밤과는 또 달랐다. 간밤에는 귀차가 나타나자 요괴들이 겁을 먹고 흩어졌지만, 지금은 반대로 기세가 등등해졌다.

그나마 측면 쪽이 차단되어 있어서 다행이었다. 알유의 독단이 만든 맹독지대 때문에 그쪽으로는 요괴가 달려들지 못했다. 그게 아니었으면 정말 이동이 만만치 않았을 것이다.

"더 온다. 끝이 없구나."

문한이 침음성을 흘렸다.

그들은 달리면서 귀차를 보았다. 문한의 말처럼 귀차의 뒤쪽 숲에서 또 한 떼의 요괴들이 몰려나오고 있었다. 중간중간에 더 크고 묵직한 그림자들이 보였다. 큰 요괴들까지 함께 오는 것이다. 이전은 알 수 있었다. 저것이 요괴들의 마지막 총공세였다. 그리고 인간들은 공세에 맞서 싸워 버텨낼 힘이 없었다.

이전은 본디 소규모 전략적 움직임에 강했다. 지금은 크게 볼 때였다. 저 요괴 무리를 전쟁터의 적군으로 간주했다. 총공세를 펴면서 무위가 출중한 총사령관이 아군의 진을 유린하고 있는 중이다.

아군엔 뛰어난 장수들이 있지만 가용병력이 전무하다시피 하다. 싸워서 이기는 것은 불가능이다. 지금 유일하게 가능한 것은 아군의 진영 안에서 날뛰는 총사령관을 몰아내는 것뿐이다. 총사령관이 후퇴하면 상대의 대군도 물러날 것이다. 그게 뜻처럼 될지 모르겠지만, 희망이라도 걸어봐야 했다.

"이겁니다."

그래서 이전은 전날 저녁 공수해 온 수레 앞에 섰다. 망가져 기울어진 수레 바닥을 따라 연화폭죽 수십 개가 바닥까지 쏟아져 있었다.

"연화시를 쏩시다. 귀차를 물리치면 살 길이 있을 겁니다."

문한은 아주 잠시 이전의 얼굴을 쳐다보았다.

귀차를 잡기 위해 이 아수라장을 버텼다. 하지만 소득은 아무것도 없었다. 사람만 계속 죽고 다쳤다.

항자료가 쓰러지는 것을 보았다. 서수양이나 허관이 정신을 잃었을 때와 같은 상황이란 것을 알 수 있었다.

여기서 귀차를 잡아야 했다. 회주가 있을 때, 그리고 오랜 경쟁자이자 회주처럼 산서를 대표하는 고수인 동풍룡이 있을 때, 바로 지금이 적기였다.

그 상황에서 이 이전이라는 자는 귀차를 쫓아내자고 말한다. 이전은 벌써 화섭자에 불을 붙이고 있었다. 문한이 이전의 팔을 잡았다.

"잠깐."

이전이 문한을 보았다. 두 사람의 눈빛이 허공에서 교차되었다. 이전은 문한의 마음을 읽었다. 지금 귀차를 놓치면 안된다. 귀차를 잡아야 혼을 잃은 사형들을 되돌릴 수 있다. 이대로 물러가게 할 수는 없다.

"다 죽습니다."

이전이 말했다. 되찾아야 할 사람이 있는 것은 그도 마찬가지였다. 지금은 아쉬운 것을 논할 때가 아니다. 모두의 목숨이 걸려 있었다.

이번엔 문한이 이전의 마음을 읽었다. 그가 이전의 팔을 놓았다. 이전은 문한처럼 망설이지 않았다. 그가 궁수에게 말했다.

"저쪽으로 쏩시다. 가능하면 귀차의 정면에서 터져야 해요."

"너무 가깝소. 이런 연화시는 보통 아주 높은 곳에서 터지도록 되어 있소. 심지를 좀 더 잘라내야 하오."

"이쯤이면 되겠소? 더 자르긴 어려워 보이는데."

"눈앞에서는 아무래도 힘들고, 조금 높이 공중에서면 될 거 같소."

궁수가 연화시를 비스듬히 올렸다.

그 사이에 가국 두 마리가 달려들었다. 그처럼 공격해 오는 요괴들은 문한이 창대로 후려쳐 죽였다.

"지켜주어 고맙습니다."

이전이 감사를 표했다.

"그게 잘되어야 할 거요."

문한은 아직도 마음속이 복잡한 것 같았다. 이해할 수 있다. 이전 역시도 속이 새카맣게 타들어갈 지경이었다.

치이익!

이전의 마음처럼 심지가 타들어가기 시작했다. 연화화통 안에서 타닥거리는 소리가 벌써부터 들렸다.

티잉! 쐐액!

마침내 궁수가 시위를 놓았다. 귀차는 땅에서 엽단평과 대치 중이었다. 평요보와 동풍릉은 토루와 좌충우돌하며 싸우고 있었다.

"눈을 감으십시오!!"

모두가 뜬금없이 공중으로 쏘아진 화살로 시선을 돌리고 있었다.

이전이 소리쳤다. 그가 내공고수의 경지에 올라 있지 않았기에 그것이 필요한 경고인지는 확실치 않았다.

퍼얼럭!

이전은 날개 소리를 들었다. 귀차가 거대한 날개를 펼치더니, 그 큰 날개로 머리 쪽을 감싸며 몸을 낮췄다.

퍼엉!

공중에서 불꽃이 터졌다.

별로 높지 않은 곳에서 터진 연화는 그 빛이 아주 강렬했다.

*　　　　　*　　　　　*

"끼아아악!"

날개 사이로 들어오는 그 빛의 잔광만으로도 귀차는 고통스러워하는 것 같았다. 하지만 귀차는 날개를 펼쳐 날아가지 않았다.

연화의 빛이 머문 것은 잠시뿐이었다.

이전은 귀차가 머리를 가린 날개를 다시 펼치는 것을 보며 그동안의 불안한 짐작이 맞았다는 것을 직감했다.

요괴들은 이지 없는 미물이 아니었다.

귀차가 땅으로 나타난 것은 바로 이 연화 불꽃에 대응하기 위해서다. 저 정도 크기를 자랑하는 괴물이 하늘에서 날개를 접는다는 것은 추락의 위험성을 담보해야 했다. 애초에 땅으로 움직이면 큰 날개를 빛 차단에 이용할 수 있다. 다분히 지능적인 해법이다.

이쪽이 취약해질 때를 기다린 것도 그렇다. 어쩌면 귀차는 그들의 시선이 닿지 않는 곳에서 이 싸움을 모조리 다 지켜보고 있었는지도 모른다. 어쩌면 귀차는 이전이 상상했듯 정말 총사령관처럼 모든 요괴들을 통솔하고 있는지도 모를 일이었다. 그리고 나쁜 짐작이란 언제나 적중도가 높은 법이었다.

"끼아악!"

귀차가 울부짖었다.

이전은 황급히 연화시를 더 준비했고, 엽단평은 귀차를 향해서 뒤늦게 검을 내질렀다. 귀차는 날짐승 특유의 재빠른 움직임으로 훌쩍 몸을 날리면서 엽단평의 검을 피했다.

"끼악! 끼악!"

귀차가 짧게 두 번 더 울었다.

그러자 주위의 요괴들이 몸부림을 쳤다. 요괴들의 눈이 광적인 요기를 흘렸다. 괴물들이 제각각 괴성을 지르며 엽단평을 향해 몰려들었다.

후웅!

대령횡검 파죽지세로 요괴들을 베어 넘겼다. 요괴들이 파도처럼 밀려들었다.

쐐액!

그 사이에 연화시가 한 번 더 날았다.

엽단평은 후회했다. 불꽃이 터지면 날개를 접는다. 그때 베었어야 했다.

폐안 수련이 이때는 오히려 독이 되었다. 모든 감각이 완벽하게 활성화되어 있었으나, 빛의 증감에는 민감하지 못했다. 귀차의 기가 방어태세로 바뀐 것이 연화 불꽃 때문이라는 것을 공격할 기회를 놓치고서야 깨달은 것이다.

엽단평은 다음 기회를 노렸다.

하지만 밀려드는 요괴 무리가 너무 많았다. 귀차가 날개를 접으면 시야가 가려지고 움직임이 멎는다. 그러니 잡다한 요괴들로 방벽을 쳤다. 귀차의 대비가 한발 빠른 셈이었다.

퍼엉!

빛이 명멸하고 어둠이 공간을 잠식하자 귀차는 곧바로 날개를 홰쳐 공중으로 튕겨 올랐다. 엽단평은 늦었다. 그때서야 요괴들의 장벽을 뚫었다. 엽단평의 청천검이 아무것도 없는 허공을 갈랐다.

더 빠르게 요괴들을 돌파해야 했다. 헌데 귀차가 내려오질 않았다.

저편에서 이전이 다시 연화시를 재촉했다.

그리고 이 지옥의 요괴전장에서 귀차는 결코 방어자의 입장이 아니었다.

귀차는 줄곧 공격의 지배자였다.

귀차가 응수했다.

"끼아아아아악!"

쿵! 쿠웅!

귀차의 비명 소리가 대요괴에게 명령으로 하달되었다.

저편에 물러나 있었던 화두가 무서운 속도로 뛰고 달리며 이전 쪽으로 돌진했다. 이전이 두 눈을 부릅떴다. 엽단평이 다급하게 화두를 쫓아 몸을 날렸다. 하지만 화두가 더 빨랐다.

콰앙! 쿠웅!

화두가 이전 앞에 이르렀다. 화두의 주황색 눈에는 형언할 수 없이 기묘한 빛이 일렁이고 있었다.

"피합시다!"

"쿠오오……."

이전이 궁수의 어깨를 잡아채고 몸을 날렸다. 이게 귀차가 노린 것이다. 요괴들을 끊임없이 투입하며 시간을 끈 것이 바로 이 순간 때문임을 깨달았다.

"쿠오오오오오오!"

화두가 불을 뿜었다. 불길이 연화폭죽 수레를 휩쓸었다.

화륵! 화르르르르르르륵!

퍼어어어엉! 퍼펑!

그것으로 시작이었다. 폭발이 계속되었다. 엽단평이 귀차 쪽으로 고개를 돌렸다. 귀차는 어둠 저 어딘가에 숨어 있었다. 차라리 화두를 쫓아오지 말 것을. 잘 싸우다가 결정적인 순간에 판단 착오를 몇 번이나 저질렀다. 감각을 확장해 보았지만, 귀차는 걸려들지 않았다. 저 영악하고 교활한 괴수는 강대한 기를 감출 만한 비술까지 지니고 있는 모양이었다.

화두는 계속되는 연화폭죽의 폭발 앞에서 홀린 듯 있다가, 펄쩍 괴성을 지르며 뒤로 물러났다.

퍼엉! 슈우웅! 퍼어엉!

온갖 종류의 연화폭죽들이 사방으로 불꽃을 튀겼다. 하늘로 날아올라 터지는 것도 있었고, 이리저리 튀면서 퍼퍼퍼픽! 요란한 소리를 내는 것도 있었다.

수레 하나만큼의 폭죽이 통째로 터지는 것은 꽤나 장관이었다. 불꽃이 이리저리 날았다. 집 주변이 대낮처럼 밝아졌다.

퍼엉! 쉬익! 파아아아아앙!

하늘 위로 솟구친 연화폭죽이 화려한 불꽃을 터뜨렸다. 종막을 알리는 불빛처럼, 그 한 발을 기점으로 불꽃이 수그러들기 시작했다.

펑! 피식, 퍼엉.

소리가 가라앉고 빛이 사라졌다.

어둠이 내려앉았다.

"끼아아아아악!"

귀차가 자유를 얻었다.

요괴들이 달려들었다.

화두가 다시 날뛰었다. 토루는 막을 수 없는 돌진을 했다. 뒷문 쪽에서 반신이 망가진 알유가 나타나 독을 뿜었다.

도망칠 곳이 없었다.

그저 서로 등을 맞댄 채, 엽단평, 평요보, 동풍릉 삼 인이 뭐라도 해주길 바라는 수밖에 없었다.

그나마 귀차가 직접 발톱을 세우지 않는 것이 다행이었다.

귀차는 이리저리 돌아다니기만 했다. 무릇 새 같은 날짐승이란 머리를 앞뒤로 흔들면서 경망되게 움직이기 마련인데, 귀차는 산중의 맹수마냥 동작이 부드럽고 위협적이었다. 마치 무언가를 찾듯 두 발로 빠르게 움직이다가 날개를 펼치면서 낮게 날기도 했다.

엽, 평, 동, 세 고수는 요괴들과 격렬하게 싸웠다.

셋은 요괴들을 죽이면서 약한 자들을 보호해야 했다.

엽단평은 특히나 답답함이 컸다.

이제 충분히 익숙해졌다. 일대일로 잡자면 충분히 죽일 수 있을 것 같았다. 하지만 작은 요괴 떼를 병력처럼 활용하며 의식 없고 부상당한 무인들을 노려오니, 상대하기가 몹시도 까다로웠다.

막야혼이 아쉬웠다. 아니, 의협비룡회 고수 중 누구라도 한 명만 있으면 이 상황을 타개할 수 있다고 생각했다.

무리를 해서라도 일단 화두부터 잡아보려 했을 때였다. 살짝 날아올랐다가 내려선 귀차가 한 지점을 향해 달리기 시작했다.

"끼아아아아아악!"

귀차가 귀를 막고 싶게 만드는 비명을 질렀다. 이번 비명은 항자료의 혼을 빼앗았을 때처럼 아주 강렬했다.

아무것도 없이 그림자로만 채워져 있던 어둠 속에서 끄륵하고, 신음성 같은 소리가 새어 나왔다.

그림자가 일렁거렸다. 까만 어둠이 안개처럼 흩어지고 머리털이 산발인 한 남자가 모습을 드러냈다.

"나. 안 죽어. 도망."

남자가 휘청 뒤로 넘어갔다. 단단했던 품속에서 소년, 현이 튀어나왔다.

소년이 그 자리에 서서 귀차를 보았다. 귀차가 몸을 낮추며 소년을 보았다.

귀차의 새 모양 머리 두 눈에 기이한 빛이 서렸다.

여덟 개의 사람 얼굴이 소름끼치게 일그러졌다. 모두가 웃음 같은 표정을 짓고 있었다.

"나만 데려가. 이들은 살려줘."

현이 당돌한 어조로 말했다.

귀차가 몸을 기울였다.

새의 머리는 부엉이의 그것을 닮았지만, 눈이 일그러지고 깃털이 삐죽삐죽하여 보기에 몹시 무서웠다.

귀차가 현에게 머리를 들이밀었다. 귀차의 입에서 기이한 목소리가 흘러나왔다.

"끼, 끼익! 끼악! 필요. 없. 끄…… 안, 데려…… 가… 끼익!"

"뭐?"

사람 말을 하는 귀차의 목소리를 들으며 현은 두 눈을 크게 떴다.

귀차 같은 대요괴는 다르다. 그렇게 들었다.

땅을 기는 야구자나 나무를 타는 가국들은 아직 인화(人和)에 이르질 못하여 언제든 현의 목숨을 노릴 수 있지만, 도(道)나 요(妖)를 쌓아 인간에 가까워진 대요괴들은 감히 현을 해치지 못할 것이라 하였다.

틀렸다.

모든 일에 예외가 있듯, 모든 요괴가 그와 같지는 않았다.

"끼익! 먹으면 그만. 끼악. 죽인다. 끼익."

현이 뒷걸음질을 쳤다.

펄럭!

귀차가 날개를 펼쳤다. 튕겨 오르듯 몸을 띄웠다가 두 발을 들었다. 곡도 칼날 같은 발톱이 무시무시했다.

"도. 도망!"

넘어져 있던 삼촌, 요괴 활회가 힘없이 소리쳤다.

하늘 나는 요괴에게서 어떻게 도망칠 수 있겠냐만, 그렇다고 가만히 죽어줄 수는 없었다. 현은 무작정 몸을 돌려 달리기 시작했다.

펄럭! 퍼얼럭!

먼 하늘에서 먹이를 노리고 내리꽂히는 독수리처럼, 귀차가 현을 향해 강하했다. 높이가 낮은 만큼 순식간이었다.

귀차의 발톱이 올가미처럼 현을 덮쳤다.

찌직! 찌지직!

현의 등줄기에서 기이한 소리가 흘러 나왔다. 마치 옷감이 뜯어지는 소리 같았다.

촤악!

소리는 순식간에 거세졌다.

예리하게 조여지는 발톱이 현의 작은 몸을 동강 내려는 순간이었다.

키잉! 파캉!

칼과 칼이 부딪치는 것 같은 경쾌한 금속성이 사위를 울렸다. 그것은 붉은 빛을 띠고 있었다.

현의 등에서 솟아오른 그것은 가시넝쿨 같기도, 채찍 같기도 했다. 곡선을 그리며 등골의 피부를 찢고 나와 귀차의 발톱들을 튕겨냈다. 낭창하게 휘어지지만 금속에 맞먹는 경도를 지니고 있었다.

갑작스레 등에서 튀어나온 그것 때문에, 달리던 소년은 균형까지 잃고 넘어지려 했다. 붉은색 그것이 가파르게 휘어지며 땅을 찍었다.

현의 몸이 다시 세워졌다. 현은 반쯤은 두려움에 찬 표정으로, 반쯤은 예상했다는 얼굴로 계속 달렸다.

펄럭!

날개 소리가 들렸다. 귀차가 다시 덮쳐들었다.

발톱이 전신을 노렸다.

채앵! 파카카캉!

붉은색의 그것은 형태 변화가 자유로웠다.

구절곤이나 십이절곤이라 하여 여러 마디로 이루어진 편곤처럼 분절된 구조처럼 보였는데, 뻗어 나와 쳐낼 때는 하나의 철곤 같고, 휘어지며 막을 때는 채찍처럼 부드러웠다. 게다가 튀어나오는 곳도 허리 쪽이었다가 목 아래쪽이었다가 일정치 않았다.

귀차의 발톱들을 튕겨내면서 순식간에 솟아올랐다 들어갔

다 하는데 그 속도가 대단히 빨라서 여러 개의 길쭉한 가시
가 튀어나오는 것처럼 보일 정도였다.

파캉!

"끼아아아아악!"

귀차가 날아오르며 비명성을 토해냈다. 귀차가 강력한 탈혼
명을 계속 뱉어내며 또 한 번 발톱을 내리찍었다.

채챙! 스각!

"으악!"

현의 입에서 비명성이 터져 나왔다. 현이 앞으로 넘어졌다.
이번 공격은 붉은색 그것도 완전히 막아내질 못했다. 귀차의
비명성에 현이 일순간 몸을 가누지 못한 까닭이었다.

귀차의 발톱이 현의 다리를 스쳤다. 열상이 깊었다. 피가
뭉클뭉클 솟아났다. 작은 체구의 소년이 감당하기에는 대단
히 위험해 보이는 상처였다.

"웅크려. 뛰지. 말고."

활회가 현 쪽으로 기다시피 하면서 말했다.

현은 악! 소리를 내면서 다리를 끌어당기고 머리를 땅에 박
은 채 등을 하늘로 하고 몸을 둥글게 말았다. 거북이가 등껍
질 속으로 들어가듯, 오래전부터 함께한 붉은색 친구에게 모
든 것을 맡겼다.

챙! 파카캉!

귀차가 내리찍으며 공격하기에 현은 너무나 작은 목표였다.

주변 땅까지 한꺼번에 부숴 버리려는 듯 거세게 발톱을 내려 쥐었지만, 붉은색 그것의 방어 범위는 생각보다 넓었다.

"끼악, 끼익! 저것, 내게, 잡아서 가져와, 끼아아아악!"

귀차가 다시 사람 말을 했다.

주위의 요괴들이 두 눈에 괴이한 빛을 담고 웅크려 있는 현에게 다가오기 시작했다.

이전은 한쪽에 서서 그 모든 순간을 놓치지 않고 보았다.

경이, 우려, 무기력이 혼재된 얼굴로 주먹을 불끈 쥐고 있었다.

이전의 옆, 깜깜한 공간에 신비한 빛 무리가 나타난 것은 현을 도와주기 위해 견혈부적 화살을 쏴보자 궁수들에게 말하던 그때였다.

번쩍! 파지직!

견혈부적 화살을 시위에 걸던 궁수들이 밝아지는 빛에 놀라 뒤로 물러났다.

우웅! 버언쩍!!

한순간 주위가 밝아지더니, 금색과 백색의 빛을 두른 그림자가 그들 앞에 나타났다.

"상황 설명해. 간략히."

단운룡이 이전에게 말했다.

*　　　　*　　　　*

"진달 어르신은 아직 의식불명, 날개 괴물이 홍수, 저 소년이 필멸자입니다."

"알았다."

단운룡이 짧게 답했다.

그가 빛 무리와 함께 몸을 날렸다.

대규모 요괴 무리가 그의 앞을 막아섰다.

퍼억! 퍼어어엉!

극광추 일격에 가국의 몸이 터지고 마광각 일격에 갈저의 머리가 날아갔다.

요괴가 많았다.

단운룡이 뒤를 돌아보지 않고 소리쳤다.

"이전!"

"네!"

"장창!"

이전은 무슨 소리냐 묻지 않았다. 대신 땅으로 고개를 떨궜다. 아까 여기 땅바닥에서 긴 창이 굴러다니는 것을 보았다.

정신 잃은 이택원의 창이었다.

이전이 이택원의 창을 들고 단운룡에게 힘껏 던졌다.

치직! 콰아아아앙!

광뢰포가 전면을 휩쓸었다.

단운룡이 뒤도 돌아보지 않고 손을 뻗어 장창을 잡았다.

그가 목덜미로 손을 올려 황금빛 명멸하는 천잠보의 옷깃을 잡고 한 바퀴 옆으로 회전하며 몸을 뺐다.

천잠보의가 벗겨져 손에 잡혔다.

단운룡이 장창을 휘돌려 창끝을 소매에서 소매로 단숨에 밀어 넣었다.

"보의비룡번으로 간다. 창을 잡아라."

창대에 휘감긴 천잠보의를 향해 명령하듯 말했다. 주인의 말을 알아들은 듯, 팔소매가 올라와 창을 감았다.

장포에서 빛의 파장이 일었다.

퍼얼럭!

장포자락이 깃발이 된다.

전설은 그렇게 이어져 완성이 된다.

버언쩍! 콰아아아아!

보의의 깃발이 부챗살처럼 빛을 퍼뜨리며 황금 광휘의 파도를 일으켰다. 전면에 있는 요괴 떼 십여 마리가 한꺼번에 휩쓸려 날아갔다.

태자후가 익혔던 황금비룡번술이 진정한 황금빛을 뿌렸다.

비룡제가 지닌 무적의 난전 범위기, 천잠포로 구현하는 비룡번술이 최초로 강호에 모습을 드러낸 순간이었다.

콰앙! 퍼어어어억!

돌리고 부순다. 휘둘러 휩쓴다.

광극진기가 실린 보의비룡번은 실로 막강했다.

광휘는 원을 그렸다가 반원이 되고, 직선이 되었다. 요괴 수십 마리가 터지고 박살 나며 사방으로 날아갔다.

백금 광채의 향연과 함께 귀차에게로 가는 길이 순식간에 열렸다.

현을 잡아채려는 귀차와, 웅크린 현이 저 앞에 있었다. 현 쪽으로 기어가던 활회가 겁에 질린 목소리로 말했다.

"와, 왔다. 무서운. 무서운 존재."

활회가 무서워했던 것은 귀차가 아니었다.

활회는 변화를 예고하는 예지력이 있는 존재다. 활회가 땅바닥에 바짝 엎드렸다.

『천잠비룡포』 17권에 계속…